KB130924

진眞 상商

조현구 장편소설

문학공감

목차

표기방법

본문의 외국어 한글 표기는 외래어표기법에 따르는 것을 원칙으로 했으며 가독성과 이해도를 높이기 위해 한국 한자 독음을 함께 사용하였음

반격

"오랜만입니다."

왕가위 사장이 의자에 앉으며 말했다. 여유를 부렸지만, 목소리는 떨리고 있었다. 상황을 알고 온 것이 분명했다.

"그리 앉으시오."

진필은 술잔을 입으로 가져가며 말했다.

"웬 술을 혼자 마시나……."

왕 사장이 진필의 눈치를 살피며 말했다.

"잘린 놈이 할 게 있어야지. 갈 데도 없고 오라는 곳도 없으니 술이나 마시는 거지. 근데 말이야, 하릴없이 CCTV를 보고 있는데 쥐새끼 한 마리가 왔다 갔다 하는 거야. 그래서 잡았지."

칼날이 아닌 칼자루를 잡은 자의 여유였다.

"……."

"내가 안 가볼 곳도 가보고 살지 않아도 될 구류도 살아보고 회사까지 잘렸는데 누구 덕인지 모르겠어."

"내게 하고 싶은 말이 뭐요?"

왕 사장은 단도직입적으로 물었다.

"몰라서 물어!"

"……."

"자, 선물이야."

진필은 CCTV에 찍힌 팽시후 대리의 사진을 탁자 위로 던졌다.

"이 사진이 어떻다는 거요?"

"뻔뻔하긴. 사진을 건넸으면 무슨 말이 있어야 할 것 아니야!"

"팽 대리와 내가 어쨌다는 거요?"

"팽 대리가 진술한 음성 테이프와 진술서야. 잘 보고 말해."

진필은 팽 대리가 진술한 자료를 왕 사장 앞으로 내밀었다.

"내가 직접 지시한 증거라도 있소? 팽 대리가 매수되어 나를 끌고 들어갈 수 있잖소."

"이 사람, 끝까지 오리발이네. 10만 위안을 팽 대리에게 주었잖아. 착수 3일 전 5만, 일 끝난 다음 날 5만. 증거를 남기지 않으려고 현금으로 주었지만 일련번호가 있어서 확인했지. 자, 눈이 있으면 똑바로 봐! 당신이 무슨 짓을 했는지."

"……잘못했습니다. 진 이사님, 한 번만 용서해 주십시오."

"당신, 최소 5년은 세상 구경 못 해. 공안은 환경파괴 교사죄를 적용해 당신을 가혹하게 다룰 거야. 벌금은 그렇다 치더라도 회사는 파산을 면치 못할 거고. 당신 회사를 가만히 놔두면 안 된다고 공안이 먼저 설칠 텐데. 회사를 희생양으로 삼지 않으면 자기들이 다칠 테니 가만히 있겠어? 처음에는 뇌물에 눈이 멀어 당신과 결탁했지만 일이 어그러졌으니 자기들 살겠다고 별짓을 다 하겠지. 그쪽 생리가 그렇잖아. 나는 공산당 상부에 고발장을 접수하고 언론에도 알리고 SNS에도 모든 사실을 올릴 거야. 이제 공산당 총서기가 와도 당신 못 살려. 이제 끝났어. 당신 파산이라고."

"진 이사님, 한 번만 용서해주십시오. 내가 잘못했습니다."

왕가위 사장은 바닥에 무릎을 꿇고 진필의 다리를 잡았다.

"당신, 팽시후 시켜서 나를 감시하고 정보를 빼냈잖아. 내가 모르고 있는 줄 알아?"

"다시는 그런 일 없도록 하겠습니다. 이번 한 번만 용서해주십시오."

"이제 나는 GF CHINA 직원도 아니고 말 그대로 백수야. 더 망가지려야 망가질 것도 없어. 이번에는 당신 차례야. 당신은 사회에서 완전히 매장될 거야. 인생 종 친 거지. 그건 그렇고 내 인생 어떻게 보상할 거야? 내 인생 어떻게 책임질 거냐고!"

"돈은 얼마든지 드리겠습니다. 원하시면 언제든 회사로 돌아가셔도 됩니다."

"돈 받고 회사로 복귀하라고? 회사는 엄청난 금전적 손실과 돌이킬 수 없는 상처를 입었는데 나보고 돌아가라고? 공안은 어떤 이유에서든 복귀하면 가만 놔두지 않겠다고 벼르고 있고 나는 이미 환경법을 위반한 전과자가 되었는데 돌아가라고? 그럼 당신은 어떻게 할 건데?"

"……."

"방법이 전혀 없는 것은 아니야."

"무엇이든 하겠습니다. 말씀하세요."

왕가위 사장은 약점이 잡히자 비굴해졌다.

"당신이 왕 대표와 회사에 해를 끼치지 않으면 나도 당신을 괴롭히지 않아."

"절대로 상이에게 해를 끼치지 않겠습니다."

"말로만?"

"아닙니다. 뭐든지 하겠습니다."

"내가 몇 가지 제안을 하겠소. 당신이 싫다면 강요는 하지 않겠소."

"말씀하세요."

"첫째, 당신이 가지고 있는 GF 주식을 보름 안에 전량 매도하시오. 그리고 앞으로 어떤 이유에서도 GF 주식은 본인이나 다른 사람을 통해서도 1주도 매입할 수 없소. 둘째, GF 직원이 당신 회사로 가거나 당신 회사 직원이 GF로 올 수 없소. 셋째, 왕상 대표에게 도움을 준다거나 그밖에 어떤 이유로도 GF로 복귀하거나 GF 경영에 일체 관여할 수 없소."

"그럼 당신은 무엇을 약속할 건데."

금방까지 살려달라고 애원하던 것과 다르게 왕 사장의 말에 힘이 들어갔다.

"나는 회사로 복귀하지 않겠다는 당초 약속을 지킬 것이며 증거자료를 공개하거나 법적 책임을 묻지 않을 것이오. 할 말 있으면 해보시오."

"……알았소."

"알았으면 쓰시오."

"뭘 말이오?"

"확약서요. 우리가 지금 나눈 이야기를 문서로 남기는 거요."

"꼭 이렇게 해야 하는 거요?"

“내가 당신을 어떻게 믿어!”

두 사람은 서로의 약속을 문서로 남겼다. 왕 사장은 목이 타는 듯 양주를 들이켰다.

“이제 가도 되오?”

“잠깐만 기다리시오.”

진필이 누군가와 통화를 했다.

“올라오세요.”

누군가 방으로 들어왔다.

“어서 오세요. 먼 데까지 오시느라 수고 많았습니다.”

“아닙니다. 늘 하는 일인데요. 인사드리겠습니다, 대륙법률사무소의 장칭 변호사입니다.”

장칭 변호사는 명함을 꺼내 왕 사장에게 건넸다.

“변호사가 여긴 왜?”

“내가 불렀소. 분명히 하기 위해.”

“뭘 분명히 한단 말이오?”

“우리 서로 깨끗이 정리합시다. 서로가 한 약속을 공증하는 거요.”

“공증까지 해야 하는 거요?”

“왜 싫소? 싫으면 안 해도 되오. 안 해도 나야 손해 볼 것 없소. 확실히 해두지 않으면 당신이 불안할 것 같아서 하려는데 싫다면 그만둡시다.”

“……좋소. 공증합시다.”

변호사는 공증을 진행했다. 법적으로 해석을 달리할 수 있는 부분은 다시 조정했다. 공증서는 세 부를 작성했다. 하나는 진필이, 다른 하나는 왕가위 사장이, 나머지 하나는 변호사가 챙겼다. 공증료도 두 사람이 반반씩 부담했다. 공증이 마무리되자 왕가위 사장이 자리에서 일어났다.

"다음에는 우리 좋은 인연으로 만납시다."

"……."

왕가위 사장은 아무 말 없이 쏜살같이 사라졌다.

"변호사님, 어떨 것 같습니까?"

"이 정도 해놓으면 별문제 없을 겁니다. 물론 적용하기에 따라 애매한 부분이 있긴 하지만 진 이사님이 확실한 증거를 갖고 있어서 함부로 장난은 못 칠 겁니다. 내용만으로는 진 이사님이 갑입니다."

"변호사님, 수고 많았습니다."

"수고라니요, 늘 하는 일인데요."

진필은 음식점을 나와 집으로 향했다.

아침 일찍 사무실로 나가 장 이사와 함께 왕 대표 방으로 갔다.

"어서 오세요. 이리들 앉으세요. 무슨 일 있습니까?"

"어제 왕가위 사장을 만났습니다."

"형님을 만났다고요?"

진필은 왕가위 사장을 만난 경위와 공증 내용을 말했다.

"형은 그렇다 치고, 진 이사님은 회사에 남으셔야 합니다. 공증은 신경 쓰지 마시고 복귀하세요. 진 이사님이 복귀한다고 무슨 일 있겠습니까."

"공증은 법적 구속력이 있습니다. 어떤 이유에서든 공증 관련 당사자는 그 내용을 지켜야 합니다. 이제 왕 사장은 족쇄가 채워져 있어 함부로 못 할 것입니다. 주식도 처분하고 매입도 안 되니 어떤 명분으로도 회사 일에 간섭할 수 없습니다. 물론 저도 약속을 지켜야 합니다."

"아무리 그래도 형이 잘못해서 이사님을 나가게 했으니 이사님의 복귀는 정당한 것 아닙니까?"

"그렇지 않습니다. 조그만 허점이라도 보이면 해코지를 하려고 불같이 달려들 겁니다. 원하는 것을 던져주어야 사단이 일어나지 않습니다. 무엇보다 왕 사장이 마음을 잡고 자기 사업에 몰두하게 하는 것이 회장님의 은혜에 보답하는 길입니다. 그리고 공안에 제 사직에 대한 확약서를 써 주었습니다."

"공안에 사직서를 써주다니요?"

"그것이 합의 조건의 하나였습니다. 그렇게 하지 않으면 공안과의 합의가 안 될 상황이었습니다."

"……아무리 그래도 이사님을 어떻게 내보낼 수 있습니까."

"여기 장진성 이사가 있고 양둥 팀장이 있습니다. 장진성 이사야 대표님이 잘 아실 터이고 양둥 팀장은 보기 드문 재원입니다. 어떤 일을 맡겨도 잘 해낼 겁니다. 제가 할 일은 여기까지입니다."

"진 이사님은 이사님대로 하실 일이 있지 않습니까. 어쨌든 함께 할 방법을 찾아보겠습니다."

"대표님과 함께할 수 있어 행복했습니다."

진필은 왕 대표의 방을 나와 자신의 집무실로 향했다.

양둥 팀장이 진필의 방을 노크했다.

"이사님, 이건 아닙니다. 이렇게 떠날 수는 없습니다. 못 떠나십니다."

"회사는 나를 받아주었고 좋은 사람들과 함께 일할 수 있게 해주었어. 문제해결을 위해 도전을 하고 변화와 개혁을 통해 회사 발전에 동참할 수 있게 해 주었어. 시작이 있으면 끝이 있고 또 다른 시작이 있듯이 이곳에서의 나의 역할은 여기까지야. 무엇보다 양둥 팀장과 함께할 수 있어 좋았어. 양 팀장은 어떤 일을 해도 꼭 같이하고 싶은 사람이야. 평생 잊지 못할 거야, 고마워."

"그래도 이건 아닙니다. 이렇게 떠날 순 없습니다. 이사님이 없으면 저는 누굴 믿고 일합니까."

"누굴 믿긴 자신을 믿어야지. 사람은 믿음의 대상이 아니야. 자신이 아닌 다른 사람을 믿을 때 그 사람이 사라지면 상심해서 견딜 수가 없어. 자네도 이번 일로 많이 힘들었을 텐데 마음을 추스르도록 해. 어쨌든 자네가 있어 행복했네."

진필은 왕 대표, 장 이사, 양 팀장과 함께 저녁 식사를 함께했다. 언제까지라도 기억하고 싶은 사람들이었다. 네온사인이 유난히 반짝였다. 하늘의 별들이 네온사인에 가려 잘 보이지 않았다. 진필은 택시를 타고 시내를 빠져나왔다.

재회

1년 전 톈진으로 다시 돌아왔다. 상황은 그때와 전혀 달랐다. 좋은 경험을 쌓고 귀한 사람들을 만났으며 금전적 여유도 생겼다. 길을 거닐고 찻집에서 여유를 즐기며 그동안의 피로를 풀었다. 무엇을 해도 머릿속은 다음 할 일로 가득했다. '이거다'라고 떠오르는 것이 없었다. 다시 시작하려면 과거에서 빠져나와야 했다. 어제의 나를 내려놓고 오늘의 새로운 나를 만나야 했다. 낯선 곳이 필요했다. 익숙한 곳에서는 자신을 새롭게 보는 것이 불가능했다.

톈진을 떠나기로 했다. 다롄으로 다음 목적지를 정했다. 갈 곳을 정하자 톈진을 빨리 벗어나고 싶었다. 준비를 서둘렀다. 1년 전 다롄에서 톈진에 올 때는 선양에서 콰이쓰한국의 무궁화호 기차를 탔었다. 이번엔 다롄 직통의 고속철을 이용하기로 했다. 열차표는 320위안6만 원으로 다소 비쌌지만 800km가 넘는 거리를 4시간 만에 주파했다. 다롄에 도착했다. 대합실 시계는 밤 8시를 가리켰다. 양시온이 진필을 맞았다. 형제보다 더한 친구다. 두 사람은 깊게 포옹했다. 택시를 타고 식당으로 향했다. 낯선 외국에 죽마고우가 있다는 게 큰 위안이 되었다.

"배고프지?"

"아니야, 기차 안에서 뭐 좀 먹었어."

"그동안 연락이 없더니 갑자기 다롄은 어쩐 일이야, 사업상 온 거니?"

"다시 시작하려고."

진필은 그동안의 일을 말했다.

"고생 많았구나. 그래도 값진 경험 했네."

"나에게는 더없이 좋은 경험이었어. 귀한 사람들과 함께해서 정말 좋았어."

"다 왔다, 내리자."

두 사람은 식당으로 들어갔다. 1년 전 두 사람이 저녁을 함께했던 식당이었다.

"그대로네."

"필아, 네가 먹고 싶은 것으로 시켜."

"오늘 저녁은 네가 그냥 시켜. 간단하게 먹고 들어가자."

"알았어."

주문한 음식과 맥주가 식탁 위에 놓였다. 서로의 잔에 술을 따랐다.

"필아, 우리 건배하자. 필이의 앞날을 위하여!"

"잠깐, 나의 앞날만이 아닌 우리 둘의 앞날을 위하여 건배하자."

두 잔이 공중에서 부딪혔다.

"요즘 어떻게 지냈니?"

"좀 바빴어. 그런데 너는 지난번과 많이 달라진 것 같다. 같은 실업자 신세인데 지금은 여유가 있어 보이는데."

“여유가 있긴. 너는 무슨 일로 바빴어?”

“한국에 다녀왔어.”

“그래?”

“새로 개발한 치료법의 논문 발표와 수술할 환자가 있어서 한 달간 있었어.”

“지난번 네가 개발한 ‘Yang’s Method’와 다른 거야?”

“이번에 개발한 치료법은 ‘복합위치수술법’으로 오목가슴과 새가슴을 한꺼번에 교정하는 수술법이야.”

“그랬구나. 수술할 환자는?”

“외국인 오목가슴 환자였는데 수술받은 후 고통이 심해 복합위치수술법으로 재수술했어.”

“외국에서도 수술받으러 오니?”

“가끔. 그 환자는 프랑스에서 수술받았는데 예후가 안 좋아 많이 아파했어. 수술이 잘 되어 본국으로 돌아갔어.”

“의미가 남달랐겠다.”

“환자가 고통에서 벗어나는 것보다 더한 보람은 없지. 다음 달에는 독일에서 오목가슴 관련 세미나가 있어. 끝나면 바로 돌아올 거야. 이곳 병원 일도 중요하지만, 오지에서 기다리는 환자들 때문에 오래 있을 수 없어.”

“너, 오지에 지금도 가니?”

“그럼. 안 갈 수 없어. 그 일을 안 하면 굳이 중국에 오래 있을 이유가 없지.”

“아무튼 장하다.”

"그건 그렇고, 너는 앞으로 어떻게 할 거야?"

"여행 좀 하려고. 익숙한 곳에서는 아이디어가 나오지 않아. 낯선 곳에서 생각 좀 해보려고."

"어디로 가려고?"

"글쎄, 딱히 정한 곳은 없어. 상하이나 선전 등의 대도시보다 실크로드를 한번 가 보고 싶어. 생명을 담보로 실크로드를 넘나들었던 대상들의 기운을 느끼고 싶어."

"그거 괜찮은 생각인데. 나도 같이 가고 싶다."

"같이 가자! 너랑 같이 가면 정말 좋은데."

"실크로드를 돌아보려면 전문가가 필요하지 않니?"

"있으면 좋지. 일반 가이드가 아닌 실크로드 전문가면 좋을 텐데, 그런 사람 만나기가 쉽지 않을 거야."

"아, 잠깐 기다려봐."

"왜?"

"환자였던 아이의 아버지가 여행사를 하는데 내가 한번 물어볼게."

"그래?"

양시온은 어딘가로 전화를 했다.

"네, 알겠습니다."

"뭐래?"

"다음 주 월요일에 저녁 같이하기로 했어. 그때 궁금한 것이 있으면 물어봐. 도움이 될지도 모르니까."

"어떤 사람인데 네가 전화를 다 하니?"

"여행사 사장인데, 내가 그분 아들을 수술했어. 가족들이 걱정을 많이 했는데 수술이 잘 돼서 고마워해. 꼭 한번 대접하겠다고 얼마나 전화를 하는지 몰라. 내가 계속 괜찮다고 해도 아랑곳하지 않아. 내가 초대를 계속 거부하니까 무시를 당한다고 오해를 하는 것 같아. 어차피 한 번은 만나려고 했는데 잘 됐어."

"그랬구나."

"그건 그렇고. 너, 이번 주말에 나 좀 도와줄 수 있어?"

"무슨 일 있어?"

"금요일에 오지 진료 가는데 네가 같이 가주면 도움이 될 것 같아서."

"너와 함께라면 어디든 좋아. 오랜만에 얘기도 나누고 머리도 식힐 겸 잘됐네."

"다 먹었으면 일어날까?"

"그래."

"오느라고 피곤할 텐데 커피는 집에 가서 마시자."

"그게 좋겠다."

두 사람은 음식점을 나와 집으로 향했다.

금요일 아침이었다. 해가 방 깊숙이 들어와 있었다. 양시온은 출근하고 탁자 위에는 우유와 샌드위치가 놓여 있었다. 식사 후에 양시온이 근무하는 중산병원으로 나갔다. 점심까지는 아직 시간이 남았다. 병원 옆 스타벅스로 들어갔다. 진한 커피 향이 코끝을 찔렀다. 빈자리가 거의 없었다. 아메리카노를 주문하고 구석에 가서 앉았다. 젊은이들은 한 잔에 30위안이 넘는 커피를 스스럼없이 시켰다. 아메리카노의 쓴맛을 뒤로하고 병원으로 향했다. 오후 1시가 넘어서야 양시온이 로비로 나왔다.

"왔구나. 오래 기다렸겠네."

"아니야."

"수술이 좀 늦게 끝났어."

"그랬구나. 준비는 다 됐니?"

"짐을 옮겨야 해. 들어와서 장비 옮기는 것 좀 도와줘."

"알았어."

간호사 두 명과 함께 의료 장비를 봉고차에 실었다. 종류도 많고 무거웠다.

"수고했어요. 고마워요."

양시온은 간호사들에게 고맙다는 인사를 하고 병원을 떠났다.

"오늘 점심은 무얼 먹을까?"

"나는 아무래도 좋아."

"내일은 제대로 못 먹을 테니 오늘 잘 먹어두는 게 좋아."

"그럼, 한국 음식 어때?"

"그래, 한국식당에 가서 삼겹살 먹자. 체력도 보충할 겸."

"삼겹살 좋지."

"내가 잘 아는 식당이 있어, 그리로 가자."

양시온은 조그만 식당 앞에 차를 세웠다.

"아유, 이게 누구야. 우리 의사 선생님이네. 오늘은 해가 서쪽에서 뜨겠어. 나는 아주 한국으로 떠난 줄 알았지."

60대 중반의 아주머니가 양시온을 반갑게 맞았다.

"어머니, 친구와 같이 왔어요. 나랑 제일 친한 한국 친구예요. 톈진에서 어제 왔어요."

양시온이 진필을 소개했다.

"필아, 인사드려. 병원에서 같이 근무하는 간호사 어머님이셔. 교포분이야."

"안녕하세요, 진필입니다."

"인물이 좋네. 반가워요. 우리 박사님, 오늘은 무얼 해 드릴까?"

"삼겹살 먹고 싶어서 왔어요."

양시온은 음식을 주문하고 냉장고에서 콜라를 직접 꺼냈다.

"어머님, 장사는 좀 어때요?"

"작년까지는 괜찮았는데 오래 들어서면서 주춤해. 우리만 그런 게 아니야. 다들 그전보다 못하다고 아우성이야. 그나마 우리 집은 한국 손님들이 찾아줘서 좀 나은 편이지."

두껍게 자른 삼겹살이 쟁반에 올려져 나왔다. 묵은지도 있었다. 밖은 중국이지만 식당 안은 분명 한국이었다.

"어머님, 잘 먹겠습니다."

"고기 맛이 끝내주네. 한국 삼겹살 못지않은데."

"당연하지. 한국 삼겹살보다 더 맛있을 거야. 수입육이거든."

"수입 삼겹살이 이렇게 맛있어?"

"캄보디아 시골에서 음식 찌꺼기 먹인 돼지라 육질이 부드럽고 아주 고소해. 우리 한국도 옛날에는 구정물 먹여 키웠잖아. 검정 돼지 말이야."

"그래서 맛이 좋구나."

"부족하면 더 시켜. 실컷 먹고 가자."

"그럼 2인분만 더 시키자. 삼겹살에는 소주가 딱인데."

"한잔해. 운전은 내가 하면 되니까."

"의리 없이 나 혼자 어떻게 마시니. 참았다가 저녁때 너랑 같이 마실래."

"다 먹었으면 일어나자. 갈 길이 멀어. 어머니, 잘 먹고 갑니다."

두 사람은 인사를 하고 식당을 나와 차에 올랐다.

"시온아, 돈은 안 내고 인사만 하고 나오면 어떻게 해?"

"음식값을 내면 안 받으셔. 그래서 쟁반 밑에 넉넉히 놓고 나왔어. 매번 그렇게 해. 가끔 반찬도 해주셔서 잘 먹거든."

"그렇구나. 훈훈해서 좋다. 목적지까지는 얼마나 걸려?"

"단둥까지 5시간은 가야 할 거야. 그곳에서 다시 시골로 몇 시간 가야 해. 오늘 밤은 단둥에서 자고 내일 아침 일찍 출발할 거야."

"갈 길이 머네."

"어차피 오늘은 단둥에서 잘 거라 여유가 있는 편이야. 운전만 조심해서 하면 돼. 너도 알다시피 이곳 사람들 운전이 좀 과격하잖아."

"톈진도 그래. 막무가내로 운전하는 사람들이 많아. 운전을 어디서 배워서 그러는지 몰라. 중국 사람들 손해 볼 짓 안 하는데 운전은 안 그래."

두 사람은 오랜만에 많은 이야기를 나누었다. 저녁 7시가 넘어서야 단둥에 도착했다. 단둥역 마오 동상 앞에서 중국인 안내원을 만났다.

"안녕하세요, 양시온 박사입니다."

"리칭원 지도원입니다."

"만나서 반갑습니다. 이쪽은 제 동료입니다."

"진필입니다."

"잘 오셨습니다. 먼저 호텔로 가서 짐을 풀고 저녁 식사를 하시는 게 어떨까요?"

"그게 좋겠네요."

"호텔은 예약하셨습니까?"

"네, 외국인이 묵을 수 없는 호텔들이 있다고 해서 인터넷으로 예약했습니다."

단둥에는 100여 개가 넘는 숙소가 있어도 외국인을 받지 않는 곳이 여럿 있었다. 사전에 인터넷으로 예약하는 것이 안전하고 비용도 저렴했다.

"어느 호텔이지요?"

"둥다이 다스제 호텔입니다."

"잘하셨네요. 평이 좋은 호텔입니다. 그럼, 일단 호텔로 가시지요."

"그렇게 하시지요."

일행은 호텔로 향했다.

"시온아, 숙식비와 기름값 등 경비가 만만치 않을 텐데 그 돈은 다 누가 부담하는 거야?"

"거의 모든 비용은 내가 부담해. 일부는 한국 지인들이 도와주는데 그것은 얼마 안 돼. 그래도 복용약이나 주사약은 한국의 제약회사들이 무료로 제공해줘서 큰 도움이 돼.”

“약이라도 지원받을 수 있어 다행이네.”

“환자들에게 혜택이 조금이라도 더 돌아가게 하려면 비용을 최대한 줄여야 해. 그래도 잠은 좋은 곳에서 자려고 해. 잠을 잘 자야 다음 날 일할 때 헤매지 않거든. 어쨌든 보람 있는 곳에 돈을 써서 아깝지 않아.”

“무엇보다 숙식비가 만만치 않겠구나.”

“오늘 묵는 곳은 비싸지 않아. 비수기여서 할인을 많이 받았어. 별 세 개 호텔인데 180위안34,000원이야. 트윈베드에 아침까지 주니 저렴한 편이지. 가끔은 오지 마을에서 잘 때도 있어. 불편은 해도 나름대로 운치도 있고 그곳 주민들과 친해질 수 있어 좋아.”

두 사람은 호텔 방에 짐을 풀고 로비로 내려갔다.

“방은 어떻습니까?”

지도원이 물었다.

“깨끗하고 좋은데요.”

“그럼, 두 분 식사하시고 다시 로비에서 만나지요. 단둥까지 오셨으니 야경을 한번 보셔야지요. 제가 안내하겠습니다.”

“지도원님도 저희와 같이 식사하시지요?”

“저는 제가 알아서 먹겠습니다.”

“아니에요. 내일 일도 이야기할 겸 같이 식사해요. 제가 대접하겠습니다.”

“그래도 되는지 모르겠습니다.”

“이틀 동안 동료나 마찬가진데요, 뭐.”

"그렇게 생각해 주시니 감사합니다. 사실 단둥까지 오셨으니 제가 대접하는 게 도리인데……."

"무슨 말씀을 하십니까, 우리를 도와주러 오셨는데."

"두 분은 어떤 음식을 좋아하세요? 음식점은 제가 안내하겠습니다."

"오늘 저녁은 신의주가 보이는 북한 음식점 어떠세요?"

"……글쎄요. 요즘 북한 식당들이 문 닫는 곳이 있어서요."

"문을 닫다니요?"

"북한 미사일 발사에 대한 유엔의 대북 제재로, 중국 내 일부 북한 식당들이 문을 닫거나 여종업원들을 교체하고 있어요. 식당 분위기가 좀 어수선합니다."

"그런 일이 있었군요. 그럼 중국 식당으로 가지요."

세 사람은 중국 식당을 찾았다.

"음식은 지도원님이 추천해 주세요."

"음식이 입맛에 맞을지 모르겠네요."

"우리는 중국 음식 다 잘 먹어요."

"훠궈 어떠세요? 청탕, 홍탕 모두 맛있습니다."

지도원이 자신 있게 말했다.

"청탕, 홍탕이요?"

"청탕은 고기나 야채로 만든 뽀얀 육수로 백탕이라고도 하고, 홍탕은 백탕 국물에 두반장과 초피, 고추기름을 넣어 빨갛습니다."

"필아, 우리는 한국에서 주로 맑은 육수로 먹었으니까 홍탕을 먹어볼까?"

"너무 맵지 않을까?"

"색만 그렇지 종류는 아주 순한맛, 순한맛, 매운맛, 아주 매운맛 4종류가 있습니다."

지도원이 말했다.

"필아, 기왕 먹는 거 매운맛으로 먹을까? 아주 매운맛은 좀 그렇고."

"나도 매운맛 좋아."

"고기는 어떤 것으로 시킬까요?"

지도원이 두 사람에게 물었다.

"글쎄요. 이곳에서는 어떤 고기를 주로 먹습니까?"

"소고기나 돼지고기도 좋지만 둥베이 지역에서는 주로 양고기를 먹습니다. 고기는 두 분이 좋은 것으로 하시지요."

"그럼 국물은 홍탕 매운맛으로 하고 고기는 양고기로 하지요."

맥주 2병도 함께 주문했다. 군인들이 쓰는 투구와 같은 무쇠 냄비에 빨간 육수가 담겨 나왔다.

"소스는 개인 성향에 따라 다르지만 백탕은 매운 간장 소스에, 홍탕은 고소한 땅콩 소스에 찍어 먹으면 더 맛있습니다. 아니면 두 가지 다해서 각각의 맛을 보시는 것도 괜찮고요."

"필아, 나는 두 가지 소스를 다 맛보고 싶은데."

"나는 땅콩 소스로 할래."

주문한 음식이 나왔다.

"일단 음식이 나왔으니 맥주 한잔하시지요. 지도원님, 술 한잔 받으세요. 이틀 동안 수고가 많을 텐데, 잘 부탁합니다."

양시온이 지도원에게 술을 따르려 했다.

"아닙니다, 박사님. 제가 먼저 따르겠습니다. 우리 인민들을 위해 나라도 못 하는 일을 하시는데 어떻게 제가 먼저 받습니까, 그런 경우는 없습니다. 제 잔 먼저 받으세요. 두 분 정말 감사합니다. 저는 당의 지시로 나왔지만 두 분 정말 존경스럽습니다."

지도원이 두 사람의 잔에 맥주를 따랐다.

"이번에 가는 곳은 어떤 곳입니까?"

양시온이 물었다.

"봉성시 통원보진 산성구촌의 산성구산성이 있는 시골 마을입니다. 동서와 북쪽이 험준한 산림이고 남쪽이 비탈로 되어있어, 논 조금과 밭 몇 뙈기로 살아가는 아주 척박한 곳이지요. 있는 논마저도 다랭이논산비탈을 깎아 만든 계단식 논 몇 마지기가 전부입니다. 오지에서도 아주 오지예요. 전기가 들어간 지 얼마 안 됩니다. 돈이 없어 몸이 아파도 치료를 받지 못해요. 죽을병이 아니면 참고 견딥니다. 또 치료를 받으려 해도 봉성까지 나와야 하지요. 아주 힘들게 사는 곳입니다."

"그렇군요. 이곳에서 얼마나 가야 하지요?"

"별일 없으면 3시간 정도면 갈 수 있습니다."

"별일이라면 무엇을 말씀하시는 거지요?"

"길이 비포장이고 좁아서 운전에 어려움이 많습니다. 특히 해빙기를 맞아 진흙 길에 잘못 들어가면 몇 시간씩 고생할 수 있어요. 그리고 낙석도 조심해야 하고요."

"내일 아침 6시쯤 출발하려는데 괜찮겠어요? 아침 식사는 가다

먹을 수 있도록 호텔에서 준비하기로 했습니다.”

“좋습니다.”

지도원은 마음이 놓이는 듯 미소를 지었다.

“이거 받으세요.”

“이게 뭡니까?”

“벽걸이용 전자시계인데 아이들 방에 걸어 놓으면 좋을 거예요. 약소합니다.”

양시온은 벽시계를 지도원에게 건넸다.

“뭐, 이런 것까지 주십니까, 받지 못합니다.”

“혹시 받으면 안 되나요?”

“그런 것은 아니지만, 우리를 도와주러 오셨는데 제가 선물을 드리지는 못하고 받는 것이 염치가 없어서 그럽니다.”

“환자 치료는 치료고, 지도원님이 저희 때문에 수고가 많아 준비했습니다.”

“염치없지만, 감사히 받겠습니다.”

세 사람은 얘기를 주고받으며 식사를 마치고 식당을 나왔다.

“시온아, 매번 지도원에게도 선물을 줘야 하는 거야?”

진필이 조그맣게 물었다.

“안 줘도 상관없지만, 성의를 표시하면 내 마음이 편해서 그래. 선물 받아서 싫다는 사람 없잖아.”

“또 하나 배웠다.”

“단둥은 어떤 곳입니까?”

양시온이 앞에 가는 지도원을 따라붙으며 물었다.

"단둥은 '동방을 붉게 물들이는 도시'라는 의미로, 압록강과 맞닿으며 북한 신의주와 국경을 맞대고 있는 국경도시지요. 인구는 약 240만 명으로 다른 곳에 비해 만주족과 한민족이 많이 사는 중소도시입니다."

"인구는 우리나라 대구와 비슷하네."

"단둥은 중국 횡단철도와 시베리아철도 등 모든 국제열차의 출입 지역으로 한반도와 대륙을 연결하는 천혜의 교통 요충지입니다. 유람선을 타면 강 건너 북한 땅에 최대한 가까이 가 볼 수 있어요. 북한에 입국하지는 않고 단둥에서 출발해 다시 단둥으로 돌아오기 때문에 한국 사람들에게 불법이 아닙니다. 지금은 시간이 늦어 운행을 안 하지만 한국 관광객들의 필수 코스지요. 단둥은 한밤중에도 자유롭게 돌아다닐 수 있는 중국에서 몇 안 되는 치안이 좋은 도시입니다."

"특별히 그럴 만한 이유가 있나요?"

"폐쇄된 국경지대 특성상 공안이나 무장 경찰부대원이 많다는 의미로 받아들이시면 됩니다."

단둥의 밤거리가 휘황찬란했으나 강 건너 신의주는 칠흑같이 어두웠다. 화려한 단둥과는 크게 대비되는 것이 안타까웠다.

"지도원님, 끊어진 철로를 보고 싶어요."

세 사람은 '압록강 단교'로 갔다. 다리가 끊어져 더 갈 수 없었다. 6 · 25 전쟁 때 미군의 공습으로 끊어진 채 그대로였다. 끊어진 다리 옆으로 중국과 북한을 잇는 '중조우의교'가 놓여 있었다. 전쟁이 끝나고 압록강 단교를 대신해 건설된 다리였다. 모든 교역은

이 다리를 통해 이루어졌다.

다리에서 내려오니 입간판이 보였다. '중조 국경 호화 1일 여행'이라고 적혀 있었다. 북한 1일 투어였다. 많은 여행사가 이 상품을 팔려고 안간힘을 쓰지만, 한국 사람은 이용할 수 없었다. 같은 민족이면서도 북한 땅을 밟으려면 사전에 국가의 허락을 받아야 했다. 시내 구경을 마치고 일행은 호텔로 돌아와 휴식을 취했다.

아침 6시에 호텔을 출발했다. 어둠이 채 가시지 않아 주변이 어두웠다. 30분쯤 지나자 먼 곳부터 어둠이 거치기 시작했다. 찻길에서 조금 벗어난 곳에 차를 세우고 호텔에서 마련해준 빵과 음료로 아침을 대신했다. 식사를 하고 1시간쯤 가자 봉성시의 이정표가 양시온의 일행을 맞았다. 백기진 황기촌 방향으로 차를 몰았다. 비포장도로였다. 깊게 팬 웅덩이가 도처에 널려 있었다. 눈이 녹은 진흙 길이 또 다른 복병이었다. 얼마 가지 않아 차가 진흙밭에 빠져 바퀴가 헛돌았다. 모두 내려 밀고 당겨도 공회전만 계속할 뿐 꼼짝하지 않았다. 한걸음에 달려온 동네 주민들의 도움으로 간신히 빠져나올 수 있었다. 자기 일이 아닌데도 도와준 주민들이 고마웠다. 일행은 다시 길을 재촉했다.

"시온아, 너는 이런 데를 어떻게 다니니? 헌신적인 봉사도 좋지만 어디 힘들어서 진료나 제대로 하겠니? 나는 벌써 진이 다 빠졌다."

"처음에는 나도 힘들었어. 이제는 이골이 나서 괜찮아. 이 정도면 최악은 아니야. 더한 곳도 많아. 길에서 노숙한 적도 있는데, 뭐."

"그건 그렇고, 나는 머리가 흔들리고 배가 뒤틀려 숨쉬기도 힘들다."

"눈감고 좀 쉬어. 조금만 더 가면 돼."

한 시간을 더 달려 산허리를 돌아가니 성이 하나 우뚝 서 있었다. 그곳에서 잠시 휴식을 취했다.

"저기 보이는 곳이 산성구산성입니다. 옛 고구려의 성곽이지요. 고구려 때 요동지역 최후의 방어선인 오골성을 방어했던 산성입니다."

"그럼, 이곳이 고구려 땅이었습니까?"

"그렇습니다. 과거에는 중국의 허베이성과 내몽고, 동북 삼성 전역이 고구려 영토였다고 합니다. 그런데 어디 가서 이런 얘기하면 욕먹습니다."

"왜 그렇지요?"

"동북공정으로 고구려가 중국의 지방정부였다고 주장하는 마당에 과거 고구려 땅이었다고 말하면 당 간부들이 좋아하지 않습니다."

지도원은 목소리를 낮추어 말했다.

"그렇군요."

산성을 돌아가니 마을이 나왔다. 마을 촌장이 일행을 맞았다. 양시온과 진필은 지도원을 따라 촌장의 집으로 들어갔다. 지도원은 촌장에게 두 사람을 소개했다.

"양시온 박사입니다."

"진필입니다."

"먼 곳까지 오시느라 수고 많으셨어요. 우리 동네만이 아니고 원근 각지에서 환자들이 올 텐데, 잘 부탁합니다. 불편한 점 있으면 언제든지 말씀해주세요."

"저희도 환자들이 많이 와야 이곳에 온 보람이 있습니다."

양시온이 말했다.

일행은 촌장 집을 나와 지도원을 따라 임시진료소로 갔다. 조그만 교실이었다. 진료소 팻말을 붙이고 집기를 옮겼다. 동네 사람들도 거들었다. 양시온이 진료를 하는 동안, 진필은 조제약을 싸서 환자들에게 나누어주었다. 동네 청년들은 준비해 간 볼펜과 액세서리, 장난감 등을 아이들에게 나눠 주었다. 환자 대기 줄이 줄어들지 않았다. 꼬리에 꼬리를 물었다. 점심시간이 한참 지났지만 어디에서 끊어야 할지 몰랐다. 촌장이 와서 진료를 중단시키고 일행을 식당으로 안내했다. 동네에서 삶은 닭을 준비했다. 특별할 때만 닭을 잡는다고 지도원이 귀띔했다.

"촌장님도 같이 드시지요?"

"저는 좀 전에 먹었어요. 차린 것은 없지만 많이 드세요."

촌장과 마을 사람들은 일행이 편히 먹도록 자리를 피해주었다.

"동네가 작아서 환자가 없을까 걱정했는데, 어디에서 왔는지 끝이 없네요."

양시온이 말했다.

"오늘 다 하면 300명이 넘을 것 같습니다."

지도원이 말했다.

"아파서 온 사람도 있지만, 의사를 만날 수 있다고 해서 온 사람들이 적지 않습니다."

지도원은 환자가 예상보다 많아 양시온의 눈치를 보며 말했다.

"이런 기회에 진료를 받아보는 것도 괜찮아요. 하여튼 오신 분들은 다 봐 드릴 테니 염려 안 하셔도 됩니다."

"제가 염치가 없네요."

"이렇게 진료하지 않으면 이 먼 곳까지 온 보람이 없잖아요. 괜찮습니다."

"시온아, 이곳에서 치료가 어려운 환자는 어떻게 해?"

"봉성시로 가서 치료를 받아볼 것을 권하기도 하고. 당장 손을 써야 하는 위급한 환자는 우리 병원으로 이송하기도 해. 아주 드물지만, 한국으로 데려갈 때도 있어."

"치료비용은?"

"중산병원으로 이송한 환자는 병원에서 처리해 줘."

"병원에서는 안 좋아하겠는데. 돈이 안 되잖아."

"내가 한국에서 중산병원으로 올 때 병원 측과 약속한 게 있어."

"어떤 약속인데?"

"내가 받을 혜택 몇 가지를 포기하는 대신 오지의 환자들을 치료해주는 조건이야. 병원에서도 내가 필요하지 않으면 무슨 핑계를 대서라도 어렵다고 하겠지. 속이야 어떨지 몰라도 아주 사리에 맞지 않는 경우가 아니면 잘 협조하는 편이야."

"한국에는 어떤 경우에 데려가는 거야?"

"이곳에서 치료가 어려워 그대로 두면 생명이 위태로운 경우에만 한국으로 데려가."

"경비가 만만치 않을 텐데."

"한국에 자매결연 맺은 병원이 몇 군데 있고 비용이 많이 들 때는 지인들이 십시일반으로 보태기도 해."

"너, 정말 대단하다. 그냥 의사가 아니네."

"그렇지 않아. 나보다 헌신적인 의사가 얼마나 많은데. 의사직을 자기 사명으로 알고 어려운 사람 돕는 의사들이 의외로 많아."

"그렇구나. 의사들 다시 봐야겠는데."

"다 먹었으면 그만 나가자. 환자들 기다리겠다."

30분 만에 점심 식사를 끝내고 오후 진료를 시작했다. 머리와 팔다리, 눈, 배, 치아, 외상을 입은 환자까지 종류가 다양했다. 가장 안타까운 것은 치료 시기를 놓쳐 평생 불구로 살아야 하는 어린아이들이었다. 양시온은 어느 환자 할 것 없이 정성을 다했다.

들것에 실린 환자가 들어왔다. 다리를 다친 50대 여자였다. 산에 나무를 하러 갔다가 다리에 상처를 입었는데 제때 치료를 못해 다리가 썩어들어가고 있었다. 그냥 놔두면 다리를 절단하거나 심하면 생명을 잃을 수 있었다. 양시온은 휴대폰으로 환자의 환부를 찍어 중산병원의 외상 전문의에게 보냈다. 전문의와 한참을 통화한 끝에 환자를 이송하기로 결정했다. 상태가 중해 시간을 끌 수 없었다. 앰뷸런스는 봉성시에서 지원받기로 했다.

밤 9시가 넘어서야 진료를 마무리했다. 밤에 떠나는 것은 너무 위험했다. 마을에서 자고 아침 일찍 떠나기로 했다. 일행은 저녁을 먹고 잠자리에 들었다. 너무 피곤해 말할 힘도 없었다.

새벽 동이 트기 전에 두 사람은 마을에서 준비해준 주먹밥을 챙겨 출발했다. 지도원은 환자 이송을 위해 현지에 남았다. 아침 6시에 출발해 저녁 7시가 다 되어서야 중산병원에 도착했다. 짐을 내리고 저녁을 먹고 나니 밤 9시였다. 마을에서 떠난 환자가 밤 10시가 넘어서야 중산병원에 도착했다. 외상 전문의가 급한 대로 소독과 항생제 처방을 하고 입원시켰다. 집에 돌아오니 밤 12시가 넘었다.

"시온아, 괜찮아?"

"괜찮아. 나는 네가 걱정되는데."

"나야 백수니까 아무래도 괜찮지만 이렇게 하고 내일 병원에 나가서 일할 수 있겠어?"

"그럼. 자주 있는 일도 아닌데, 뭐."

"사실, 나는 네가 한국에서 꽤 유명한 의사라 편하게 있겠거니 생각했어. 근데 이건 완전 노가다보다 더하네. 매주 이렇게 다닌다는 게 어디 보통 사람이 할 수 있는 일이니?"

"매번 이렇게 힘들지 않아. 무엇보다 내가 하고 싶어서 하는 일이라 보람이 있어 좋아. 오히려 이렇게 일을 하고 출근하면 다른 날보다 덜 피곤해. 정말이야."

"너, 의사 일이 완전 천직이구나. 나는 억만금을 준다고 해도 이렇게는 못 한다."

"그 대신 너는 회사 일을 그렇게 하잖아. 다 자기 사명이 있는 거지. 나도 일반 직장인이라면 너처럼 못했을 거야. 피곤할 텐데 그만 자고 내일 얘기하자. 참, 내일 저녁 여행사 사장 만나는 것 잊지 말고. 오후 6시까지 우리 병원으로 와."

"알았어. 그만 자자."

아침이었다. 양시온은 출근하고 없었다. 우유 잔을 들고 TV를 켰다. 미국과의 무역 전쟁이 헤드라인 뉴스였다. 전문가들의 대담이 끊이질 않았다. 앵커나 출연자 모두 문제의 근본을 말하지 않고 애국주의에 함몰되어 국민감정에 호소했다. 사생결단을 낼 기세로 미국을 공격했다. 모두가 애국자였다. 합리적인 사고나 이성적인 해결책이 들어갈 틈은 어디에도 없었다. 너나 할 것 없이 미국을 주적으로 매도하는 데 핏대를 올렸다. 전쟁도 불사할 태도였다. 중국은 러시아뿐 아니라 유럽이 자기들 편이라고 생각해 미국에 강경 자세를 취했다. TV를 껐다. '매사에 나서지 말고 돈 안 되는 일에 참견하지 말라.'는 중국 속담이 생각났다. 자신의 문제만 생각해도 머리가 복잡했다.

오후에 다롄의 바다로 나갔다. 해변과 바다가 아름다운 진스탄의 모래사장을 걸었다. 금빛 모래에 눈이 부셨다. 조금 걸으니 해변가에 예쁜 카페가 나타났다. 들어가 빵과 커피로 점심을 해결했다. 카페에서 보는 바다는 아름다웠다. 바다 위의 조각배들이 운치를 더했다. 카페를 나와 다시 바닷가를 걸었다. 노천 해산물 시장이 눈에 들어왔다. 신선한 해산물이 가득했다. 생선회에 소주가 생각났다. 몸을 돌려 해안 절벽으로 걸어갔다. 진스탄의 해안 절벽은 오래도록 기억에 남을 절경이었다. 절벽에서 보는 낙조가 일품이었다. 붉은 석양은 파도의 마루에 부딪혀 은빛으로 다시 태어났다. 진스탄의 석양을 뒤로하고 중산병원으로 향했다. 도착한 지

30분이 지날 즈음 양시온이 현관에 나타났다.
"시온아, 오늘 하루 피곤했지?"
"아니야, 해야 할 숙제를 해서인지 피곤하지 않았어. 나가자."
두 사람은 병원을 나와 약속한 음식점으로 향했다. 7층 건물의 전문음식점이었다. 종업원이 7층 VIP 룸으로 안내했다. 약속시간보다 10분 일찍 도착했는데 여행사 사장은 이미 와 있었다.
"어서 오세요."
사장은 양시온을 반갑게 맞았다.
"일찍 오셨네요. 사장님, 상대편 의자로 가시지요."
양시온은 사장에게 상석인 입구 건너편 자리를 권했다.
"아닙니다. 거기는 박사님 자리입니다. 오늘은 제가 박사님을 초대했으니 저에게는 귀한 손님입니다. 박사님이 건너편 자리로 가셔야 합니다."
두 사람은 하는 수 없이 건너편 의자로 가서 앉았다.
"사장님, 제 친구입니다."
"진필이라고 합니다."
"주화건입니다."
주 사장은 진필에게 명함을 건넸다. 신대륙여행사 총경리사장라고 적혀 있었다.
"사장님, 신대륙은 어떤 여행사입니까?"
양시온이 물었다.
"저희는 현실에 안주하지 않고 항상 새로움을 추구합니다. 신대륙은 새로운 여행지를 개척하고 남이 안 가 본 곳을 개발하는 것을 모토로 합니다.”

“아, 그런 뜻이군요.”

“이야기는 차차 나누기로 하고 음식을 먼저 시키지요. 박사님, 드시고 싶은 것 마음껏 시키세요.”

“음식은 저희보다 사장님이 잘 아시니까 직접 시키시지요.”

“그럼, 제가 주문하겠습니다. 따띠춘빙과 해산물 괜찮겠습니까?”

“네, 저희는 다 잘 먹습니다.”

주 사장은 음식을 주문했다.

“따띠춘빙은 어떤 요리에요?”

“다롄의 최고 인기 요리입니다. 춘빙은 밀가루를 반죽하여 얇게 펴서 군 것으로 어느 음식을 넣어도 잘 어울립니다. 고기를 넣으면 고기 춘빙, 해산물을 넣으면 해산물 춘빙, 채소를 넣으면 채소 춘빙이 되지요. 잉타우러우중국식 고기튀김는 단품으로 먹어도 맛있지만 따띠춘빙에 싸 먹으면 더욱 맛있습니다. 또 이 집 해산물 요리 세트가 일품입니다. 춘빙은 맛보기로 조금만 드시고 다양한 해산물을 메인으로 드세요. 술은 마오타이를 준비했습니다.”

주 사장은 가방에서 술을 꺼냈다.

“술을 직접 준비하셨군요.”

“저도 중국 사람이지만 음식점에서 파는 술을 믿을 수 있어야지요. 고급 바이주는 직접 가지고 다니는 게 속지 않고 확실합니다.”

주문한 음식이 나왔다. 주 사장이 술병을 잡았다.

“제가 먼저 따르겠습니다.”

“아닙니다. 이렇게 대접을 받는데 제가 먼저 따르겠습니다.”

양시온이 말했다.

"아니에요. 아이를 고쳐주셨는데 제가 먼저 따라야지요. 그래야 제 마음이 편합니다."

주 사장은 두 사람의 잔을 채웠다.

"박사님이 제 초대에 응해주셔서 진심으로 감사합니다. 그동안 대접을 못 해 아쉬웠는데 오늘 이렇게 뵈니 밀린 숙제를 하는 기분입니다. 자, 건배하시지요. 박사님의 무궁한 발전을 위하여!"

맑은 마오타이가 입속에 들어가 목젖을 태웠다. 찌푸린 인상이 다시 환한 미소로 바뀌었다. 독주의 특징이었다.

"야, 독하네. 입안에서 불이 나네."

"53도입니다. 더 독한 것도 있습니다."

"정말 대단하네. 구이저우성은 이 마오타이가 먹여 살리겠어."

"아마 그렇다고 볼 수 있습니다. 마오타이는 구이저우가 자랑하는 대표적인 글로벌 기업입니다. 마오타이의 시가총액이 코카콜라를 제칠 날도 멀지 않았습니다."

"그 정도입니까?"

"지금 중국 4대 은행의 시가총액을 합한 것과 비슷하거나 조금 넘을 겁니다."

"야, 엄청나네."

"마오타이의 마케팅은 각국의 국가원수들이 해주고 있습니다. 1972년 미국의 닉슨 대통령이 중국을 방문했을 때도 그랬고, 2013년 시진핑 주석이 캘리포니아에서 오바마 대통령을 만났을 때도 접대주로 마오타이가 쓰였습니다. 그것보다 더 확실한 홍보는 없을 것입니다."

"그렇군요. 그런데 마오타이 맛의 비결이 무엇입니까?"

"마오타이 마을의 공기가 그 비결입니다."

"공기가 비결이라니요?"

"공기 중에 2000여 종의 유용한 미생물들이 있어 마오타이만의 독특한 풍미를 더 해주고 있답니다. 맛의 복제가 거의 불가능하다고 해요."

"아, 그렇군요. 그런 의미에서 한 번 더 건배합시다. 이번에는 사장님의 사업을 위해서 건배하지요."

"싱치는 잘 지내지요?"

양시온은 자신이 수술한 주 사장의 아들 싱치에 대해 물었다.

"박사님이 수술을 잘 해주셔서 몸도 몸이지만 성격이 밝아졌습니다. 전에는 오목가슴이 흉하다고 친구들과 어울리지 않았는데, 요즘은 친구들과 운동도 하고 잘 어울려서 제가 한시름 놓았습니다. 박사님이 우리 가족을 살렸습니다."

"과찬입니다. 누가 해도 할 일인데요. 아마 1년쯤 지나면 가슴뼈가 제 자리를 잡을 겁니다. 그때 가서 가슴에 넣은 지지대를 빼면 지금보다 훨씬 편하고 좋아질 거예요."

"잘 알겠습니다. 박사님 만나기 전에 여러 병원을 전전했는데 수술이 쉽지 않고 후유증도 있다고 해서 고민을 많이 했습니다. 박사님을 만난 것이 우리 아이에겐 천운입니다."

"천운이라니요, 다른 의사가 했어도 잘 했을 겁니다. 참, 사장님. 제 친구가 여행하는 데 조언을 해주셨으면 합니다."

"어디를 가시는데요?"

"실크로드를 가 보려고요."

"어떤 목적으로 가시는지 물어도 될까요?"

"실크로드의 흔적을 느끼고 싶어요. 그 험한 길을 걸었던 대상들의 상인 정신을 느꼈으면 합니다."

"상인 정신이라 하면 구체적으로 무엇을 말하는 겁니까?"

"당시의 상인들은 생명을 담보로 교역을 했습니다. 죽음을 무릅쓴 그들의 용기와 의지, 인내심 등을 느끼고 싶어서요."

"그렇다면 단순 여행 가이드가 아닌 실크로드 전문가가 필요하겠는데요."

"그런 분이 있을까요?"

"글쎄요……. 아, 한 사람 있긴 합니다."

"다행이네요."

"우리 여행사의 사회 이사로 지린 사범대학에서 역사를 가르치는 위칭수 교수입니다. 지금은 안식년이라 학교 강의는 안 하고 논문만 준비하는데 시간을 낼 수 있는지 한번 물어보겠습니다."

"그렇습니까? 연결이 되면 좋겠네요."

"제가 알아보고 전화 드리겠습니다."

"초면에 신세가 많네요."

"신세라니요. 박사님의 고마움에 비하면 아무 일도 아닙니다."

세 사람은 저녁을 먹고 헤어졌다.

실크로드

주화건 사장을 만나고 3일이 지나서 연락이 왔다. 여행이 가능하다고 했다. 위칭수 교수와 전화로 통성명을 하고 일주일 후에 시안에서 만나기로 했다. 진필은 약속한 날보다 3일 앞서 시안으로 갔다. '몰락한 귀족'이 되어버린 3천 년의 시안을 먼저 만나보고 싶었다.

다롄 공항에서 시안행 비행기에 올랐다. 2시간 반 후에 시안의 셴양 공항에 도착했다. 시안역에서 지하철 5호선을 타고 시안의 중심가 '중러우'로 향했다. 중러우역을 나와 숙소를 찾아 짐을 풀고 카운터로 내려갔다.

"실례합니다. 이곳이 처음인데 식당 좀 추천해 주시겠어요?"

"나가시면 주위에 식당이 많습니다. 아니면 광장을 조금 지나면 회족 거리가 나옵니다. 시안에서 가장 유명한 미식 거리지요. 양꼬치, 파오모, 감과자 등 여러 종류의 거리 음식과 다양한 양고기가 있어 골라 드실 수 있습니다. 아직 이른 봄이라 지금 그 옷차림으로 나가시면 춥습니다. 여권이나 큰돈은 맡기는 게 안전하고요. 시안은 여행자를 노리는 노상강도나 소매치기가 많아 돈이나 여권을 분실하는 경우가 빈번합니다. 그리고 가능한 밤늦은 시간은 피하는 게 좋습니다."

"네, 말씀 감사합니다."

진필은 다시 방으로 올라가 재킷을 들고나왔다. 밤이 되자 시내 입간판에 꽃이 피기 시작했다. 3월의 시안은 우리나라의 강원도 날씨와 비슷해 밤에는 쌀쌀했다. 광장을 지나 10분쯤 걸으니 회족 거리가 나왔다. 주변에서 양고치 굽는 냄새가 코를 찔렀다. 꼬치를 몇 종류 먹으니 배가 불렀다. 음식점에는 그 흔한 맥주 한잔 마시는 사람이 없었다. 다른 도시에서 볼 수 없는 특이한 광경이었다.

"주변에 술 마시는 사람이 없는데 이곳에선 술 마시면 안 되나요?"

양꼬치를 굽는 청년에게 물었다.

"법으로 금지된 것은 아니지만 회족은 술을 마시지도 팔지도 않습니다. 술을 마시고 싶으면 회족 식당이 아닌 다른 식당을 찾아야 합니다."

청년은 말하면서 연실 꼬치를 구웠다.

밤의 시안은 낮과는 전혀 달랐다. 여느 1선 도시 못지않게 활기가 넘쳤다. 대부분이 여행객이었다. 노동절과 국경절 때 오면 사람 뒤통수만 보다가 돌아간다고 했다. 본격적인 여행 시즌이 아닌데도 걸으면 서로의 어깨가 닿았다. 고문화가를 둘러본 후에 거리에 즐비한 특산품점으로 들어갔다.

"야, 정말 아름답네."

혼잣말을 하자 점원이 따라붙었다.

"당삼채입니다. 백색의 바탕 위에 갈색·녹색·남색 등의 유약을 입힌 도기인데, 삼색 유약을 사용해서 '당삼채'라고 하지요. 주로 장안과 낙양에서 귀족들이 장례용으로 사용했습니다. 이쪽에 있는 옥도 구경해 보시지요. 시안 인근에서 나는 옥은 품질이 좋아 국내는 물론 해외에서도 인기가 좋습니다."

"그렇군요. 구경 좀 더 할게요."

"천천히 구경하세요."

종업원은 친절하게 설명했다. 따라다니며 구매를 강요하지 않았다. 진필은 서예 도구와 도자기를 구경하고 상점을 나왔다. 멀지 않은 곳에 스타벅스가 보였다. 사람들로 북적였다. 외국인보다 중국 젊은이들이 많았다. 난공불락의 녹차를 커피가 점령했다는 것을 실감할 수 있었다. 숙소에 들어오니 밤 10시가 넘었다. 피곤이 몰려왔다. 내일은 시안 성벽과 병마용을 둘러보기로 했다.

아침 공기가 상쾌했다. 거리는 어젯밤의 혼잡을 찾아볼 수 없이 고요했다. 하지만 그 적막함은 오래가지 않았다. 사람들이 하나둘 광장으로 모이더니 음악에 맞추어 춤을 추기 시작했다. 50, 60대의 아저씨 아주머니들이 대오를 맞추어 몸을 빠르게 움직였다. 군무 속에는 어린아이와 70이 넘은 노인들도 있었다. 대륙은 군무가 지킨다는 말이 실감이 났다. 처음 보는 남녀가 스스럼없이 손을 잡고 팔짱을 꼈다. 빠른 장단에도 거침이 없었다. 중국인의 군무는 사교댄스가 아니라 하나의 문화요 생활 스포츠였다.

진필은 숙소에서 식사를 마치고 시안 성벽을 찾았다. 입장료가

54위안으로 다소 비쌌다. 시안 성벽은 명나라 초기의 성벽으로 당나라 장안 황성의 기초 위에 건조된 중국의 현존하는 최대 규모의 성벽이었다. 둘레가 무려 14km나 되었고 성벽 위는 4차선 도로보다 넓어 아예 자전거나 전동차를 빌려 성벽 주변을 도는 사람들도 있었다. 매년 11월에는 성벽 위에서 성벽국제마라톤대회가 열린다고 했다. 시내가 한눈에 들어왔다.

성벽에서 내려와 화청지와 병마용을 보기 위해 버스터미널로 향했다. 전용 버스를 타고 1시간 반을 달렸다. 화청지는 병마용 옆에 있어 덩달아 유명 코스가 되었다. 입장료가 장난이 아니었다. 하절기에는 150위안, 동절기에도 120위안이나 되었다. 비싸다는 생각이 들었지만, 문화재의 입장료를 논하는 것은 의미가 없다고 생각했다.

부용호를 한 바퀴 돌고 나서 당 현종의 애첩 양귀비를 위해 건설했다는 황실 휴양 온천으로 갔다. 양귀비가 목욕했다는 '해당탕'과 현종과 양귀비가 사랑을 나눴다는 '연화탕'을 둘러보았다. 화청지는 현종과 양귀비의 온천으로 이름이 났지만, 1936년 시안사변 때 장개석이 구금되었던 장소로도 유명했다. 화청지 한쪽 계단을 올라서니 장개석이 실제 사용했던 공간이 보였다.

화청지를 보고 나니 허기가 찾아왔다. 점심은 빠오즈와 요우티아오로 대신했다. 빠오즈 속 두부와 목이버섯이 맛을 더했다. 튀긴 꽈배기 일종인 요우티아오는 두유와 궁합이 잘 맞았다. 식사를 마치고 병마용으로 갔다. 1974년 농민이 우물을 파다가 발견했다는 진

시황의 병마용은 세계 8대 기적의 하나로, 2200년 전 70여만 명을 동원해 만들었다고 했다. 병마용이 36년을 걸려 완성됨으로써 진시황이 죽고 한참 뒤에야 기마병을 세울 수 있었다.

입구에서 병마용까지는 전동차로 이동했다. 이용료가 5위안이었다. 자본주의보다 더 철저하게 돈을 챙겼다. 병마용엔 8천 명의 실물 크기의 병사들과 기마병, 궁수들이 모두 다른 모습을 하고 있었다. 병마용에는 세 개의 전시관이 있었다. 1호 갱은 주력부대, 2호 갱은 기마병과 같은 기동부대, 3호 갱은 발굴 당시 채색된 병사들과 변색된 용사들로 일부만 있고 나머지는 사진으로밖에 볼 수 없었다. 기마병 하나하나는 혀를 내두를 정도로 섬세했다.

병마용을 나와 버스를 타고 다시 시내로 향했다. 따뜻한 국물이 생각났다. 저녁으로 산구마오차이를 먹었다. 산구마오차이는 마라탕과 마라샹궈의 중간 정도로 국물이 자작했다. 마라탕은 국물이 많고 마라샹궈는 국물이 없는 볶음인데, 산구마오차이는 국물도 맛보며 볶음 음식도 맛볼 수 있어 좋았다. 다시 시안의 밤거리를 걸었다. 사람 구경, 음식 구경만으로도 흥분되었다. 한참을 걷다 숙소로 돌아왔다.

아침이었다. 밖에서 앰프 소리가 났다. 여지없이 군무가 시작되었다. 진필도 광장으로 내려가 합류했다. 중국 사람처럼 몸을 움직이는 것이 쉽지 않았다. 금방 따라 할 수 있을 것 같았지만 잘 되지 않았다. 포기하고 구경만 했다. 중년 아주머니들의 몸매는 예사롭지 않았다. 배는 거의 나오지 않았으며 엉덩이는 펑퍼짐하거나 도드라

지게 튀어나오지 않았다. 가슴은 잘 익은 수밀도처럼 탐스럽진 않았지만 하체는 모델 뺨칠 정도로 잘 빠졌다. 전형적인 한족 여인의 몸매였다. 녹차를 많이 마셔 그렇다는 의견과 조상 때부터의 기름진 음식을 가까이하지 못했기 때문이라는 의견이 분분했다.

숙소로 돌아와 짐을 챙겨 공항으로 나갔다. 공항 로비에서 위칭수 교수를 만났다. 수인사를 하며 통성명을 했다. 40대 중반으로 인상이 좋았다. 위 교수는 한국말로 '안녕하세요.'라고 말했다. 위칭수 교수의 아버지는 한족이고 어머니가 조선족이었다.

"바쁘실 텐데 시간을 내주셔서 감사합니다."

"아닙니다. 기업에서 중추적인 일을 했던 분과 함께 여행할 수 있어 제가 감사하지요."

두 사람은 버스를 타고 시내 호텔로 향했다. 여행의 모든 일정은 위칭수 교수가 정했다. 여행경비도 생각보다 저렴했다. 양시온의 꽌시 덕분이었다. 진필은 자신의 경비만 내고 위 교수 몫은 여행사에서 부담했다.

"교수님, 어떻게 시간을 내셨어요?"

"세미나가 푸단대학에서 있었는데 마침 이틀 전에 끝났습니다. 실크로드는 언제나 마음을 설레게 합니다. 꼭 다시 가 보고 싶은 곳입니다."

"이번이 처음이 아니군요."

"두 번째입니다. 처음에는 튀르키예까지 가지 못하고 키르기스스탄의 오시까지 갔다가 중간에서 돌아왔어요. 아쉬움이 컸지요."

"그랬군요."

"진 선생님은 어떤 연유로 실크로드를 계획하셨나요?"

"새로운 일을 궁리하면서 실크로드를 오고 간 대상들의 기운을 느끼고 싶었어요. 그 멀고 험한 길을 목숨을 걸고 걸어야 했던 그들의 상인 정신을 체험하고 싶었습니다."

"그랬군요."

"명함을 보니 지린 사범대학 교수신데 지린吉林과는 특별한 인연이 있나요?"

"어머니가 지린에 사세요. 아버지가 돌아가시고 어머니가 혼자 계셔서 지린으로 갔습니다."

"고향이 지린입니까?"

"아닙니다. 저는 상하이에서 태어났습니다. 부모님 모두 상하이 자오퉁交通대학에서 교수셨어요. 두 분이 정년퇴직하시고 다롄으로 오셨어요. 아버지 고향이 다롄이거든요. 아버지가 돌아가시고 어머니는 친정인 지린으로 가셨어요. 지린 사범대학에서 석좌교수로 계시다가 은퇴하셨지요."

"교수님은 어떻게 지린 사범대학에서 교편을 잡으셨어요?"

"저는 모교인 푸단대학에서 중국 고대 문학사를 가르쳤는데 지린 사범대학과 학술적인 교류를 많이 했어요. 그곳 초청도 있었고 어머니도 지린에 계셔서 그곳으로 옮겼습니다."

"그럼 가족이 모두 지린에 살겠네요."

"집사람은 다롄 공업대에서 토목과 교수로 있습니다. 그리고 아들은 우한에 있는 화중 과학기술대학에서 컴퓨터 공학박사 과정에 있고요. 아내와 저는 두 달에 한 번씩 다롄과 지린을 오가는데, 어머니가 지린에 계셔서 아내가 올 때가 더 많습니다."

"온 가족이 교직에 있군요."

"돈은 안 되는 직업입니다. 중국에서는 대기업에 다니든지 자기 사업을 해야 대우받습니다. 다 왔네요. 다음 정거장에 내려야 합니다."

두 사람은 버스에서 내려 호텔로 들어갔다.

"방이 넓어 트윈베드로 예약했는데 불편하시면 방을 하나 더 얻어도 됩니다."

"아닙니다. 서로 이야기도 나누고 좋습니다."

"신대륙여행사의 주화건 사장이 진 선생님 불편하지 않도록 당부했습니다. 불편한 점 있으면 언제든 말씀하세요. 여행 기간이 길어서 불편하면 안 됩니다."

"네, 알겠습니다."

두 사람은 짐을 놓고 호텔을 나왔다.

"진 선생님, 드시고 싶은 음식 있습니까?"

"제가 이곳에 이틀 머물면서 먹고 싶었는데 아직 못 먹은 음식이 있습니다."

"어떤 음식인데요?"

"도삭면입니다."

"그러면 도삭면 잘하는 집으로 가시지요."

두 사람은 한 정거장을 걸어서 면 집을 찾아 들어갔다. 위 교수는 도삭면과 맥주를 시켰다.

"산시성은 토지가 척박해 예로부터 밀 농사가 많았어요. 그러다 보니 시안 사람들은 쌀보다 밀로 만든 만두나 국수를 주식으로 했습니다."

"쌀농사가 안 되는데도 그렇게 오랜 세월을 수도로 있었는지 궁금하네요."

"처음부터 밀 농사를 지은 건 아닙니다. 6~7세기 후당後唐까지는 쌀농사를 주로 지었어요. 물 부족과 염화로 땅이 황폐해지면서 밀을 재배하기 시작했지요."

"그랬군요."

식당 주방이 오픈되어 있었다. 주방장이 커다란 반죽을 어깨로 받치고 면을 긁어서 끓는 물에 넣었다. 그 모습이 또 다른 재미를 선사했다. 얼마 기다리지 않아 주문한 도삭면과 맥주가 나왔다.

"제 잔 한잔 받으시지요."

"아닙니다. 제가 먼저 따르겠습니다."

"아닙니다. 이번 여행에서는 제가 진 선생님을 모시는 가이드입니다."

하는 수 없이 진필이 잔을 받았다. 두 사람은 이번 여행의 안전을 기원했다.

"교수님, 실크로드는 어떤 곳입니까?"

"실크로드는 동서양을 잇는 6,400km의 기원전 고속도로라고 말할 수 있습니다. 단순한 무역로가 아니라 고대 중국과 서역 간의 정치 · 경제 · 문화를 이어주는 플랫폼으로 보시면 됩니다."

"언제부터 실크로드로 부른 겁니까?"

"'실크로드'라는 용어는 독일 지리학자 리히트호펜이 19세기 말에 처음 사용했습니다. 중국에서 시작해 중앙아시아를 지나 서북 인도로 수출되는 주요 물품이 비단이어서 그렇게 불렀습니다."

"그 여정이 보통 험난하지 않았겠어요."

"실크로드는 중국 시안을 출발해 타클라마칸 사막의 남북 가장자리를 거쳐서 파미르고원, 중앙아시아 초원, 이란고원을 지나 지중해 동안과 북안에 이르는 아주 험난한 코스입니다. 제2차 세계대전이 끝난 후 학자들은 중앙아시아와 서아시아를 지나 튀르키예의 이스탄불과 로마까지 연결하여 장장 1만 2천km직선거리 9,000km에 달하는 길을 실크로드로 규정했어요. 그뿐 아니라 실크로드의 범위를, 유라시아 대륙의 북방 초원지대를 지나는 '초원로스텝로', 지중해로부터 홍해, 아라비아해, 인도양을 지나 중국 남해에 이르는 '남해로'까지 포함시켰습니다."

"과거 대상들이 실크로드를 고집했던 이유는 뭘까요?"

"옛날 로마인들은 동쪽 어딘가에 황금 섬중국이 있다고 믿었고, 중국 또한 서역에 대한 궁금증이 컸습니다. 그럼에도 기원전 2세기까지는 두 지역 간의 교류가 거의 없었어요. 타클라마칸 사막과 파미르고원 같은 자연 장애물과 아랍인들의 방해가 심했기 때문이었지요. 그래도 비단길이 매력이 있었던 것은 이문이 많이 남았기 때문입니다."

"이문이 많이 남다니요?"

"중국에서 비단을 사서 튀르키예나 로마로 가져가면 산 가격의 40배는 받을 수 있었습니다. 국제 상인들은 이런 장사를 놓칠 수 없었지요."

"그렇게나 많이 남았습니까?"

"속을 들여다보면 꼭 그렇지만도 않습니다. 그만한 대가를 치러야 했어요. 생명을 담보로 했기에 꼭 남는 장사만은 아니었습니다."

"생명을 담보로 하다니요?"

"서역으로 가는 데는 세 가지 방법이 있었습니다. 첫 번째가 초원길입니다. 서역으로 가는 지름길인 초원길에는 유목민의 위협이 도사리고 있었습니다. 노상에서 강도에게 털리거나 생명을 빼앗기기 일쑤였지요. 시간이 흐르면서 강도들도 지속적으로 상인들의 돈을 뜯어내기 위해 일정 금액의 데드라인을 설정했습니다. 그들에게도 일종의 사업이었던 거지요.

두 번째 방법은 비용이 만만치 않았어요. 초원길 외 내륙을 가로질러 가는 또 다른 방법이 있었지만 지금의 관세에 해당하는 과중한 통행세를 부담해야 했습니다.

그리고 세 번째 방법은 사람이 살지 않는 사막을 통과하는 것입니다. 사막은 엄청난 고통을 요구했습니다. 길을 잃고 도상에서 죽기도 하고 동물의 습격으로 낙타를 잃기도 했습니다. 그렇게 온갖 어려움을 극복하고 중국에 도착했어도 황제가 상인들이 원하는 만큼의 비단을 내주지 않으면 그들의 모든 노력은 헛수고가 되고 말았지요. 이렇듯 초기 비단길은 어려움이 많았습니다."

"그럼, 상인들은 어떤 대책을 세웠나요?"

"국제 상인들은 장애물을 없애고 원하는 만큼의 비단을 받아내기 위해 특단의 조치를 취했습니다. 초원의 유목 권력과의 결탁입니다. 유목민족은 과감하고 잔인했습니다. 말을 타고 이동함으로써 정보에 민감했고 속도에 우위를 점했습니다. 상인들은 유목민의 강력한 힘을 등에 업고 중국 황제를 압박했지요. 그런 과정에서 유라시아 내륙에는 거대한 유목국가가 탄생하게 되었습니다. 초원의 유목민과 오아시스 상인에 의한 유목국가 건설은 동서의 교역을 확대하는 초석이 됐습니다."

"실크로드는 처음에 어떻게 생기게 된 겁니까?"

"실크로드는 중국 한 무제의 역할이 절대적이었어요. 한 무제는 BC 100여 년 경 중앙아시아의 대월지, 오손과 연합하여 중국을 위협하던 흉노를 제압하고 서아시아로 통하는 교통로를 확보하려 했습니다. 그때 선봉장이 장건이었어요. 장건이 대월지국과 동맹을 맺는 데는 실패했지만 오가며 생긴 길이 실크로드의 근간이 되었습니다."

"그 길이 실크로드가 될만한 이유가 있었나요?"

"장건이 13년 만에 돌아옴으로써 명마와 금 · 은전을 사용하며 한나라의 특산품을 원하는 나라들이 있다는 정보를 얻을 수 있었어요. 장건이 지났던 타클라마칸 사막 북쪽 길과 남쪽 길에는 부유한 나라들이 많았습니다. 이는 중국 조정과 황제의 호기심을 자극하는 데 충분했습니다. 게다가 대월지, 강거, 오손 등 군사력이 강한 유목민족들을 흡수해 패권국으로 거듭나는 기회를 엿볼 수 있었지요. 당시 중국과 서역 사이에 낀 간쑤성은 흉노가 다스리고 있어 한나라로선 흉노를 제압해야 했습니다. 결국, 한 무제는 BC 60년에 흉노를 굴복시켜 서역의 길목을 완전히 손에 넣었지요. 이

때부터 중국의 비단은 본격적으로 중앙아시아를 거쳐 로마까지 팔려나가게 되었어요."

"당시 교역의 대상은 무엇이었나요?"

"실크로드를 통해 서역의 기린, 사자와 같은 진귀한 동물과 호두, 후추, 호마참깨의 종자, 유리 만드는 기술 등이 중국에 전해졌어요. 역으로 중국의 비단, 칠기, 도자기 같은 물품과 양잠, 화약 기술, 제지 기술 등이 중국에서 서역으로 건너갔습니다. 특히 종이 만드는 기술은 중세 유럽의 암흑기를 밝혀주는 인쇄술의 발달과 지식 보급에 원동력이 되었지요. 이후 둔황을 비롯한 4군데하서4군에 요새를 세워 장사 길을 보호했는데, 이때부터 서역으로 통하는 공식적인 실크로드가 만들어졌습니다.

장건이 서역을 개척한 이래 중국의 역대 왕조는 중앙아시아와 서아시아의 여러 나라와 교류했습니다. 실크로드는 국제 무역과 동서 문화의 교류 측면에서 큰 의미가 있습니다. 또 많은 승려가 경전을 구하러 실크로드를 따라 인도로 들어갔고, 인도의 승려들 역시 중국을 손쉽게 오갈 수 있었지요. 중국 불교는 실크로드가 가장 활발했던 당대에 꽃을 피웠으며 그것을 기화로 한국, 일본 등을 비롯한 동아시아로 급속히 전파되었습니다."

"그랬었군요."

"진 선생님은 시안 좀 둘러보셨나요?"

"회족 거리에서 길거리 음식도 먹고 시안 장벽과 화청지, 병마용을 보았습니다."

"보실 것은 다 보셨네요. 그러면 호텔로 돌아가서 조금 쉬었다가 대당부용원을 보러 가시지요. 당나라 황실 정원이었던 곳에 조성된 정원인데 야경이 볼 만합니다."

"네, 알겠습니다."

두 사람은 휴식을 취한 후에 지하철 4호선을 타고 대당부용원역으로 갔다. 당나라의 역사 속 부용원은 황가 어원으로 창경궁의 비원을 연상케 했다. 면적이 우리나라 남이섬의 1.5배에 달했는데, 그 중 푸롱호가 3분의 1을 차지했다. 웅장한 스케일의 황실 정원은 어둠이 깔리자 휘황찬란한 조명으로 옷을 갈아입었다. 강가에 비친 자운루는 마치 한국의 경회루를 보는 것 같았다.

"정말 아름답군요. 장엄하기도 하고요."

"그렇습니다. 옛날 건축물과 현대적 조명이 만나 새로운 세계를 만들어냅니다. 호수에 반사되는 불빛이 백미입니다."

두 사람은 분수 쇼를 관람하고 부용원을 나와 호텔 근처로 왔다.

"이곳에서 저녁 식사를 할까요?"

"네, 좋습니다."

"뭐 드시겠어요?"

"저는 뭐든 잘 먹습니다."

"그럼 삐앙삐앙면과 양꼬치 어떠세요?"

"그렇게 하시지요. 그런데 삐앙삐앙면이 뭡니까?"

"삐앙삐앙면은 수타로 만드는 중국 민간의 전통 음식입니다. 면을 치댈 때 'biang biang' 소리가 난다고 해서 그것이 음식 이름이 됐습니다. 재미있는 것은 'biang'이라는 글자의 획수가 56획으로 너무 많아 컴퓨터에 입력할 수 없다는 것입니다."

"그런 글자도 있었군요."

"삐양삐양면은 맛도 좋아 여행객들이 즐겨 먹습니다. 넓은 면 위에 간장, 식초 등의 소스와 끓는 고추기름을 부어 만드는데 이 고장 고유 음식이지요."

음식이 먹음직스러웠다. 면의 식감이 우리나라의 수제비와 비슷하고 국물이 얼큰했다.

"위 교수님, 시안이 3천 년 중국 역사에서 가장 웅장하고 화려했던 비결은 무엇인가요?"

"'30년의 중국을 보려면 선전深川을 보고, 1000년의 중국을 알려면 베이징을 보고, 3000년의 중국을 이해하려면 시안을 보라'는 말이 있습니다. 시안 없이 중국의 어제와 오늘을 말할 순 없습니다. 시안은 중국을 의미하는 '천하', '중화'라는 개념의 발생지입니다. 중국이라는 나라의 지리적 · 문화적 · 정신적 가치의 시작점이지요. 기원전 11세기 서쪽 변방의 주나라가 상나라를 멸하고 시안을 도읍으로 주왕조를 열었습니다. 이때부터 중국에 '천하'라는 개념이 생겼습니다. 예부터 중원이라 하면 시안을 말했습니다. 이 말은 중국의 뿌리가 시안이라는 의미입니다. 진 선생님, 한 도시가 그 나라의 수도로 존재하려면 어떤 조건이 필요하다고 생각하십니까?"

"글쎄요. 외적의 침입으로부터 안전을 도모할 수 있어야 하고 물산이 풍부해야 왕조가 지탱할 수 있지 않을까요?"

"맞습니다. 안전과 먹거리가 수도의 기본조건입니다. 그런 면에서 관중의 중심인 시안은 수도로서 천혜의 조건을 갖추고 있었습니다. 서쪽의 산악지대와 북쪽의 황토고원은 자연 장벽의 역할을 충분히

했습니다. 방어가 용이해 수도로서 안전을 도모할 수 있었지요. 또 사마천이 '관중의 땅은 천하의 3분의 1이고 인구는 10분의 3에 불과하지만, 그 부는 10분의 6을 차지한다'라고 했을 정도로 먹거리가 풍부했습니다. 관중 평야는 낙양의 5배로 천부지국으로 불렸습니다. 옥토라는 의미지요. 이렇듯 안전과 먹거리가 확보된 시안은 수도로서 오랫동안 존속할 수 있는 천혜의 땅이었습니다."

"시안이 수도로서의 역사는 얼마나 되나요?"

"시안을 수도로 삼았던 기간을 합산하면 1100년이 넘습니다. 그야말로 '천년고도'지요. 로마, 아테네, 카이로와 함께 세계 4대 고도 시안은 역대 가장 많은 왕조가 도읍한 곳입니다. 서주, 진, 한, 수, 당 등 13개 왕조가 시안을 도읍으로 정했습니다. 과거에는 시안이 아닌 '장안'으로 불렸습니다. 후당까지 장안이라 했지요. 지금의 시안은 1,200만 명이 조금 넘지만, 당시 시안의 인구는 백만이었으니 세계에서 가장 많은 인구를 보유한 거대 도시였습니다."

"그렇게 장대하고 유서 깊은 시안이 수도로서 기능을 다하게 된 이유는 무엇인가요?"

"'안전과 먹거리'를 잃어버렸기 때문이지요. 거란, 여진 등의 북방민족의 계속된 침범으로 방비가 쉽지 않았습니다. 또 방비벌채로 인한 토지 염화로 쌀의 생산량이 급격히 감소했어요. 그로 인해 벼농사가 물을 적게 사용하는 밀 농사로 바뀌게 됐습니다."

"그래서 시안의 만두와 국수가 유명하게 되었군요."

"그렇습니다. 도삭면도 그런 연유로 유명해졌지요. 그렇게 수도의 기능을 잃어버리자 당나라 말에 수도를 장안에서 뤄양洛陽으로 옮겼습니다. 하지만 뤄양도 비슷한 이유로 중국사의 중심에서 멀어졌습니다."

"그렇게 이어진 곳이 베이징이군요."

"네, 맞습니다. 정치와 경제의 중심이 서북의 시안에서 경제력이 풍부한 강남 해안지역으로 옮겨갔습니다. 그리고 거란, 여진, 몽골 등의 북방 유목민족이 중원을 침범하면서 베이징은 전략적 요충지가 되었습니다. 결국, 중국의 정치 중심지는 북경이 되었고 경제 중심지는 강남의 동부 연안이 되었습니다."

"중국 대륙을 복속시킨 몽골이나 만주족은 내륙으로 들어오지 않고 왜 수도를 북쪽 변방으로 정했습니까?"

"중국 역사의 대표적 도읍지는 장안과 베이징입니다. 두 지역 모두 중국의 중심인 중원을 기준으로 변두리에 해당합니다. 만리장성이 베이징을 지나고 있으니까요. 상나라를 멸한 주나라는 중원지역에 뿌리를 둔 한족이 아니라 서북쪽 험난한 곳에서 땅굴을 파고 살던 이민족이었습니다. 주나라는 자기들의 본거지에 가까운, 중원에서 보면 변두리에 불과한 지금의 시안에 도읍을 정했지요. 상황이 불리해지면 언제든 자기들 본토로 도망칠 수 있었고 변방에 도읍을 정하면 피지배 민족의 어려운 삶을 굳이 챙기지 않아도 되었어요. 베이징은 몽고족인 원나라가 중원으로 쳐들어와 정한 수도입니다. 몽고족 역시 그런 이유로 도읍을 자기네 근거지인 몽고와 가까운 북쪽 변두리로 정했던 겁니다."

"그랬었군요. 시안을 성도로 한 산시성의 경제가 활발했으니 훌륭한 상인들도 많았겠어요."

"그렇습니다. 산시성의 핑야오를 지역 기반으로 한 '진상晉商'은 중국의 역대 10대 상방출신지역을 기반으로 한 공동체 중 최고였습니다. 160년 전 홍콩이 작은 어촌마을에 불과했을 때 산시성의 핑야오 현은 중국 최고의 금융중심지였어요. 한때 미국의 월스트리트에 비견될 만큼 상업과 금융이 활발했습니다."

"저는 시안의 유구한 역사만 생각했는데 핑야오가 그렇게 대단한 곳이었는지 몰랐습니다. 교수님, 우리 앞으로의 여행 일정이 어떻게 되나요?"

"서역의 관문인 간쑤성의 란저우를 거쳐서 텐산북로의 키르기스스탄과 아제르바이잔을 지나 이스탄불까지 다녀오려 합니다. 당시 대상들에게 중요했던 거점도시는 중간중간 둘러볼 계획이고요. 전체 여행 일수는 20일 전후 계획하고 있습니다."

"교수님, 멀지만 핑야오에 들렀다가 란저우로 가는 건 어떨까요? 160년 전의 진상의 본거지를 보고 싶습니다."

"좋습니다. 진 선생님이 경영 전문가니 직접 가 보면 좋은 경험이 될 겁니다. 그럼 내일 아침 일찍 출발하는 것으로 하지요."

두 사람은 식당을 나왔다. 시안의 밤은 양꼬치와 전병을 파는 노점상들로 불야성을 이루었다. 노점마다 목탄을 사용해 시안의 밤하늘은 매캐한 연기로 가득했다.

고속열차에 올랐다. 3시간을 달려 핑야오에 도착했다. 중국 5대 고성의 하나인 핑야오 고성은 2700년 전 춘추시대 때 축조된 것으로 그 모습이 웅장했다. 성벽 둘레만 6km가 넘고 그 넓이가 여의

도의 5배나 되었다. 거리는 사람들로 넘쳐났다. 고성엔 진상의 고장답게 큰 시장이 열리고 있었다. 길옆에는 중국 최초 은행 '일승창 표호'가 버티고 서있었다. 안료 상점이던 일승창을 1823년에 일승창 표호日升昌 票号로 전환했다.

일승창은 진필을 160년 전으로 끌고 들어갔다. 근대 금융의 중심지였다는 사실로 가슴이 뛰었다. 양옆에는 옛 건축물들이 머리를 맞대고 있었다. 거리에서 익숙한 간식거리가 눈에 띄었다. 붕어빵이었다. 내용물 속에 씨를 빼지 않은 대추가 들어있는 게 한국 붕어빵과 다른 점이었다.

"이곳이 명 · 청대 5백 년 진상의 본거지입니다. 이 길을 통해 짐을 실은 마차와 상인들이 끝없이 들고났지요. 핑야오 고성은 〈쿵푸팬더 2〉의 배경이 되었던 곳이기도 합니다."

"그 영화를 여기서 촬영했군요. 역사적인 길을 걸으니 가슴이 울렁거립니다."

"맛집은 메인거리 난따루에 모여 있습니다. 그리로 가 볼까요?"

"네."

식당으로 들어갔다.

"이 지역은 소고기 훠궈와 가지 튀김이 유명한데, 어떻습니까?"

"고장 음식 좋지요. 저는 여행을 하면 그 지역 음식을 주로 먹습니다. 음식이 입에 잘 안 맞아도 색다른 경험이 여행의 맛을 더해주거든요."

식사를 하며 펀주汾酒를 한 잔씩 했다.

"아, 독한데요."

"61도입니다. 펀주 중에는 제일 약한 도수지요. 술 좋아하는 사람들은 63도나 64도를 마십니다."

"펀주도 이 고장 술인가요?"

"네. 펀양현 싱후아촌에서 생산되는 전통술입니다. 1500년의 역사를 갖고 있는 중국의 8대 명주의 하나에요. 술의 색깔이 맑고 향이 좋습니다. 색 · 향 · 맛이 모두 뛰어나 삼절三絕로 부르지요."

"교수님, 진상은 어떻게 중국에서 첫째가는 장사꾼이 되었습니까?"

"춘추시대부터 산시성의 함수호에서 생산되는 소금을 팔면서 큰 부자들이 되었지요. 그들은 안후이성의 휘상徽商과 더불어 중국의 양대 상방으로 이름을 높였습니다. '참새가 있는 곳에 산시 사람이 있고, 닭이 울고 개가 짖는 곳이면 산시 상인이 있다'라는 말이 있을 정도로 진상의 활동무대는 넓었습니다. 한때 러시아 차르도 진상에게 돈을 빌렸다는 말이 있을 정도입니다."

"사세가 얼마나 대단했으면 그럴 수 있을까요?"

"청나라 광서제 때 산시성 갑부 14곳의 재산이 정부의 1년 재정수입과 맞먹었다는 기록이 있습니다."

"소금만으로 그렇게 큰 부자가 되었나요?"

"그렇지 않습니다. 소금 외에 곡물, 비단, 칠기, 차 등을 팔았어요. 또 화물 운송에서도 두각을 나타냈어요. 무엇보다 핑야오가 대단한 것은 중국 최초의 금융기관 '일승창 표호은행'를 운영해 중국 근대 금융에 위대한 발자취를 남긴 것입니다. "

"표호는 무엇을 주로 했습니까?"

"지금과 비슷한 주식 제도와 스톡옵션 같은 공모주 제도 등의 금융업무를 했습니다. 진상의 환어음은 중국 어디에서나 통용되었어요. 19세기 중반 중국 경제의 절반을 장악하였고, 심지어 모스크바와 도쿄, 인도의 콜카타 등지에서도 현금으로 바꿀 수 있었습니다. 핑야오의 표호는 중국은행의 시조이며 중국 금융업의 이정표라 할 수 있습니다."

"환어음이 세계적으로 유통되었다는 것은 정말 대단하네요. 그래서 진상을 최고의 상방이라 했던 거군요?"

"세계의 경제 사학자들은 경영 능력, 기업가정신, 계산적 두뇌 등 금융 감각이 탁월한 진상을 중국의 베네치아 상인이라 부르기를 주저하지 않습니다. 실제로 중국의 은행, 신탁, 증권 등 금융업 종사자들은 산시 출신이 많습니다. 오늘날 화상의 뿌리도 거슬러 올라가면 진상이라 할 수 있습니다. 당시 산시 사람들은 '상인'을 으뜸으로 여겼습니다. '1위 상인, 2위 농부, 3위 군인, 4위 선비'. 이는 청나라 옹정제 때, 대신 유우의가 황제에게 올린 산시 지방의 독특한 사회적 신분 서열입니다. 그들은 다른 지역과 달리 사농공상의 봉건적 서열의식에서 자유로웠습니다. 상업에 종사하는 상인을 으뜸으로 대우했지요."

"최고의 상인이 될 수 있는 특별한 이유라도 있었나요?"

"엄격한 관리방식입니다. 지금의 글로벌 기업과 비교해도 전혀 손색이 없을 정도였지요."

"어떻게 관리했는데요?"

"오너는 투자만 하고 운영은 전문경영인이 했습니다. 지금도 쉽지 않은 소유와 경영의 분리지요. 종업원을 신규로 채용할 때는 3

대에 걸쳐 범죄 이력을 살폈다고 합니다. 또 실적이 안 좋고 업무 능력이 떨어지는 종업원을 퇴출하는 도태제도를 시행했습니다. 그리고 모든 신입 점원은 3년의 수습 기간을 거쳐야만 정식 직원이 될 수 있었습니다. 이와 같은 인사제도로 표호의 오랜 역사에서 단 한 건의 횡령 사건도 일어나지 않았습니다. 이밖에 몇 가지 슬로건이 있었습니다."

"어떤 슬로건인데요?"

"'남이 버린 일에 뛰어들어라', '신용을 버린 이익은 탐하지 않는다', '한 번에 큰 이익을 취하지 않는다', '어려울수록 신의를 우선시한다', '가장 좋을 때 실패를 대비하라' 등입니다. 저는 경영은 잘 모르지만 지금 기업들이 활용해도 좋을 것 같습니다. 하지만 천년만년 승승장구할 것 같았던 진상도 세월의 거센 풍랑을 이겨내지 못했습니다. 세상에 참새가 날아가는 곳이면 진상의 발이 닿지 않는 곳이 없다던 산시성은 옛날이야기가 되었고, 지금은 중국에서 가장 가난하고 낙후된 지역의 하나가 되었습니다. 아이러니하지 않습니까?"

"산시 상인, 진상이 몰락한 직접적인 원인은 무엇인가요?"

"변화에 실패했기 때문입니다. 소금 매매와 금융업으로 성공한 산시 상인은 변화에 제대로 대처하지 못했습니다. 그들은 서구의 선진 금융시스템을 무시하고 전통적인 금융체계만을 고집했어요. 새로운 방식을 배척했던 겁니다. 결국, 명 · 청대 500년 최고 상인의 영화는 사라지고 말았습니다."

"변화를 못 한 거군요."

"네, 그렇습니다."

"이제 어디로 가야 하지요?"

"실크로드의 1차 거점도시 란저우입니다. 중국 서북에 있는 란저우는 간쑤성의 성도로 장안을 떠나서 첫 번째로 만나는 실크로드의 핵심 도시입니다. 그럼 본격적으로 실크로드로 떠나 볼까요?"

"란저우까지는 얼마나 걸리나요?"

"고속열차로 7시간은 가야 합니다. 고성에서 시안까지 3시간 반, 시안에서 란저우까지 3시간 반, 모두 7시간 걸립니다. 직선거리로는 두 배가 안 되지만 시안으로 돌아가기 때문에 그렇게 걸립니다. 열차를 타려면 최소 1시간 전에는 역에 도착해야 합니다. 중국은 수속이 지연되는 일이 흔하거든요."

"알겠습니다."

고성역으로 향했다. 평일임에도 사람들로 붐볐다. 표를 챙겨 열차에 올랐다. 갇힌 공간에서의 7시간은 지루하고 힘든 시간이다. 두 사람은 눈을 감고 잠을 청했다.

한 시간쯤 지났을까 열차는 끝이 보이지 않는 평야를 달리고 있었다. 눈을 떴다. 땅끝이 어디인지 알 수 없었다. 망망대해에서 수평선을 보는 것 같았다.

"교수님, 음료수 드세요."

"고맙습니다. 어디쯤 지나고 있나요?"

"넓은 평야를 지나고 있는데 어딘지 모르겠습니다."

"관중 평원이군요. 끝도 없는 허허벌판이지요. 이렇게 한참을 달릴 겁니다."

"교수님, 우리가 가는 란저우는 어떤 곳입니까?"

"란저우는 황하 문명의 시작점이며 실크로드의 거점도시로 해발 1500m의 고산에 둘러싸인 분지에 있는 도시지요. 남과 북의 폭이 좁고 그사이를 황하강이 흐릅니다. 란저우는 대륙 각지에서 도로와 철로가 모이는 교통의 요충지로 한족, 회족, 티베트족 등 다양한 민족이 모여 사는 도시입니다. 장안을 떠난 상인들은 란저우에서 파미르고원과 톈산산맥을 넘어갔습니다."

"란저우는 음식도 다양하겠네요?"

"여러 족속이 모이다 보니 다양한 음식이 즐비합니다. 그래도 란저우 하면 우육면이지요. 손으로 치댄 국수를 쇠고기 국물에 말아 고추기름을 넣어 만드는데 그 맛이 일품입니다. 란저우는 볼거리도 많지만 황하를 바라보면서 먹는 우육면은 잊을 수가 없습니다."

열차 밖에 석양이 지고 멀리 시골집 굴뚝에선 연기가 피어올랐다. 밥 짓는 풍경은 한국의 시골이나 별반 다르지 않았다. 검은 하늘에서 하얀 별들이 쏟아졌다.

출발하고 7시간이 조금 넘어 란저우에 도착했다. 호텔에서 짐을 풀고 밖으로 나갔다. 우육면을 만드는 식당을 찾았다. 몇 군데 들렀지만 우육면은 팔지 않았다. 우육면은 주로 아침에 먹는 음식으로 아침과 점심에만 판다고 했다. 우육면은 다음 날 먹기로 하고 훠궈를 주문했다. 밥을 먹고 야경을 보러 중산교로 나갔다. 중산교는 황하강을 건너는 중국 최초의 다리로 그 밑으로 황하가 흘렀다. 중산교의 조명과 강물에 비추는 야경이 압권이었다. 한참을 바라보았다. 온갖 상념이 씻겨나갔다. 호텔로 돌아와 일찍 잠자리에 들었다.

아침에 일어나 다시 중산교를 찾았다. 밝은 낮에 황토를 간직하고 굽이쳐 흐르는 황하의 생생한 모습을 보고 싶었다. 황하강은 말 그대로 누런 황토색 그대로였다. 누가 쫓아오기라도 하듯 황하는 다리 밑을 서둘러 빠져나갔다. 강은 흐르면서 자정 능력으로 맑아지는데, 란저우의 황하는 탁한 모습을 그대로 간직한 채 흘렀다.

황하강을 뒤로하고 중산교 건너편 바이타산에 올랐다. 원나라 누르하치가 건립한 불교 사원 바이타사百塔寺가 눈앞에 나타났다. 사원 안에 백여 개의 탑이 있어 바이타사로 불렀다. 바이타사에서 바라보는 란저우의 황하는 또 다른 모습이었다. 황하강의 물결이 마치 짐보따리를 메고 서역으로 달려가는 상인들의 무리 같았다. 수많은 상인 무리가 줄을 이어 앞서거니 뒤서거니 걸음을 재촉하는 듯했다. 바이타사를 내려와 이른 저녁을 먹고 역으로 향했다. 둔황행 야간열차를 타기 위해 서둘렀다. 란저우에서 둔황은 1200km가 넘었다. 저녁 7시 30분 기차를 타면 다음 날 아침 10시에 도착했다.

"둔황으로 가는 길이 옛날 상인들이 지났던 실크로드인가요?"

"네, 그렇습니다. 옛 상인들은 둔황으로 가기 위해 허시후이랑河西回廊 4개 도시를 지나갔습니다. 허시후이랑은 란저우에서 우웨이·장예·자위관을 거쳐 둔황에 이르는 1100km의 먼 행로입니다. 허시후이랑은 말 그대로 치렌산맥과 고비사막 사이에 있는 긴 복도와 같은 오아시스 길이지요. 치렌산맥에서 흘러내린 물이 허시후이랑의 저지대로 흘러 들어가 오아시스 지대를 형성했습니다. 이곳은 동서 길이가 100km, 남북이 약 10km, 평균 해발이 1000~1500m에 이르는 좁고 긴 평야입니다. 남쪽엔 평균 해발 4000m의 치롄산맥이 가로막고 있으며 반대편은 끝없는 사막이지요.

허시후이랑 4개 도시에서 처음 만나는 '우웨이'는 상인들이 쉬어 가는 곳으로 많이 이용했고, '장예'는 마르코 폴로가 그 웅장함에 반해 1년 동안 머물렀던 곳입니다. 또 '주취안'은 한 무제 때부터 서역 교통과 변경방어의 요충지였으며, '둔황'은 오아시스 도시로서 서역으로 가는 관문이었습니다.

허시후이랑으로 가는 벌판에는 옥수수와 밀, 감자, 콩 등의 경작지가 있지만 주취안을 지나면 사막을 만나게 됩니다."

"그렇군요."

밤새 달린 기차는 오전 10시가 넘어서야 둔황에 도착했다. 역 근처에서 간단하게 식사를 하고 호텔에서 휴식을 취했다. 노을이 질 무렵 호텔을 나와 둔황야시장을 찾았다. 음식을 맛보고 사람 구경하기는 야시장이 최고였다. 어둠이 깔리자 야시장은 본색을 드러냈다. 서로의 어깨가 닿을 정도로 사람이 많았다. 여행객 외에도 승려와 군인들이 눈에 띄었다.

"진 선생님, 식사를 먼저 하고 돌아보는 게 어떨까요?"

"소화도 시킬 겸 그게 좋겠네요."

"오늘은 바이주 어떠세요? 둔황 바이주가 이곳 명물입니다."

"네, 좋습니다."

위칭수 교수는 마트에서 둔황 바이주를 1병 샀다.

두 사람은 길거리 음식 조리대 앞에 멈췄다.

"드시고 싶은 대로 고르세요."

"꼬치구이도 다양하고 튀김과 만두, 두부 요리 등 먹을 게 많네요. 꼬치는 제가 안 먹어본 것으로 시켜볼게요. 당나귀고기와 야크고기 어떠세요?"

"저는 둘 다 좋습니다."

주문한 음식이 나왔다. 먹음직스럽고 푸짐했다.

"우리 건배할까요?"

"건배사 한번 하시지요."

"건배사는 진 선생님이 해주세요. 제가 받겠습니다."

"우리 여정의 안전과 즐거움을 위하여!"

건배사에 이어 두 잔이 부딪히며 파열음을 냈다.

"야! 독하네. 온몸이 짜릿한 게 여행하는 기분이 나는데요. 꼬치는 부드러우면서 쫄깃한 게 아주 맛이 좋아요."

"이게 여행이지요. 많은 사람과 어울리는 맛에 여행하는 것 아닙니까?"

"궁금한 게 있습니다."

"어떤 것이 궁금하세요?"

"교수님은 어떻게 신대륙여행사의 고문이 되신 거예요?"

"저는 일 년에도 몇 번씩 동료 교수나 제자들과 답사를 떠납니다. 답사 때 신대륙여행사에서 몇 차례 편의를 제공했어요. 저는 그 보답으로 주 사장에게 역사적으로 가치 있는 여행지를 추천했지요.

가끔은 주 사장이 제 강의도 듣고 세미나에도 참석합니다."

"그랬군요."

"다 드셨으면 일어날까요?"

두 사람은 식당을 나와 걸었다. 기념품점에는 사막의 도시답게 모래 공예품들이 많았다. 그림을 그리거나 나무에 조각하는 장인들이 눈길을 끌었다.

"교수님, 둔황은 어떤 곳입니까?"

"둔황은 동서 무역의 중계지로 7, 8세기에 이미 세계적인 '둔황 예술'을 창조했던 곳입니다. 지금처럼 둔황이 많은 사람의 입에 오르내리게 된 것은 불교 경전 때문이지요. 막고굴과 장경동의 불동에서 대량의 경권과 고문서 및 서화류가 발견되면서 외부에 알려지기 시작했어요. 둔황은 중원에서 멀리 떨어져 있는 이점을 이용해 중앙정부가 약할 때면 독립을 하거나 근동의 오아시스 도시와 연합하여 작은 국가를 이루었습니다. 그렇게 중앙정부의 영향력 밖에 있어도 무역량은 줄지 않았으며 오히려 이주자가 대량으로 유입되었습니다. 지금 둔황에는 서부 대개발의 거센 바람이 불고 있습니다. 얼마 있으면 시안에서 둔황까지 고속철이 연결됩니다. 시안에서 이곳까지 1800km를 6시간이면 올 수 있습니다. 또 둔황은 동서 무역의 분기점으로 그 의미가 매우 큽니다."

"동서 무역의 분기점이라면 어떤 것을 말하는 거지요?"

"란저우에서 달려온 실크로드는 둔황에서 북로와 남로로 나뉩니다. 북로의 관문이 위먼관이고, 남로의 관문이 양관입니다. 이들 관문을 지나면 태양이 이글거리는 타클라마칸 사막을 만나게 됩니다. 내일은 왕오천축국전이 발견된 막고굴과 실크로드가 갈라지는 위먼관과 양관을 가 볼 예정입니다. 그다음에는 실크로드의 핵심 루트인 키르기스스탄으로 넘어갈 겁니다. 도중에 진 선생님이 보고 싶은 곳이 있으면 말씀해 주세요. 자유여행의 맛이 그런 것 아닙니까?"

"교수님의 계획대로 움직이는 것도 벅찹니다. 이런 일정이면 실크로드의 핵심지역은 거의 가 보게 되나요?"

"중요 지점은 들르지만 제대로 보려면 몇 달이 걸려도 부족합니다."

두 사람은 기념품점을 둘러보고 숙소로 향했다.

아침 식사 후에 승용차를 빌려 막고굴로 향했다. 1900년에 발견된 막고굴이 명사산 동쪽 절벽 1.8km에 조성되어 있었다. 1천여 개의 석굴군 중 그 절반인 492개만이 일반에게 공개됐다. 막고굴에는 중국 불교의 전성기인 당나라 때의 벽화와 열반상, 비천도 등이 있었다. 다른 것보다 장경동 제17 굴에서 발견된 혜초의 '왕오천축국전'이 진필의 눈길을 끌었다. 진필은 1300여 년 전 신라 혜초 스님의 발자취에 잠겨 한참을 그 자리에 서 있었다. 막고굴을 나와 점심을 먹고 양관과 위먼관으로 향했다.

현장법사가 지났던 양관은 실크로드의 서쪽 남로 관문으로 중앙아시아로 가는 출발점이면서 중국 영토의 서쪽 끝이었다. 양관 성문 앞에는 한 무제의 명으로 실크로드를 개척했던 장건의 기마상이 서 있었다. 위먼관은 천산산맥을 따라 중앙아시아로 뻗는 오아시스 육로의 서역 북로후에 천산남로의 관문으로 한나라의 최전방 초소였다. 이 문을 통해 큰 옥이 들어왔다고 해서 위먼관이라고 불렀다. 전쟁이 빈번했던 위먼관은 허허벌판에 천형의 땅이 되어 홀로 서 있었다.

둔황을 뒤로하고 키르기스스탄의 국경을 넘어 상인들의 휴식처인 타쉬라밧으로 향했다. 타쉬라밧은 초원 지역에 있는 석조건물로 15세기 실크로드를 오가던 대상들의 숙소였다. 해발 3000m에 있어 조금만 걸어도 숨이 찼다. 타쉬라밧은 직사각형 구조로 방이 31개나 되어 한 번에 100여 명을 수용할 수 있었다. 대상들이 모여 회의를 했던 중앙홀이 있었고, 죄인을 투옥할 감옥과 외부 산적들의 습격을 대비한 비밀 통로까지 있었다.

타쉬라밧을 뒤로하고 다음 목적지인 나린으로 향했다.

"교수님 나린은 어떤 곳인가요?"

"'나린'은 수도 비슈케크로부터 남동쪽으로 약 199km 거리로 평균 해발 2000m의 고지대에 있는 도시입니다. 나린은 톈산산맥 남부의 중국 신장웨이우얼자치구 카시에서 중앙아시아를 잇는 교역로의 거점도시였어요. 1868년 러시아에 점령되며 도시로 발전했으며 중국과의 교역으로 주요 도로가 중국으로 이어졌지요. 나린의 주민 대부분은 목축업에 종사하고 있습니다."

나린을 떠나 3천 년 고도 키르기스스탄의 오시로 향했다.

오시는 키르기스스탄에서 두 번째 큰 도시로 과거 비단 생산의 중심지였으며 톈산북로의 중요 거점도시였다. 오시는 실크로드

최대의 오아시스 도시로 다양한 민족과 문명이 교차했던 곳이기도 했다.

중앙아시아 최대 시장인 오시 바자르를 찾았다. 오시 바자르는 생활용품에서 대장간의 말편자까지 없는 게 없었다. 거의 1km에 이르는 모습이 장관이었다.

저녁에는 이슬람의 전통 음식 샤슬릭을 먹고 숙소에 들었다. 오시에서 이틀을 보내고 키르기스스탄을 탄생시킨 탈라스로 향했다.

"탈라스는 역사적으로 의미가 큰 곳입니다. 이곳에서 아랍과 당나라 간의 치열한 전투가 벌어져 아랍이 승리함으로써 튀르크족이 훗날 오스만제국과 튀르키예의 뿌리가 되었습니다. 또 탈라스 전투로 중국의 종이 만드는 기술이 서역에 전해지기도 했습니다. 탈라스는 한국 사람들이 잘 아는 고선지 장군이 출병했던 곳이기도 합니다."

키르기스스탄을 뒤로하고 '낙타도 쉬었다 가는 길', 아제르바이잔으로 향했다. 카스피해 연안국 아제르바이잔은 '불의 도시'답게 천연가스와 석유 매장량이 풍부해 세계 17위의 석유생산량을 자랑했다. 또 전 세계 11개 기후 중 9개가 지나가며 황량한 사막과 푸른 초원이 함께했다.

아시아와 유럽을 잇는 실크로드의 중간 지점인 아제르바이잔의 수도 바쿠로 향했다. 카스피해 서쪽 연안의 항구도시 바쿠는 바다와 육로가 접해있어 11세기부터 대상들로 붐볐다. 소비에트 연방 시절인 1967년에 개통된 바쿠의 지하철은 한국보다 7년이 앞섰다.

지하철역은 1994년과 1995년의 큰 테러로 사진 촬영이 법으로 금지되었다.

바쿠를 떠나 아제르바이잔에서 가장 오래된 도시 셰키로 향했다. 코카서스산맥 남쪽 기슭에 위치한 셰키는 실크로드의 중심도시로 큰 역할을 담당했다. 셰키에 있는 캐러밴 휴식처를 방문했다. 상인들이 셰키에 오면 제일 먼저 찾던 곳이 캐러밴 휴식처이다. 휴식처는 주상복합 시설로 객실뿐 아니라 낙타들의 쉼터도 있었다. 낙타는 1층에서 쉬었고 대상들은 2층을 이용했다. 밖에서 보기와 달리 내부는 크고 넓었다. 약 300개의 객실과 창고가 있었다. 마당은 넓었고 천장은 높았다. 휴식처는 대상들의 정보교환 장소로도 이용했다. 이런 휴식처가 셰키를 중심으로 45km마다 하나씩 있다고 했다. 지금은 여행자들이 숙소로 이용하고 있었다.

캐러밴 휴식처에서 하룻밤을 지내고 전통 재래시장을 찾았다. 거리에서 젤리처럼 생긴 '할바'를 만났다. 할바는 아제르바이잔은 물론 튀르키예와 중동에서 즐겨 먹는 간식이었다. 할바를 사려고 사람들이 줄을 길게 서 있었다. 꿀과 설탕을 듬뿍 넣어 단맛을 내고 속에는 각종 견과류가 들어있었다. 그곳 사람들은 할바를 '천국의 달콤함'이라고 했다.

할바 몇 상자 산 후 아제르바이잔에서 가장 아름다운 겨울 궁전을 찾았다. 가는 날이 장날이라고 내부 수리 중이었다. 할 수 없이 여름 궁전을 찾았다. 겨울 궁전만큼은 아니지만 여름 궁전도 아름다웠다. 형형색색 섬세한 스테인드글라스가 눈길을 끌었다. 1층 홀에는 사냥과 전투 장면을 묘사한 그림, 정물화 등 화려한 색상의 프레스코화가 즐비했다. 그곳을 빠져나와 마지막 여행지인 튀르키예로 향했다.

서남아시아와 남유럽 사이에 위치한 튀르키예는 다르다넬스 해협, 마르마라 해협 및 보스포루스 해협을 경계로 서쪽 3%는 유럽에, 동쪽 97%는 아시아에 속했다. 튀르키예의 수도는 앙카라지만 역사적 부침이 심했던 이스탄불에 마음이 더 갔다. 대상들은 아나톨리아 반도에서 보스포루스 해협을 건너 유럽 땅으로 건너갔다. 실크로드의 종착지를 튀르키예라고 말하지만, 로마를 지나 프랑스 파리까지를 실크로드로 보는 학자들도 있었다.

진필과 위칭수 교수는 3일 동안 튀르키예를 돌아보고 실크로드 여행을 마무리했다. 두 사람은 각자 다른 비행기에 올랐다. 위 교수는 세미나가 있어 베이징으로 가고 진필은 다롄으로 향했다. 23일간의 여행이었다. 어느 길이라고 쉽지는 않겠지만 시안에서 둔황까지의 길, 사막을 건너야 하는 키르기스스탄까지의 비단길이 진필의 머리에서 사라지지 않았다. 실크로드는 딱 '이 길이다'라고 정해진 것은 없었다. 학자에 따라 비단길의 위치는 달랐다. 진필은 물었다. 상인들은 무엇을 위해서, 무엇 때문에 생명을 담보로 그 먼 길을 넘나들었는지. 실크로드에는 상인들의 앞길을 가로막는 말로 다 할 수 없는 어려움이 있었다. 그래도 그들은 그 길을 숙명적으로 넘나들었다. 금전적 욕심보다 인간이 이루고자 하는 원초적 욕망 때문이 아닐까 생각했다.

창업

실크로드를 다녀오고 한 달이 지났다. 시간은 진필을 강하게 압박했다. 무엇을 할지에 대한 고민으로 밤잠을 이루지 못했다. 귀국도 생각했지만, 그것은 인생의 목표를 저버리는 패배와 다름없었다. 더 이상의 재취업은 의미가 없다고 생각했다. 남의 방아가 아닌 자신의 방아를 찧어야 했다. 본인이 하고 싶은 일로 자신이 누구인지 알고 싶었다.

창업을 결심했다. 성공이든 실패든 후회는 않으리라 다짐했다. 목표는 프랜차이즈 가맹사업으로 정했다. 먼저 프랜차이즈 가맹점으로 성공하고 나서 프랜차이즈 사업에 뛰어들기로 마음을 먹었다. 방향을 결정하니 마음이 홀가분했다. 업종은 외식업으로 정했다. 외식업의 생태계는 중국이 최고였다. 비행기와 책상만 빼고 다 먹는다는 중국이었다. 사업시스템을 체계화하고 유통을 과학화하면 얼마든지 성공할 수 있다고 생각했다. 가맹 본사에서 사업 골격만 잡아주면 운영은 자신 있었다. 사업체의 오너가 된다는 생각만으로도 가슴이 뛰었다.

사업 아이템을 놓고 고민하던 중 따청당多成堂 패스트푸드 대리점

광고가 눈에 들어왔다. 따청탕은 중국의 떠오르는 패스트푸드점으로 그 기세가 하늘을 찔렀다. 가맹 계약을 하려는 사람들이 줄을 이었다. 계약을 하려면 몇 달을 기다려야 했다. 내 장사를 한다는 설렘은 진필을 조급하게 만들었다. 하루라도 빨리 가맹점을 내지 않으면 몸살이 날 것 같았다. 시간이 지나면 그만큼 자신의 돈이 빠져나간다는 생각이 들었다. 평소 편법을 쓰지 않던 진필도 조급한 마음에 꽌시를 생각했다. 중국 지인들을 살폈다. 톈진에서 레미콘공장 허가를 받을 때 알고 지내던 톈진시의 시안 주임이 생각났다. 다롄이 아닌 톈진시의 공무원이지만 지푸라기라도 잡는 심정으로 도움을 청했다.

중국의 꽌시는 직접적인 영향력도 중요하지만, 다리를 건너가도 힘이 반감되지 않는 특징이 있었다. 시안 주임과 통화를 하고 3일쯤 지났을 때 따청탕 동북본부장으로부터 만나자는 연락이 왔다. 새삼 꽌시의 위력을 실감할 수 있었다. 따청탕 동북본부로 나갔다.

"안녕하세요? 진필입니다."

"안녕하세요? 위허 본부장입니다. 톈진시 시안 주임으로부터 연락받았습니다. 가맹점을 원하신다고요?"

"예. 전부터 프랜차이즈 가맹사업에 관심이 많았습니다."

"저희 회사는 어떻게 알게 됐나요?"

"신문 광고를 보았습니다."

"그럼 가맹점들은 돌아보셨나요?"

"몇 군데 가봤습니다. 제가 만난 가맹점주들은 적극적으로 권하더군요. 한국에서는 드문 일이지요."

"한국은 어떤데요?"

"잘 되는 아이템이라도 가맹점의 20~30%는 부정적이거든요. 따청탕의 가맹점들은 너나 할 것 없이 빨리 시작해보라고 권했어요. 프랜차이즈 사업은 가맹점의 반응이 중요하잖아요."

"혹시 궁금한 점 있으면 물어보세요."

"저는 따청탕이 가맹사업을 하게 된 동기와 가맹사업본부의 비전과 전략, 가맹 조건, 그리고 가맹점을 시작하는 데 필요한 비용이 얼마나 되는지 알고 싶습니다."

"그럼 간략하게 말씀드리겠습니다. 따청탕은 2015년 3월 상하이 직영점을 시작으로 전국 12개 성省에 20개 직영점을 운영하면서 시장의 반응과 소비자의 트렌드를 살펴보았습니다."

"성공모델을 만든 후에 가맹사업을 시작한 거군요."

"그렇지요. 처음부터 가맹사업을 목적으로 한 것은 아닙니다. 우리는 한곳 한곳 수익모델을 만들면서 직영체제를 유지하려 했습니다. 장사가 잘된다는 소문이 나면서 대리점을 내게 해달라는 인민들의 요청이 쇄도했어요. 할 수 없이 당초 계획을 바꾸었습니다. 브랜드 인지도가 높아지면서 가맹사업으로 비즈니스 형태를 바꾸게 된 것이지요. 혹이라도 가맹점주에게 손해가 가지 않도록 입지선정부터 매장관리까지 철저히 하고 있습니다. 점주님들의 수익이 저희 사업의 가장 중요한 가치이고 목표입니다.

우리 따청탕은 '세계에서 가장 맛있고 건강한 패스트푸드 전문점'을 미래의 청사진으로 삼고 있습니다. 그것이 우리 회사의 비전입니다. 손님들의 입맛에 맞고 건강에도 도움이 될 수 있는 제품을 만드는 것이 우리 회사의 제1 목표입니다. 그리고 독점보다는 생태계를 넓혀 과점 체제로 상대적 우위를 차지하는 것이 우리 가맹사업의 전략입니다. 가맹 조건과 비용 등은 뒤에 서류를 보면서 설명하겠습니다."

"현재, 가맹점은 얼마나 됩니까?"

"베이징에 1호 체인점을 시작으로 상하이, 톈진 등 4개 직할시는 물론 전국 22개 성에 300개가 넘습니다. 다음 달, 티베트와 신장위구르에 신규 가맹점을 오픈합니다. 대만과 호주, 일본 등 해외에서도 대리점 협상이 진행 중입니다. 우리는 'KFC보다 한발 앞서 따청탕이 간다'라는 슬로건으로 글로벌 기업을 지향하고 있습니다. 북쪽의 헤이룽장성에서 남쪽의 하이난다오까지, 아시아에서 유럽 및 아메리카 대륙까지 따청탕의 깃발이 휘날리지 않는 곳이 없을 것입니다."

"인기의 비결이 무엇입니까?"

"중국인의 입맛에 맞고, 서구식의 안락한 분위기, 그리고 KFC보다 저렴한 가격이 아닌가 생각합니다."

"외국 브랜드와 비교해 수익률은 어떻습니까?"

"전체적으로는 아직 미흡합니다. 하지만 일부 지역에선 외국 패스트푸드점의 수익을 넘어서고 있습니다."

"가맹점 계약을 하면 가맹본부에선 어떤 도움을 주나요?"

"본사 매니저가 상세상권분석을 통해 해당 입지에 대한 사업 타당성을 분석해 드립니다. 물론 해당 점포에 대한 이력과 향후 도시계획 등 사업과 관련된 내용도 함께 조사합니다. 점포계약이 이루어지면 개업까지의 모든 준비를 지희가 책임지고 진행합니다. 가맹점 주님은 회사가 마련한 장소에서 3주간의 교육만 받으시면 됩니다. 지금이 기회입니다. 지금 신청해도 계약까지는 두 달 이상 걸립니다."

위허 본부장은 가맹계약조건과 비용에 대해서도 상세하게 설명했다.

두 달 이상이란 말이 진필을 더욱 조급하게 만들었다. 어차피 방향을 정했으면 하루라도 빨리 시작하는 것이 좋겠다고 생각했다.

"우선 가계약이라도 할 수 없나요?"

"우리 회사는 가계약은 하지 않습니다. 회사에 가서 상황을 봐야 하겠지만 시안 주임의 부탁도 있으니 다른 분들보다 서둘러 보겠습니다. 계약의 시기보다 점포 선정이 중요합니다. 브랜드 인지도가 높아도 먹는장사는 입지를 잘 선택해야 합니다. 계약 때까지 발품을 많이 파시기 바랍니다. 잘 되는 곳도 가 보고 안 되는 곳도 방문해서 해당 상권과 입지의 장단점을 분석해 보시기 바랍니다. 최대한 서둘러 보겠습니다."

"직접 만나보니 더 신뢰가 가네요. 오늘 본부장님께서 자세히 설명해 주셔서 정말 고맙습니다."

"고맙긴요. 저희가 고맙지요. 저희의 진정한 고객은 가맹점주님입니다. 저희는 매장에 오는 손님보다 가맹점주님을 먼저 생각합니다."

"다시 한번 부탁드리겠습니다."

"연락드리겠습니다."

따청탕의 본부장을 만나고 나니 조급함이 더했다. 온 신경이 가맹점 계약에 쏠렸다. 어릴 때 소풍 가기 전날 밤처럼 시간이 더디 흘렀다. 열흘이 지나고 보름이 지나도 소식이 없자 조바심에 그대로 있을 수 없었다. 시안 주임을 직접 만나 그의 힘을 빌리기로 했다. 톈진으로 날아갔다. 이제 꽌시는 차별도 아니고 불공정도 아니었다. 능력이고 기회였다. 시안 주임을 만나고 온 지 3일 만에 따청탕의 위허 본부장으로부터 연락이 왔다.

진필은 다롄 본부로 가서 프랜차이즈 가맹 계약을 하고 계약금을 송금했다. 천군만마를 얻은 기분이었다. 떨어지는 서산 노을도 끓어오르는 햇무리로 보였다. 사막의 오아시스가 이보다 더 시원할 수 없었다.

가맹 계약은 했지만, 점포 선정이 쉽지 않았다. 역세권이나 대로변에 있는 상가는 임대료가 상상을 초월했다. 서울의 역세권 못지않았다. 좋은 입지를 찾으려 해도 해당 업종에 대한 기본 지식이 없는 것이 문제였다. 외식업에 대한 기초지식이 부족하고 업종에 대한 경험이 없었기 때문에 입지와 구매력과의 상관관계를 알 수 없었다.

몇 날을 찾아 헤매다 마음에 드는 점포를 어렵게 발견했다. 역세권과는 좀 떨어졌지만, 점포 전면이 반듯했고 실 평수가 65평이나 되었다. 주방을 제외하고 식탁을 20개 이상 놓을 수 있었다. 점포가 크면 우선 체면치레하기가 좋았다. 중국 사람들은 겉보기에 그럴싸해야 무시하지 않는 경향이 있었다.

프랜차이즈 본사에 분석을 의뢰했다. B급 수준으로 가능성은 있지만 발품을 더 팔아보는 게 좋겠다고 했다. 진필은 한번 마음에 든 상가를 밀어붙였다. 시간을 두고 세밀하게 따지기보다 빨리 시작하려는 마음이 앞섰다. 평수가 넓어 보증금과 인테리어 비용 등, 계획했던 투자금을 크게 초과했다. 장사만 잘되면 투자금의 많고 적음은 문제가 되지 않는다고 생각했다. 회사에서 기획할 때의 세심함은 찾아볼 수 없었다. 진필은 점포를 절친인 양시온에게 빨리 보여주고 싶었다.

"시온아, 오늘 저녁 식사는 다롄역 근처에서 하는 게 어때?"
"그러지, 뭐. 너 무슨 일 있니?"
"내가 너에게 보여줄 게 있어서 그래?"
"뭔데?"
"가보면 알아."
진필은 저녁을 먹고 마음에 둔 점포를 양시온에게 보여주었다.
"나는 전문가는 아니지만 대로변에 번듯한 게 좋아 보인다."
"그러니? 네가 마음에 든다니 기분이 좋네."
"근데, 가게가 좀 큰 것 아니니? 첫 사업이고, 네가 안 해본 분야인데 처음부터 이렇게 크게 해도 되는 거야?"
"중국에서 작게 시작해서 언제 돈을 버니?"
"물론 네가 잘 알아서 하겠지만 처음에는 좀 작게 시작하는 게 좋을 것 같은데. 사람 앞일 모르잖아. 작게 시작했다 크게 하는 것은 쉬워도 처음부터 크게 했다가 무슨 일 생기면 안 되잖아. 여기는 우리나라도 아니고 중국이잖아. 동료 의사들도 개업의로 나갈 때는 대부분 작게 시작해. 잘되면 그때 가서 확장도 하고 건물도 짓고 하더라고."

"내가 기업에서 신규사업을 많이 성공시켜 봐서 아는데 이 정도 사업은 일도 아니야. 네가 나를 생각해서 하는 말인 줄은 알겠는데, 크게 걱정하지 않아도 돼."

자신만의 사고에 깊이 빠져 남의 말이 귀에 들어오지 않았다.

"사업자는 네 이름으로 낼 수 있는 거야?"

"중국에서 외국인은 개인사업자를 낼 수 없어. 그래서 유한회사를 설립할 거야."

"그러면 일정 금액의 자본금이 필요하지 않니?"

"법인설립자본의 제한은 풀렸지만, 어차피 법인을 낼 거면 최소한의 자본금을 투입하는 것이 좋겠지."

"이런 일을 너 혼자 다 하는 거야?"

"아니야. 법인설립은 대행업체에 맡길 거야. 1%의 수수료만 주면 다 알아서 해줘. 나머지 위생허가, 소방안전허가 등은 본부에서 해줄 거고. 외자기업이 설립되면 취업 관련 비자가 발급돼서 비자 문제도 해결할 수 있어."

원하던 점포를 계약했다. 인테리어를 마치고 집기가 들어오자 비로소 창업한다는 게 실감이 났다. 세무서에서 영업허가증을 받을 때의 기분은 뭐라고 표현할 수 없었다. 처음으로 내 사업을 시작한다는 뿌듯함과 기대감이 온몸을 휘감았다. 이보다 더 행복할 순 없었다. 직원을 뽑고 '가오픈'으로 3일 동안 손발을 맞춘 후에 정식으로 오픈했다. 드디어 새날이 밝았다. 사업 첫날이었다. 멀리서 지인들이 찾아 주었다. GF CHINA의 장진성 이사와 양둥 기획팀장이 다롄까지 와서 축하해주었다. 왕상 대표는 화환과 금일봉을 보내어 축하했다. 실크로드를 함께 여행했던 위칭수 교수와 주화건 신대륙 여행사 사장도 와주었다. 축하객들이 빠져나가고 가게 문을 닫을 때쯤 양시온이 화분을 들고 가게로 들어왔다.

"야, 좋다. 깨끗하고 세련된 게 분위기가 확 사네."

"그러니? 네가 이곳에 있어 시작할 수 있었어, 네가 없었다면 엄두도 못 냈을 거야. 정말 고맙다."

"잘될 거야. 너는 직장에서 신규사업을 성공시킨 경험이 많으니."

"네가 그렇게 말해주니 큰 힘이 된다."

진필은 사업하기를 잘했다고 생각했다. 가슴이 벅차올랐다. 찾아 준 지인들과 일반 고객들은 맛이 좋고 음식점의 인테리어가 세련됐다며 칭찬을 아끼지 않았다. 점포 이미지가 좋아야 한다는 강박관념 때문에 특히 인테리어에 신경을 많이 썼다. 문제는 외부 차입금이었다. 사업을 시작할 때는 가진 돈으로 가능할 것으로 생각했다. 조금씩 욕심을 내다보니 처음 계획의 두 배가 들어갔다. 투자금의 40% 이상을 외부에서 조달했다. 외부차입이 많아 낯선 중국 땅에서는 모험이 아닐 수 없었다. 앞으로 잘 될 것을 생각하면 그 정도의 빚은 문제가 되지 않았다.

진필의 사업장은 맛과 분위기가 좋다고 소문이 나면서 젊은이들의 새로운 미팅 장소가 되었다. 장사를 시작하고 6개월은 수익이 꾸준히 증가했다. 7개월째 접어들면서 다소 주춤하더니 시간이 지나면서 그 폭이 더욱 컸다. 10개월째 접어들자 매출이 급격히 줄면서 적자가 나기 시작했다. 모든 비용이 진필을 압박했다. 계속된 수익감소로 특단의 조치가 필요했다.

큰 꿈을 안고 시작한 사업이 고통의 진원지가 되었다. 생소한 업종의 창업으로 대책 마련이 쉽지 않았다. 정말 '하고 싶고, 잘할 수 있고, 의미 있는' 일로 창업하지 않은 것이 화근이었다. 잘된다고 해서 그대로 따라갔다가 남 좋은 일만 시키고 말았다.

진필의 지인들은 의가 상할 것을 염려해 점포에 문제가 있어도 말하지 않았다. 손님들은 점포 사정엔 별 관심이 없었다. 음식이 맛이 없거나 서비스가 마음에 안 들면 안 가면 그만이었다. 손님이 어쩌다 조언을 해도 진상 고객으로 치부해버리기 일쑤였다. 친구인 양시온만이 현실을 조심스럽게 말했다. 대박은 고사하고 근심과 걱정이 진필의 가슴을 파고들었다. 매출이 줄고 적자가 계속되면서 장사에 대한 애착이 사라졌다. 희망이 사라진 곳에 절망이 주인 행세를 했다.

진필 외에도 따청탕의 많은 가맹점이 고전을 면치 못했다. 대부분의 가맹점 매출이 큰 폭으로 감소했다. 급기야 베이징 1호점이 문을 닫았다. 따청탕의 신화는 더 이상 찾을 수 없었다. 동북 3성을 비롯해 전국의 가맹점들이 하나둘 문을 닫았다. 반면 KFC는 승승장구했다. 수천 년의 중국 음식문화의 대표 격인 닭요리가 70년 남짓한 서양 KFC가 휘두른 주먹에 맥없이 쓰러졌다. 중국 토종들은 자기들 안방에서 한 노인이 만든 닭튀김의 상대가 되지 못했다.

따칭탕과 KFC는 관리방법에서 차이가 났다. KFC의 경쟁력은 엄격한 관리시스템에 있었다. 그들의 1등 전략은 깔끔하고 깨끗한 환경, 친절한 응대, 정확한 공급, 우수한 설비, 신속한 서비스에 있었다. KFC는 원료 입고와 제품 생산, 서비스에 이르기까지 모든 과정에서 엄격한 품질기준을 적용하고 이를 철저히 실천했다. 배송시스템의 효율과 품질, 양념의 배합비율, 야채와 육류의 써는 순서와 크기, 조리시간 등을 일일이 매뉴얼화하고 계량화했으며 고객의 주문과 교환요구, 결제, 고객 배웅, 돌발상황 등에 대해서도 구체적인 규정을 마련해 주기적으로 업그레이드했다.

KFC에서 사용하는 닭은 모두 부화한 지 7주가 된 것들로 육질이 일정했다. 그 이상이 되면 닭의 살은 통통하지만 육질이 떨어지기 때문이었다. 무엇보다 종업원들에 대한 지속적인 교육이 큰 몫을 차지했다.

이에 반해 따칭탕은 그러질 못했다. 체계적이지 않았고 즉흥적이었다. 따칭탕은 계량화된 규정이 아닌 조리사의 감에 의존했다. 특히 서비스의 질이 좋지 않았다. 고객들이 있는데도 파리채를 휘두르거나 해충을 서슴없이 잡았다. 따칭탕은 토종의 이점으로 소비자들의 애국심을 자극하며 일시적인 성공은 했지만, 그것만으로는 성공을 지속할 수 없었다.

자신의 인건비는 고사하고 직원들의 월급도 못 주는 달이 적지 않았다. 망할 때 망하더라도 마음을 다잡아 개선 활동을 전개했다. 고객 서비스의 질을 개선하고 고기의 질을 높였다. 거리에 나가 이벤트를 하며 행인들에게 홍보 전단을 나누어 주었다. 주변 상가와 건물을 직접 찾아가 전단지를 배포하며 판매를 호소하는 등 경영 개선에 박차를 가했다. 하지만 결과는 좋지 않았다. 한번 떠난 고객은 나 싫다고 떠난 애인처럼 대답 없는 메아리가 될 뿐 다시 돌아오지 않았다.

불어나는 영업 손실이 진필을 옥죄었다. 직원 급여와 재료비는 마이너스 통장을 이용했고, 점포 임대료는 지불하지 못할 때가 더 많았다. 월세는 보증금이 있어 뒤로 미룰 수 있었지만 문제는 직원 급여였다. 일반기업과 달리 자영업자가 급여를 미루면 종업원은 미련 없이 떠나는 게 그 바닥 생리였다. 일 잘하는 직원이 떠날 때는 안타까움이 더했다. 이자와 운영비도 문제였다. 처음 사업을 시작할 때 수중에 있던 돈과 차입금 전부를 투자했기 때문에 별도의 운용자금이 없었다.

판세를 뒤집기에 역부족이었다. 자신의 무능을 자책하며 매일 술로 지냈다. 사업을 시작한 지 1년 반 만에 두 손을 들고 말았다. 막상 정리하려니 손실이 너무 컸다. 막대한 자금이 들어간 인테리어는 고사하고 권리금 한 푼 챙기지 못하고 몸만 빠져나왔다. 문제는 사채였다. 이자를 내지 못하자 사채업체 건달들이 원금 상환을 독촉하며 진필을 괴롭혔다. 계속 그렇게 있을 순 없었다. 해결하든지 사라지든지 양단간에 결론을 내야 했다. 세금 등 여러 문제로 출국이 금지돼 한국으로 돌아갈 수도 없었다.

농민공

건달들이 밤낮으로 양시온의 집을 찾아왔다. 주로 밤에 찾아와 괴롭혔다. 양시온도 여간 불편한 게 아니었다. 진필은 양시온의 집을 나왔다. 양시온을 더는 힘들게 할 수 없었다. 당장 머물 곳이 문제였다.

농민공들이 주로 사는 빈민촌을 찾았다. 언제 헐릴지 모르는 그곳에는 도시 후커우戶口, 호적가 없는 농민공과 가난하고 소외된 사람들이 살고 있었다. 그들은 열악한 환경 속에서도 희망을 잃지 않고 치열하게 살아가고 있었다. 한국도 한때 무허가 판자촌이 시골에서 올라온 이주노동자들의 쉼터가 된 적이 있었다. 무허가 빈민촌이라도 자기 명의로 인정받으면 재건축의 분양권을 얻을 수 있지만, 그마저도 세입자들에게는 그림의 떡이었다.

진필은 월 450위안8만 원을 주고 방을 하나 얻었다. 4㎡의 조그만 방이었다. 구석에는 곰팡이가 피었고 전기선이 얽혀있어 화재의 위험이 도사리고 있었다. 중국 인민의 반 이상이 1000위안이 안 되는 월수입으로 살아가는 것을 감안하면 만만치 않은 액수였다. 베이징이나 상하이였으면 1천2백에서 3백 위안은 주어야 했다. 방의 크기와 개수에 따라 한 가족이 살기도 했고 여러 사람이 함께 살기도 했다. 옆방에는 젊은 부부가 아이를 데리고 살고 있었고 건너편에는 노부부가 생활하고 있었다. 또 술집에 나가거나 색주가의 여자들이 사는 방도 몇 개 있었다. 화장실과 샤워장은 공동으로 사용했다. 없는 사람들이 모여 살다 보니 사소한 일로 다투는 일이 잦았다. 진필은 며칠을 방 안에만 있었다.

누군가 노크도 없이 진필의 방문을 열었다. 옆방 아이였다.

"드시래요."

손에는 만두 접시가 들려있었다.

"누가 주셨어?"

"엄마가요."

"고맙게 잘 먹겠다고 말씀드려라. 이거 받아라."

진필은 주머니에서 1위안을 꺼내 꼬마에게 주었다.

"돈 받으면 안 되는데……."

"네가 심부름을 잘해서 주는 거니까 받아도 돼."

꼬마는 돈을 받고 바로 돌아섰다.

만두 맛이 좋았다. 한 끼 식사로 충분했다. 진필은 빈 접시에 간식거리를 담아 옆집 방문을 두드렸다.

"안녕하세요, 만두 맛있게 먹었습니다."

"들어오세요."

옆 방 아낙이 말했다.

"그럼 잠시 실례하겠습니다."

두 평이 채 안 되는 6㎡ 방에 30대 부부와 초등학생 꼬마, 그렇게 세 식구가 살고 있었다.

“간식거리 조금 가져왔어요.”

“뭘 이런 걸 가져오세요.”

“얼마 안 됩니다.”

“동북 사투리를 쓰지 않는 것을 보니 이곳 분이 아니신 것 같군요.”

남편이 말했다.

“네, 한국 사람입니다.”

“그러시군요. 우리 말을 참 잘하시네요.”

“잘하긴요. 인사가 늦었습니다, 진필이라고 합니다.”

“저는 류윈칭입니다. 만나서 반갑습니다. 한국분을 이웃으로 두어 영광입니다.”

“영광은요. 이곳에 사신 지는 오래됐나요?”

“6개월 정도 됩니다. 실은 무허가지만 방 두 칸짜리 집이 따로 있어요. 세를 놓고 이곳으로 왔습니다.”

도시에 내 집이 있다는 것만으로 두 사람은 행복해 보였다.

“그렇군요. 도시에서 집을 장만하는 게 쉽지 않았을 텐데, 대단하네요.”

“사실은 우리 집이 아닙니다.”

“두 분 집이 아니면…….”

“부모님 집입니다.”

“그럼, 부모님은 어디에 사시고요?”

"고향으로 내려가셨어요. 부모님은 농민공 1세대셨어요. 1980년대 초에 시골에서 올라와서 온갖 험한 일을 다 하셨지요. 무허가지만 부모님이 30년 이상을 사셔서 재개발되면 분양권을 받을 수 있습니다."

"그럼 부모님과 함께 도시로 왔나요?"

"아닙니다. 저는 이곳이 고향입니다. 부모님이 저를 이곳에서 낳으셨어요. 부모님의 고향은 윈난성 푸위안현입니다. 워낙 궁벽한 시골이라 입에 풀칠이라도 하려면 외지로 나갈 수밖에 없었어요. 아버지와 어머니는 공사장 잡부로 일하시며 그 집을 마련하셨지요. 저는 2세대 농민공인 셈이지요. 부모님은 제게 같은 일을 시키지 않으려고 애를 많이 쓰셨습니다."

"그럼 2세대 농민공들은 모두 도시에서 태어났나요?"

"어렸을 때 부모를 따라 도시로 왔거나, 홀로 일자리를 찾아 상경한 사람들이에요. 아니면 저처럼 도시에서 태어난 사람들이 2세대 농민공입니다. 그래서 1세대 농민공과 달리 2세대는 도시문화에 익숙한 편입니다."

"초기 1세대 농민공은 어땠습니까?"

"도시 거주자에 비해 차별이 심했어요. 그래도 고향보다는 경제적으로 나았지요. 그들이 하는 일의 종류도 다양했어요. 건설 현장을 메운 일용직 노동자, 추위에도 아랑곳하지 않는 노점상, 접시 닦기에 쉴 틈 없는 아낙 등 그 직종이 다양했습니다. 그중에 부동산 개발붐에 힘입어 공사판 일용직이 제일 많았어요. 그렇게 농민공들은 근근이 생활을 이어가면서 판자촌에서 하루하루 힘든 삶을 살아야 했지요."

"많은 인민이 도시로 몰려들면서 문제도 적지 않았을 텐데."

"도시 거주자들과의 차별로 농민공의 시위와 파업, 자살 등 저항이 만만치 않았습니다. 사실 농민공들은 현대판 '노비'나 다름없었어요. 소득수준도 도시 거주 노동자의 3분의 1에 불과했고 의료혜택이나 자녀 교육 등 여러 면에서 불이익이 많았습니다. 중국공산당은 저렴한 노동력이 주는 이익보다 저항에 따른 문제가 더 크다는 것을 알게 되면서 정책을 바꾸었어요. 정부는 지방정부에 농민공 포용 정책에 대한 실천방안을 지시했지요. 경제성장이 최우선 과제인 지방정부로선 중앙정부의 요구를 수용할 수 없었습니다. 결국, 도시인구 7억 5천만 명 중 2억 5천만 명이 넘는 농민공들이 법적 사각지대로 내몰리게 되었습니다."

"그렇군요. 농민공은 처음 어떻게 시작된 거예요?"

"농민들이 본격적으로 도시로 몰려들게 된 것은 개혁개방 이후지만, 그 시작은 인민공사의 폐지에서 시작되었습니다. 마오쩌둥이 죽고 1958년 대약진운동 때 만들어진 인민공사가 폐지되면서 강제로 편입되었던 집체 생산조직이 '호별영농'으로 전환되었습니다. 그로 인해 잉여 노동력이 발생했어요. 다시 말해 집체 생산단위가 가족 단위로 전환되면서 노동력의 이전이 가능하게 된 것이지요."

"어떻게 노동력이 이전되었나요?"

"잉여 노동력은 1차로 향진기업에 투입되었습니다. 향진기업소규모 농촌기업은 저렴한 노동력으로 1980년대 중국 경제성장의 견인차

노릇을 했습니다. 향진기업이 점차 도시부문 국유기업과의 경쟁에서 밀리면서 값싼 노동력은 다시 국유기업으로 옮겨갔습니다. 농민의 도시 이주가 본격화되면서 농민공이 출현하게 되었지요."

"그때 부모님이 도시로 올라오셨군요."

"그렇습니다. 덩샤오핑의 선부론발전성이 높은 지역에 먼저 자원을 투자하는 것으로 인해 상대적으로 낙후된 내륙지역 농민들이 연안 도시로 몰려들었습니다. 1세대 농민공들은 고향을 떠나도 언젠가는 다시 돌아갈 것을 기약했어요. 아주 등진다고 생각지 않았어요. 이에 반해 우리 같은 농민공 2세들은 그렇지 않습니다. 우리는 땅도 떠나고 고향도 떠났습니다. 실제로 2세대 농민공들은 80년대 이후 도시에서 태어나 자랐기 때문에 도시가 고향입니다. 우리는 농사일도 모르고, 농촌은 단지 부모님의 고향이라는 의식밖에 없습니다."

"한국의 6, 70년대가 그랬습니다. 조국 근대화와 산업화로 도시, 특히 서울로 올라온 이주노동자들이 많았지요."

"한국도 그런 적이 있었군요."

"네. 이제는 2세대 농민공들의 처우가 많이 좋아졌겠네요."

"그렇지도 않습니다. 부모 때보다는 나아졌다고 하지만 도시 후커우를 가지고 있는 노동자들과 비교하면 아직 열악합니다. 주거, 교육, 의료, 노후보장 등 도시인들이 누리는 기본적인 사회보장제도의 혜택을 받지 못하고 있습니다. 출생지에 따른 차별도 있고요."

"왜 그런 차별이 있는 거지요?"

"조금 전에도 말씀드렸지만, 후커우 제도 때문이지요. 후커우는 태어난 지역에 따라 농촌 후커우와 도시 후커우로 나뉩니다. 도시 후커우를 가진 사람이 농촌 후커우로 바꾸는 것은 쉬어도 그 반대의 경우는 매우 어렵습니다."

"그건 왜 그렇지요?"

"가령 이곳 다롄의 후커우를 얻으려면 정부기관의 고급 공무원이 되거나, 다롄의 경제와 산업발전에 공헌한 기업의 고위직을 역임하거나, 해외에서 공부한 인재로서 귀국 후 다롄 소재의 기업에 취직했을 경우 가능합니다. 그 외 다롄의 후커우를 가진 사람과 결혼하는 방법이 있는데, 그것도 상당 기간이 지나야 후커우 이전이 가능합니다."

"그런 제약이 있었군요."

"마오쩌둥 시절부터 후커우가 거주 이전의 자유를 제한했기 때문에 중국인들은 이것을 현대판 신분제라 부릅니다. 지금도 도시 후커우가 없는 농민공들은 도시로 이주해도 취업은 물론이고 온갖 혜택에서 철저히 제외됩니다. 이제 농민공들은 중국에서 저항의 핵심세력이 되었습니다. 여러 도시에서 농민공들의 시위와 파업이 끊이질 않습니다. 저항은 주로 신세대 농민공들이 이끌지요."

"부모님은 그렇다 하더라도 도시에서 태어난 사람에게는 도시 후커우를 제공해야 하는 것 아닌가요?"

"후커우 제도의 문제는 여기서 끝이 아닙니다."

"또 다른 문제가 있나요?"

"후커우 제도는 모계를 통해 계승되는 치명적인 모순이 있습니다. 아버지가 도시 후커우 소지자라고 해도 어머니가 농촌 후커우를 가지고 있으면 그 자식은 농촌 후커우를 갖게 됩니다. 이런 모계 중심 후커우 제도는, 도시 후커우 여성이 농촌 후커우 남성과 혼인할 확률이 거의 없다는 것을 악용한 것이지요."

"그런 문제가 있었군요. 조금 전에 농민공은 기본적인 사회보장제도의 혜택을 받지 못한다고 했는데, 왜 그런 건가요?"

"공화국 건국 초기인 1950년대 중국은 중화학공업의 성장전략을 추구했습니다. 당시 중국은 중화학 공업단지를 조성하면서 그곳 노동자들에게 높은 수준의 사회·경제적 혜택을 제공했어요. 만일 당시 인구의 90%에 달하는 농민이 그런 수준의 혜택을 누리기 위해 도시로 몰려왔다면, 원래 의도한 성장은 불가능할 것이 자명했지요. 그래서 도입된 사회적 장치가 바로 후커우 제도였습니다. 전 국민에게 출생지역에 따라 후커우를 부여하고 아주 예외적인 상황을 제외하고는 호구를 바꿀 수 없도록 했습니다. 도시주민의 수를 일정 수준으로 제한하기 위해 농민의 도시 이주를 철저하게 막았던 거지요."

"요즈음은 개선이 되었나요?"

"경제가 발전하고 사회가 급변하면서 후커우 제도도 개선의 조짐을 보이고는 있으나 확실하게 나아졌다고는 할 수 없습니다. 과거 도시부문의 저임금 노동자의 이주를 엄격히 금지했던 정책이 어느 정도 완화되긴 했지만, 전면적인 도시화를 의미하는 것은 아닙니다.

농민공의 도시화는 '점수적립제 도시 거민 후커우 취득'으로 요약됩니다. 예를 들면, 광동성 광저우시는 박사학위 소지자에게 100점, 기술 수준에 따라서 최대 60점, 주택 보유자에게 20점, 명문대학 졸업자에게 10점, 개인소득세에 따라서 최대 20점을 부여하는 정책입니다. 이들 점수의 합산이 일정 수준에 달하면 광저우시 거주증을 받을 수 있습니다. 이런 방식으로 농민공은 학력, 소득, 자산 등의 점수화된 능력에 따라 거주증을 취득할 수 있습니다."

"그렇군요. 실례지만 지금 어떤 일을 하고 계세요?"

"건설 현장의 건축기사로 있습니다. 야학에 다니며 5년 만에 전국 2급 건축사 자격을 취득했습니다. 직장이 멀지 않고 근무 여건도 좋은 편이어서 만족합니다. 무엇보다 고민했던 아들의 입학 문제가 원만하게 해결돼 더 바랄 게 없습니다."

"초등학교도 무슨 제약이 있나요?"

"부모의 거주지와 후커우 및 근로 증명을 교육청에 제출해 심사를 받아야 합니다. 하마터면 아이를 부모님이 계시는 고향으로 보낼뻔했어요. 심사에 통과돼 함께 살 수 있어 얼마나 다행인지 모릅니다. 문제는 고중입니다. 초등학교와 보통중학교한국의 중학교는 그럭저럭 넘어갔지만, 고등중학교한국의 고등학교부터는 부모의 후커우가 있는 농촌에서 다녀야 합니다. 아니면 공립보다 교육비가 수십 배 비싼 사립학교에 보내거나 도시 후커우를 사야 합니다."

"도시 후커우를 살 수 있습니까?"

"돈만 있으면 가능합니다. 하지만 워낙 비싸 우리에게는 그림의 떡이지요. 베이징이나 상하이 호구가 몇 년 전만 해도 40만~50만 위안7천만~9천만 원이면 살 수 있었는데 지금은 얼마나 더 올랐는지 모릅니다."

"왜 그렇게 비싼 건가요?"

"후커우를 가지면 누릴 수 있는 복지혜택이 그 몇 배가 됩니다. 이곳 다롄만 해도 그 절반 이상은 주어야 살 수 있습니다. 우리에겐 상상도 못 할 큰돈이지요. 아마 1, 2년 후에는 300만 이하의 도시에는 후커우 제도가 없어진다고 합니다. 그렇게 되어도 다롄시는 인구가 6백만이 넘어 혜택을 누릴 수 없습니다."

류원칭이 진필에게 물었다.

"실례지만 선생님은 지금 어떤 일을 하고 계세요?"

"……전에는 회사원이었는데 지금은 쉬고 있습니다."

"그럼 직장을 알아보시겠군요."

"기회가 되면 어떤 일이든 하려고 합니다."

"우리 현장에는 건설 노동일을 하기 위해 하루에도 많은 노동자들이 들어옵니다. 농민공도 있고 일반 도시근로자도 있습니다. 자고 나면 신도시가 생길 정도로 부동산붐이 일어 현장에는 사람이 달려 공사 진행에 차질이 날 정도입니다."

"그 정도입니까?"

"부동산과 건설 부문은 중국 국내총생산GDP의 13~15%를 차지합니다. 연관 산업까지 포함하면 그 비중은 30%까지 높아지지요. 지방정부는 재정수입의 약 30%가 토지 판매에서 발생합니다. 부동산 경기 부양은 재원 확보에 결정적 역할을 하지요. 건설 현장에서 일하실 의향이 있으면 언제든 말씀하세요. 일자리는 제가 마련해드릴 수 있습니다."

"감사합니다, 생각해보겠습니다. 시간이 늦었네요. 이만 건너가겠습니다."

"다음에는 술 한잔하시지요."

"네, 좋습니다."

진필은 며칠을 고민하다가 옆방에 사는 류원칭을 따라 건설 현장으로 나갔다. 건설 현장은 바삐 돌아갔다. 벽돌을 올리는 일, 철근 매듭 엮는 일, 콘크리트 타설 등 한국의 공사 현장과 별반 다르지 않았다. 차이점이라면 한국에서 기계로 대치된 일을 중국은 아직 사람의 손으로 한다는 점이었다. 진필은 건설 현장 경험이 없었기 때문에 보조 역할밖에 할 수 없었다. 하루 일당은 110위안2만 원이었다. 그중 10%는 용역회사 몫이었다. 용역회사는 노동자를 공급하고 돈을 받아 나눠주는 한국의 인력사무소와 비슷했다. 진필이 전에 받던 돈에 비하면 아주 적은 액수지만 집세를 내고 목숨을 연명할 정도는 되었다. 하지만 문제는 체력이었다. 처음에는 기초체력으로 버텼지만, 일주일이 지나자 온몸이 쑤시고 몸이 말을 듣지 않았다. 이틀을 죽은 듯이 누워 있었다. 류원칭이 아내와 함께 진필의 방을 들렀다.

"몸은 좀 어떠세요?"

"많이 좋아졌습니다. 내일은 나갈 수 있습니다."

"너무 무리하지 마시고 며칠 더 쉬세요."

"아닙니다. 내일부터는 일할 수 있습니다. 내일 출근할 때 저와 같이 나가시지요."

"……알겠습니다."

"심려를 끼쳐 죄송합니다."

"죄송하긴요, 그럼 내일 뵙겠습니다."

3일 만에 다시 건설 현장으로 나갔다. 철근 매듭짓는 일을 배정받았다. 가는 철끈을 묶어서 돌리는 단순 작업이었다. 오전 일을 마치고 잠시 쉬었다가 오후 작업에 들어갔다. 햇빛이 따가웠다. 눈이 부셨다. 햇빛을 가리려다 그만 중심을 잃고 넘어지며 바닥에 있는 철근에 허벅지를 찔리고 말았다. 구급차를 부르려 했으나 진필은 한사코 마다했다. 상처가 심하지 않다고 생각했고, 병원에 가서 산재로 처리하면 일자리를 소개한 옆방 사람에게 누가 될 것 같았다.

진필은 택시를 타고 집으로 왔다. 동네 약국에 들러 항생제와 소독약, 붕대를 사서 상처를 소독하고 약을 먹었다. 그렇게 며칠이 지났을 때 양시온이 진필의 집을 찾았다. 빈민촌으로 오고는 처음이었다. 양시온에게 사는 곳을 보여주고 싶지 않았다. 창피해서가 아니라 와보면 양시온이 실망할 것이 가슴 아팠다. 양시온은 진필이 어떻게 살고 있는지 궁금했다. 양시온은 방을 둘러보고 아무 말도 하지 않았다.

"너, 다리는 왜 그런 거야?"

"조금 다쳤어."

"병원에는 갔다 왔니?"

"며칠 쉬면 괜찮을 거야."

"어떻게 다쳤는데?"

"현장에서 일하다가 철근에 조금 긁혔어."

양시온은 의사로서 짚이는 데가 있었다. 양시온은 진필의 다리의 붕대를 풀었다.

"치료를 제대로 받지 않아 살이 곪았잖아! 그리고 이거 꿰매야 해. 상처가 깊어서 이대로 놔두면 살이 썩어들어가. 너, 내일 병원으로 와!"

"시온아, 네 뜻은 알겠는데 내가 알아서 할게. 걱정하지 마."

"네가 의사야! 의사는 나니까, 내가 하자는 대로 해. 나 그만 간다."

"……."

양시온은 눈물이 나와 더 앉아 있을 수 없었다. 양시온은 뒤도 보지 않고 집을 나왔다. 진필이 낯선 이국에서 일용직 노무자로 사는 것을 양시온은 이해할 수 없었다. 이런 생활을 하려고 중국에 있을 건 아니었다.

다음 날 진필은 양시온의 병원을 찾았다. 곪은 부분을 치료하고 3일이 지나서야 수술을 받았다. 양시온이 직접 상처를 꿰맸다.

"최소 3일은 입원해야 하니까 꼼짝 말고 있어."

"그냥 퇴원하면 안 될까? 움직일 수 있는데."

"네가 의사야?"

양시온은 병실을 나왔다. 진필의 아픈 모습에 분이 나고 화가 났다. 따질 사람도 없고 원망할 사람도 없었다. 수술받은 다음 날 양시온 모르게 퇴원을 하기 위해 원무과로 내려갔다. 주치의인 양시온의 허락 없이는 퇴원할 수 없었다. 하는 수 없이 3일을 꼬박 병원에 있어야 했다. 양시온이 입원실을 찾았다.

"많이 좋아졌네. 기분은 어떠니?"

양시온은 상처 부위를 보며 말했다.

"괜찮아."

"그래도 정맥을 건드리지 않은 게 다행이야."

"너에게 부담을 주지 않으려 했는데 결국 짐이 되었네."

"지금 무슨 말을 하는 거야. 네 일이 내 일인데, 짐이 되다니? 네가 어디 남이냐?"

"……."

"상처가 잘 아물고 있으니 오늘 퇴원해도 되겠어. 그리고 병원비는 내가 다 정산했으니 그렇게 알아."

"치료비가 많이 나왔을 텐데……."

"빨리 낫기나 해. 퇴원하고 3일은 움직이지 말고. 4일째부터 걷는 연습을 하도록 해. 처음 며칠은 30분 정도 걸어보고 괜찮으면 시간을 늘려 봐. 그래야 근육이 굳지 않고 빨리 회복될 수 있어. 일주일 후에 실밥을 뽑을 테니 그때 다시 병원으로 와."

"……알았어."

"술만 빼고 먹는 것은 다 먹어도 돼. 그럼 일주일 후에 보자."

"시온아, 고맙다."

"친구끼리 그런 말 하는 것 아니야."

집에 돌아와 누우니 눈물이 쏟아졌다. 서러움의 눈물이었다. 누구도 아닌 자신 때문에 힘들고 슬펐다. 일주일이 지나서 다시 병원을 찾았다.

“어디 좀 보자, 잘 아물었네.”

양시온은 상처의 실밥을 풀며 말했다.

“소독 잘하고 병원에서 준 약은 아프지 않더라도 끝까지 먹어야 해.”

“나, 갈게.”

“이거 받아.”

“뭔데?”

“1만 위안이야. 우선 필요한 대로써.”

“아직 괜찮아. 돈 있어. 이번은 네 마음만 받을게.”

“너, 지금 내게 자존심 세우는 거야? 그냥 받아. 네가 이 돈을 받지 않으면 내가 힘들어. 정 부담이 되면 나중에 갚아. 몇 배 더 해서 갚으면 되잖아.”

“네 마음을 모르는 것은 아니야. 하지만 내가 이 돈을 받으면 긴장감을 잃어버리고 나태해질 것 같아. 치료비만 해도 적지 않았을 텐데 돈까지 받을 수는 없어. 이번에는 네 마음만 받게 해줘. 부탁이야.”

“……알았어. 그 대신 돈이 필요하면 언제든지 얘기해. 괜히 남한테 궁색한 모습 보이지 말고.”

“알았어. 고마워, 시온아.”

사실은 수중에 돈이 없었다. 내야 할 방세와 당장 생활비도 문제였다. 하지만 시온의 도움은 생명수가 아니라 갈증만 더하는 바닷물일 수 있다고 생각했다. 한번 받으면 계속 의지할 것 같았다. 기댈 곳이 없어야 긴장을 놓지 않을 것 같았다. 지금 중요한 것은 절박함이었다. 살기 위해 무엇이라도 해야 할 절박함이 필요했다. 안 받기를 잘했다고 생각하면서도 아쉬움은 컸다.

건설 현장은 나가지 않기로 했다. 일이 몸에 맞지 않았다. 며칠 동안 집에 있었다. 사채 이자와 생활비, 그리고 당장 일할 곳에 대한 고민으로 머리가 복잡했다.

누군가 방문을 노크했다. 건넛방 아가씨들이었다. 세면장에서 몇 번 마주친 적이 있었다.

"네."

진필은 방문을 열었다.

"병원에 다녀오셨다고 들었습니다. 음료수하고 과자 좀 가져왔어요."

"뭐 이런 걸 가져오세요. 들어오세요."

두 여자가 진필의 방으로 들어왔다. 20대 초반과 30대 중반쯤으로 보였다.

"잠깐 실례하겠습니다."

"방이 누추합니다."

"저희 방보다 깨끗한데요, 뭐. 그런데 이곳 분이 아니신 것 같아요."

"한국 사람입니다."

"아, 그렇군요. 어쩐지……."

"중국 사람이 아닌 게 티가 나나요?"

진필이 웃으며 물었다.

"그게 아니라 억양이 이곳과 다르고 점잖으셔서 혹시 외국 분인가 생각했어요."

"그렇습니까?"

"중국 남자들, 선생님처럼 부드럽고 친절하지 않아요."

"중국 사람이라고 다 그러겠어요."

"매너가 안 좋은 사람들이 많아요."

"차는 커피를 드릴까요, 녹차를 드릴까요?"

"저희는 커피 주세요. 설탕 없는 아메리카노로요."

나이 어린 아가씨가 말했다.

"혹시 어떤 일을 하시는지 물어봐도 될까요?"

차를 몇 모금 마시고 나자 젊은 아가씨가 물었다.

"직장을 다니다가 지금은 쉬고 있어요."

"아, 그렇군요."

"아가씨들은 무슨 일을 하세요?"

"……."

"……실례가 됐군요."

"아니에요. 언니하고 저는 업소에 나가요. 그래도 싼 술집은 아니에요. 고급 요정이에요."

젊은 여자가 말했다.

"고급 요정이면 어디를 말하는 거지요?"

"대기업 간부나 공산당 고위층이 접대하며 비밀 이야기를 나누는 곳이에요."
"두 분은 그곳에서 일한 지 오래됐나요?"
"저는 6개월밖에 안 됐지만 언니는 오래됐어요. 우리 업소에서 최고 고참이에요."
"힘든 일이 많겠어요."
"그렇지요. 손님 비유 맞추는 게 쉽지 않아요. 무시당할 때도 그렇고, 가장 참기 어려운 것은 성적으로 농락할 때와 약을 먹일 때예요."
"약이라면 마약을 말하는 겁니까?"
"네."
"중국은 마약을 중벌로 다스리지 않나요?"
"그렇긴 한데, 직위가 높고 돈 많은 사람은 걸려도 빠져나올 수 있는 꽌시가 있거든요. 그런 사람들의 수청은 거절 못 해요. 거부하면 당장 영업에 문제가 생기거나 심하면 문까지 닫게 되거든요."
"그런 문제가 있었군요."
"어차피 노류장화路柳墻花라고 하지만 정말 견디기 힘들 때가 많아요."
"노류장화라니요?"
"길가의 버들가지나 담 밑에 핀 꽃처럼 누구나 꺾을 수 있다는 뜻이지요. 또 우리를 보고 말하는 꽃, 말을 알아듣는 꽃이라고 해서 해어화解語花라고도 부릅니다."
"그렇군요."
"술꾼들의 노리개 노릇도 힘들지만 사랑 때문에도 힘들어요."

"사랑 때문에 힘들다니요?"

"저희는 누군가를 사랑해서는 안 됩니다. 해어화는 사랑을 받아야만 하지 주어서는 안 됩니다. 손님을 사랑하면 그곳과는 이별이지요. 누구를 사랑하면 그 사람이 그리워 다른 손님을 정성껏 대하지 못합니다. 그것이 이 직업의 불문율이에요."

"순애보 같네요."

"그래도 우리는 나아요. 문제는 나이 어린 소녀들이에요."

"소녀라니요?"

"나이가 많고 직위가 높을수록 어린애들을 찾아요. 성적 쾌락이나 회춘을 위해 14세에서 17세 처녀 아이를 많이 찾지요. 더 어린 애를 원하는 사람들도 있어요. 요즘은 어린 애들을 얼마나 데리고 있느냐에 따라 업소의 능력을 판단합니다. 공급이 수요를 따르지 못하니 어린애들을 회유하고 협박해서 손님에게 들여보내지요. 간혹, 가출한 아이들이나 고아들을 데려와서 길들이기도 합니다. 어린 소녀들은 우리와는 별도로 사장이 특별 관리합니다. 그나마 상대를 잘 만나면 돈이라도 챙길 수 있지만, 그렇지 않으면 펴 보지도 못하고 지는 노류장화가 되고 맙니다."

"그렇군요."

"그리고 자존심이 상하는 일이 또 있어요."

"어떤 일인데요?"

"……성병이에요."

"얘는 별 얘기를 다 하네."

옆에 조용히 앉아 있던 고참 언니가 말했다.

"성병은 거의 없어지지 않았나요?"

"거의 없습니다. 그런데도 야단들이에요. 손님 대부분이 사회 저명인사들이어서 손님이 성병에 걸리면 업소는 문을 닫아야 해요. 압력도 있지만 소문이 나서 장사를 할 수 없어요. 비밀유지와 성병만큼은 업소에서 책임을 져야 하기 때문에 철저히 한다고는 하지만 지나칠 때가 많아요."

"성병은 보건소에 가서 정기적으로 검진받지 않나요?"

"그것은 보통 업소에서 하는 방법이고 우리는 달라요. 아주 유난스러워요. 일주일에 한 번, 의사가 직접 업소로 와서 검진합니다. 누구도 예외는 없어요. 요즘은 하감창매독의 초기 궤양을 앓는 사람이 거의 없는데도 그렇게들 야단들이에요. 검사를 받지 않으면 누구도 손님 방에 들어갈 수 없어요. 어떤 면에서는 그것이 우리 업소만의 경쟁력인지도 몰라요. 손님에 대한 일종의 책임인 셈이지요."

"그런 것이 있었군요."

"업소에서 제일 짭짤한 게 누구인지 아세요?"

"누군데요?"

"운전기사에요. 팁을 많이 받거든요. 대부분의 고객은 자기 개인 기사보다 업소에서 제공하는 기사를 원해요. 비밀유지 때문이지요."

"취업이 쉽지 않겠네요."

"수입이 좋다 보니 운전을 하려는 사람들이 많아요. 지인을 통해 믿을만한 사람을 사장이 직접 뽑아요. 아주 신중해요. 비밀유지의 모든 것이 마담 책임이니까요."

"별도로 업소를 보호하는 사람은 없습니까?"

"일부 건달들이 업소를 보호하고 수고비를 받는 것으로 알고 있어요. 건달들에게도 불문율이 있어요."

"어떤 불문율인데요?"

"건달은 업소의 여자와 절대로 연애를 해서는 안 됩니다. 아가씨는 업소의 가장 중요한 자원이기 때문에 직원 누구와도 사귀면 안 됩니다. 직원과 사귄다는 소문이 나면 손님이 발길을 끊습니다. 그리고 업소에서 여자를 업신여긴다고 알려지면 쓸만한 아가씨들을 데려올 수 없어요. 건달이나 심지어 사장님도 아가씨를 함부로 대하지 않아요. 한번은 사장님이 아가씨에게 손찌검했다가 3개월 동안 문을 닫은 적도 있어요. 한꺼번에 모두 나갔거든요. 그렇게 소문이 나면 아가씨를 구하지도 못하지만, 손님들도 발길을 끊고 아가씨들이 옮긴 곳으로 가버려요."

"운전하는 데 특별한 조건이 있나요?"

"고객 서비스와 비밀유지를 잘해야 해요. 무엇보다 입이 무거워야 하지요. 간혹 손님의 약점을 잡아 돈을 요구하는 운전기사가 있거든요. 선생님, 혹시 관심 있으세요?"

"글쎄요."

"원하시면 제가 추천해드릴 수 있어요. 운전하면서 한국어 통역도 하면 웬만한 월급쟁이보다 나을 거예요. 우리 업소에 한국 손님들이 많이 오세요. 공산당 간부나 공안을 접대하는 한국 기업체가 많거든요. 혹시 영어도 할 줄 아세요?"

"예, 조금 합니다. 영어는 왜요?"

"우리 업소에 영어를 제대로 하는 사람이 없어서 선생님이면 좋은 대우를 받을 수 있을 거예요. 손님 중에 서양사람들도 꽤 있거든요."

진필의 마음이 동하기 시작했다.

"저보다 이 언니가 추천하면 가능할 거예요. 우리 업소에서 사장 다음이거든요. 선생님은 인상도 좋으시고 영어와 중국어도 잘하시니 취업하는 데 별 어려움 없을 거예요. 언니 그렇지 않아?"

"일을 원하시면 말씀드려 보겠습니다."

언니가 말했다.

"감사합니다. 생각 좀 해보겠습니다."

"선생님은 회사에서 어떤 일을 하셨어요?"

언니가 물었다.

진필은 그동안의 일을 자세히 말했다.

"이곳이 보기에는 화려해도 험한 곳입니다. 회사원으로 살아온 선생님에게 맞을지 모르겠네요."

"불佛이 꼭 산속에만 있겠습니까? 저잣거리에도, 주막집에도, 색주가에도 있는 게 아니겠어요. 그런 걱정이면 안 하셔도 됩니다."

"알겠습니다. 우리 그만 일어나자. 선생님 쉬시게."

"언니, 선생님 말씀이 너무 멋지지 않아. 우리에게도 불도가 있다잖아. 나는 좀 더 있고 싶은데."

"야, 그만 일어나. 실례가 많았습니다."

"아닙니다. 더 계셔도 괜찮습니다. 한집에 사는 가족인데요."

"더 있어도 괜찮다고 하시잖아."

"빨리 일어나!"

언니는 젊은 아가씨를 일으켜 방을 나갔다.

며칠 쉬고 운동을 하니 일상생활에 별 불편함이 없었다. 일을 찾아야 했다. 당장 방세와 먹고살 돈이 필요했다. 양시온이 주는 돈을 거절한 것이 아쉬웠다.

늦은 시간 잠이 오지 않아 동네를 몇 바퀴 돌았다. 집으로 들어가려는데 낯익은 사람이 걸어왔다. 얼마 전 방에 들렀던 언니였다. 술에 취해 몸이 흔들렸다. 진필은 그냥 지나쳤다. 취한 모습을 남에게 보이고 싶지 않을 것이라 생각했다.

"선생님 아니세요?"

여자가 먼저 알아보았다.

"이제 퇴근하세요?"

"네."

"오늘은 혼자네요."

"동생은 좀 이따 올 거예요. 아니면 오늘 안 올지도 몰라요."

"밤공기가 상쾌하네요."

"어디 가세요?"

"잠이 안 와서 동네 한 바퀴 돌았습니다."

"일자리는 구하셨나요?"

"아직 못 구했습니다. 쉽지 않네요……."

말하는 도중에 여자가 비틀거렸다. 진필은 여자의 팔을 잡았다.

"제가 좀 취했지요?"

"아닙니다."

여자는 취해 있었다. 그녀를 부축해 방으로 들어갔다. 눕히고 방을 나오는데 여자가 말했다.

"당장 일자리가 필요하면 업소로 오시면 됩니다. 사장과 얘기는 됐습니다. 하지만 업소 일이 오래 할 일은 못 되니, 아예 발을 들여놓지 않는 편이 나을 거예요. 돈은 흘러넘쳐도 험하고 치사한 곳입니다."

"무슨 말인지 알겠습니다. 피곤할 텐데 그만 쉬세요."

"더 계셔도 됩니다. 이야기를 나누고 싶어요. 손님이 아닌 남자와 얘기를 나눈 지가 언제인지 모르겠어요. 제 이름은 잉신瀅心입니다. 아버지는 맑고 깨끗한 마음을 가지라고 이름을 그렇게 지으셨어요. 그런데 이름과 다르게 맑지도 않고 깨끗하지도 않게 살고 있어요. 사람은 이름대로 산다는데 저는 그렇지 못해요. 가능한 외박을 나가지 않으려 애는 쓰지만 그게 쉽지 않아요. 한 웅덩이에 깨끗하고 더러운 물이 따로 없다는 말로 위안을 삼습니다."

"노력을 많이 하시는군요. 그 마음이 중요합니다."

소리가 더 이어지지 않고 숨소리만 들렸다. 진필은 방문을 닫고 나왔다.

며칠이 지났다. 누군가 방문을 두드렸다. 잉신이었다.

"들어오세요."

"지난번에 실수가 많았지요?"

"아닙니다."

"그날 선생님을 만나 방에 들어온 것까지는 기억나는데, 그다음은 기억이 나지 않아요."

"금방 잠이 들길래 나왔습니다. 실수 같은 것은 없었습니다."

"그게 실수지요. 아무튼 죄송합니다."

"아닙니다."

"우리 업소에 생각이 있으면 말씀해 주세요. 마침 빈자리가 생겨 얘기는 해놨습니다."

"누가 될까 망설여지네요. 지난번 공사장 일로 옆방 식구에게 폐를 끼쳐서요."

"그런 걱정은 안 하셔도 됩니다. 통역하고 운전만 하시면 돼요. 간혹 진상 손님이 있는데 그냥 무시하면 됩니다."

"……출근해보겠습니다."

"그럼, 오후 4시까지 업소로 오세요. 사장님을 한번은 만나야 해요."

"그때 뵙겠습니다."

오랜만에 양복을 입고 집을 나섰다. 감회가 새로웠다. 상처 부위가 완전히 아물지 않았지만 움직이는 데는 별 불편이 없었다. 양시온이 없었다면 치료를 제때 받지 못해 불구가 될 수도 있었다.

잉신의 업소에 도착했다. 정문이 한옥 대문처럼 고풍스러웠다. 문 위에 '오청루五青樓'라고 쓰여 있었다. 잉신에게 전화했다. 잉신이 입구까지 나와 진필을 데리고 안으로 들어갔다. 정문을 지나자 넓은 정원이 나왔다. 정원 속에 다섯 개의 건물이 띄엄띄엄 있었다.

한 독채 안으로 들어갔다. 서구식 거실과 여러 개의 방이 나왔다. 아가씨와 기사대기실 그리고 사무공간이 있었다. 사무실 안쪽에는 큰 방이 하나 있었다. 사장이 기거하는 방이었다. 크고 화려했다. 안쪽에는 침실과 샤워장이 별도로 있었다.

오청루의 5개의 독립가옥은 형태가 비슷했다. 다섯 명의 마담이 각 청루의 사장이었다. 마담들은 각자의 지분대로 임대료와 관리비를 지불하고 이익금을 챙겼다. 업소는 철저히 독립채산제로 운영되었다. 고객을 모으고 아가씨를 데려오는 일은 마담이 담당했다. 접대부 중에는 엄청난 돈을 받고 스카우트된 아가씨도 있었다. 그녀의 위세는 대단했다. 사장도 그녀의 눈치를 볼 정도였다. 마담의 오른팔인 관리부장은 진상 손님 등 성가신 일을 도맡아 처리했다.

"앉으세요."

마담이 말했다.

"네. 인사드리겠습니다. 진필입니다."

"전에는 어떤 일을 하셨어요?"

마담은 진필에 대해 잉신에게 들었지만 당사자에게 직접 듣기를 원했다.

"직장을 다녔습니다."

"직장에선 무슨 일을 했어요?"

"공장경영과 기획 일을 했습니다."

"평범한 회사원이었는데 이 험한 곳에서 일할 수 있겠어요?"

"언니, 이분은 외국어 통역하고 운전만 하면 되잖아."

잉신이 진필을 거들며 말했다.

"야, 내가 너에게 물었니?"

"이곳은 처음이지만 힘닿는 데까지 해보겠습니다."

"이곳 일이 만만치 않아요. 일을 시작하려면 마음을 단단히 먹어야 할 거예요."

"잘 알겠습니다."

"리 부장, 진필 씨에게 오리엔테이션 좀 해주세요. 그럼, 나가들 보세요."

진필은 마담에게 인사를 하고 관리부장을 따라 나왔다. 관리부장은 진필에게 손님 접대에 필요한 행동 요령과 용어 사용에 대해 자세히 설명했다. 리 부장은 불문율을 강조했다. "참견하지 말 것, 묻지 말 것, 비밀을 누설하지 말 것" 등 3가지를 강조했다.

'참견하지 말라'는 손님이 아가씨를 어떻게 하든 일절 간여하지 말라는 것이었다. 아가씨가 어떤 학대를 받아도 감정에 휩싸여 기사도를 발휘해선 안 된다는 것이었다. '묻지 말라'는 아무리 궁금해도 사적 질문은 해서는 안 되었다. '왜'라는 단어는 손님에게 금기어였다. 오로지 손님이 묻는 말에만 대답해야 했다. 그리고 '비밀유지'는 손님이 어떤 위치에 있고 무슨 일을 하는지 어떤 말이 오고 갔는지 등 일체 입 밖으로 내어서는 안 되었다. 특히 비밀유지는 가장 중요한 철칙이었다. 이 세 가지는 반드시 지켜야 했다. 그리고 반드시 검은색 정장을 입고 업소에서 지급한 휴대폰으로 24시간 연락이 닿아야 했다.

첫 오더가 떨어졌다. 음식점에 있는 손님을 업소로 데려오는 일이었다. 개인 기사가 있어도 자기 차로 업소까지 오는 것을 꺼리는 고객들이 많았다. 진필은 손님이 있는 음식점으로 가서 지급받은 휴대폰에 귀를 기울였다. 손님이 휴대폰의 일정 번호를 누르면 그것을 받아 손님을 안내하는 방식이었다. 10분쯤 기다렸을 때 휴대폰이 울렸다. 음식점 앞에서 손님을 태우고 업소로 차를 몰았다. 두 사람이었다. 높은 위치의 공안과 큰 회사 사장이 은밀하게 이야기를 나눴다. 업소에 도착해 손님들을 내려주었다. 그다음 일은 관리부장의 몫이었다.

"사장님, 안녕하세요."

관리부장은 90도로 머리를 숙였다.

"리 부장, 오랜만이야. 오늘 주임님 모시고 왔으니 특별히 아가씨 좀 신경 써 줘요."

손님은 같이 온 공안더러 보라는 듯 지갑에서 돈을 꺼내어 리 부장 셔츠 주머니에 넣었다. 접대하는 사람들의 흔한 수법이었다.

"걱정하지 마십쇼. 손님 취향에 맞는 아가씨를 대기시켜놓았습니다."

리 부장은 돈을 챙기며 말했다.

"알았네."

리 부장은 별채에 들어서며 웨이터를 불렀다.

"위 실장, 오늘 사장님 잘 모셔야 해."

책임 웨이터인 위 실장에게 손님을 넘기고 리 부장은 마담 방을 노크했다.

"들어오세요."

"사장님, 우 사장님 왔습니다."

"그래?"

마담은 말하기 무섭게 우 사장이 있는 3호 방으로 달려갔다. 마담이 손님에게 달려가는 데는 두 가지 이유가 있었다. 하나는 손님의 체면을 세워주는 것이고, 다른 하나는 손님의 취향에 맞는 아가씨를 붙이기 위함이었다. 목적성과 효율성을 극대화하기 위한 전략이었다.

"사장님, 이게 얼마 만이에요."

"마담, 인사해. 공안부 시 주임님이셔."

"주임님, 인사드리겠습니다. 위화라고 합니다."

마담은 허리를 접으며 명함을 건넸다.

"오늘 아가씨들 어때요? 서구식으로 잘 빠진 아가씨 좀 데려와요."

"그렇지 않아도 사장님 연락받고 준비해놓았습니다."

마담은 3호 방을 나와 여자들이 있는 곳으로 갔다. 마담은 동물적 감각으로 아가씨를 골랐다. 접대받는 사람의 입맛에 맞는 아가씨를 선택하는 것 또한 마담의 능력이었다. 50대 중반의 공안 취향에 맞을 아가씨를 지목했다. 경우에 따라서는 마담도 자신의 몸을 내놓아야 했다. 그렇게 하지 않으면 높은 임대료와 달린 식구들을 먹여 살릴 수 없었다.

밤이 깊어지자 벌 나비가 꽃을 찾듯 손님들이 업소를 찾았다. 꽌시를 등에 업은 비리 전쟁이 시작되었다. 사회주의 평등의 기치는 사라지고 힘과 권력이 그 자리를 대신했다. 화려한 인간관계로 포장된 꽌시 앞에 불가능은 없어 보였다. 모두가 분주히 움직였다. 마담과 웨이터, 아가씨들이 맞물려 돌아가는 기어처럼 한 치의 흐트러짐이 없었다. 첫날 진필은 업소를 세 번을 들락날락했다. 일을 마치고 집에 오니 새벽 2시가 넘었다. 긴장이 풀리며 피곤이 몰려왔다. 생각할 겨를도 없이 잠이 들었다.

누군가 방문을 두드렸다. 꿈속이라 생각했다. 꿈이 아니었다. 잉신이었다. 시계는 오전 11시를 넘고 있었다. 잠자리를 정리하고 잉신을 맞았다.

"들어오세요."

"주무시는데 실례를 했나 봐요. 나중에 다시 오지요."

"아닙니다. 그러지 않아도 일어나려고 했어요. 들어오세요."

"어제는 첫날이라서 많이 피곤했을 텐데, 몸은 괜찮으세요?"

"괜찮습니다."

"많이 힘드셨지요?"

"다른 사람들도 다 하는 일인데요. 아무튼 일자리를 소개해주셔서 고맙습니다."

"고맙긴요. 서로 도우며 살아야지요. 누가 빈민촌 사람들 거들떠나 보나요."

"식사는 하셨어요?"

"조금 있다 먹으려고요."

"그럼 저하고 같이 나가서 먹어요. 제가 사드릴게요. 취업 턱을 내야지요."

"그러지 않으셔도 돼요. 부담 갖지 마세요. 대단한 자리도 아닌데요, 뭐."

"잠깐만 기다리세요."

두 사람은 집 밖으로 나왔다. 하늘은 맑고 태양은 뜨거웠다.

"뭐 드시겠어요? 저는 중국 음식 가리는 것 없습니다."

"진 선생님 좋은 것으로 하세요. 저는 다 괜찮아요."

"잉신이 고르세요. 오늘은 제가 사는 거니까 좋은 것으로 드세요."

"그럼 얼큰한 후라탕 어떠세요?"

"후라탕이요?"

"후라탕은 중국 허난河南지방 음식으로 후추가 들어있어 매큼하고 짭짜름합니다. 양고기나 소고기, 당면 등 각종 야채와 같이 먹으면 맛있어요. 그리고 후라탕에 창펀을 넣어 먹으면 좋아요. 중국 사람들은 주로 아침 식사로 먹지만 우리에겐 아침이나 다름없으니 괜찮아요."

"좋습니다."

두 사람은 택시를 타고 시내로 나갔다. 후라탕 전문음식점을 찾았다. 잉신은 후라탕과 창펀을 주문했다. 후라탕은 한국에서 먹던 진한 짬뽕 국물과 비슷했다. 소고기와 각종 야채가 들어있었다.

"후라탕 국물이 좋네요. 진국이에요. 창펀도 맛있고요. 이 안에 뭐가 들어있나요?"

"하나는 새우, 다른 것은 돼지고기예요. 창펀은 광둥성 등 주로 남부지방에서 즐겨 먹는 음식이에요. 드실만하세요?"

"맛있네요. 쌀로 만든 얇은 피가 미끈하면서 식감이 좋아요."

"다행이에요."

"잉신은 고향이 어디예요?"

"후난이에요. 마오쩌둥 주석과 같은 곳이지요. 후난성 장자제시에서 조금 떨어진 시골 마을이에요. 그곳에 어머니와 딸이 살고 있어요."

"아이가 있었군요."

"어머니가 딸아이를 키우고 계세요. 남편과는 일찍 헤어졌어요. 노름에 폭력이 심해서 아이가 돌이 지날 때쯤 갈라섰어요. 그때가 마지막이었어요. 딸아이는 아빠의 얼굴도 몰라요. 자식에게 험한 꼴을 보여주며 사는 것보다 모르는 게 낫겠다고 생각했지요. 방 두 개짜리만 마련하면 어머니 모시고 아이와 같이 살 거예요."

"그랬군요. 저도 응원하겠습니다."

"선생님 얘기도 해주세요. 듣고 싶어요."

"우리, 나가서 차 마시면서 얘기하지요."

"좋아요."

두 사람은 음식점을 나와 카페로 들어갔다. 커피를 마시면서 서로의 삶에 대해 이야기를 나눴다. 진필은 누구와 사적인 이야기를 나눈 것이 언제인지 기억이 나지 않았다. 커피점을 나와 두 사람은 오후 봄볕을 맞으며 걸었다. 오랜 연인 같았다. 집에 돌아와 출근 준비를 해 오청루로 함께 출근했다.

또 다른 하루가 시작되었다. 술 취한 사람을 부축해서 호텔이나 집에 데려다주는 것이 일상이었다. 같은 일이라도 사람과 상황에 따라 달랐다. 긴장을 늦출 수 없었다. 반말로 일관하는 사람도 있었고 존대하며 팁을 두둑이 주는 사람도 있었다. 그렇게 일이 익숙해질 무렵 예기치 않은 곳에서 일이 터졌다.

호텔로 가는 차 안에서 아가씨와 손님 사이에 실랑이가 벌어졌다. 아가씨가 싫다고 하는데도 손님은 심하게 여자의 몸을 더듬었다. 진필은 말릴 수가 없었다. 어떤 상황에도 참견하지 않는 것이 그곳 불문율이었다. 호텔에 두 사람을 내려 주고 돌아가려는데, 호텔 앞에서 남자가 여자를 심하게 때렸다. 남자는 쓰러진 여자에게 발길질을 했다. 아가씨의 목소리를 들을 수 없었고 움직임도 없었다. 그대로 있다가는 생명을 잃을 수도 있다는 생각이 들었다. 차를 세우고 달려가서 쓰러진 여자를 일으켰다.

"넌 또 뭐야! 남의 일에 참견하지 말고 꺼져 새끼야. 꺼지지 않으면 너도 가만두지 않을 거야."

"그래도 사람을 이렇게 때리면 어떻게 합니까?"

"이 새끼, 너도 맞아야겠네."

손님은 진필을 발로 차고 짓밟았다. 일어서려는 진필의 뺨을 갈기고 발로 걷어찼다. 진필은 맞으면서도 쓰러진 아가씨를 보듬었다.

"이 새끼가 아직도 정신을 못 차렸나. 저리 가지 못해!"

"이렇게 여자를 때리는 법이 어디 있어요."

"그래도 이 새끼가 정신을 못 차렸네. 안 되겠다. 너, 이리 와."

손님은 손목에 찼던 시계를 풀어 주머니에 넣고는 다시 진필을 때리기 시작했다. 진필은 차마 맞대응은 하지 못하고 손님의 다리만 붙들고 버텼다. 그 와중에 손님의 안경이 땅에 떨어져 깨지고 말았다. 손님은 적반하장격으로 진필이 때려 안경이 깨졌다며 공안을 불렀다. 손님은 공안에 믿을만한 꽌시가 있는 게 분명했다. 얼마 지나지 않아 공안이 나타났다. 공안은 전후 상황은 묻지도 않고 진필과 아가씨를 경찰서로 연행했다.

손님은 경찰서에 들어서자 목소리를 높였다. '저놈이 나를 때렸다'고. 아가씨는 입술이 터지고 머리에서 피가 난 채 의자에 쓰러졌다. 온몸이 피투성이가 된 진필은 피해자가 아니라 가해자가 돼 있었다. 진술서는 진필이 손님의 안경을 깰 정도로 폭력을 행사한 가해자로 꾸며졌다.

그때 마담과 잉신이 경찰서로 들어왔다. 마담은 전후 상황을 파악한 뒤 어디론가 전화를 했다. 오청루의 마담 정도면 무시할 수 없는 꽌시를 갖고 있었다. 그 정도 꽌시 없이는 업소를 운영할 수 없었다. 일방적으로 손님의 편을 들던 공안의 태도가 한순간에 바뀌었다.

"사장님도 이 사람 때렸다는데."

공안의 태도가 돌변했다. 공안은 가해자인 사장을 압박했다.

"저는 때린 적이 없는데요……."

의기양양하던 사장이 분위기 파악이 된 듯 소리를 낮추어 말했다.

"좋게 대하니까 안 되겠네. 당신이 때리는 것 본 사람이 있는데, 왜 거짓말을 해!"

공안은 책상을 치며 말했다.

"살짝 밀었지 때리지는 않았습니다."

손님은 기어들어가는 목소리로 변명을 했다.

"밀기만 했는데 온몸이 피투성이가 돼? 여자가 저 지경이 됐는데 안 때렸다고? 당신 입이 있으면 말 좀 해봐. 당신은 폭력에 살인미수로 징역감이야."

"……."

손님은 아무 말도 하지 못했다.

"당신은 안경이 깨졌고 저 운전기사는 맞은 흔적이 있으니, 쌍방으로 폭력 행위에 대한 법률위반으로 송치할 테니 그렇게 아시오. 그렇더라도 여자는 당신이 때린 것이 명백하니 죗값을 치러야 할 것이요."

공안은 마담을 따로 불렀다.

"제가 봐도 손님이 아가씨와 기사에게 잘못을 많이 했네요. 운전기사는 잘못이 없지만, 안경 깨진 것이 문제 될 수 있어요. 기사는 치료비를 받는 선에서 합의하고, 아가씨는 일방적으로 맞았으니 충분한 치료비와 정신적 피해 보상금을 받는 선에서 끝내는 게 어떻겠습니까? 계속 시끄러우면 오청루도 좋을 게 없고……."

공안은 쌍방이 합의해야 떡고물이 떨어진다는 것을 알고 있었다.

"무슨 뜻인지 알겠습니다."

마담은 손님에게로 갔다.

"사장님, 어쩌다 그러셨어요. 아무리 술집 아가씨라도 그렇게 때리면 어떻게 해요. 운전 기사에게도 폭력을 행사하면 안 되지요. 제가 사장님 체면 봐서 아가씨와 기사님에게 잘 말해볼 테니 사장님도 때린 것 사과하세요. 못하겠다면 법대로 처리하고요."

"……마담도 기사 교육 똑바로 시켜!"

합의에 이를 것이라는 안도감에 손님은 마담에게 큰소리쳤다.

"이게 어디다 대고 교육 얘기를 해. 기사 교육 똑바로 시키라니, 사람을 뭘로 보고 함부로 지껄이는 거야. 내가 이 바닥 20년이야. 당신 콩밥 먹이려면 얼마든지 먹일 수 있어. 나도 당신 이상의 꽌시가 있어. 당신 앞으로 몸조심해. 애들 시켜서 확 그어버리기 전에. 우리가 너희들 밑구멍을 핥아주니 자존심도 없는 줄 알아?"

몇 번의 합의금을 조정한 끝에 공안은 사건을 마무리했다. 마담은 별실로 가서 공안에게 돈 봉투를 건넸다.

마담은 경찰서를 나와 아가씨를 데리고 병원으로 갔다. 응급처치를 받게 한 후 입원시켰다. 나머지 일행은 병원을 나와 선술집을 찾아 들어갔다.

"점잖은 분이 험한 꼴을 당하셨네요. 제가 사과드립니다."

마담은 진필을 위로했다.

"아닙니다. 사장님께 누를 끼쳐 죄송합니다."

"이 바닥이 그런 곳입니다. 남의 시중을 들고 돈을 버는 직업이라 무시 받는 게 일상이지요. 술 팔고 몸 파는 사람은 사람도 아니에요. 간 쓸게 자존심 다 빼놓지 않으면 이 장사 못 합니다. 제가 한 잔 드릴게요."

마담이 진필의 잔에 술을 따랐다.

"이 술 마시고 모두 잊어버리세요. 생각하면 억울한 마음밖에 안 들어요. 일진이 안 좋았다고 생각하세요."

세 사람은 잔을 비웠다.

다음 날 진필은 마담에게 사표를 냈다. 그곳의 불문율을 어기고도 계속 있을 수는 없었다. 그것이 자기를 믿고 함께해준 사람들에 대한 예의라고 생각했다.

"업소 룰은 어겼지만 그보다 귀한 사람의 생명을 구했으니 사표는 말이 안 됩니다. 받을 수 없습니다. 제가 오히려 감사할 일인데 사표를 내면 어떻게 합니까. 마음은 충분히 받았으니 이렇게까지 하지 않아도 됩니다."

"아닙니다. 규정은 규정입니다. 사장님이 이 일을 계속하시려면 제가 그만두어야 합니다. 이곳은 여러 사람의 귀중한 삶의 터전입니다. 목적이 좋아도 과정이 좋지 않으면 영업에 지장을 줄 수 있습니다. 저로 인해 열심히 사는 분들에게 문제가 생겨서는 안 됩니다."

"이번 경우는 다릅니다. 보통 때라면 용납할 수 없지만 사람을 구했잖아요. 그리고 진필 씨는 이번 사건의 피해자예요. 업소에 누가 될까 봐 합의도 봐주셨고요."

"아닙니다. 제가 그 사람에게 맞았어도, 사장님이 안 계셨으면 저는 꼼짝없이 가해자로 몰렸을 겁니다. 세상일이라는 게 사실로만 되지 않을 때가 있습니다. 그리고 제가 가해자가 되고 피해자가 되는 것보다 더 중요한 것은 잘못된 소문입니다."

"잘못된 소문이라니요?"

"이유야 어쨌든 운전기사와 손님 사이에 시비가 있었다고 하면 이 집을 드나드는 손님들은 업소를 곱게 보지 않을 것입니다. 일일이 해명을 할 수도 없고 아마 대부분은 손님을 두둔할 겁니다. 그러면 영업 차질은 불 보듯 뻔하지요. 그게 세상인심 아닙니까. 어쨌든 이곳 규정대로 운전기사를 내보냈다고 하면 고객들로부터 신뢰를 잃지는 않을 것입니다. 그것이 사업이고 장사지요. 그동안 감사했습니다. 인연이 닿으면 또 만날 것입니다."

진필은 사표를 내고 집으로 향했다. 호기 있게 사표를 냈지만, 돈을 벌어야 한다는 생각이 머리를 짓눌렀다. 마음이 복잡했다. 집에 돌아와 방문을 여는데 못 보던 신발이 몇 켤레 있었다. 빚을 받으러 온 건달들이었다.

그들은 다짜고짜 진필을 때리고 무릎을 꿇렸다. 당장 돈을 갚으라고 다그쳤다. 6개월 사이에 이자에 이자가 붙어 원금의 두 배가 돼 있었다. 그들만의 계산 방식이었다. 그들은 흰 종이를 진필 앞으로 밀며 부르는 대로 쓰라고 했다. 두 달 내로 갚지 않으면 자기들이 원하는 방식으로 처리해도 이의를 제기하지 않겠다는 각서였다. 각서에는 사람 장기에 대한 내용도 들어있었다. 신장 하나가 10만 위안1700만 원, 눈 한쪽이 20만 위안3천5백만 원이라고 적혀 있었다. 전체 빚이 70만 위안1억 2천만 원이니, 신장 두 개와 두 눈을 내줘도 부족한 액수였다. 몸뚱이 하나의 값을 알고 나니 더욱 허탈했다. 건달들은 다그쳤다. 안 쓰면 주먹이 날아왔다. 강제와 협박으로 쓰지 않고 견딜 수 없었다. 그때 한 건달이 말했다.

"참, 내가 잊은 게 있어. 우리가 당신 신상에 대해 조사를 해봤지. 한국에 가족이 있더구먼."

"가족은 안 돼!"

"당신이 제때 돈을 갚지 못하면 한국에 있는 가족들에게 받아낼 테니 그런 줄 알아. 돈을 갚지 못하면 이 일은 끝나지 않아. 어떤 식으로든 돈을 갚아야 끝이 나."

"내가 각서를 쓰고 갚으면 되잖아. 만일 우리 가족에게 문제가 생기면 너희들 가만두지 않을 거야."

"진작 그렇게 나왔어야지."

진필은 건달들이 시키는 대로 각서를 썼다. 진필의 각서를 보던 건달이 말했다.

"이렇게 쓰면 안 되지. 각서 말미에 당신이 갚지 못하면 한국에 있는 가족이 갚겠다는 내용도 넣어야지. 이렇게 밋밋하게 쓰면 안 돼."

"우리 가족은 안 돼! 나를 아주 죽여!"

"당신을 죽이면 안 되지. 당신이 죽으면 우리 돈은 어떡하고. 어서 써!"

"내가 이 자리에서 맞아 죽어도 그건 안 돼."

그들은 진필에게 심하게 매질을 했다. 대장으로 보이는 사람이 때리는 것을 말렸다.

“더 맞지 말고 어서 써.”

“그건 못 쓰오.”

“애들아, 안 되겠다. 팔을 잡아라.”

건달들은 진필의 팔을 비틀어 원하는 내용의 각서를 강제로 받았다. 그들은 각서를 들고 유유히 사라졌다.

절망스러웠다. 갚을 수도 없는 돈이고 죽을 수도 없는 일이었다. 강제라지만 가족이 연결된 것이 못내 안타까웠다. 양시온의 도움을 일부 받을 수 있겠지만 그렇게 해서 해결될 일이 아니었다. 한국에 있는 아내에게 도움을 청하는 것은 더더욱 아니었다. 가족의 생계비로 빚을 갚을 순 없었다. 돈도 돈이지만 자기만 믿고 기다려준 아내와 아이들에게 이 모습을 보일 수 없었다. 빚은 손톱 밑 가시처럼 계속 쑤셔댔다. 죽으려 해도 죽을 수 없는 상태를 절망이라고 했던가! 진필은 머리를 감싸며 자책했다.

살 희망이 사라진 곳에 포기가 빠르게 찾아왔다. 진필은 모든 것을 포기하기로 마음을 먹었다. 한결 마음이 가벼웠다. 모든 것을 포기하고 나니 다음 결정은 쉬웠다. 죽음이었다. 이기적인 방법이긴 해도 고통을 끊는 방법은 죽음이 유일했다. 빚의 올무에서 빠져나오는 데는 죽음이 유일했다. 죽음이 가장 쉬운 선택이라고 뇌는 말했다. 괴로움이 끝난다는 것은 또 다른 축복이었다. 어찌 보면 빚은 핑계일 뿐이었다. 새로 시작할 용기가 없어 죽음의 유혹을 뿌리치지 못했다. 죽음은 한순간이지만 삶의 무거운 짐은 영원했다.

따이궁

진필은 다롄 앞바다로 나갔다. 바다는 맑고 고요했다. 몽돌이 깔린 바다는 깊은 속까지 내비치며 진필에게 들어오라 손짓했다. 더럽히고 싶진 않았지만 달리 방법이 없었다. 바다에 빠지면 시체는 중국 사람들의 구경거리가 될 것이 분명했다. 가족들이 그것을 볼 것에 가슴이 아팠다. 돌을 매달고 들어가야겠다고 생각했다. 주변에 돌이 없었다. 할 수 없이 해변에서 멀리 떨어진 곳으로 가야 했다. 시체가 동중국해를 빠져나가 태평양으로 갈 수 있게 멀리 나가기로 했다.

아니, 생각을 바꿨다. 시체가 발견되어야 했다. 죽은 것이 확실하고 무엇 때문에 죽었는지 가족과 양시온이 알아야 했다. 진필은 채권추심업체의 강압 등 그동안의 일을 문자로 남겼다. 채권자의 강압이 있었다는 내용이 중요했다. 그것이 한국과 중국 간에 이슈화되면 건달들은 가족을 괴롭히지 않을 것으로 생각했다. 면은 서지 않지만, 그것이 가족에 대한 마지막 도리라고 생각했다.

가까운 바다에서 죽기로 했다. 바다는 차가웠지만 빨리 들어가 죽으면 고통은 금방 끝날 것 같았다. 최대한 숨을 안 쉬겠다고 다

짐하며 물속으로 들어갔다. 혼자 있는 바다는 몸서리치게 차가웠다. 모든 기억이 사라지며 몸이 오르락내리락했다.

그때였다. 주변에 있던 조그만 고깃배가 진필에게로 다가왔다. 물속으로 재빨리 밧줄을 던졌다. 진필이 물속으로 들어가 보이지 않자 선장은 바다로 뛰어들었다. 선장은 진필을 건져 배에 실었다. 한참을 흔들고 가슴을 세차게 누르고 나서야 숨을 쉬었다. 진필은 이승인지 저승인지 분간이 되지 않았다. 저승이길 바랐다.

"아직 살 날이 남은 것 같은데 죽을 힘 있으면 다시 살아보시오. 혹시 인생이 잘 풀릴지 누가 알겠소."

"고맙습니다. 신세를 졌습니다."

"잘한 건지 모르겠으나 저승보다는 이승이 나을 거요."

배가 항구에 닿았다. 배에서 내려 어시장 한편에 쭈그리고 앉았다. 눈물이 계속 흘렀다. 슬픈 감정은 오래가지 못했다. 당장 추운 게 문제였다. 이가 부딪혔다. 그 많은 고통보다 눈앞의 추위를 못 견디는 자신이 한없이 초라했다.

멀리 페리호가 보였다. 너나 할 것 없이 보따리를 들고 계단을 내려왔다. 보따리 안에 무엇이 들어있는지 궁금했다. 죽음 앞에 그것이 왜 궁금한지 자신도 그 이유를 알 수 없었다. 다양한 연령대의 사람들이 끝도 없이 배에서 내렸다.

죽어야 한다는 당위성과 내리는 사람들에 대한 궁금증이 충돌했다. 멀리 있는 사람들이 오라고 손짓하는 듯했다. 하지만 갈 수 없었다. 죽는 일이 남아 있었다. 갈 수 없다고 했지만 그들은 계속

오라고 손짓했다. 죽는 것은 조금 뒤로 미루고 그들에게 가보기로 했다.

20대에서 70이 넘은 할머니까지 등에 배낭을 메고 있었고 두 손에는 여행용 가방이 들려있었다. 따이궁들이었다. 누구를 오래전부터 기다리는 사람처럼 세관 입구를 서성였다. 그때 한 노인이 진필에게 손짓했다. 그곳으로 갔다.

"젊은 양반, 나 좀 도와줘요. 건물 밖까지 짐 좀 들어 주시구려. 내가 수고비는 드리리다."

수고비보다 힘들어하는 할머니를 도와야겠다고 생각했다.

"할머니, 어디를 가시는데 이렇게 짐이 많아요?"

"이게 내 밥줄이야."

"밥줄이라니요?"

"먹고 사는 밥줄이라고."

"짐을 전달해주고 돈을 받는 거예요?"

"그래."

"연세도 있는데 어떻게 이런 힘든 일을 하세요?"

"이 장사로 15년이야. 큰돈은 아니어도 밥은 먹고 살았어."

할머니는 세관 문을 넘어서자 30대로 보이는 사람에게 짐을 전달했다. 그는 받은 짐을 확인했다. 그리고 또 다른 짐을 할머니에게 맡기며 돈을 건넸다. 할머니가 받은 짐은 다시 진필의 몫이 돼버렸다.

"할머니, 이 짐은 어떻게 하시려고요?"

"다시 배를 타야지. 아직 시간이 있어. 밥을 먹고 다음 배를 타면 돼. 이거 받아."

"뭡니까?"

"20위안이야. 짐 날라준 값이야."

"아닙니다. 잠깐 도와드린 건데요. 괜찮습니다. 넣어두세요."

"아니야. 자네 수고비니 넣어 둬."

"됐습니다. 돈을 바라고 한 것이 아니에요."

"그럼, 나하고 밥이나 같이 먹어. 따라와. 내가 잘 가는 식당이 있어."

배는 고프지 않았지만 궁금하기도 하고 할머니의 성의를 생각해 따라갔다.

"더우장 두 그릇하고 만두 좀 줘."

할머니는 단골 식당에 들어서며 음식을 주문했다.

"오늘은 어땠어요, 좋은 물건 좀 가져왔어요?"

식당 아주머니가 물었다.

"좋긴 매일 그렇지 뭐. 오늘은 손님과 같이 왔으니 찐빵하고 음료수도 줘."

처음 주문한 음식이 합해도 20위안이 되지 않아 추가로 주문한 것 같았다.

"젊은 양반은 이쪽 사투리를 쓰지 않네."

"한국 사람입니다."

"그랬구먼. 왠지 인상이 좋다 했어. 이런 데 오는 사람치고 사람 구실 제대로 하는 놈이 없어. 근데, 이곳은 웬일이야?"

"사람마다 짐 보따리를 갖고 내리길래 궁금해서 한번 와 봤어요."

음식이 나왔다.

"변변치 않지만 먹어 봐."

"감사히 먹겠습니다. 된장국이 시원하고 맛있네요. 만두도 맛있고요."

"그래? 이 집 주인, 성격은 개떡 같은데 음식은 잘해."

"이 일은 어떻게 시작하셨어요?"

"딸이 하던 거야. 사고로 죽어 내가 하게 됐지. 손자가 하나 있는데 그 아이가 대학만 졸업하면 그만둘 거야."

"그런 사연이 있었군요. 이 일을 하는 사람들이 많나요?"

"전에는 꽤 됐었는데 지금은 많이 줄었어. 인천 외에 옌타이나 칭다오, 웨이하이 등으로 오고 가는 보따리상이 5천 명쯤 됐었는데 지금은 절반밖에 안 돼."

"왜 그렇게 줄었어요?"

"한국 쪽 따이궁帶工, 보따리상들이 많이 그만두었어."

"왜요?"

"몰라서 물어? 한국 따이궁들이 중국으로 물건을 가져와도 돈이 안 돼. 중국세관에서 워낙 까다롭게 해야지. 사든고고도 미사일방어체계가 뭔가 때문에 애꿎은 따이궁들만 불쌍하게 되었지 뭐야."

"할머니는 어느 노선을 다니시는 거예요?"

"나는 인천과 다롄을 오고 가는데, 평택이나 속초에서 옌타이나 칭다오, 웨이하이로 가는 사람들도 많아."

"벌이는 어때요?"

"요즘은 그전 같지 않아. 세관에서 보통 까다롭게 해야지."

"따이궁은 주로 어떤 일을 하는 거예요?"

"농산물과 화장품, 의류 등을 전달하거나, 통관하기 곤란하고 세금이 많이 부과되는 품목들을 배달해. 진짜 돈이 되는 것은 긴급한 기계 부품들이야. 공장에서 기계가 고장 나면 부품을 긴급하게 수배하거든. 간혹 부르는 게 값인 물건도 있긴 해. 한 달에 한두 번은 그런 것이 걸려주어야 돈이 돼. 아니면 매일 짐꾼 노릇만 하는 거지. 이 짓도 정보가 필요해. 쉴새 없이 남이 하는 말에 귀를 기울여야 해. 부지런 떨지 않으면 백날 해도 그날이 그날이야. 우리보다는 꽁떠우工斗가 재미가 좋아."

"꽁떠우가 뭐예요?"

"중간책이야. 걔네가 이문을 많이 남겨 먹고 넘겨. 우리는 아무리 해도 입에 풀칠하는 정도야."

"그렇군요."

"간혹, 손대면 안 되는 것들이 있어. 잘못 맡았다간 낭패를 보지."

"손을 대면 안 되다니요?"

"약과 보석이야."

"약이라면?"

"마약 말이야."

"그런 것도 전달하나요?"

"시작한 지 얼마 안 되는 사람에게 주로 맡기는데 약은 먹는 사람이나 전달하는 사람 모두를 죽이지. 인생 끝나는 거야. 너무 위험해. 그래도 돈이 워낙 궁한 사람은 그런 물건을 찾아다녀. 한 치 앞을 못 보는 거지. 귀금속도 위험하지만 약은 절대 손대면 안 돼. 어쩌다가 한 번은 운 좋게 넘어갈 수 있어도 두 번은 안 돼. 두 번 이상 성공한 사람을 본 적이 없어."

"배를 타는 것만도 보통 일이 아닌데, 할머니 연세에 이런 일을 하신다는 게 믿기지 않아요?"

"나는 아무것도 아니야. 갓난아이가 딸린 스무 살 아기엄마부터 80이 넘은 노파까지 있어. 먹고 살려면 무슨 일은 못 해. 다 생각하기 나름이야."

"따이궁들은 각자 독립적으로 일을 하나요?"

"나처럼 혼자 뛰는 사람이 있고 10여 명이 함께 움직일 때도 있어. 또 폭력조직이 운영하는 따이궁도 있지. 칭다오 노선에는 100명의 기업형 따이궁도 있어. 다양해. 정작 큰돈을 만지는 이들은 중국산을 한국산으로 작업하는 중간상들이나 수입상들이야. 우리 같은 따이궁들은 정보 부족과 노하우가 없어서 단순한 짐꾼밖에 못돼."

"이렇게 짐을 전달하고 다시 떠나려면 바쁘겠어요."

"항구에 도착하면 몇 시간 짐 내리고 통관 끝나면 쉴 새 없이 떠날 준비를 해야지."

"할머니는 15년간 한국을 다니셨으니 한국말도 잘하시겠어요."

"아니야. 그렇게 다녀도 한국말은 한마디도 못 해. 심부름만 했는데, 뭐."

"조금 전에 정보가 필요하다고 했는데 따이궁끼리는 정보교환을 잘하나요?"

"그렇지도 않아. 나야 조그맣게 하니까 정보랄 것도 없지만 비밀스럽게 하는 사람들은 서로 무슨 일을 하는지 잘 몰라. 또 알려고 해도 안 돼. 따이궁처럼 비밀이 많은 곳도 없을 거야. 같은 팀이라도 정보를 공유하지 않을 때가 많아. 그렇다고 시비를 붙거나 앙심을 품지 않아. 다 각자의 능력이라고 생각하는 거지. 그것이 이 바닥 생리야. 하지만 거의 모든 정보는 대장에게 전달돼. 대장은 그 정보를 가지고 조직을 움직이지. '토끼'라는 초보 따이궁들은 부푼 꿈을 가지고 시작하지만 얼마 지나지 않아 대부분 떠나."

"그건 왜 그렇지요?"

"자신이 단순 짐꾼이란 것을 확인했기 때문이지. 대부분 배운 게 없고 전과가 있는 사람들이 이곳에 남아. 어디 가서 일자리를 구할 수 없는 사람들이지. 참고 기다린 사람 중에 큰돈을 쥐는 사람도 있긴 해. 그것은 어쩌다 있는 일이고. 대부분 입에 풀칠하는 정도야."

"다롄에서 인천까지 얼마나 걸리나요?"

"인천에서 다롄 노선은 16시간 이상 걸려."

"그렇게 긴 시간을 따이궁들은 무엇을 하면서 보냅니까?"

"술도 마시고 노름도 하지. 한국 사람들은 화투를 많이 하는데 그렇지 않은 사람들은 잠을 자거나 TV를 봐. 주위를 경계만 하는 따이궁도 있어. 그들에게는 그만큼 조심해야 할 물건들이 있는 거지."

"조금 전에 100여 명이 함께 움직이기도 한다고 했는데 그 정도면 일반회사나 다름없네요."

"따이궁들도 노조 같은 조직을 결성하기도 해. 그런 노선은 따이궁이 배 분위기를 완전히 장악하지. 그들이 질서를 잡아줘서 불상사도 적고 오히려 도움이 될 때가 많아. 특히 규정 이상의 많은 짐을 통관할 때는 동료의 도움이 절대적이지. 그럴 때는 서로 도와주고 그래. 그런데 조심해야 할 것이 있어."

"무엇을 조심해야 하는데요?"

진필은 따이궁에 빠져 자신이 죽으려 했던 것을 까맣게 잊고 있었다. 오히려 자신이 따이궁인 것으로 착각했다.

"물건에 대한 정보도 정보지만 신분 노출을 극도로 꺼리기 때문에 허락 없이 예민한 질문을 하거나 카메라를 들이대는 것은 절대 삼가야 해."

"왜 그렇게 예민한 거지요?"

"감시하는 사람인가 해서 그래."

"무엇을 감시하는데요?"

"물건 중에 짝퉁이 많아 그것을 조사하는 사람으로 오인하는 거지."

"초면에 실례지만 할머니 수입은 얼마나 돼요?"

"……일정하지 않아. 가방 하나 운반하는데 6백 위안10만 원 안팎이야. 품목과 수량, 부피별로 달라서 받는 돈이 일정하지 않아. 뱃삯하고 밥 사 먹으면 별로 남는 것도 없어. 그래도 우리 같은 노인이 할 수 있다는 게 어디야. 계속하자니 그렇고 안 하자니 아쉽지.

계륵이야."

"사드 사태로 어려움이 많겠어요."

"우리 중국 따이궁들에게는 오히려 도움이 됐어. 면세점에서 전보다 할인을 더 받거든. 사라진 유커의 매출을 따이궁들이 채웠다고 보면 돼. 유커중국 단체관광객의 쇼핑 수요를 따이궁이 대체한 거지. 아마 한국 면세점 매출의 70% 이상을 따이궁이 올릴 거야. 한국 따이궁들이 줄면서 그만큼 우리와의 경쟁도 줄었어."

"중간상이나 소매상은 가져온 물건을 어떻게 팔아요?"

"우리가 취급하는 물건은 화장품과 홍삼, 밥솥 등이 대부분인데, 중국으로 가져가면 판매상들이 온라인으로 팔거나 소규모 판매상인 '웨이상'에게 넘겨. 그렇게 판매되는 품목만 해도 연간 4백억 위안7조~8조 원이 넘어."

"할머니, 저도 한번 해 보고 싶은데 도와주실 수 있어요?"

"해 보려고? 이런 일 할 사람은 아닌 것 같은데."

"직업에 귀천이 있나요. 저도 하고 싶으니 좀 도와주세요."

"그럼 처음에는 화장품부터 시작해 봐."

"언제부터 시작할까요?"

"모레 인천에 갈 때 같이 가."

"그렇게 하겠습니다."

밀린 세금을 완납한 상태여서 진필의 출국 정지는 풀려있었다. 조금 전까지 죽으려 했던 사람이라고는 믿기지 않을 정도로 생기가 돌았다. 목표가 생겼기 때문이었다.

할머니와 함께 여객선에 몸을 실었다. 배는 다롄항을 떠나 인천으로 향했다. 푸른 바다에 온갖 시름이 씻겨나갔다. 16시간이 지나서야 인천국제여객터미널에 도착했다. 전혀 생각지도 않게 한국 땅을 밟았다. 감회가 새로웠다. 여기가 내 조국 한국이라는 것을 느낄 틈도 없이 서둘러 짐을 챙겨 개찰구로 향했다. 준비한 물건을 중간상에게 전달하고 돈을 받았다. 밥을 먹고 휴식을 취한 후 면세점을 찾았다. 할머니는 진필에게 2~3만 원 하는 선불카드를 어렵게 구해주었다. 한국의 면세점들이 따이궁들에게 주는 할인 폭은 10%에서 많게는 20%까지 종류가 다양했다. 따이궁들은 서로 눈치를 살피며 할인 폭을 세심하게 비교했다. 진필과 할머니도 할인 폭이 큰 면세점을 찾아 화장품과 인삼 세트를 샀다. 한국 땅을 제대로 밟아보지도 못하고 페리호에 다시 올랐다. 여객선은 5백 명 이상을 수용할 수 있는 대형선박이어서 위험하지는 않았다.

배는 파도를 갈랐다. 따이궁에겐 지루하고 긴 여정이다. 진필은 배의 밑창에 얼굴을 묻었다. 흩어진 마음을 다시 쓸어 담았다. 한가득 눈물 너머로 지난 일들이 스쳐 지나갔다. 잠깐 잠이 들었나 했는데 주위가 소란스러웠다. 따이궁들이 마작을 하다가 다툼이 생겼다. 잠시 후에 험상궂은 사내가 분위기를 장악했다. 누구도 그 사람의 말을 거역하지 못했다. 분위기가 평정되자 할머니는 진필을 데리고 그 사람 앞으로 갔다.

"인사해. 여기 대장님이셔."

"진필입니다. 잘 부탁합니다."

"왕리칭이요. 말썽만 부리지 않으면 별일 없을 거요."
그는 퉁명스럽게 말하고 자리를 떴다.
"신경 쓰지 마. 저 사람 원래 저래. 그래도 속은 깊은 사람이니 알아서 나쁠 건 없어."

갑판으로 나갔다. 사방이 칠흑처럼 캄캄했다. 어둠을 뚫고 내려오는 달빛이 파도의 궤적을 따라왔다. 가까운 바다 위에 골과 마루가 나타났다 사라지기를 반복했다. 그렇게 몇 시간이 지나자 먼 바다부터 어둠이 거치기 시작했다. 흥분되었다. 동이 튼 새벽 바다는 또 다른 시작을 알렸다. 해를 가슴으로 안아본 적이 언제였던가!
바다 저편에 무엇이 기다리고 있을지 궁금했다. 궁금증은 삶을 키우는 재주가 있었다. 그때 멀리 육지가 보였다. 전날 오후 5시에 출발한 배는 다음 날 오전 10시가 넘어서야 다롄항에 도착했다. 진필은 자기 짐과 할머니 짐을 챙겼다. 두 사람은 2인 1조 한 팀이었다. 별일 없이 세관을 빠져나왔다. 할머니를 따라가 중간책에게 짐을 넘기고 돈을 받았다. 두 사람은 이틀 후에 다시 만나기로 하고 헤어졌다.

이틀 만에 집에 돌아왔다. 피곤이 몰려왔다. 하루를 쉬고 다음 날 저녁 다롄 국제여객선 터미널로 나갔다. 로비에서 할머니를 다시 만났다. 양복을 입은 두 사람이 다가와 물건을 건넸다. 할머니는 그들에게 진필을 소개했다. 할머니와 함께 페리 국제여객선에 올랐다. 할머니는 짐꾼이 생겨 좋고 진필은 새로운 일이 생겨 좋았다. 탁 트인 바다는 상처를 아물게 하고 새 살을 돋게 했다.

갑판에 올라 뱃머리로 갔다. 지난번 다툼을 평정했던 사람이 그곳에 있었다. 진필은 커피 두 잔을 가지고 남자 곁으로 갔다. 진필이 커피를 건네자 그는 아무 표정 없이 커피를 받았다.

"이럴 필요 없소. 자기 짐 잘 챙기고 말썽만 안 피우면 되오."

"같이 커피 한잔하고 싶어서요."

"이 일은 처음이오?"

"네, 처음입니다."

"……잘해보시오."

그는 커피잔을 들고 자리를 떴다.

배에서는 매일 같은 일이 반복되었다. 무슨 일이 일어날 듯하다가도 조용해지는 그 모습이 파도의 마루와 골이 반복되는 모양과 흡사했다. 인천항에 도착했다. 내 나라 땅이지만 내 집처럼 자유롭지 않았다. 독단적인 행동은 가능한 삼가야 했다.

물건을 건네주고 주문받은 물건을 면세점에서 사서 다시 배에 올랐다. 선창가에 낮이 물러가고 밤이 찾아왔다. 구름 걷힌 하늘에 하얀 별들이 빼곡히 수를 놓았다. 사채를 생각하니 맥박이 빨라지며 가슴이 울렁거렸다. 애꿎은 바다에 하소연이라도 하듯 한바탕 토했다. 다시 초조해지기 시작했다. 빚만 아니라면, 빚만 없으면…… 혼자 중얼거렸다. 누군가 진필에게 다가와 담배를 건넸다.

"감사합니다만, 저는 담배를 피우지 않습니다."

그는 자기 담배에만 불을 붙였다.

"나는 위핑이요. 인사나 하고 지냅시다."

"저는 진필입니다."

"내가 보니 항상 혼자던데 무료하지 않소?"

남자는 투박해 보였다.

"그냥 지낼만합니다."

"화장품이나 홍삼만 운반해서는 힘만 들지 돈이 안 되지. 위험스러운 일을 해야 돈이 되는데 보아하니 그런 일 할 사람 같지는 않고. 더 늦기 전에 다른 일을 찾아보시오. 괜히 시간 낭비하지 말고."

"……."

"그런데 선생은 이곳 사람이 아닌가 보오."

"한국 사람입니다."

"어쩐지……. 중국 사람들, 함부로 믿지 마시오."

그는 소매를 걷으며 선창 밑으로 내려갔다.

그 후로도 진필과 몇 번 이야기를 나눴다. 위핑은 진필이 마음에 들었다. 무식하고 험한 사람들만 상대하다가 인상이 좋은 진필이 좋았다. 위핑은 진필에게 크고 작은 정보를 주었다. 무료할 때는 둘이 술도 한잔씩 했다.

일을 시작한 지 두 달이 지날 무렵, 따이궁 조직의 우두머리가 진필을 불렀다.

“짐 좀 하나 전달해주시오. 우리 일이 아니라 세관 일이니 그런 줄 알고 물건만 전달하면 되오.”

전에도 한두 번 짐을 전달해 준 적은 있었지만 세관의 부탁은 이번이 처음이었다.

“무슨 짐입니까?”

“별 것 아니오. 다른 사람에게도 몇 개씩 나누어 주었으니 특별히 신경 쓰지 않아도 되오. 지정된 화주에게 그냥 전달만 하시오. 세관에서 시키는 일을 해야 우리도 편하게 장사할 수 있잖소. 또 이런 심부름을 해야 좋은 정보도 주고 돈이 되는 것을 소개해 줄 것 아니오. 어쨌든 세관에서 하는 일이니 걱정할 것 없소.”

“예, 알겠습니다.”

진필은 물건을 챙겼다. 5~6kg쯤 되는 무게에 화장품 케이스에 싸여 있어 겉으로 봐서는 영락없는 화장품이었다. 조금 찜찜해도 그동안 별일 없었기에 크게 의심하지 않았다. 아침이 되어 다른 따이궁들에 섞여 세관의 검색대로 향했다.

그때였다. 위핑이 몰래 쪽지를 건네주고 황급히 사라졌다. 아무 생각 없이 쪽지를 폈다. ‘약!’이라고만 쓰여 있었다. 진필은 순간 자기가 운반하는 것이 마약이라는 것을 알아차렸다. 잠시 망설였다. 빚을 갚으려면 마약에라도 손대는 편이 낫겠다는 생각이 들었다. 이내 마음을 바꿨다. 빚 때문에 죽는 것과 마약범이 되는 것은 엄연히 달랐다. 가족을 더는 비참하게 만들 수 없었다.

진필은 재빨리 화장실로 향했다. 받은 물건을 통제로 쓰레기통에 넣었다. 뚜껑을 열고 쏟을 시간이 없었다. 금세라도 세관원이 덮칠 것만 같았다. 진필은 다시 가방을 추슬러 화장실을 나왔다. 진필의 발이 빨라지기 시작했다. 무조건 검색대를 빨리 빠져나가야 했다. 이번 한 번만 세관을 무사히 빠져나가면 중국은 다시 오지 않겠다고 다짐했다. 다행히 안전하게 세관을 통과했다.

한국이라는 안도감에 다리가 풀려 걸음을 뗄 수 없었다. 멀리 가려 해도 발이 말을 듣지 않았다. 침착해야 했다. 의자에 앉아 숨을 고르고 일어서려는데 낯선 사람들이 다가와 진필을 다시 의자에 앉혔다. 옆구리에 칼이 들어왔다. 꼼짝할 수 없었다. 움직이면 그 자리에서 죽을 것 같았다. 죽든 살든 몸부림을 칠까도 생각했지만 이미 두 팔이 제압당해 꼼짝할 수 없었다.

세관은 비상이 걸렸다. 마약견이 화장실에서 버린 마약을 발견한 것이다. 그들은 잽싸게 진필을 여객선터미널 밖으로 데리고 나갔다. 승용차에 태워 머리에 자루를 씌웠다. 도착한 곳은 조그만 창고였다. 대장으로 보이는 사람이 모처로 전화를 했다. 알았다고만 몇 번 대답하고 전화를 끊었다. 진필에게 위해를 가하지 않았고 말을 붙이지도 않았다. 그들은 진필에게 빵과 우유를 건네주고 창고 문을 잠갔다.

진필은 극도의 불안감에 휩싸였다.

"먼 길 가려면 먹어두는 게 좋을 거요."

대장이 문밖에서 말했다.

그렇게 얼마의 시간이 지나자 건장한 사람 셋이 진필을 승용차에 태운 후 머리에 자루를 씌웠다. 자동차는 인천항 국제여객터미널로 향했다. 차 앞 좌석의 대장이 말했다.

"내 말 잘 들으시오. 당신은 다롄행 배를 탈 것이요. 세관을 통과할 때 허튼짓을 하면 비참하게 죽게 될 것이요. 그리고 한국에 있는 가족들도 무사하지 못할 테니 알아서 하시오. 알겠소?"

"……네."

죽기보다 싫었지만, 다롄으로 가는 페리호에 다시 올랐다. 따이궁들이 없는 독방으로 끌려갔다. 침상과 빈 깡통이 놓여 있었다. 꿈이 길 바랬지만 피할 수 없는 현실이었다. 살아서 나갈 방법이 없었다. 차라리 빨리 죽여주면 좋겠다고 생각했다. 다롄항에 도착했다. 일행은 세관을 빠져나왔다. 한국 세관에서도 도움을 청하지 못했는데 중국은 더 말할 게 없었다. 진필을 자동차에 태워 한참을 달린 후에 창고로 끌고 갔다. 건달들은 진필을 모질게 매질했다. 너무 고통스러워 차라리 죽여달라고 애원했다. 진필은 피범벅이 된 채 쓰러졌다. 누군가 흔들었다. 이승인지 저승인지 모르고 눈을 떴다. 차라리 저승이기를 바랬다. 문신으로 온몸을 휘감은 덩치 큰 건달이 몽둥이를 들고 서 있었다. 뒤에는 수십 명의 건달이 서 있었고, 앞에는 보스로 보이는 60이 넘은 사람이 의자에 앉아 있었다.

"이놈이냐?"

중앙에 앉은 사람이 물었다.

"네, 회장님."

덩치 큰 건달이 대답했다.

"의자에 앉혀라."

"예."

"물건을 버린 게 너냐?"

"……네."

"그것이 마약인지 어떻게 알았지?"

"열어보지는 않았지만 예사 것은 아니라고 생각했습니다."

"그것을 버리면 문제가 될 거라는 생각은 안 했나?"

"보통 것이었으면 물어주면 된다고 생각했고 약이라면 붙잡혀 죽을 것으로 생각했습니다."

"이놈 뒤는?"

"배후는 없었습니다, 회장님."

"이놈이 물건을 버릴 동안 도대체 너희들은 무엇을 한 거야!"

회장은 분을 삭이지 못하고 행동대장을 꿇리고 무릎을 구둣발로 짓밟았다. 건달은 외마디 소리가 내며 나뒹굴었다.

"너희들이 얼마나 신경을 안 썼으면 일을 이 지경으로 만들어!"

보스는 화를 삭이지 못했다.

"네가 얼마를 버린 줄 아냐?"

회장은 진필에게 다시 물었다.

"……."

"천만 위안18억 원이야. 돈도 돈이지만 고객에 대한 신용은 또 어떻게 할 거야?"

"잘못했습니다. 한 번만 살려주십시오. 어떻게든 꼭 갚겠습니다."

진필은 처절하게 목숨을 구걸했다.

"어떻게 갚는다는 거냐?"

"무슨 일이든 다 하겠습니다."

"애들아, 저놈의 팔 하나와 아킬레스건을 잘라라. 그냥 죽여서는 안 된다."

조직을 배반하면 어떻게 되는지 분명하게 보여주고 있었다.

건달들이 작두를 가져왔다. 이런 일이 한두 번이 아닌 듯했다. 그들은 진필의 팔을 작두에 넣었다. 내리치려는 순간이었다.

"회장님! 한 말씀만 드리겠습니다."

순간 진필에게 한 가지 생각이 떠올랐다.

"들을 필요 없습니다, 회장님. 시간을 끌려는 수작입니다."

조금 전에 매를 맞은 행동대장이 씩씩대며 말했다.

"……말해 봐."

회장은 자리에서 일어나려다 다시 앉으며 말했다.

"저를 살려 주시면 잃어버린 돈을 찾아드리겠습니다. 아니 그 돈의 10배, 100배를 벌어드리겠습니다."

"회장님, 이놈의 말은 들을 필요도 없습니다. 헛소리입니다. 그냥 들어가시지요."

악이 오른 행동대장이 말했다. 회장이 자리에서 일어나려는데 누군가 말했다.

"회장님, 무슨 말을 하는지 들어보시지요. 들어보고 잘라도 늦지 않습니다."

회장의 왼팔인 양승필 이사가 말했다.

"들어볼 필요 없습니다. 회장님, 바로 자르겠습니다."

행동대장이 작두에 손을 대며 말했다.

"혹시 모르니 말할 기회를 한번 주시지요, 회장님."

양승필 이사가 다시 말했다.

"들어보고 잘라도 늦지 않는다? 그래, 어떻게 돈을 벌 수 있다는 거냐?"

"조직의 사업 방식을 바꾸는 것입니다. 주먹조직이 하는 기존방식에서 벗어나 새롭게 조직을 운영하는 것입니다."

"……그래서?"

"마피아와 아일랜드 깡패 조직의 차이점을 아십니까?"

"……."

"20세기 초까지만 해도 미국 암흑가는 아일랜드계 갱단이 장악하고 있었습니다. 회장님도, 긴 코트 차림에 기관총을 난사하고 유유히 달아나는 아일랜드계 갱들의 모습을 보셨을 겁니다. 그렇게 최고의 폭력조직이었던 아일랜드갱단이 1930년대부터 뉴욕은 물론 미국의 거의 모든 도시에서 이탈리아계 '마피아'에게 주도권을 빼앗기기 시작했습니다."

"……그래서?"

"이유는 범죄 수법에 있었습니다. 아일랜드계 갱은 전통적인 방법만을 고집했습니다. 세를 과시하기 위해 호기를 부리고 신분을 드러내며 당당히 감옥에 가는 낭만적인 동네 깡패의 모습이었습니다. 반면 마피아는 은밀하게 행동했습니다. 직접 범죄를 저지르기보다는 살인 청부업자를 고용했고 감옥에 가는 대신 경찰과 법원을 매수했으며 사업을 합법화하기 위해 정치자금을 미끼로 정치권과 결탁했습니다. 그리고 변호사, 회계사 등 전문인을 고용해 합법적인 기업으로 위장했습니다. 아일랜드계는 파워엘리트 집단으로 무장한 마피아를 당해낼 수 없었습니다."

"그래서 어쩌자는 건가?"

"회장님의 조직이 마피아 같은 조직이 될 수 있도록 돕겠습니다. 3년 안에 기틀을 마련하고 5년 후에는 중국에서 최고의 수익을 올리는 적법한 조직이 될 수 있도록 하겠습니다. 그리고 10년 후에는 세계 제일의 마피아가 될 수 있게 하겠습니다."

"회장님, 이놈의 말은 더 들을 필요가 없습니다. 이 순간을 모면하기 위해 말도 안 되는 얘기를 지껄이고 있습니다."

행동대장이 말했다.

"자네, 이 일을 하기 전에 무슨 일을 했나?"

진필은 그동안의 일을 가감 없이 말했다.

"자네는 이런 곳이 처음인데 어떻게 우리 조직을 최고의 마피아로 만들겠다는 건가?"

"일반회사나 국가조직, 깡패조직, 심지어 가정까지 모든 조직의 근본은 같습니다. 운영방법이 약간 다를 뿐입니다."

"자네 그 세 치 혀 잘못 놀리면 어떻게 되는지 알지? 자네가 우리 조직을 우습게 보고 장난질했다가는 팔만 잘리는 것이 아니라 다롄 앞바다의 고기밥이 될 줄 알아, 알겠나?"

"저는 장난질 안 합니다. 못 합니다. 회장님은 이 조직이 어떻게 변해가는지 눈으로 똑똑히 보게 될 것입니다."

"회장님, 저놈 말에 현혹되어서는 안 됩니다. 송충이는 솔잎을 먹어야 합니다. 바로 처단하겠습니다."

행동대장이 말했다.

"처치하는 것은 저놈의 얘기를 좀 더 들어보고 할 테니 오늘은 여기까지 하지."

"회장님, 저놈이 잔꾀를 쓰는 것입니다. 그냥 처리하시지요. 우리는 건달입니다. 우리가 믿을 것은 주먹밖에 없습니다. 이번에 저놈을 처리하지 않으면 조직이 해이해질 수 있습니다. 조직을 배반하면 어떻게 된다는 것을 보여주어야 조직의 기강이 바로 섭니다."

"자네 말은 잘 알았고, 저놈을 처리할 시간은 얼마든지 있으니 오늘은 그만하도록 해."

"네, 알겠습니다. 회장님. 애들아, 이놈 데려가라!"

행동대장은 아주 못마땅한 얼굴로 해산을 명령했다.

건달들이 진필을 부축해 임시 거처로 옮겼다. 진필은 별도의 명령이 떨어질 때까지 그곳에 머물렀다. 진필은 회장과 조직을 이해시켜야 했다. 누구보다 회장을 설득하는 것이 중요했다. 3일이 지났을 때 진필은 양견 행동대장과의 면담을 요청했다.

"형님, 진필이 형님을 뵙자고 합니다."

"그놈이 나는 왜? 그놈 생각만 하면 입에서 신물이 올라오는데 왜 나를 보자고 하는 거야?"

진필 때문에 회장에게 맞아 분이 남아 있었다. 조직의 2인자가 아무 잘못도 없이 부하들 앞에서 맞았으니 창피하고 억울했다.

"드릴 말씀이 있다고 합니다."

"……데리고 와."

"진필입니다."

"용건이 뭐야? 당신은 어차피 내 손에 죽게 돼 있어. 무슨 일로 나를 찾은 거야?"

"지난번 일은 사과드리겠습니다."

진필은 자신 때문에 행동대장이 회장에게 맞은 것을 사과했다.

"내가 한가하게 당신 사과나 받게 생겼어? 그 세 치 혀로 회장님은 속일 수 있어도 나는 못 속여. 당신 같은 사기꾼이 한둘인 줄 알아? 당신은 내가 직접 처리할 거야. 쓸데없는 소리 그만하고 나가!"

"제가 죽고 사는 것은 그렇게 중요하지 않습니다. 다만, 조직원들이 지금보다 나은 생활을 했으면 하는 마음에서 드린 말씀입니다."

"지금이 어때서? 네가 뭔데 우리 생활이 어쩌니저쩌니하는 거야!"

"깡패라고 매일 음지에서 살아야 합니까? 그 용기와 의리를 가치 있는 곳에 쓰자는 겁니다. 그렇게 하려면 행동대장님이 중심이 돼 주셔야 합니다."

"나는 모르니, 그런 말 하려면 회장님에게나 가서 해. 말 다 했으면 나가. 당신 얼굴 보기도 싫으니까.”

행동대장은 자리를 박차고 일어나 방을 나갔다.

“그럼 다음에 뵙겠습니다.”

진필은 양견의 뒤통수에다 말했다.

일주일쯤 지났을 때 회장이 진필을 불렀다.

“회장님, 진필을 데려왔습니다.”

“들여보내.”

회장실의 책상 위에 ‘왕링산 회장’의 명패가 빛을 발하고 있었다.

“진필입니다.”

“거기 앉게. 자네들은 나가 봐.”

“네.”

두 사람은 허리를 꺾어 90도로 인사를 하고 방을 나갔다. 회장은 조직의 안살림을 맡은 양승필 이사를 불러 동석시켰다. 양견 행동대장이 조직의 바깥일을 하는 오른팔이면, 양승필 이사는 안살림을 하는 왼팔이었다.

“몸은 좀 어떤가?”

회장이 진필에게 물었다.

“많이 좋아졌습니다.”

“내가 건달 생활을 열여섯에 시작해 50년을 했지만 이번 같은 경우는 처음이야. 그날 자네 말을 들었지만 아직도 무슨 말인지 모르겠어. 어찌 됐든 나를 속이고 위기를 넘어가려 하지는 말게. 자네가 나를 속이고 우리 조직을 속이면 아주 고통스럽게 죽게 될 거야. 그러니 순간을 위해 잔꾀를 부릴 생각은 하지 않는 게 좋아. 내 말 알아듣겠나?"

"순간의 연명을 위해 양심을 속이지 않겠습니다."

"그날 마피아에 대해 뭐라고 했는데, 그게 어쨌다는 건가?"

"회장님은 지금처럼 주먹이나 칼로 조직을 계속 지킬 수 있다고 생각하십니까? 건달들이 살아남기 위해서는 무언가 다른 방법을 강구 해야 한다고 생각하지 않습니까?"

"……글쎄. 주먹만으로는 쉽지 않겠지. 하지만 우리에게 주먹 말고 뭐가 있는가, 배운 게 주먹질인데."

"그래도 방법을 바꿔야 합니다. 과거처럼 다른 조직과 싸워 남의 것을 빼앗는 시대는 지났습니다. 법이 강화되었고 정부와 공산당의 대처 방법이 바뀌었습니다. 계속 주먹만 고집한다면 누구는 죽고 또 누구는 감옥에 가면서 결국 조직은 이름도 없이 사라지고 말 것입니다.

아일랜드갱단이 그랬습니다. 그들은 주먹과 깡다구로만 건달 세계가 유지될 수 있다고 보았습니다. 그들은 호기를 부렸고, '내가 찔렀다!'라고 하면서 조직을 보호하기 위해 감옥에 가는 것을 낭만적으로 생각했습니다. 이에 반해 마피아는 상대조직과의 정면승부를 피하고 은밀하게 행동했습니다. 그만큼 희생을 줄이고 보복을 피했습니다. 자기들이 위험하고 하기 싫은 일은 그쪽 전문가를 고용했으며 감옥에 가는 대신 경찰과 법원 등 공권력을 매수했고 정치권과 결탁해 이권 사업을 적극적으로 챙겼습니다. 변호사나 회계사 등을 고용해 합법적인 기업 형태로 사업을 확장했습니다. 마피아는 목표와 전략이 있었으며 합법적인 수단을 자유자재로 구사했습니다. 아일랜드갱단이 주먹이 아닌 머리로 무장한 마피아를 당해낼 수 없었던 것은 어찌 보면 당연했습니다. 마피아는 돈을 많이 벌었고 조직은 전 세계로 퍼져나갔습니다. 건달들은 깡패 짓을 하는 것이 아니라 합법적인 사업체의 조직원이 되었습니다. 돈은 조직을 키웠고 조직원들은 안정된 상태에서 조직에 대해 자부심을 가졌습니다."

"……."

"조직원들의 안정된 터전을 마련해주는 리더가 진정한 리더가 아닐까요? 부하들의 생계를 책임지지 못하는 리더를 계속 존경하며 따를 수 있을까요?"

"으음……. 하지만 다구리패싸움의 은어와 칼빵싸움하다가 칼에 맞는 일이 우리 건달들의 일상인데 그것을 하지 않으면 우리가 무엇으로 조직을 유지할 수 있겠나? 물고기가 물을 떠나 살 수 없듯 우리 건달들이 주먹을 안 쓰면 무엇으로 살아갈 수 있겠는가?"

"옛날 한나라에 육가라는 개국 공신이 있었습니다. 그는 황제 유방에게 '힘으로 천하를 얻을 수는 있으나 천하를 다스릴 수는 없다'라고 말했습니다. 유방이 그의 제언을 받아들인 덕분에 2천 년이 지난 지금도 중국 하면 한나라를 떠올리는 게 아닙니까. 조직을 만들 때는 주먹을 썼어도 조직을 유지하고 이끄는 것은 머리입니다. 생각은 머리가 하고 움직이는 것은 몸이 합니다. 그동안 몸이 먼저 움직였다면 이제는 머리가 먼저여야 합니다. 머리로 치밀한 전략을 세워 몸을 움직여야 합니다. 전략을 세우고 끊임없이 변화하지 않으면 주먹세계에서도 살아남을 수 없습니다. 아일랜드갱단과 마피아가 그것을 극명하게 보여주고 있지 않습니까."

"그럼 무슨 전략이 필요한 건가?"

"차별화입니다. 지금까지 건달들이 생활하던 방식을 바꾸는 것이지요. 없앨 것은 없애고 부족한 것은 채우는 것입니다. 현저히 공공의 적이 될 수 있는 마약이나 학대적 매춘, 청부폭력 등 반인륜적 사업은 멀리하는 겁니다. 불법적이고 위법적인 일은 보복과 배반을 일삼으며 억울한 희생양만 양산할 뿐입니다. 그리고 너무 위험합니다. 지금은 정보화시대입니다. 이제 공안도 대충 넘어가지 않습니다. 모든 것을 증거로 처리해 과거처럼 쉽게 빠져나가지 못합니다."

"그런 일을 안 하면 어떤 일로 조직을 유지한단 말인가?"

"다른 건달들이 못 하는 일로 그 공백을 메우고 영역을 넓히는 것입니다. 새로운 운영체계로 효율과 효과를 극대화해야 합니다. 그러면 우리 건달도 일반회사처럼 정상적인 경영을 할 수 있습니다. 조직원들이 일정한 수입으로 가정을 꾸밀 수 있고 아이들도 키울 수 있습니다. 당연히 싸움이 줄어들고 전쟁 같은 복수도 없을 것입니다. 회장님도 노후를 안전하고 편안하게 보내실 수 있습니다."

"과연, 매일 주먹질하고 칼만 휘두르던 놈들이 일반인처럼 살아갈 수 있을까?"

"주먹이 센 건달은 잘 훈련시켜 UFC로 보내고, 칼을 잘 쓰는 칼잡이는 횟집을 차려주는 겁니다. 회칼은 원래 사람을 찌르라고 있는 것이 아니라 회를 뜨라고 있는 것 아닙니까. 각자의 특성에 맞는 일을 마련해 그들이 그 일에 전념할 수 있게 하는 것입니다. 이제 주먹이나 칼이 조직을 지키는 것이 아니라 회장님의 용기 있는 결단만이 그들을 지킬 수 있습니다."

"구체적으로 어떻게 하라는 건가?"

"우선, CCTV 등 각종 첨단기자재를 활용해서 법이 우리 조직을 보호하게 하는 것입니다. 둘째, 조직원들이 일을 체계적으로 할 수 있도록 업무를 나누고 직제를 개편하는 것입니다. 셋째, 현재 손대고 있는 사업을 정리해서 우리의 강점을 발휘할 수 있는 사업에 집중하는 것입니다. 넷째, 각계각층의 핵심 포스트에 있는 사람들과 꽌시를 맺어 고급정보를 얻어내어 활용하는 것입니다. 다섯째, 우리 사업과 관련 있는 전문가를 영입하거나 용역을 주어 일을 전문적이고 합법적으로 진행하는 것입니다. 그리고 지속해서 건달들을 교육하는 것입니다. 이처럼 체계적이고 전략적으로 조직을 운영하는 것입니다."

"나는 뭐가 뭔지 잘 모르겠어. 좀 쉽게 얘기해 보게."

"우리 업소의 아가씨와 건달들의 예를 들어 말씀드리겠습니다. 각자가 하는 일을 분석해서 주특기와 성향에 따라 일할 기회와 배울 기회를 제공합니다. 그들에게 직위와 직책을 주고 일정한 권한을 부여하며 운영 성과에 따라 승진 및 연봉에 변화를 주는 것입니다. 또 업무에 방해되는 것은 제거하고 필요한 것은 채우는 것이지요. 부동산 사업을 예를 들어보겠습니다. 부동산 관련 정책이 언제 어떻게 시행되는지 제반 자료를 가져와 그것을 고급정보로 가공합니다. 그리고 시행사나 건설사에 자료를 제공하면서 사업에 공동으로 참여하거나 일부 사업을 넘겨받습니다. 상황에 따라서는 우리가 직접 회사를 운영할 수도 있습니다. 그렇게 수익을 확보합니다. 주먹으로 하는 게 아니라 정보력과 조직력으로 우리 식구들의 일자리를 늘려가는 것이지요. 또 조직에 유능한 사람이 있으면 키우고 여의치 않으면 외부 영입도 마다하지 않습니다. 인재를 받아들일 준비를 하는 것이 무엇보다 중요합니다. 인재 없이는 지속성장을 기약할 수 없으니까요."

"정말 자네 말대로 해야 우리 조직이 살 수 있는 건가?"

"이 일은 누가 해도 해야 할 일입니다. 먼저 하느냐 나중 하느냐만 있을 뿐이지 다른 선택은 없습니다. 누가 먼저 해서 살아남느냐 아니면 아일랜드 갱들처럼 폼만 잡다가 인생 종 치느냐 그 차이만 있을 뿐입니다. 그리고 일의 주체는 제가 아니라 회장님이십니다. 이 일은 회장님이 해야 할 과제입니다. 저는 회장님을 돕는 참모일 뿐입니다."

"내가 뭘 안다고 나보고 하라는 건가, 매일 싸움만 한 놈인데."

"회장님이 하실 일이 있습니다. 정말 중요하고 핵심적인 일은 회장님이 해주셔야 합니다. 회장님은 조직의 리더로서 공안을 비롯해 정부 쪽은 물론 공산당과도 실질적이고 광범위한 꽌시를 만드셔야 합니다. 어려울 때는 물론이고 사업 확대를 위해서도 고급정보가 필요합니다. 습득한 정보는 분석과정을 거쳐 조직의 유용한 자료로 쓰일 것입니다. 이젠 주먹이 아닌 머리를 써야 합니다. 감정이 아닌 이성으로 고도의 정보력과 짜임새 있는 조직력을 활용해야 합니다. 회장님은 폭력을 일삼는 조직폭력배의 보스가 아니라 정상적인 회사의 리더가 되는 것입니다."

"잘 해낼 자신이 없어. 기고 난다는 사람도 어려운 게 경영인데. 나같이 무식한 놈이 무엇을 할 수 있을까 해. 갑자기 망망대해의 한 조각 나룻배가 된 기분이네."

"회장님은 이미 조직의 리더로서 방대한 조직을 운영하고 계십니다. 우리 조직 정도의 리더라면 얼마든지 기업 운영도 잘할 수 있습니다. 리더 혼자 북 치고 장구 치는 시대는 지났습니다. 조직원들의 역량을 잘 발휘할 수 있게 도와주는 것이 리더의 역할입니다. 리더가 얼마나 많이 아느냐보다 불굴의 의지로 용기 있는 결단을 내릴 수 있느냐가 중요합니다. 공자도, 한 고조 유방도, 통일 진나라의 1등 공신 이사도 한때는 창고지기였습니다. 그렇게 훌륭한 사람들 모두 시작은 미천했습니다."

"그런가?"

"진나라를 무너뜨리고 한나라를 세운 사람이 누굽니까?"

"유방 아닌가?"

"그 유방이 어떤 사람입니까?"

"글쎄……."

"유방이야말로 보잘것없는 조그만 시골 마을의 백수건달이었습니다. 허구한 날 술이나 퍼마시고 싸움질하는 것이 그의 일상이었습니다. 그뿐 아니라 그를 도와 대업을 이룬 공신들도 별 볼 일 없었습니다. 주발은 나팔수였고, 관영은 옷감 장수였으며, 하후영은 마부였습니다. 또 번쾌는 어떠했습니까? 백정 중에서도 가장 천

한 개백정이었습니다. 그리고 당대 최고의 장수 한신도 할 일 없는 백수였으며, 행정의 달인 소하 역시 지방의 최하급 관리에 불과했습니다. 이들은 배운 게 없고 무식했기에 종종 무례한 행동도 서슴지 않았습니다. 심지어 궁중 연회를 하다가 술에 취해 옥좌 밑에 드러누워 잠을 자거나 궁전 기둥을 칼로 치고 오줌을 갈기기도 했습니다."

"그렇게 무식했나? 우리보다 더하네."

"유방도 글깨나 읽은 지식인을 공연히 미워했고 모욕주기를 즐겨 했지요. 하지만 교만했던 항우와는 달리 옳은 말에는 귀를 기울였습니다. 그는 자기보다 뛰어난 사람들을 인정하고 그들과 함께 어울렸습니다. '나는 장량처럼 교묘한 책략을 쓸 줄 모른다. 소하처럼 행정을 잘 살피고 군량을 제때 보급할 줄도 모른다. 그리고 병사들을 이끌고 싸움에서 이기는 일은 한신을 따라갈 수 없다.'라며 겸손했고 인재를 귀하게 여겼습니다. 그 후로 한나라의 영토는 중앙아시아, 인도차이나, 한반도까지 뻗었으며 유교와 도교를 중심으로 중국의 전통문화를 확립했습니다. 이렇게 유방이 세운 한나라는 400여 년을 이어 갈 수 있었습니다."

"결론적으로 우리도 노력하면 할 수 있다는 말인가?"

"그렇습니다, 회장님."

"정말, 자네가 그 기틀을 마련해줄 수 있는가?"

"모든 행위의 주체는 제가 아니라 회장님과 건달들이어야 합니다. 저는 각 주체가 일을 잘할 수 있도록 방법을 제시할 뿐입니다. 조직이 사느냐 죽느냐는 선택의 문제보다 의지와 용기, 신념의 문제입니다.”

“그게 무슨 말인가?”

“변화를 받아들여 새롭게 다시 태어나겠다는 ‘의지’, 어떤 어려움이 가로막아도 피하지 않고 당당하게 맞서겠다는 ‘용기’, 어떠한 대가를 치르더라도 이 길이 옳다는 불굴의 ‘신념’만이 조직의 미래를 결정할 것입니다. 이제는 머리, 몸, 마음, 그리고 영혼을 다해 숙고해야 우리가 원하는 미래를 만들 수 있고 그래야 다른 조직이 우리를 넘보지 못할 것입니다.”

“내게 그런 능력이 있을지 모르겠네.”

“처음부터 만들어진 사람은 없습니다. 조바심을 내려놓고 한발 한발 내디디면 다가갈 수 있습니다. 앞으로 적법한 형태로 사업을 해나가면, 칼빵을 피하기 위한 붕대는 더는 안 감고 다녀도 되고 누구를 대신해 감옥에서 썩는 일은 없을 것입니다. 한갓 주먹으로 남을 패서 밥을 먹고 사느냐, 아니면 새로운 삶의 터전에서 자유롭게 사느냐는 오로지 회장님의 결단에 달려있습니다. 회장님의 결심 하나에 조직의 미래가 결정될 것입니다.”

“천지가 개벽하겠구먼. 아주 난감한 일이야.”

“체계를 만들고 기초를 돈독히 하는 데 3년, 꽃이 피고 열매를 맺기까지 5년, 생태계를 완전히 바꾸는 데 10년은 보셔야 합니다. 회장님 당대에 하실 수 있습니다. 그리고 그 밖의 성장과 발전은 다음 세대 몫입니다.”

“자네 생각은 어떤가?”

앉아서 묵묵히 듣고 있던 양승필 이사에게 물었다.

"회장님의 생각이 중요하다고 생각합니다."

"우리 건달들이 먹고살 수 있게 해주겠다고 하니 한번 맡겨보는 게 어떤가?"

"회장님의 판단이 서면 맡겨보시지요."

"그럼 이 사람에게 자리 하나 만들어주게. 기획실장 어떤가?"

"그렇게 하겠습니다."

"양 이사, 이제 진필 기획실장도 우리와 한 식구니 잘 도와주게."

"네, 알겠습니다."

"양 이사는 나보다 자네 말을 잘 이해할 수 있을 거야. 두 사람의 어깨에 조직의 미래가 달려있다고 생각하고 열심히 해주게. 벌써 머리가 아파. 오늘은 그만하지. 참, 승필아, 진 실장 방 좀 마련해줘라."

"네, 알겠습니다."

두 사람은 회장 방을 나왔다.

"저기 잠깐만요."

진필이 양승필 이사를 불러 세웠다.

"네. 무슨 일이지요?"

"잠깐 얘기 좀 나눌 수 있을까요?"

"……내 방으로 가지요."

진필은 양 이사를 따라 방으로 들어갔다.

"앉으세요. 하실 말이 무언가요?"

"회장님과 이곳 건달들 그리고 양 이사님에게 진 빚은 꼭 갚겠습니다."
"행동으로 보여주세요. 제가 아닌 건달들에게. 잔꾀를 부리거나 순간을 피하려 하지 마세요. 이곳 사람들에게 두 번의 실망은 안 됩니다. 다른 말이 없으면 저는 약속이 있어서……."
"다음에 뵙겠습니다."

며칠이 지나고 회장을 찾아갔다.
"진 실장이 웬일인가, 나를 찾아오고. 무슨 급한 일이라도 있나?"
"저……."
"말해보게."
"저, 다름이 아니라……."
"무슨 일인데 말을 못 하고 '저'만 하고 있는가?"
"외람되지만 회장님께 개인적인 부탁이 있습니다."
"뭔가? 말해보게."
"……돈을 꾸어주셨으면 합니다."
"돈을 꾸어달라고?"
"빚이 있습니다. 빚을 갚기로 한 날이 며칠 남지 않았습니다. 갚지 못하면 가족에게까지 해가 갈 것 같아 염치없이 말씀드렸습니다. 돈은 반드시 갚겠습니다."
진필은 빚을 지게 된 경위를 설명했다.
"그런 일이 있었구먼."
"워낙 급해서 말씀드렸습니다. 죄송합니다."

"양 이사 들어오라고 해."

"회장님, 찾으셨습니까?"

"양 이사, 해결할 일이 있어 불렀네."

"해결할 일이라니요?"

양승필 이사는 의아한 듯 물었다.

"진필 실장이 빚이 좀 있어."

"빚이요?"

"사채를 끌어 쓴 게 있나 봐. 조용히 처리해주었으면 해."

"아, 예. 알겠습니다."

"그리고 둘이 술 한잔하도록 해. 어차피 두 사람이 주축이 되어야 할 테니."

"알겠습니다. 회장님."

두 사람은 회장실을 나와 양 이사 방으로 갔다.

"빚이 얼마입니까?"

양승필 이사는 표정 없이 물었다. 진필은 원금과 이자 그리고 빚이 늘어나게 된 배경을 설명했다.

"빚을 갚는 이 돈은, 불법이든 뭐든 조직원의 생명을 담보로 한 돈이라는 것을 잊지 마십시오."

다음 날 양승필 이사는 사채업자를 불러들였다.

"자네들이 우리 실장님에게 돈 안 갚으면 장기를 빼간다고 겁을 주었나?"

양승필 이사가 건달들에게 물었다.

"빚을 안 갚길래 몇 마디 했을 뿐입니다. 그리고 이곳 조직에 있는 분인지 몰랐습니다. 저희가 잘못했습니다."

"원금보다 이자가 더 많던데, 얼마를 갚으라는 거야?"

빚을 받으러 온 건달이 모처로 전화를 했다.

"원금만 갚으시면 됩니다."

진필이 속한 조직은 다롄의 3대 조직의 하나였으며 잔인하기로 소문이 나 있었다. 빚을 안 갚아도 채권추심업체로서는 달리 방도가 없겠지만, 회장의 지시도 있고 해서 원금만 갚는 것으로 해서 빚을 정리했다.

"이제 되었나?"

"됐습니다. 각서는 여기 있습니다. 그럼 저희는 이만 돌아가겠습니다."

사채업체 건달들은 각서를 주고 빨리 그곳을 벗어나려 했다.

"잠깐, 확인할 것이 있으니 그대로 있어."

양 이사는 밖에 있던 진필을 들어오게 했다.

"실장님, 각서 확인해보시지요."

양승필 이사가 건달에게 받은 친필 각서를 진필에게 건넸다.

"네, 원본 맞습니다."

"저희가 잘못했습니다, 실장님. 몰라뵈어 죄송합니다. 용서해 주십시오."

건달들은 몸을 심하게 떨었다.

"다시 우리 실장님 앞에 얼씬거렸다간 쥐도 새도 모르게 없애버릴 테니 그런 줄 알아."

양승필 이사가 쐐기를 박았다.

"다시 볼 일 없습니다. 그럼, 저희는 나가보겠습니다."

건달들은 쏜살같이 사라졌다.

"양 이사님, 고맙습니다."

"제게 고맙긴요, 회장님과 조직원들에게 고마운 거지요."

"조직으로부터 받은 은혜 잊지 않겠습니다."

비로소 빚의 올무에서 벗어났다. 자유의 몸이 되었다. 새로 시작할 수 있었다. 회장에게 깊이 감사했다. 건달들이 진정한 은인이었다. 보답하는 길은 조직을 성공적으로 변화시키는 길뿐이라 생각했다. 그 길은 진필이 원했던 도전이기도 했다.

건달

"회장님, 진필입니다."

"어서 들어와. 자네도 얘기 들었지?"

"어떤 것을 말씀하시는지?"

"중산구의 KTV Karaoke TV에서 패싸움이 났는데 우리 애들이 많이 다쳤어. 죽은 사람은 없지만 2명이 중상을 입었고 10명이 부상을 입었지."

"갑자기 그런 일이 왜 일어난 겁니까?"

"우리 조직의 넘버 3가 조직을 배반하고 상대 조직원들을 업고 치고 들어온 거야. 허를 찔렸어. 우리 아이들이 당장이라도 전쟁을 하겠다고 난리야. 전쟁은 피해야 한다는 자네 뜻도 있고, 전쟁을 해도 전후 상황을 파악한 뒤에 하는 게 좋을 것 같아서 자네를 불렀네."

"잘하셨습니다. 그런데 넘버 3는 왜 공격을 한 겁니까? 우리와 상대조직과 무슨 문제가 있었습니까?"

"넘버 3는 평소 내가 아끼던 놈인데 왜 조직을 배반했는지 알 수가 없어. 그 일이 있고 바로 상대조직의 보스에게서 연락이 왔어."

"뭐라고 하던가요?"

"자기도 모르게 부하들이 일을 벌여 난감하다는 거야. 원인이야 차차 밝혀지겠지만, 이번 일을 봐서도 전쟁을 피하는 것은 다시 생각해봐야 할 것 같아. 눈에는 눈, 이에는 이. 그것이 이 바닥 생리야. 이렇게 당했는데도 그대로 있으면 다른 조직들이 우리를 얼마나 우습게 보겠나. 한번 밀리면 이 바닥에서는 끝이야. 그래서 건달 세계의 전쟁은 불가피한지도 몰라. 현실이 이런데도 전쟁을 피해서 조직을 이끌 수 있을까 해. 평생 싸움만 한 건달들을 데리고 무슨 사업을 할 수 있겠나 하는 회의감도 들고. 송충이는 솔잎을 먹어야지 괜히 다른데 정신 쏟다가 있는 조직도 지키지 못하는 게 아닌가 해. 그렇지 않은가?"

"일견 틀린 말씀은 아닙니다. 하지만 할 수 없는 것과 해보지 않은 것과는 분명 다릅니다."

"그게 무슨 말인가?"

"변화 앞에서 대부분이 해보지도 않고 할 수 없다고 말합니다. 도리어 하려는 사람의 발목을 잡지요. 회장님, 적을 제압하는 데는 주먹보다는 칼이, 칼보다는 총이 효과적이지 않습니까?"

"그렇지."

"그런데도 주먹만 고집하고 칼만 휘둘러서 상대를 제압할 수 있다고 보십니까? 총을 쏠 줄 알아야 하는 것은 왜 생각하지 않으십니까? 총을 쏴도 빠르고 정확하게 쏠 수 있어야 하는 것 아닙니까? 세상은 변해가는데 언제까지 주먹으로 다른 조직을 물리칠 수 있다고 보십니까. 영화에서야 총보다는 주먹이 낭만이 있어 보이지만 진검승부에서는 이기는 것이 목적 아닙니까? 제가 총을 말씀드리는 것은 꼭 총을 사용하자는 것이 아닙니다. 궁극적으로 이길 수 있는 방법을 쓰자는 것입니다.

적을 제압하기 위해서는 좀 더 효과적이고 확실한 방법이 필요합니다. 안 되는 줄 알면서도 폭력을 고집한다면 그 조직의 미래는 안 봐도 뻔합니다. 과거에는 춥고 배고파도 의리가 있었지만, 지금은 먹고사는 것을 충족시키지 못하면 리더는 물론 조직 자체가 존립할 수 없습니다. 그래서 변해야 합니다. 싸움하는 방법도 바꾸고, 사업의 종류도 바꾸고, 사람도 바꾸어야 합니다. 그렇지 않고는 매일 동네 건달 수준에서 벗어날 수 없습니다.

물론 회장님 말씀대로 상대를 치지 않으면 밀릴 수 있습니다. 조직은 우왕좌왕할 것이고 중간 보스들은 전쟁만이 조직이 살길이라며 회장님의 개혁에 반발할 것입니다. 하지만 우리가 가야 할 길은 그 길이 아닌 것을 어떻게 합니까. 눈에는 눈, 이에는 이로 대항하는 것이 가장 쉬운 하책입니다. 참고 준비하며 때를 기다리는 것이 상책이지요. 그 길은 하책과 비교할 수 없는 괴롭고 지루한 길입니다. 아무나 쉽게 들어갈 수 없는 좁고 험한 길이지요. 아무리 힘이 들어도 좁은 길을 택하셔야 합니다. 하책은 길이 아닙니다. 길같이 보일 뿐입니다. 모두가 이해하지 못하고 전쟁을 주장해도 회장님은 참고 견디며 상책을 택하셔야 합니다. 모두가 흔들려도 회장님만은 굳건히 상책을 밀고 나가셔야 합니다. 지금 그 길을 갈 수 있는 사람은 회장님밖에 없습니다. 그것이 리더의 숙명입니다."

"조직이 그렇게 당했는데 보스인 나보고 가만히 있으란 말인가?"

"개구리가 멀리 뛰기 위해 잠시 움츠리듯 승리를 위해 참아야 합니다. 뱀처럼 냉정하게 기다려야 합니다. 이해시키고 설득하며 조직을 지혜롭게 해야 합니다. 특히 이번 사건은 전쟁 없이 문제를 해결할 수 있는 절호의 기회입니다. 전쟁이나 보복이 능사가 아님을 보여줌으로써 개혁과 변화의 시발점으로 삼아야 합니다. 뱀이 거죽을 벗듯 저희도 과거를 벗고 새로운 내일로 다시 태어나는 겁니다. 지금은 왜 배반했는지 정확한 이유를 알아내 재발하지 않도록 대책을 세우는 것이 중요합니다. 암에 걸렸을 때 좋은 세포는 살리고 암세포만 제거하듯 원인을 파악해 문제를 해결함으로써 새로운 선례를 남기는 것이 중요합니다."

"그렇게 처리하는 것을 조직원들이 이해할 수 있을까? 나부터 참을 수가 없는데."

"참아야 합니다. 건달이나 기업은 물론이고 국가조직도 오래 존속하기 위해 참고 또 참습니다. 어떤 상황에서도 전쟁은 신중해야 합니다. 어떻게든 피해야 하는 것이 전쟁입니다. 특히 국가 간의 전쟁이 그렇습니다."

"국가 간의 전쟁이 그렇다니?"

"국가 간의 전쟁은 건달들의 전쟁과는 비교도 안 될 정도로 잔인하고 비열합니다. 국가 간의 전쟁은 승자 패자 모두에게 엄청난 희생을 요구합니다. 무고한 시민은 물론 부녀자와 아이들까지 다치고 죽습니다. 어디 그뿐입니까. 미사일 하나로 수많은 사람이 죽고 삶의 터전을 잃습니다. 특히 패자는 어른에서 어린 소녀까지 강간이나 폭행을 당하기 일쑤입니다.

그에 비하면 깡패들의 싸움은 순진한 편이지요. 조직 간의 전쟁은 건달만 죽거나 다치는 선에서 끝나지 않습니까. 어쨌든 모든 전쟁은 보복을 동반하고 생명을 앗아가기 때문에 피해야 합니다. 전쟁이란 우리가 그만둔다고 해서 끝나는 것이 아닙니다. 상대가 안 하겠다고 할 때 비로소 끝이 납니다. 애당초 적이 싸움을 시작할 수 없게 만들어야 합니다."

"음……."

"2천5백 년 전, 오나라의 손무는 '싸우지 않고 이기는 것이 최상의 전략이다'라고 했습니다. 회장님, 손무가 왜 그렇게 말했다고 생각하십니까?"

"아군에게도 희생이 따르니 그렇게 말한 것 아닌가?"

"네, 맞습니다. 손무는 10만의 군사를 일으켜 천 리 길을 출정하려면 하루에 천금이 든다고 했습니다. 나라 안팎이 혼란에 빠지고 길바닥에 나앉아 생업을 포기하는 백성이 70만이라고 했습니다. 전쟁은 함부로 시작해서는 안 된다는 것이지요. 신중하고 또 신중해야 합니다. 싸우지 않고 이겨야 합니다. 그러려면 상대가 싸울 엄두를 못 내게 해야 합니다. "

"어떻게 그렇게 할 수 있나? 말로 해서 될 일이 아니잖은가?"

"우리와 싸워 이득은 없고 손해만 보는데도 상대가 계속 전쟁을 걸어올까요? 쉽게 못 할 것입니다. 상대가 전쟁할 엄두를 못 내게 하는 것이 우리의 과제입니다."

"어떻게 그렇게 할 수 있다는 건가?"

"상대가 칼과 주먹만을 사용하고 있을 때, 우리는 조직적이고 체계적이며 과학적인 방법으로 앞서 나가는 겁니다. '조직적'은 조직 상호 간에 누구나 알 수 있는 객관적 방법으로 극도의 효율과 효과를 내는 것입니다. '체계적'은 조직 간의 약속으로 일을 쉽고 예측할 수 있도록 낱낱의 부분을 짜임새 있게 하는 것입니다. '과학적'은 논리를 바탕으로 정확하고 타당성 있게 일을 하는 것이지요. 적이 쳐들어오더라도 맞붙어 같이 싸우는 것이 아니라 적의 불법적인 행동의 증거를 확보해 법에 맡기는 것입니다. 중국과 같은 사회주의 국가는 사회안정이 우선 아닙니까. 앞으로 서민을 괴롭히고 사회질서를 어지럽히는 폭력 사범은 어디에도 발붙일 수 없을 것입니다. 증거를 갖고 법에 호소하는 것이 직접적인 전쟁을 피하는 효과적인 방법입니다."

"좀 더 구체적으로 설명해보게."

"CCTV, 녹취 등의 기능을 활용해서 전쟁을 걸어오는 상대의 불법적이고 탈법적 증거를 확보하는 것입니다. 그렇게 수집한 증거물을 국가기관에 전달해 법대로 처리하는 것이지요. 공안이 일을 법대로 처리할 수 있도록 자료를 제공하고 폭력조직이 아닌 정상적인 기업 이미지를 보여주는 겁니다. 지금 국가 간의 전쟁도 많이 달라졌습니다. 많은 병력으로 적진을 쳐들어가는 방법은 사용하지 않습니다. 미리 적진을 초토화하고 나서 들어가 항복을 받아냅니다. 사람의 희생을 최소로 하면서 신종 무기로 전세를 주도하는 것이 현대전입니다.

건달의 세계도 다르지 않습니다. 신무기가 무엇입니까? 신무기는 정확한 정보와 과학화입니다. 확실한 증거를 확보할 수 있으면 이깁니다. 그 증거가 공안에 가고 중국공산당 수뇌부로 가고 언론으로 가면 큰 힘을 발휘할 수 있습니다. 확실한 증거가 보복을 해주고 복수를 해줄 것입니다. 이제 적과의 전쟁은 사법당국이 하게 해야 합니다."

"과연 그것이 먹힐까?"

"회장님, 크든 작든 전쟁을 하면 조직의 누군가는 전과자가 되고 불구자가 됩니다. 리더뿐 아니라 조직 모두가 다치지 않고 살아남을 방법을 택해야 합니다. 회장님, 양아치와 건달의 차이가 무어라고 생각하십니까?"

"글쎄……."

"저는 의리라고 생각합니다. 양아치들에게 진정한 의리는 없습니다. 그들은 겉으로는 의리를 주장하면서도 실제는 배반을 일삼고 자기 이익을 챙깁니다. 건달은 다릅니다. 건달은 조직과 동료들을 위해 생명을 걸고 싸우기도 하고 감옥에도 가고 희생양이 되기도 합니다. 하지만 그보다 더한 의리는 배운 것 없고, 기댈 곳 없고, 오라는 곳 없는 소외된 부하들을 거두는 것이라 생각합니다. 사업하는 기업인들에게는 건달 세계의 의리처럼 기업가정신이 있습니다."

"기업가정신?"

"기업가정신은 온갖 어려움을 무릅쓰고 고객이 원하는 가치를 만들어내는 것입니다."

"가치를 만들어 내다니?"

"'가치'는 고객의 마음에 드는, 고객을 만족시키는 그 무엇을 말합니다. 가치는 기존의 것이 지니지 못한 새로운 것이어야 합니다. 가치가 있어야 고객이 선택합니다. 고객은 가치 없는 것을 철저히 외면하지요. 새로운 가치를 만들어내는 기업가정신이 경영에 필요하듯 건달에게는 건달정신이 필요합니다. '건달정신'은 의리로 뭉친 내 조직원의 생계를 보장해주는 것입니다. 의미 없는 전쟁으로 귀한 부하를 불구자로 만들고 전과자로 만드는 것이 아니라, 정상적인 생활을 할 수 있게 해주는 것이 진정한 건달정신이라고 생각합니다."

"무슨 말을 하는지 알겠네."

"이번 사건을 처리할 때도 은밀하게 하는 것이 좋습니다. 참고 기다렸다가 상대의 경계가 풀릴 때쯤, 사건을 주도한 넘버 3를 잡아 정확한 원인을 알아내는 것입니다. 이유를 알면 대책을 세우는 건 쉽습니다. 그렇게 마무리하면 조직은 회장님의 변화된 모습을 이해하게 될 것입니다."

"알았네. 한번 해보겠네."

중산구 사건이 있고 한 달쯤 지났을 때 조직의 넘버 3를 한 KTV에서 붙잡았다. 피투성이가 된 채 회장의 처분만 기다리고 있었다.

"회장님, 이놈의 팔과 아킬레스건을 자르겠습니다."

양견 행동대장이 회장을 보며 말했다.

"잠깐 기다려라."

"이런 놈은 그냥 놔둬서는 안 됩니다."

양견이 말했다.

"창쉬야, 왜 그랬니?"

회장은 낮은 목소리로 조직의 3인자였던 창쉬에게 물었다.

"……."

"네가 할 말이 없어 대답을 안 하는 것이냐, 아니면 잘못이 없어서 말을 안 하는 것이냐?"

회장은 인내심을 갖고 물었다.

"제 잘못은 인정합니다. 하지만……."

"하지만 뭐냐?"

"변명하고 싶지 않습니다. 목숨을 구걸하지 않겠습니다. 불구가 될 바에 빨리 죽여주십시오."

"회장님, 이놈 말은 더 들을 필요 없습니다. 창쉬는 우리 조직을 배반하고 많은 조직원을 다치게 했습니다. 죽이든 팔을 자르든 명령만 내려 주십시오."

행동대장은 화가 풀리지 않는 듯 서둘러 처단하려 했다.

"창쉬야, 어째 네 말 속에 뼈가 들어있구나. 할 말이 있으면 말해 보거라."

"죽는 놈이 무슨 할 말이 있겠습니까. 단지……. 됐습니다."

"단지 뭐냐?"

"……굳이 변명하고 싶지 않습니다."

"창쉬야, 네가 조직을 배반한 이유 정도는 말해주는 게 너와 함께한 조직과 다친 후배들에 대한 예의 아니냐. 그 정도 말도 못 할

놈이면 그만두어라."

"……."

"양견아, 안 되겠다. 저놈은 죽이지 말고 불구로 만들어 자신의 잘못을 평생 후회하게 만들어라."

"네. 알겠습니다, 회장님."

양견이 작두를 내려치려는 순간이었다.

"회장님은 제가 왜 배반했다고 생각하십니까?"

창쉬는 굳게 닫힌 입을 열었다. 비굴함은 전혀 없었다.

"나에게 묻지 말고 네가 배반한 이유나 말해. 내 생각이 아니라 네 생각을 말하란 말이야!"

"회장님은 왜 저를 내치셨습니까?"

"내치다니?"

"양견 형님이 제 구역을 치고 들어왔습니다. 너무 분해 양견 형님에게 그 이유를 물었더니 큰형님께서 그렇게 지시했다고 하더군요. 어떻게 말씀 한마디 없이 저에게 그렇게 하셨는지 지금도 이해가 가지 않습니다. 회장님이 저를 버리셨는데 제가 어떻게 계속해서 이 조직에 몸담을 수 있겠습니까? 물론 제가 조직을 배반하고 후배들에게 못한 짓을 한 것은 백번 죽어도 변명의 여지가 없습니다."

창쉬는 말을 마치고 눈을 감았다. 사무라이처럼 비장한 자세로 칼을 받으려 했다.

"양견아, 지금 창쉬가 무슨 말을 하는 거냐?"

회장은 당황했다. 전혀 그런 보고를 받은 적이 없었다.

"실은 회장님께서 신경을 쓰실 것 같아 보고를 드리지 않았습니다. 죄송합니다."

양견이 말했다.

"그게 무슨 소리야? 자세히 말 해봐!"

"창쉬 사업장인 중산구 KTV에서 문제가 있었습니다."

"어떤 문제?"

"젊은 애들이 업소에서 약을 하고 접대부들을 폭행했습니다. 그 과정에서 여자들이 많이 다쳤습니다. 마침 옆 방에는 공산당 간부들이 술을 마시고 있어 조용하게 처리해야 했습니다. 강제추행은 그렇다 치더라도 업소에서 마약을 했다는 사실이 알려지면 문제가 클 것 같았습니다. 창쉬는 연락이 안 되고 그렇다고 현장을 그대로 놔둘 수도 없어 제가 가서 현장을 정리했습니다. 나중에 이 사실을 안 창쉬는 제가 자기 구역이 탐이 나 치고 들어간 것으로 오해를 했습니다. 형님의 지시였다고 말했더니 창쉬는 회장님이 자기를 버렸다고 생각했나 봅니다."

양견 행동대장이 당시 상황을 말했다.

"너는 왜 그런 얘기를 지금 해! 그리고 창쉬 너도 그런 일이 있으면 나에게 한 번은 찾아왔어야지."

"큰형님이 저를 버렸다는 서운함과 내 구역을 못 지켰다는 자괴감이 들었습니다."

"그렇다고 조직을 배반하고 한솥밥을 먹던 후배들에게 칼을 꽂은 거냐?"

"그것은 제가 백번 잘못했습니다. 용서를 구하지 않겠습니다.

죽음으로 잘못을 대신하겠습니다. 병신으로 구걸하며 살기보다 이 자리에서 죽게 해주십시오. 저의 마지막 소원입니다. 큰형님은 제게 아버지나 다름없었습니다. 큰형님 손에 죽으면 아무런 원망이나 서운함이 없습니다."

"창쉬야, 네가 나와 얼마나 같이 있었지?"

"17년입니다. 큰형님을 열여섯부터 모셨습니다."

"……내가 네 속을 모르는 것은 아니다. 지금 네가 죽는 것만이 능사가 아니다. 죽을 때 죽더라도 네가 불구로 만든 애들은 책임져야 할 것 아니냐. 너는 죽으면 그만이지만 후배들은 평생을 고통 속에서 살아야 하는데 어떻게든 해봐야 하는 것 아니야!"

"……저는 입이 열 개라도 할 말이 없습니다. 다친 애들에게 죽음으로 사죄하겠습니다."

"너는 지금 내가 무슨 말을 하고 있는지 모르는 거냐?"

"제가 지금 무슨 말을 할 수 있겠습니까. 큰형님, 큰형님께서 하라면 무슨 일이든 못 하겠습니까. 하지만 제가 무슨 염치로 다른 말을 할 수 있겠습니까?"

"그럼 내가 너에게 오더를 하나 주겠다. 우리 사업장 중에서 가장 부진한 곳을 맡아 책임지고 살려내도록 해라. 살리지 못하면 스스로 목숨을 끊어라. 기간은 1년이다. 네가 맡을 곳은 뤼순旅顺커우구에 있는 KTV다. 지금 폐업 절차를 밟고 있다. 그곳을 맡아 1년 안에 흑자로 돌려놓아라. 본부의 지원은 1원 한 푼 없다. 조건이 있다. 어떤 이유에서든 폭력은 절대 사용해서는 안 된다. 만일 적자를 메우지 못하고 문을 닫는다면 가게와 함께 네 인생도 그곳에 같이 묻어라. 사업을 성공시켜 네가 책임질 애들을 거두든지 아니면 네 목숨으로 책임을 대신하든지 선택해라. 더 할 말이 있느냐?"

"당장 이 순간을 모면하기 위해 말하지 않겠습니다. 저는 할 수 없습니다. 제 능력 밖입니다. 저는 주먹 하나로 살아왔지 흑자니 적자니 하는 것은 모릅니다. 저도 업소를 운영해 봤지만 저에게는 그럴만한 실력도 없고 어떻게 경영해야 흑자가 나는지도 모릅니다. 그런 제가 어떻게 책임지지도 못할 말을 할 수 있겠습니까. 저 하나 잘못되는 것은 문제가 안 되지만 우리 조직에 더 이상 누가 되는 것은 용납할 수 없습니다."

"네 말도 틀린 것은 아니다. 하지만 죽기로 하면 못할 일이 어디 있겠느냐. 죽었다고 생각하고 한번 해 보거라. 이번 일은 능력의 문제가 아니라 용기의 문제다. 다시 말해 네가 하기 나름이라는 뜻이다. 남자답게 피하지 말고 맞서라. 맞서서 해내거라. 여기 진필 기획실장이 도와줄 것이다. 앞으로 사업장의 존폐의 모든 책임은 네게 있다. 이 점을 명심해라. 알았느냐?"

"……."

"칼을 받을 건지, 업소를 키울 건지, 지금 결정해라. 네가 원하는 대로 해주마."

"……큰형님! 조직원들에게 행한 잘못을 평생 사죄하며 죽을 각오로 해보겠습니다."

창쉬는 어깨를 들썩이며 흐느꼈다. 참회의 눈물이고 각오의 눈물이었다. 보복의 관행에서 벗어나 용서와 기회가 주는 충격은 적지 않았다. 잘못한 조직원에게 폭력을 행사하거나 신체 일부를 못 쓰게 하는 것과는 차원이 달랐다.

다음 날 회장이 진필을 불렀다.

"접니다, 회장님."

"이리 앉게."

차 두 잔이 들어왔다.

"어제 일은 잘된 것 같은가?"

회장이 물었다.

"아주 잘하셨습니다. 회장님의 용서가 큰 힘을 발휘할 것입니다. 이 세상에 용서보다 강한 것은 없습니다. 용서는 새로운 희망과 변화를 가져올 것입니다. 보복이 아닌 용서로 조직은 인재를 얻었습니다."

"어제는 내 꾹 참았네. 자네가 말한 대로 하느라고 진땀을 뺐어. 내가 다른 사람의 말을 듣기는 이번이 처음이야. 그동안은 내 생각대로 살았지. 평생을 그렇게 살아왔어. 생각해 보니 후회되는 일이 많아. 주먹만 쓸 줄 알았지 누구를 용서하고 기회를 준 적이 없어. 정말 메마른 삶이었어. 다른 곳을 볼 줄 몰랐어. 보복과 앙갚음이 최선이고 그렇게 해야 조직을 배반하지 않는다고 생각했지. 그게 아니었어. 이번에 그것을 깨달았네."

"회장님, 어제처럼 하시면 안 될 일이 없습니다. 이제 시작입니다. 회장님은 우리 건달 세계에 새로운 이정표가 될 것입니다."

"정말 그럴 수 있을까?"

"물론 하실 수 있습니다. 그리고 주변의 말을 들어보니 창쉬는 뚝심도 있고 의리가 있다고 합니다. 잘 다듬으면 좋은 재목이 될 것입니다."

"자네가 잘 도와주게. 창쉬나 나나 주먹만 썼지 뭘 알겠나. 이제 어떻게 하면 되지?"

"먼저, 뤄순 업소가 왜 적자가 났는지 그 이유를 알아야 합니다. 창쉬가 원인을 조사하는 데 필요한 준비를 제가 할 것입니다. 상황에 따라서는 저도 현지로 내려가겠습니다. 가장 어려운 곳을 되살리면 우리 조직은 변화에 대해 자신감을 갖게 될 것입니다."

"알았네. 쉽지는 않겠지만 뤄순 업소를 잘 살려서 우리 조직에 희망을 안겨주게."

"명심하겠습니다."

진필의 전략에 따라 창쉬는 새로운 곳에서 다시 시작할 수 있었다. 뤄순 업소를 되살리는 것은 진필에게 새로운 도전이었다.

3일이 지나고 창쉬는 진필의 방을 노크했다.

"들어오세요."

"창쉬입니다. 회장님이 가 보라고 해서 왔습니다."

창쉬는 진필과 인사를 나누며 어색해했다.

"잘 왔어요. 앉아요. 차는 뭐로 할까요?"

"저는 괜찮습니다."

"그럼 녹차로 합시다."

두 사람 사이에 찻잔이 놓였다.

"회장님이 진필 실장님의 말은 무조건 따르라고 했습니다. 실제로 저는 주먹만 썼지 경영은 모릅니다. 학교에 다닐 때도 싸움질하느라 제대로 공부한 적이 없습니다."

"이곳에서는 학력이 높은 편이던데."

"고등학교 2학년 때 퇴학을 당했지요. 그리고 바로 조직에 들어갔어요. 고등학교도 할머니의 성화로 다닌 거지 저 스스로 간 것은 아닙니다. 회장님은 진필 실장님의 말을 잘 들으면 성공할 수도 있다고 하던데 제가 볼 땐 불가능합니다."

"불가능하다니?"

"뭐든 하려면 방법을 알아야 하는데 저는 경영에 대해 아는 게 없습니다. 말썽부리는 놈들 잡아다 팰 줄만 알았지, 사업과는 거리가 멉니다. 나처럼 생각하기 싫어하고 주먹 쓰기 좋아하는 놈들은 일만 생기면 주먹이 먼저 나가니 무슨 일을 할 수 있겠습니까. 회장님이 절대 폭력은 안 된다고 하시니 끝난 거지요. 주먹을 묶어놓고 무슨 일을 할 수 있겠습니까. 그렇지 않습니까?

진 실장님은 건달 생활을 해보지 않아서 제 심정 모를 겁니다. 저도 할 수만 있으면 잘하고 싶지요. 대우받으며 사람답게 살고 싶지 않은 사람이 어디 있겠어요. 그게 안 되니까 이 짓 하는 것 아닙니까. 정상적인 연애를 할 수 있나, 제대로 된 가정을 꾸밀 수 있나, 다 부질없는 짓이에요. 회장님이 조직에 진 빚을 갚을 기회라고 하시니 마지못해 받아들였지만 아무리 해도 안 되는 것은 안 됩니다. 지금이라도 솔직하게 말씀드리는 것이 옳지 않나 생각합니다."

"좀 전에 창쉬 보스는 뭐든 하려면 방법을 알아야 한다고 했는데, 그 방법을 배우면 되잖아요."

"지금 어떻게 배웁니까, 머리가 돌처럼 굳었는데. 그것도 다 어렸을 때 얘기지요."

"내가 그 방법을 알려주면 배우겠소? 일자무식이라도 배우려는 마음만 있으면 얼마든지 가능한데."

"어떻게 그게 가능하겠어요."

"그동안 살아오면서 죽을힘을 다해 무언가를 한 적이 있나요?"

"……저는 다른 조직과 전쟁할 때 죽을 각오로 싸웠습니다."

"사업도 그렇게 하면 됩니다. 중학교, 아니 초등학교도 못 나온 사람 중에 사업가로 성공한 사람은 얼마든지 있어요. 일본 파나소닉의 창업주 마쓰시다 고노스케는 13만 명의 종업원을 거느린 대기업의 총수였어요. 그는 자신이 못 배운 것을 하늘의 은혜라고 했지요. 초등학교 4학년 중퇴가 학력의 전부여서 모든 사람을 자신의 스승으로 받들어 배웠다고 했어요. 한국의 현대그룹의 창업주 정주영 회장은 초등학교 졸업이 학력의 전부였습니다. 쌀가게 점원으로 시작해 오늘의 현대그룹을 만들었지요. 그렇게 마스시타 고노스케나 정주영 회장이 많이 배워서 세계적인 기업을 만들었나요, 그렇지 않습니다. 하겠다는 의지와 실천하는 용기, 과감한 결단이 오늘의 그들을 만들었지요. 지금 창쉬 보스는 나이가 몇입니까?"

"서른셋입니다."

"이제 시작해도 늦지 않아요. 본인의 결단과 용기만 있으면 무엇을 해도 늦지 않은 나이예요."

"……정말 그게 가능할까요?"

"저도 이 조직에 많은 신세를 졌습니다. 일이 잘못되면 창쉬 보스만 문제가 되는 것이 아닙니다. 저도 문제가 됩니다. 제가 이런 상황에서 불가능한 일을 시작하겠습니까? 우리 둘은 한배를 탔습니다. 이제 돌아갈 수도 없고 돌아가서도 안 됩니다. 죽어도 배 위에서 죽어야 합니다. 죽을 각오로 해봅시다. 죽기로 하면 못 할 일이 어디 있겠습니까."

"그럼, 무엇부터 시작해야 하나요?"

"창쉬 대표는 어떤 일부터 하고 싶으세요?"

"대표라니요, 제가 무슨 대표입니까? 그냥 창쉬라고 부르세요. 업소에서야 사장이라고 불렸지만 그게 어디 정상적인 회사의 사장입니까? 마땅한 호칭이 없어 그렇게 부른 거지요."

"대표는 높은 자리가 아닙니다. 자기가 속해있는 조직을 대표해서 책임과 의무를 다하겠다는 약속의 표현이지 권력을 의미하는 것은 아닙니다. 대표는 그런 마음으로 매사에 임해야 합니다. 직원 간의 호칭도 달라져야 합니다. 대충 봐주는 식의 형님, 동생이 아니라 시시비비를 가리는 상사와 부하 관계가 되어야 합니다. 형님, 동생이 건달 세계에서는 낭만을 불러오고 친근감을 표하지만, 경우에 따라서는 파벌을 조성하고 서운함의 원흉이 됩니다. 지난 사건도 창쉬 대표가 회장님과 조직에 대한 서운함 때문에 발생했던 것 아닙니까.

후배 사랑이나 선배 존경은 마음으로 해야 합니다. 둘이 있을 때는 몰라도 공식적으로는 직위나 직책으로 불러야 합니다. 직책은 책임과 의무의 또 다른 표현이므로 다소 불편해도 그렇게 해야 합니다. 이제는 일하는 능력에 따라 서열이 정해질 것입니다. 처음에는 새 옷이 어색하고 불편해도 얼마 지나면 더 편하다는 것을 느끼게 될 것입니다."

"우리는 한솥밥을 먹으며 형님, 동생으로 지내왔습니다. 갑자기 호칭이 바뀌면 혼란스러울 수 있습니다. 어쨌든 노력해보겠습니다. 실장님, 앞으로 뤼순 업소는 어떻게 해야 합니까?"

"모든 결과에는 원인이 있게 마련입니다. 뤼순 사업소가 부진한 데는 그만한 이유가 있을 겁니다. 부진한 원인을 찾아내 대책을 세워야 합니다. 창쉬 대표는 현장으로 내려가 부진한 원인을 찾아내야 합니다."

"어떻게 찾아내지요? 저는 무엇을 어떻게 할지 전혀 모르겠어요."

"점포, 직원, 물품, 원가, 고객, 접객, 위생, 환경 등을 조사해보세요."

"그렇게 말씀하시니 더 막막한데요."

"제가 체크리스트를 만들어 줄 테니 그 서식을 활용하면 그리 어렵지 않을 겁니다."

"예를 하나 들어주시지요."

"직원 관리에 문제가 있는지 확인하는 방법입니다. 첫째, 직원들이 하는 일이 겹치거나 편중되어 있는가? 둘째, 직원이 업무를 효율적이고 효과적으로 할 수 있게 능력과 적성에 따라 배치되어 있는가? 셋째, 해당 업무에 대한 교육과 훈련은 되어있는가? 넷째, 해당 업무에 대한 매뉴얼은 마련되어 있는가? 다섯째, 순환보직은 이루어지고 있는가, 그렇다면 어떤 방법으로 하고 있고 그에 대한 불만은 없는가 등을 조사하는 것입니다. 제가 별도 파일을 드릴 테니 그것을 가지고 체크하면 문제의 원인이 무엇인지 알 수 있습니다. 그리고 진행하다 의문 나는 점이 있으면 전화나 메일을 주세요. 상황을 봐서 저도 현장으로 내려가겠습니다."

"실장님이 많이 도와주세요."

"좋습니다. 지금처럼 하려는 태도가 중요합니다. 그럼, 현장에는 언제쯤 내려갈 거예요?"

"당장이라도 내려가겠습니다. 그리고 실장님. 실장님은 연배도 저보다 훨씬 위이고 저를 지도하는 선생님이시니 대표라고 하지 마시고 창쉬라고 불러주세요. 제가 형님으로 모시겠습니다."

"좋습니다. 단, 둘이 있을 때는 몰라도 다른 사람과 같이 있을 때는 절대 그렇게 부르면 안 됩니다. 그러면 우리 서로 형, 아우 하면서 지냅시다."

"형님, 열심히 하겠습니다."

"알았네."

두 사람의 첫 만남은 훈훈하게 이어졌다. 건달 조직이 처음인 진필이나 조직을 배반했다는 창쉬도 의지할 사람이 필요했다.

다음 날 진필이 회장을 찾았다.

"진필입니다, 회장님."

"어서 들어오게. 그래, 창쉬하고 이야기는 좀 나눠봤나? 뭐라고 하던가? 못하겠다고 하지는 않던가?"

"아닙니다. 앞으로 해야 할 일에 대해 이야기를 나눴습니다."

진필은 어제 창쉬와 나눴던 내용을 회장에게 말했다.

"잘했구먼. 수고 많았네."

"수고랄 게 뭐 있습니까, 제가 할 일인데요."

"다른 문제는 없겠는가?"

"주먹을 사용하지 않는 것이 쉽지 않을 것입니다. 하지만 어떻게든 해내야 합니다. 모두가 합심하면 안 될 것도 없습니다. 무엇보다 뤼순이 선부론의 대표 영업소가 되어야 합니다. 그래야 모든 계획을 차질 없이 진행할 수 있습니다."

"선부론의 대표라니?"

"덩샤오핑이 개혁개방을 펼칠 때 했던 정책입니다. 선부론은 일부 지역을 먼저 부유하게 하는 정책입니다."

"왜 일부 지역만 먼저 한 건가?"

"모든 지역을 한꺼번에 개방하면 중국 정부가 감당하기 어렵고 통제도 쉽지 않아 연안 지역을 먼저 경제특구로 지정했습니다. 덩샤오핑의 선부론은 중국 개혁개방의 백미라고 할 수 있습니다. 그렇듯 뤼순을 시작으로 몇 개 사업소를 성공시킨 후에 전국으로 확대할 계획입니다. 그래서 뤼순이 중요합니다."

"과연 그렇게 할 수 있을까?"

"해내야 합니다. 이번 도전은 가능성의 문제가 아니라 당위의 문제입니다. 이제부터 우리가 하는 모든 일은 미래의 일이 아니라 이미 이루어진 과거가 되어야 합니다. 우리의 목표가 이미 이루어진 것처럼 생각하고 행동해야 합니다."

"이미 이루어진 것처럼?"

"성공한 우리의 미래를 마음속으로 그리는 겁니다. '할 수 있을까?'가 아니라 '성공했네!'라고 자신에게 말하는 겁니다. 의심이 확신으로 변하는 순간 성공은 우리 앞에 와 있을 것입니다. 우리는 그렇게 성공을 상상하며 하나하나 이루어 나갈 것입니다. 2002년 한일 월드컵에서의 한국이 거둔 가장 큰 성과가 무엇인지 아십니까?"

"……4강에 오른 것인가?"

"'꿈은 이루어진다'입니다. 당시 한국 국가대표팀의 히딩크 감독은 이미 4강에 든 것처럼 생각하고 행동했습니다. 그는 그것을 확인하는 일만 남았다고 했습니다. 못 배웠느니, 경험이 없다느니, 주먹만 써서 머리가 나쁘다느니 하는 말은 모두 핑계일 뿐입니다. 노력 부족과 게으름으로밖에 설명할 수 없습니다. 회장님부터 우리 성공에 대해 의문을 갖거나 부정적인 생각을 하시면 안 됩니다. 어느 상황에서도 된다는 믿음을 가져야 합니다."

"잘 알았네. '이루어진 것처럼 생각하고 행동하라' 좋은 말이구먼. 생각만 해도 뭔가 된 것 같아. 잘 알았네. 오늘 내가 좋은 것 하나 배웠네."

"이만 나가보겠습니다."

도전

창쉬가 뤼순으로 내려간 지 일주일이 지났다. 창쉬는 문제의 원인을 파악하는 데 어려움을 호소하며 진필에게 도움을 청했다. 진필이 뤼순으로 내려갔다. 뤼순 커우구는 만주의 랴오둥반도 끄트머리에 있어 천연의 항구 입지를 갖추고 있었다. 진필은 먼저 안중근 의사가 순국한 감옥을 돌아보았다.

"형님, 어서 오세요. 형님을 만나니 이제 좀 살 것 같네요."

"왜, 그동안 살지 못했나?"

"말도 마세요. 통 뭐가 뭔지 모르겠어요. 형님에게 설명은 들었지만, 막상 조사하려니까 무엇을 어떻게 해야 할지 막막합니다."

"그랬구먼."

"형님이 하라는 대로 다 할 테니 지시만 내려 주십시오."

"이곳은 자네 사업처야. 모든 일은 자네가 해야 해."

"뭘 알아야 하든 말든 할 것 아닙니까. 저 좀 살려주세요."

"무엇부터 시작할지 정리해 보자고."

"제가 조직에 몸담고 온갖 일을 해봤지만 이렇게 힘든 일은 처음입니다. 주먹 쓸 때가 좋았습니다. 골치가 아파서 살 수가 있어야지요."

“한 번에 다 하려고 하지 마. 일이라는 게 하루아침에 되지 않아. 서둘지 않고 하나씩 하다 보면 방법을 찾게 돼. 너무 부담 갖지 마.”

“예, 알았습니다, 형님.”

“다른 사람들 앞에서는 형님이라고 부르지 말고.”

“네, 형님.”

창쉬가 조사한 자료는 정보화하기에는 턱없이 부족했다. 처음부터 다시 시작했다. 적자의 발생 원인을 알기 위해 제반 문서를 검토하고 설문지와 대면조사를 병행했다. 예상대로 업소에는 제대로 된 서류가 거의 없었다. 업무별, 부서별로 업무 분장이 되어있지 않았으며 업무 지시도 즉흥적으로 이루어져 책임소재가 불분명했다. 인력이 생산요소에 제대로 투입되지 못했으며 낭비 요소도 많았다. 직원들은 형님, 동생 하면서도 서로에게 불만이 많았다. 특히 급여 부분이 심했다. 제대로 된 규정 없이 보스의 친소관계에 따라 급여액에 편차가 심했고 급여지급일도 제대로 지키지 않았다. 게다가 보스나 간부들이 임의로 돈을 가져갔으며 사용처도 불분명했다.

관리에도 문제가 많았다. 원가관리는 물론 위생관리, 환경관리 등 어느 것 하나 제대로 된 것이 없었다. 직원들은 자기들 편의에 따라 업소를 운영했다. 적자가 나지 않을 수 없는 구조였다. 또 직원들은 창쉬의 지시에 잘 따르지 않았다. 보스와 간부들이 직원들에게 눈치를 주었다. 협조할 수 없는 분위기였다. 잘못하면 개선은 고사하고 사업장이 풍비박산이 날 수도 있었다. 진필은 문제의 원인을 정확히 분석하고 개선 대안을 조속히 마련해야 했다. 20일간의 조사를 마치고 창쉬와 함께 회장을 찾았다.

"어서 들어들 오게."

"안녕하셨습니까, 회장님."

"그래, 무슨 일로 두 사람이 같이 올라왔는가?"

"보고드릴 게 있습니다."

"그래? 창쉬도 오랜만이네. 그래, 내려가 보니 어떠냐, 할만하더냐?"

"뭐가 뭔지 모르겠습니다. 너무 어렵습니다. 솔직히 주먹 쓸 때가 좋았습니다. 진필 형님, 아니 진필 기획실장님이 아니었으면 아무 일도 하지 못했을 겁니다. 모든 게 생소하고 힘이 듭니다."

"하루아침에 되는 일은 없어. 첫술에 배부를 수 없지. 안 그런가, 진 실장?"

"네. 맞습니다, 회장님."

"마침 자네들 잘 왔네. 지금 업소들의 분위기가 예사롭지 않아. 중간 보스들의 관심이 온통 뤼순에 가 있어. 자신들의 운명이 뤼순에 달려있다고 생각하는 것 같아. 뤼순이 잘돼야 해. 뤼순이 잘되면 사람답게 살 수 있을 것이고, 그렇지 못하면 '그럼 그렇지' 하면서 다시 다구리와 칼빵이 일상이 될 거야. 진 실장, 그렇지 않은가?"

"맞습니다. 뤼순이 성공해야 조직이 바뀔 수 있습니다."

"그래, 뤄순은 왜 그렇게 적자가 났던 건가?"

"부실이 많았습니다. 재정부터 일반관리까지 큰 수술을 해야 할 것 같습니다."

"문제가 많았구먼. 이제 어떻게 해야 하지?"

"사람을 바꾸고 인사 규정을 새로 만들어야 합니다. 우선 업소 대표와 일부 참모들을 다른 곳으로 보내야 할 것 같습니다."

"그래야 한다면 그렇게 해야지. 두 사람이 책임지고 하는 일이니 정확하겠지."

"앞으로 뤄순뿐 아니라 다른 업소도 보스들의 자리 이동을 정기적으로 해야 할 것 같습니다."

"그럴만한 특별한 이유라도 있나?"

"한곳에 오래 있다 보니 사업장을 자기 것으로 착각하는 것 같습니다."

"자기 것으로 착각하다니?"

"자신이 맡은 업소를 마치 개인 소유물로 여기고 있었습니다. 회삿돈을 아무런 규정 없이 자기 돈처럼 사용했습니다. 지출승인서도 없고 돈의 사용처도 불분명했으며 그 규모도 적지 않았습니다. 직원들의 월급은 몇 달씩 밀리면서 공금을 사적으로 유용했습니다. 보스의 일이라 직원들이 말은 안 해도 불만이 많습니다. 관리할 사람들이 일을 그르치고 있으니 업소는 적자가 날 수밖에 없었던 겁니다. 돈뿐 아니라 업무 체계 등 여러 부문에 적지 않은 문제를 안고 있습니다. 그리고 간부들의 눈치를 보느라 직원들의 협조가 잘 안 되고 있습니다. 간부들 특히 보스들의 정기적인 순환

보직이 불가피합니다.”

“무슨 말인지 알겠네. 규정을 만들어 시행하도록 하게.”

“네, 알겠습니다.”

“어쨌든 자네만큼 누가 경영을 알겠나. 우리는 자네만 믿고 따라갈 테니 필요한 것이 있으면 알아서 해. 나나 우리 조직 모두 여기서 물러설 순 없네. 돌아가기엔 너무 멀리 왔어. 창쉬야, 네 생각은 어떠냐?”

“네, 회장님 말씀이 맞습니다. 힘이 들고 어려워도 이번 기회를 놓치면 우리는 평생 음지에서 벗어나지 못할 것입니다. 우리에겐 다른 선택이 없습니다. 하느냐 못하느냐만 있습니다. 막다른 길입니다. 결과가 어찌 됐든 여기서 승부를 봐야 합니다. 다구리나 칼빵보다 더 어려운 전쟁이 될 것 같습니다.”

“창쉬도 나와 생각이 같구먼. 돌아갈 길이 없어. 이젠 자네밖에 믿을 게 없어, 진 실장.”

“네, 알겠습니다. 믿고 맡겨주시니 최선을 다하겠습니다. 노파심에서 다시 한번 말씀드립니다. 어느 상황에서도, 무슨 일이 있어도 폭력을 쓰지 않도록 각 업소에 다시 한번 말씀해 주십시오. 주먹을 쓰는 순간 지금의 개혁은 물거품이 되고 맙니다.”

“알았네. 창쉬야, 진 실장 얘기 들었지? 너도 각별히 조심해라.”

“네, 회장님. 명심하겠습니다.”

“우리 오랜만에 만났으니 오늘 저녁에 술 한잔 어떤가?”

“저희는 좋습니다.”

“그럼 저녁에 다시 만나세.”

회장과 진필, 창쉬, 그리고 양견 행동대장과 회장의 비서 양승필 이사가 저녁을 함께했다. 넓은 방에 음식이 차려졌다.

“회장님께서 저의 식당을 찾아주셔서 큰 영광입니다.”

음식점 사장이 머리를 깊숙이 숙이며 인사를 했다.

“뭐, 영광이랄 것은 없고 모처럼 우리 식구들과 같이 왔으니 신경 좀 써 주게.”

“여부가 있습니까. 제가 알아서 하겠습니다.”

음식점 사장은 깍듯했다. 법적으로는 지역을 관할하는 공안이 있지만, 업소들을 실질적으로 지배하는 것은 조직이었다. 음식점 역시 조직의 관할 구역 안에 있었다.

회장이 건배를 제의했다.

“자, 우리 건배할까?”

“회장님이 건배사를 하시지요.”

양견 행동대장이 말했다.

“그럴까. 우리 조직의 무궁한 발전을 위하여!”

회장의 건배사에 이어 모두의 잔이 공중에서 파열음을 냈다. 단숨에 술잔을 비웠다.

“오랜만에 자네들과 술을 마시니 기분이 좋구먼. 오늘은 마음껏 취해보세.”

그렇게 술잔이 몇 순배 돌았을 때 회장이 입을 열었다.

“조직을 바꾸는 것이 힘들기도 하고 두렵기도 해. 하지만 어쩌겠나, 그렇게 하지 않으면 양지 한번 밟아보지 못하고 음지에서 썩고 말 텐데. 이번 기회에 우리의 잘못된 운명을 바꿔보자. 배반과 보복의 악순환에서 벗어나 우리도 한번 사람답게 살아보자고. 진필 실장이 우리 조직에 들어와 노력은 하고 있지만 그게 쉽지 않다는 것은 자네들이 더 잘 알 거야. 우리에게는 잘못된 운명을 바꾸기보다 주먹을 쓰는 편이 훨씬 쉽겠지. 하지만 주먹으로는 사람답게 살지 못하고 끝이 안 좋다는 것은 누구보다 우리가 더 잘 알잖아. 그렇지 않다고 말할 사람 있나?"

"……."

"……."

"……."

"나도 오늘은 솔직해지고 싶어. 진 실장의 개혁이 옳다는 것을 알면서도 나부터 선뜻 나서지 않은 게 사실이야. 이제는 다른 선택지가 없어. 지금의 이 고비를 잘 넘기면 그 열매는 우리 것이 될 것이야. 그동안 주먹질이 내 운명이라고 생각했어. 이제는 다구리와 칼빵이 내 운명이 아니라 아우들이 다치거나 감옥에 가지 않고 인간답게 살 수 있게 하는 게 내 운명이라는 것을 알았네.

어떤 결말이 나든 후회는 안 할 거야. 우리 건달들이 가족이나 사회로부터 손가락질받지 않고 인간답게 살길 바라네. 그런 면에서 진 실장이 은인이야. 우리가 몰랐던 것을 알게 해준 선생님이지. 성공과 실패는 우리 하기에 달렸으니 누구 눈치 보지 말고 소신껏 하도록 해. 앞으로 사업과 관련된 것은 진필 실장에게 묻고 배우도록 해. 나도 열심히 배우겠네. 그렇게들 할 수 있겠나?"

"네. 할 수 있습니다, 회장님."

모두 한목소리로 대답했다.

"그리고 진 실장이 자네들의 형님뻘이니 앞으로 형님이라고 불러. 물론 공식적으로는 진 실장이라고 부르고. 진 실장이 건달 세계는 짧지만, 기업 쪽에서 20년 이상 잔뼈가 굵었으니 그 연륜은 인정해줘야지. 자네들 생각은 어떤가?"

"회장님 말씀이 맞습니다. 그렇게 하겠습니다."

창쉬와 양승필 이사가 답했다.

"막말로, 진 실장이 주먹을 잘 써 구역을 떼어달라고 하겠냐, 자리가 탐이 나서 자네들보고 나가라고 하겠냐. 형님으로 모시고 잘 배우도록 해. 주먹이 힘이 아니라 아는 것이 힘이야. 알았지?"

"알겠습니다, 회장님."

다른 사람은 힘차게 대답했지만 양견 행동대장은 답이 없었다.

"양견이는 왜 대답이 없냐?"

"배우는 건 배우겠지만 형님은 아직 서먹합니다."

"견아, 너 아직도 나에게 맞은 것 때문에 진 실장을 받아들이지 못하는 거냐?"

"……그런 감정이 전혀 없다고는 말씀드릴 수 없지만 그보다 조직에 끼친 손해가 워낙 커서요."

"때린 것은 내가 미안하다. 그러나 진 실장이 조직에 끼친 손해는 앞으로 우리 조직이 얻을 것과 비교하면 새 발의 피야. 솔직히 우리가 가지고 있는 돈도 그게 어디 우리 돈이냐?"

"우리 돈이 아니면 누구 돈입니까?"

"우리가 빼앗고 갈취한 돈이지. 우리가 언제 땀 흘려 돈을 번 적이 있었냐? 물론 우리의 피와 눈물이 있었지만 정상적인 일을 해서 번 것은 아니잖아. 앞으로는 그렇게 빼앗고 갈취하지 않고 살아보자. 과거는 잊고 진 실장과 잘 협력해 양지로 나가보자. 이제 가정도 꾸미고 당당하게 살아보자고.

창쉬만 해도 과거 같으면 이 자리에 함께할 수 있겠니? 창쉬가 후배들을 만신창이로 만들어놓았는데 이 자리에서 같이 사업을 논할 수 있겠냐고. 이게 다 우리의 운명이 바뀌고 있다는 증거 아니겠어. 그런 의미에서 오늘 이 자리는 우리 조직의 새로운 이정표가 될 것이다. 과거의 잘못된 관행은 뒤로하고 하나로 뭉쳐 새로운 세상을 향해 힘차게 달려가자. 진필, 창쉬, 양견, 양승필 그리고 나, 우리 모두 새로 태어나보자. 그렇게 할 수 있겠나?"

모두 '네'라고 대답했다.

"그런 의미에서 제가 진필 형님에게 술 한 잔 올리겠습니다."

양견이 진필에게 두 손으로 정중히 술을 따랐다.

양견이 진필에게 술을 따르자 분위기가 한층 고조되었다.

"이번에는 진 실장이 건배사를 한번 해봐."

"제가요? 알겠습니다. 우리 모두의 건강과 조직의 변화와 개혁을 위하여!"

공중에서 잔들이 마주쳤다. 회장과 참모들이 모두 하나가 되었다. 그때 창쉬가 일어나며 술병을 잡았다.

"회장님, 그리고 형님들, 제가 사죄하는 의미에서 술 한 잔 올리겠습니다."

창쉬는 모두의 잔에 술을 따르고 의자에서 내려와 무릎을 꿇었다.

"큰형님 그리고 양견 형님, 양승필 형님, 진필 형님, 지난번 일은 정말 제가 죽을죄를 지었습니다. 죗값을 치르기 위해서도 죽을 각오로 변화와 개혁의 선봉에 서겠습니다."

창쉬는 큰절을 하고 엎드린 채 울음을 쏟았다. 사죄의 절이었고 각오의 눈물이었다. 양견 행동대장이 창쉬를 일으켰다. 그리고 창쉬 잔에 술을 따랐다. 양견은 회장에게 건배사를 부탁했다.

"아니야. 이번 건배사는 양견이가 해라."

"쑥스럽습니다."

"그래도 나를 항상 그림자처럼 지켜주었으니 오늘은 네가 한번 해봐."

"그럼 하겠습니다. '뤄순의 성공과 우리 조직의 변치 않는 의리와 단합을 위하여!'"

화기애애하게 분위기가 흐를 무렵, 양견이 2차를 제안했다. 식당을 나와 일행은 조직이 운영하는 KTV를 찾았다. 업소엔 비상이 걸렸다. 업소의 보스와 참모들이 업소 밖까지 나와 2열로 회장 일행을 맞았다.

"회장님, 어서 오십시오! 저희 업소를 찾아주셔서 영광입니다. 들어가시지요. 형님들도 들어가시고요."

업소 보스는 깍듯하게 일행을 맞았다. 진필은 업소를 분석할 좋은 기회라고 생각해 필요한 정보를 수집했다. 그렇게 일행은 화기애애한 분위기 속에서 시간을 보냈다.

다음 날 아침 진필은 창쉬와 함께 뤄순으로 떠났다. 많은 고민과 숙고 끝에 징계 조치를 단행했다. 업소 책임자인 보스를 파면 조치하고 팀장급 2명은 대기 발령, 몇몇 직원들은 경위서를 받는 선에서 마무리했다. 보스는 심하게 반발했고 나머지 두 명과 직원들은 불쾌감을 나타냈다. 대표의 파면은 변화와 개혁을 위한 하나의 선전포고였으며 그 실행을 알리는 신호탄이었다. 징계 조치 후 회식 자리를 마련했다. 몇몇 마담과 팀장 및 웨이터가 참석했다.

"저하고 창쉬 대표가 이곳에 온 지도 한 달이 넘었습니다. 이런 자리를 좀 더 일찍 마련하지 못한 점 미안하게 생각합니다. 오늘은 마음껏 드시고 궁금한 점 있으면 무엇이든 물어보세요. 우리 다 같이 건배할까요? 건배사는 업소 대표인 창쉬 대표가 해주시기 바랍니다."

"실장님이 하세요. 저는 이런 거 할 줄 모릅니다."

"아닙니다. 여기 식구들과 한솥밥을 먹을 대표님이 해주시는 게 의미가 있습니다."

"……알겠습니다. '우리 업소와 직원들의 무궁한 발전을 위하여!'"

"대표님, 무슨 건배사가 뭐 그렇게 시시해요, 더 화끈한 것으로 해주세요."

한 웨이터가 말했다.

"우리 KTV의 흑자전환과 직원들의 발전을 위하여!"

잔들이 맞닿았다. 간부들의 징계 조치로 또 다른 징벌이 있을지 몰라 회식 분위기는 냉랭했다. 분위기를 파악한 진필이 입을 열었다.

"그간 조사를 해보니 간부들의 비리가 많았습니다. 부득이 징계 조치를 할 수밖에 없었습니다. 이제 더 이상의 징계나 자리 이동은 없습니다. 앞으로 여기 있는 창쉬 대표와 여러분이 한 몸이 되어 최선을 다해주시기 바랍니다."

그동안 보스와 간부들의 폭력과 욕설, 여자 종업원들에 대한 성적 학대가 적지 않았다. 부당한 폭력과 폭언을 견디지 못한 직원들은 하나둘 떠났고 피치 못할 사람들만 그곳에 남아 있었다. 적자가 날 수밖에 없었고 흑자가 난다면 오히려 그것이 더 이상했을 것이다. 그런 업소가 비단 뤼순만은 아닐 것으로 생각했다. 구조적인 변화가 필요했다. 진필 맞은편에 앉은 마담이 질문했다.

"실장님, 우린 앞으로 어떻게 되는 거예요?"

"어떻게 되다니요?"

"문을 닫는다는 소문도 있고 모두 내보내고 다시 뽑는다는 얘기가 있어서요."

"누가 그런 말을 합니까? 문을 닫는 일은 없습니다. 좀 전에 말했듯이 직원들의 이동은 더는 없습니다. 자기가 맡은 일에 최선을 다하시면 됩니다. 그동안 힘들었던 것 압니다. 그런 문제를 개선하기 위해 새로운 대표가 왔으니 이제 마음 놓고 일하셔도 됩니다."

"정말입니까? 애들아! 그만두지 않아도 된단다."

"앞으로 많은 변화가 있다고 하던데 무엇이 어떻게 바뀌는 겁니까?"

웨이터가 물었다.

"일하는 방식이 지금과는 많이 달라질 겁니다."

"다른 것보다 월급이나 제때 나왔으면 좋겠어요. 월급이 제날짜에 나오지 않기도 하고 몇 달씩 안 나올 때도 있었거든요."

"월급은 매월 정해진 날에 정확히 지급될 것입니다. 그리고 급여 지급 방법에 변화가 있습니다. 앞으로는 같은 일을 해도 근무연수와 직급 및 성과에 따라 급여에 차이가 있습니다."

"구체적으로 어떤 변화가 있는데요?"

"역할에 따라 호칭도 다르고 급여도 차등 지급됩니다. 예를 들면, 업소 소속의 마담은 팀장으로 호칭이 바뀌고 접대 여성이나 웨이터들에게 호봉이 생깁니다. 또 업무 수행 성과에 따라 급여도 차등 지급됩니다. 또 이곳에서 월세를 내고 자기 사업을 하는 소사장 마담의 경우 호칭이 대표로 바뀌며 계약조건에도 변화가 있습니다."

뤄순뿐 아니라 대부분의 업소가 직영과 소사장의 이원 체제로 운영되고 있었다.

"어떤 변화가 있나요?"

진필의 옆자리에 앉은 소사장 마담이 물었다.

"매출에 대한 이익분을 정산할 때, 포괄적 형태가 아닌, 부분별로 나눈 것을 합산해 정산할 예정입니다."

"부분으로 나눈 것을 합산한다는 말이 무슨 뜻이지요?"

"그동안은 전체 매출에서 이익금을 정산했습니다. 그렇게 집행하다 보니 대표님들의 불만이 많았습니다. 앞으로는 고객의 욕구를 충족하고 대표님들의 불만을 해소하기 위해 술과 안주를 품목별로 정산합니다. 가령, 손님이 발렌타인 21년산을 주문하면 술값이 4천 위안80만 원으로 회사가 대표님들에게 지급하는 이익금은 판매가의 30%인 1천2백 위안이 될 것입니다. 안주도 종류별로 세분해서 같은 방법으로 정산합니다."

"그렇게 하는 것이 지금의 방법과 무슨 차이가 있는 거지요?"

"지금까지는 대표님들의 이익금을 전체 매출에 대한 %로 일괄 정산함으로써 고객이 원하는 술과 안주에 신경을 쓰지 못했고 대표님들의 이익금이 적었습니다. 이번에 정산 방법을 바꿈으로써 고객의 욕구를 충족하고 대표님들의 실질 소득도 높이게 되었습니다. 이번 변화로 손님이 갖는 만족도는 높아질 것이고, 대표님들의 실질 소득은 8% 올라갈 것입니다. 대표님들의 순수익이 8% 늘어나는 셈이지요."

자리에 있던 마담들이 박수를 쳤다.

"그런 것이군요. 우리 모두 더 열심히 하겠습니다."

마담이 말했다.

"한 말씀 더 하겠습니다. 소사장이 채용한 직원들의 처우는 원칙적으로 대표님의 소관이지만 우리 직원들과 큰 차이가 나지 않도록 조정안을 권고하겠습니다. 단, 직원들의 직무 및 서비스 관련 교육은 회사 차원에서 진행할 예정입니다. 그리고 높은 수익을 올린 대표님과 수익이 낮은 대표님과는 일정 부문 차이가 있습니다."

"어떤 차이가 있나요?"

"높은 수익을 올린 대표님에게는 재계약 시 월세 등 여러 면에서 혜택을 드릴 것이며, 직영 팀장에게는 승진이나 호봉 등의 재조정의 기회가 주어질 것입니다. 하지만 수익이 감소한 대표님에게는 불이익이 따를 것입니다."
"어떤 불이익이 있나요?"
"예외적인 경우가 아닌 한, 1차 조치로 계약 기간이 1년에서 6개월로 축소됩니다. 그래도 개선이 안 되면 더 이상의 계약은 어려울 것입니다. 직영 마담에게는 감봉이나 호봉 재조정 등의 불이익이 따를 것이고요."
"그리고 중요한 규칙이 하나 있습니다."
"어떤 규칙인데요?"
웨이터가 물었다.
"우리 업소에서 일하는 사람은 누구도 두 가지를 해서는 안 됩니다. 폭력과 폭언입니다. 지위 고하를 막론하고 이를 지키지 않는 직원은 징계는 물론 이곳을 떠나야 할 것입니다. 대표나 저도 예외는 없습니다."
"손님이 먼저 폭력을 쓰거나 폭언을 하면 어떻게 합니까?"
"모든 폭력과 폭언 등 시시비비는 법에 맡길 것입니다. 지금까지는 주먹이 지켜주었지만, 이제는 아닙니다. 우리 업소는 더 이상 주먹으로 운영하지 않습니다. 일반기업처럼 정상적인 방법으로 운영합니다. 만일 손님이 폭력을 쓰고 폭언을 하면 그 모든 것은 녹음이 되고 녹화가 됩니다. 업소에 있는 CCTV 등 모든 장비를 최신형으로 바꿀 것입니다. 그것을 증거로 법에 맡길 것입니다. 주먹은 가깝고 법은 멀듯이, 얼마 동안은 답답하고 손해를 보는 느낌이 들 것입니다. 회사를 믿고 따라와 주시기 바랍니다. 처음에는 힘이 들어도 결국 여러분의 인권 수호는 물론 수입에도 적지 않은 도움이 될 것입니다."

"호칭이 바뀌면 일하는 것도 달라지나요?"

웨이터가 물었다.

"누가 어떤 일을 하는지 정확하게 나눌 것입니다. 그래서 업무의 효율을 높일 것입니다. 지금보다 적은 인원으로 더 많은 일을 하지만 힘은 적게 들 것입니다."

"적은 사람이 일을 하는데 어떻게 힘이 적게 듭니까?"

"각자가 하는 일을 잘 나누면, 즉 업무 분장을 잘하면 일이 겹치지 않아 효율이 높아지고 직원 간의 갈등도 현저히 줄어들게 됩니다. 그만큼 일을 효율적이고 효과적으로 함으로써 더 적은 인원으로 더 많은 일을 할 수 있습니다. 일을 많이 시켜 여러분을 힘들게 하려는 것이 아니라 보다 많은 일을 쉽고 빠르고 안전하게 할 수 있게 하는 것입니다. 또 우리 업소에 폭력과 폭언이 사라지면 여러분의 근무 환경은 물론 업소를 찾는 손님도 늘어날 것입니다. 앞으로 1년 아니 6개월만 꾹 참고 견뎌주십시오. 그러면 손님들의 막말이나 손찌검 등은 현저하게 줄어들 것입니다. 그것은 제가 약속할 수 있습니다. 어떻게든 창쉬 대표와 1년간 열심히 해주시면 그 결실이 모두 여러분에게 돌아가도록 하겠습니다."

듣고 있는 직원들은 박수로 화답했다.

"아직 박수는 이릅니다. 우리가 성공해야 지금 이 순간이 역사가 되고 추억이 됩니다. 우리 합해서 100이 되어봅시다. 우리 건배합시다. 이번 건배는 소사장, 대표님이 하시면 좋겠네요."

마담은 마지 못해 건배사를 했다.

"우리 모두의 성공을 위하여!"

그렇게 회식을 마쳤다.

다음 날 아침 창쉬가 커피 두 잔을 들고 진필의 방을 노크했다.

"들어오세요."

"접니다, 형님. 커피 드세요. 제가 탔는데 형님 입맛에 맞을지 모르겠어요."

"피곤할 텐데 일찍 나왔네?"

"긴장도 되고 걱정이 돼서 잠이 안 와요."

"그럴 거야. 안 가 본 길은 항상 궁금하고 불안하지. 경험하지 않은 것은 우리에게 두 마음을 준다네."

"두 마음을 주다니요?"

"궁금증과 두려움 말이야. 둘은 다르면서도 같은 점이 있어. 무언가 궁금하면 해보지 않고는 견딜 수 없지. 실행에 옮겨야 '아!' 하고 그 궁금함이 풀리지. 두려움 역시 그것을 해봐야 두려움의 올무에서 벗어날 수 있어. 두렵다고 도망가서는 절대 떨쳐버릴 수가 없지. 궁금함이나 두려움 모두 행동으로 옮겨야 끝이 나는 공통점이 있어. 지금 궁금하고 두려운 것은 나도 자네와 마찬가지야."

"형님도 두렵습니까?"

"나라고 두렵지 않겠는가. 나도 자네와 똑같이 두려워. 그런데 둘은 다른 점이 있어."

"다른 점이라니요?"

"궁금함이야 해보면 끝이 나지만 두려움은 그렇지 않아. 직접 부딪혀 깨지기를 반복하면서 계속하지 않으면 두려움은 끝나지 않아. 승부는 대부분 능력이나 실력보다 누가 끝까지 가느냐로 판가름이 나. 미련하게 끝까지 참고 가는 쪽에 부가 더 있어. 그게 사업이고 우리 인생이야."

"그럼, 형님은 끝까지 가 본 적 있으세요?"

"한두 번은 가 본 것 같아. 하지만 갈 때마다 새롭고 어려워. 승부란 그래."

"그렇군요. 저도 두렵지만 끝까지 가 보겠습니다. 그리고 형님……."

"어, 말해 봐."

"형님……."

창쉬는 말을 잇지 못하고 차를 한 모금 마셨다.

"무슨 말인데 그렇게 뜸을 들이나?"

"살려주셔서 고맙습니다."

"뜬금없이 그게 무슨 말이야?"

"회장님에게 들었습니다. 형님이 저 살려주자고 하셨다는 것. 그리고 건달 생활을 벗어나게 해주신 것도 고맙고요. 형님이 저에게 베푼 은혜는 절대 잊지 않겠습니다."

"나한테 고맙다고 하지 말게. 회장님의 고뇌의 결단이니까."

"물론 회장님도 그렇지만, 새로운 삶을 주신 형님에게 무어라 고마움을 표할지 모르겠어요. 죽을 운명에서 살려주시고 새로운 길을 열어주신 것 평생 잊지 않겠습니다. 저는 지금 죽어도 여한

이 없습니다. 정말입니다."

"죽어도 여한이 없다면 쓰던 주먹을 거두고 끝까지 가도록 해. 사람이 혀를 길들이지 못하듯 건달이 주먹을 쓰지 않는 것이 어디 보통 노력으로 되는 일인가. 그야말로 피를 말리고 살점을 도려내는 고통을 감수해야 하지. 그게 나에게 주는 최고의 선물이야."

"죽을힘을 다해 참겠습니다."

"주먹만이 아니라 입도 조심해야 해. 입에 재갈을 물리는 것이 주먹을 거두는 것보다 더 어려워."

"입에 재갈을 물리다니요?"

"말을 절제하는 것이 어려워 입에 재갈을 물리라는 거야. 주먹을 참는 것보다 더 어렵거든. 폭언이나 무시의 말은 조직을 가르는 고약한 힘이 있어. 칼보다 더 무섭지. 칼은 사람을 단박에 죽이지만 무시나 폭언은 동료를 적으로 만들어 끝없는 싸움을 하게 만들어."

"명심하겠습니다, 형님."

"자네는 해낼 수 있을 거야. 한번 한다면 하잖아. 사업이나 건달 짓이나 능력의 문제보다 의지의 문제야. 건달 세계도 주먹만 세다고 최고까지 올라갈 수 있는 것은 아니잖아. 리더십이 있어야지. 회장님은 주먹을 잘 쓰셨나?"

"그렇지 않습니다. 회장님보다 주먹이 센 형님들이 몇 분 있었어요. 주먹이 가장 센 형님은 칼에 맞아 죽었고, 또 한 형님은 혼자 여러 명을 상대하다가 아킬레스건이 잘려 지금은 어디에 있는지도 모릅니다. 아마 회장님이 돌봐주시는 것으로 알고 있습니다."

"회장님은 주먹도 세지 않으면서 어떻게 정상까지 올라가셨지, 리더십 때문인가?"

"회장님은 의리도 있었지만 누구보다 잘 참으셨어요. 여간해서 흥분하지 않으셨어요. 야비하거나 비굴하지도 않았고요. 겉으로는 냉정한 것 같아도 정이 많으신 분이에요. 제가 조직을 배반할 때도 회장님 때문에 괴로웠습니다."

"그랬구먼."

"형님, 앞으로 제가 할 일이 무엇입니까? 구체적으로 말씀해 주세요."

"우선 우리 업소는 장부 정리부터 새로 해야 해. 장부가 전혀 되어있지 않아. 자, 여기 봐. 이렇게 두리뭉실하게 써 놓으면 돈이 어디에 무슨 이유로 쓰였는지 알 수 없잖아. 다 새로 고쳐야 해. 그리고 대표가 지출승인서도 없이 회사 공금을 제 돈처럼 마구 썼는데 그렇게 하면 안 돼. 심지어 회장님이 돈을 달라고 해도 절차와 규정을 지켜야 해. 1위안을 써도 그렇게 해야 해. 그래야 회사의 규율을 세울 수 있어."

"그렇군요. 사실 저도 그렇게 돈을 쓴 적이 있습니다. 그렇게 하면 안 되는 거였군요."

"특히 이곳이 심해. 공적인 일을 위해 쓴 게 아니라 대부분 개인적으로 쓴 거야. 접대비도 예산을 정해 놓고 그 범위 안에서 써야 해."

"앞으로 그렇게 하겠습니다."

"또 매출과 장표가 맞지 않아."

"맞지 않다니요?"

"지인들에게 공짜로 퍼주며 생색을 냈어. 매출 누락이 많아 장부와 소요 재료에서 차이가 났던 거야. 앞으로 본사 직원들, 심지어 회장님이 오셔도 근거 없이 누락시키면 안 돼."

"어떻게 회장님에게 절차를 지키라고 말합니까."

"돈은 받지 않더라도 근거를 남겨놓으라는 거야. 지인은 몇 %, 직원은 몇 %의 할인 규정을 마련해 정상적인 매출로 잡는 거야. 돈을 받지 않을 때는 그 근거를 남기도록 하고. 그래야 원가계산은 물론 회사 룰을 공평하게 적용할 수 있어. 장부의 생명은 정확성이야. 문제가 발생했을 때 그 원인을 찾을 수 있거든. 또 장부정리가 잘 돼 있으면 세무조사를 받을 때 불이익을 받지 않을 수 있어.

그리고 모두가 자네를 보고 있다는 것을 명심하게. 자네는 모든 직원의 평가 대상이라는 것을 잊어선 안 돼. 직원들은 자네가 하는 것을 보고 무심히 따라 할 거야. 규정이나 절차가 아무리 잘 돼 있어도 그것을 적용하는 주체는 사람이야. 어쨌든 자네가 잘해야 해."

"그런데 규정은 어떻게 만들지요?"

"나하고 같이 만들면 돼. 어렵지 않아. 조각 맞추듯이 하나하나 이어가면 그것이 업소를 운영하는 규정이 되고 규칙이 되는 거야. 소도 언덕이 있어야 비비듯 사업장에도 매뉴얼이 있어야 정상적인 운영을 할 수 있어."

"비빌 언덕이라고 하시니 가슴에 와닿네요."

"그리고 수익을 높게 하려면 오던 손님이 계속 오게 하고, 새로운 손님이 우리 업소를 찾게 해야 해. 앞엣것을 '고객 유지'라고 하고 뒤엣것을 '고객 창출'이라고 하지. 그 두 가지가 영업의 기본이야. 고객 창출보다는 고객 유지에 힘을 쓰도록 해."

"그건 왜 그렇지요?"

"신규고객을 창출하는 비용보다 기존고객을 유지하는 비용이 적기 때문이야. 고객 유지비용은 고객 창출 비용의 5분의 1밖에 안 돼. 즉 신규고객 창출 비용이 고객 유지비용보다 다섯 배나 많아. 훨씬 효과적이지. 어쨌든 우리 업소는 재미있고 안전하게 즐길 수 있는 곳이어야 해. 그리고 영업과 관련해서 서비스의 질을 높이는 게 무엇보다 중요해."

"서비스의 질을 높이다니요?"

"고객과 맞닥뜨리는 모든 곳에서 표현하는 종업원의 말, 표정, 제스처, 에티켓 등을 개선하는 거야. 손님이 문밖에서 간판을 보는 순간부터 업소에 들어와 즐기고 나가는 순간까지 모든 고객 접점에서 고객의 마음을 사로잡는 거지. 지속해서 학습해야 하고 몸이 익숙해질 때까지 훈련해야 해.

허리를 90도로 꺾고 허공에 고함을 지르는 건달식 인사는 더는 아니야. 상대의 눈을 보고 몸을 약간 수그린 채 정감 있는 목소리로 인사하는 것이 제대로 된 인사야. 그래야 손님이 공감할 수 있어. 서비스는 몸에 익혀 밖으로 표현하기까지 많은 시간과 노력이 필요해. 참된 서비스는 마음에서 우러나오기 때문에 쉽지 않아. 우리 업종은 자본과 기술보다 서비스의 차별화가 승패를 좌우하지. 이제 주먹 센 것은 무기도 아니고 강점도 아니고 차별적 우위는 더욱 아니야."

"뭔지는 몰라도 기대가 됩니다."

"그리고 원가관리에도 문제가 많아. 장부와 실제 내용이 너무 달라. 그중에서도 재료감모손이 심하더라고."

"재료감모손은 또 뭐예요?"

"반입된 실제 재료와 서류상 재료가 차이가 나는 거야. 그 차이가 심하더라고. 누군가 빼돌린 거지. 장부에는 있는데 요리로 사용되지 않고 그냥 없어진 거야. 그 액수가 무려 전체 재료비의 5%가 넘어. 연간 매출이 5백만 위안이라 하고 재료비가 매출의 30%라면 얼마가 없어진 거야?"

"7만5천 위안1300만 원입니다."

"계산을 빨리하는구먼. 7만5천이면 두 사람 1년 인건비가 넘잖아."

"야, 장난이 아닌데요."

"재료감모손도 문제지만 원재료의 관리 원칙이 지켜지지 않고 있어. 먼저 들어온 재료를 먼저 사용하는 선입선출도 그렇고 냉동과 냉장 보관 원칙도 지켜지지 않고 있어. 그냥 버리는 것이 얼마인지 몰라. 주먹만 쓸 줄 알았지 관리방법을 모르니 그런 일이 발생하는 거야. 대표가 알아야 해. 알고 맡기는 것과 모르고 맡기는 것은 차원이 달라. 그뿐이 아니야. 업소에 오는 손님들이 술에 취하고 어두워 잘 안 보인다고 안주를 너무 부실하게 내고 있어."

"그런 것도 체크해야 하나요?"

"자네 같으면 그런 부실한 음식을 보면서도 계속 오고 싶겠나? 장사는 그렇게 해서는 안 돼. 그게 손님을 속이는 거지 뭐야. 장사는 신용이야. 믿고 찾을 수 있어야 해. 앞으로 내가 자네와 할 일이 많아. 고객 접점 매뉴얼도 만들어야 하지만, 그 밖에도 직원관리 매뉴얼, 고객 유지 · 발굴 매뉴얼, 수익관리 매뉴얼, 환경 · 위생관리 매뉴얼, 불만 처리 매뉴얼 등 준비할 게 많아. 호칭과 급여체계도 새로 만들어야 하고."

"어쨌든 형님이 하라는 대로 열심히 하겠습니다."

제도를 바꾸고 체제를 정비하는 과정에서 삐걱 소리가 끊이질 않았다. 오히려 매출은 전보다 감소했고 서로에게 책임을 전가했다. 3개월이 지나면서 하락세가 꺾이면서 매출이 전 수준으로 회복되었다. 6개월이 지나서야 비로소 흑자로 돌아섰다. 직원들의 얼굴에 미소가 띠기 시작했다.

"형님, 요즘 같으면 장사할 맛 나는데요."

"전반기 적자를 감안하면 아직 흑자는 아니야."

"그래도 본사 지원 없이 직원들 월급 주고 밀린 외상값 갚을 수 있는 것이 어디예요."

"아직은 아니야. 조금 된다고 긴장을 놓으면 안 돼. 전반기 적자를 메우고 흑자로 올해를 마무리하려면 아직 갈 길이 멀어. 회장님과의 약속을 지키려면 정신을 바짝 차려야 해. 이제 시작이야."

"그래도 지금만 같으면 살 것 같아요. 매출이 그렇게 늘지 않고 애를 먹이더니 이제 조금 숨통이 트이네요. 매상이 계속 떨어질 때는 정말 죽고 싶더라고요. 어디론가 도망가고 싶은 마음뿐이었어요."

"그렇게 힘들었나?"

"이제야 제대로 숨을 쉽니다."

"그랬었구먼. 하지만 지금이 중요해. 적자에서 흑자로 전환하느냐 아니면 그대로 끝나느냐의 갈림길이지. 첫 고비인 특이점을 잘 넘겨야 해."

"특이점이 뭐에요?"

"우리 인간에게 생로병사의 네 단계 인생 곡선이 있듯이 사업이나 제품에도 네 단계의 성장곡선이 있어. 성장곡선은 보통 도입기-성장기-성숙기-쇠퇴기로 나누어지지. 우리 인생도 그렇듯이 성장곡선도 두 번의 위기가 있어. 특이점과 변곡점이지.

'특이점'은 사업을 시작하고 이익을 내며 계속 성장하느냐 아니면 도태되느냐의 갈림길로, 도입기와 성장기 사이에 있는 사활의 분기점이야. 신제품의 경우, 제품이 시장에 나와 잘 팔려 매출이 증가하고 이익을 내느냐 아니면 시장에서 외면을 당해 사라지느냐가 결정되는 순간이지. 한마디로 특이점은 스위치를 온-오프할 때처럼 사느냐 죽느냐의 갈림길을 말하는 거야."

"그게 언제쯤인데요?"

"대략 제품이 세상에 나와 보급률 10%대가 될 때야. 제품의 성장곡선은 처음 10%의 사람들이 뜸을 들이지만 일단 특이점을 통과하면 빠르게 상승하는 특성이 있어. 처음 10%의 소비자 계층에 보급될 때까지 걸리는 시간이 10~90%의 소비자들에게 수용

될 때까지의 시간과 거의 일치하지. 이 특이점을 넘어선 상품이나 기업은 성공적이라고 말할 수 있어. 실제 신제품이나 창업기업의 70~80% 이상이 특이점인 10%대에 이르지 못하고 사라지고 말아. 지금의 뤄순이 이 특이점에 있는 거야. 그래서 지금부터가 중요해."

"정말 중요한 시점이네요."

"주식투자자들이 막 10%대의 특이점을 넘어선 기업이나 10%대 진입이 확실한 기업의 주식을 찾는 데 혈안이 돼 있는 것도, 특이점을 넘어서면 가파른 성장이 예상되기 때문이지."

"이 특이점을 못 넘고 망하는 회사가 많은가요?"

"많은 기업이 창업하고 3년을 넘기기가 어려워. 창업기업 중 10년을 넘어 생존하는 곳이 15%밖에 안 돼. 85%는 태어나 10년을 버티지 못하고 사라졌어. 중국 창업기업의 평균수명도 2.5년에 불과해. 일본의 100대 기업의 평균수명도 30년이 채 안 돼. 미국도 크게 다르지 않아. 미국의 대기업 2천 개의 평균수명이 10년이 되지 않아. 한국도 예외는 아니야. 한국 상장기업의 평균수명도 24년밖에 되지 않지.

반면, 중국의 350년 된 동인당 한약국, 490년 된 류비쥐 장아찌 가게, 880년 동안 술을 빚은 우량예 등은 정말 대단하지. 중국에서는 100년 또는 그 이상의 역사와 전통을 가진 점포나 브랜드를 가리켜 '라오쯔하오'라고 부르는데, 중국 정부는 1,600개 업체에 그 이름을 내려 주었어. 1949년 중화인민공화국 설립 이전에는 1만여 개에 달했지. 정말 대단한 거야."

"힘든 일을 어떻게 그렇게 오래 할 수 있는지 정말 대단하네요. 사업이고 장사고 너무 힘들고 어려워요. 솔직히 짐이 너무 무거워요. 벗어버리고 싶어요."

"그런 소리 하지 마. 그래도 밖에 있는 것보다 안에서 지지고 볶는 게 나아."

"안에서 볶는 것이 낫다니요?"

"밖은 지옥이거든. 우리가 장사하는 이곳은 매일 전쟁을 치르지만, 밖은 더한 지옥이야. 자네가 여기서 일을 안 하면 밖에서 무엇을 할 건가? 고향에 내려가 농사를 지을 건가? 아니면 언제 다치고 죽을지 모르면서 또다시 주먹을 휘두를 건가? 이곳도 힘들지만 밖은 더 힘들고 고통스러워. 그나마 이곳은 기댈 사업장이라도 있고 같이 하는 직원들이라도 있지."

"한번 해본 소리예요. 형님 앞이니까 이런 넋두리라도 해보지요."

"내가 자네 마음 알아. 지금은 안개 속처럼 희미하고 답답할 거야. 그 안개가 걷힐 때쯤이면 잘 참았다는 말이 절로 나올 테니 두고 봐."

"알겠습니다, 형님. 특이점은 알았고 변곡점은 뭐예요?"

"'변곡점'은 성장곡선의 성장기와 성숙기 사이에 있는데, 여기서 새로운 추진력을 얻지 못하면 사업체나 제품은 시장에서 사라지고 말아. 15년을 해온 우리 사업은 전반적으로 변곡점에 이르렀다고 볼 수 있어."

"그건 왜 그렇지요?"

"주먹으로 이 정도의 사업을 일구었으니 많이 성장한 거지. 죽고 죽이고, 뺏고 빼앗기는 치열한 전쟁을 치르며 특이점을 통과했기에 이 많은 식구가 먹고살 수 있었던 거야. 그러나 성장기를 지나 성숙기를 향해 가는 변곡점에서는 이대로는 불가능해. 경쟁업체 때문에도 힘들지만, 우리를 둘러싼 환경이 변해서 힘들어. 국가가 변했고 사회가 변했어. 그리고 개인 각자의 삶이 변했지. 그동안의 사업 방식으로는 더는 성장할 수 없어. 변곡점을 넘어서기 위해서는 주먹이나 칼이 아닌 새로운 변화와 개혁이 필요해.

지금 필요한 것은 깡다구나 호기가 아니라 변화를 하겠다는 의지와 개혁을 향한 용기야. 첫 위기인 특이점에서 엄격한 원칙과 강한 추진력이 필요했다면, 변곡점에서는 살을 도려내고 뼈를 깎는 변화와 개혁이 필수적이지. 일반기업도 이 두 번의 위기를 넘겨야 비로소 우량기업이 되는 거야."

"그렇게 연결되는 것이군요. 변화에 대한 의미가 이제 좀 이해가 됩니다. 그래서 형님이 변화와 개혁을 그렇게 목이 아프도록 말씀하시는 거군요. 뤄순의 위기를 왜 돌파해야 하는지 그 이유를 잘 알았습니다."

"그리고 우리가 하는 사업은 우리만 잘해서 되는 것이 아니야. 생태계 전부가 바뀌어야 해. 그래야 전체 파이가 커져. 기업 입장에서 보면 혼자 독식하면 좋을 것 같아도 그게 그렇지 않아. 동종업계에서 우위를 차지하거나 과반에 만족하는 것이 혼자 전체 시장을 독식하는 것보다 유리할 때가 있어.

자네는 중국 최초의 통일국가인 진나라가 통일 전 전국시대 말기 전국 7웅의 진나라보다 더 실속있다고 생각하나?"

"당연한 것 아닙니까? 전국을 통일하고 혼자 독식하는데 당연히 통일국가 진나라가 실속이 있는 것 아닌가요?"

"꼭 그렇지 않아. 만일 생태계를 통일하면 영토를 잃은 제국들이 가만히 있을 리 없고 신흥 국가들의 거센 도전이 끊이지 않아. 그러면 심한 소모전을 치러야 하고 새로운 변수로 인해 기업 자체가 흔들릴 수 있어. 또 천하 통일을 이룬다고 영원한 제국이 생기는 것도 아니야. 영광은 자칫 내부를 썩게 만드는 원흉이 될 수 있어. 싸울 적이 사라진 곳에 내부의 적이 칼을 들이댈 수 있거든."

"정말 사업이 그렇게 어려운 겁니까? 주먹은 깡다구 하나로 버틸 수 있지만, 사업은 해도 해도 끝이 없으니 어디 사업 하겠어요."

"창쉬 대표가 살아오면서 쉬운 일이 어디 있었나? 인생이 늘 그렇듯이 산 넘어 산이지. 세상 어디에도 피나는 노력 없이 이루어지는 것은 없어. 오늘은 여기까지 하지. 수고 많았어."

"고생하셨습니다."

업소의 체계가 잡히면서 활기를 띨 무렵 우려했던 일이 터지고 말았다. 업소의 전 대표가 징계 조치에 앙심을 품고 뒤순을 치고 들어왔다. 진필은 자리에 없어 화를 면했지만 많은 직원이 다쳤고 창쉬가 큰 부상을 입었다. 창쉬는 칼로 두 군데를 찔리는 중상을 입었지만 바로 병원으로 옮겨져 생명은 건질 수 있었다. 불행 중 다행은 창쉬나 업소 직원들이 폭력으로 맞대응하지 않은 것이었다.

공안은 조직 간의 의례적인 영역 다툼으로 대수롭지 않게 여겼다. 무언가 특별한 조치를 취하지 않으면 꽌시의 영향력에 따라 흐지부지 끝날 공산이 컸다. 진필은 증거자료를 수집했다. 그날 CCTV에 잡힌 건달들의 폭력 장면을 낱낱이 살폈다. 얼굴과 말소리 등 당시의 정황 증거를 원형 그대로 수집해 분석했다. 공안에 증거자료를 제출하고 그날 현장에 있던 고객들이 당시 상황을 인터넷과 SNS에 올려 빠르게 퍼지도록 했다.

한쪽의 일방적인 공격에도 폭력으로 맞대응하지 않은 것에 찬사와 응원이 쏟아졌고 아주 이례적으로 언론의 인터뷰 요청이 이어졌다. 인터뷰에서 직원들은 일방적으로 맞으면서도 손님들의 안전을 위해 맞대응하지 않았다고 말했다. 고객의 생명과 안전을 위해서라면 자신들의 생명까지도 내놓을 수 있다고 했다. 그것이 자신들의 사명이라고 힘주어 말했다. 그리고 공안에서 사건을 공정하게 처리해줄 것을 믿는다는 말도 잊지 않았다. 그것은 공안에 대한 무언의 압력이었다.

업소 직원들이 폭력을 쓰지 않은 것은 일반 시민들에게 깊은 인상을 남겼다. 무엇보다 건달 조직에 경각심을 주기에 충분했다. 사건 이후 한동안 끊겼던 손님이 줄을 이었다. 뤼순의 명소가 되었고 멀리서 찾아오는 고객들도 적지 않았다. 창쉬가 중환자실에서 나와 일반 병동으로 옮겼을 때 회장과 다른 업소의 보스들이 병원을 찾았다.

"회장님 오셨습니까?"

진필이 회장 일행을 맞았다. 창쉬가 있는 병실로 안내했다.

“몸은 좀 어떻냐?”

“견딜만합니다.”

“참느라고 애썼다.”

“이런 일이 없어야 하는데 심려를 끼쳐 죄송합니다, 회장님.”

“잘했고, 자랑스럽다. 푹 쉬면서 몸이나 추스르도록 해.”

“네, 회장님.”

회장은 창쉬와 몇 마디 나눈 뒤에 입원한 다른 직원들을 격려하고 금일봉을 건넸다. 일행은 업소로 장소를 옮겼다.

진필은 회장과 대표들에게 사건의 전말을 상세하게 설명했다.

“그만하길 다행이구먼. 지금 분위기는 어떤가?”

“일방적으로 당해 분이 난 직원들은 무력을 쓰자고 했지만 잘 참았다는 의견이 대세입니다.”

“우리 직원들이 장하구먼.”

“그렇지만 일이 있을 때마다 일방적으로 당하고만 있을 수는 없지 않습니까?”

회장과 같이 온 다른 업소의 대표가 흥분하며 말했다.

“지금은 참는 게 가장 강력한 대응입니다. 우리가 어떻게 행동하는지 다른 조직은 물론 공안도 관심을 가지고 지켜보고 있습니다. 지금은 공안의 처리가 관건입니다. 이번에 확실히 해두면 어느 조직도 섣부르게 폭력을 휘두르지 못할 것입니다. 또 비폭력이 상대에게 어떤 결과를 주는지 잘 알게 될 것입니다. 건달 세계의 생태계는 변할 것입니다. 이제 정상적인 방법으로 사업 성과를 내느냐 그렇지 못하느냐에 따라 각 조직의 미래가 결정될 것입니다. 이번 일이 잘 수습되면 업계의 강자 위치는 물론 회장님의 위상도 높아질 것입니다."

"장사는 좀 어떤가?"

회장이 물었다.

진필은 그간의 실적과 현안을 설명했다.

"직원의 이직 감소가 가장 두드러진 변화입니다. 다툼이나 불미스러운 일이 줄면서 웨이터와 여성 접대부의 이직이 현저히 줄었습니다. 또 급여 인상 없이 성과급으로 종업원들의 수입이 전보다 많아진 것이 달라진 점입니다."

"성과급은 어떻게 주고 있나?"

"성과급은 두 종류로 지급하고 있습니다. 일정 기간 폭력을 사용하지 않았을 때와 목표를 달성했을 때 지급합니다. 그리고 지급은 개인이 아닌 팀 단위로 하고 있습니다."

"그건 왜지?"

"개인의 능력이 아무리 좋아도 팀의 뒷받침이 없으면 좋은 실적은 불가능합니다. 성과급은 직원들에게 자긍심을 심어주고 소통을 원활하게 하는 데 그 목적이 있습니다. 함께했다는 것이 중요합니다. 개인을 지나치게 부각하면 잘못된 경쟁과 갈등을 유발할 수 있습니다. 팀별 성과제는 동료들에게 불이익이 가지 않게 노력하는 분위기를 만들고 고객에게 질 좋은 서비스를 제공하는 동기를 부여합니다. 그리고 열심히 하면 과실을 맛볼 수 있다는 믿음을 갖게 합니다."

"실장님, 그렇게 성과급을 팀별로 주면 일 잘하는 직원은 불만스럽지 않을까요?"

"좋은 질문입니다. 당연히 그런 생각을 할 수 있습니다. 하지만 우수한 직원들은 팀에 기여했다는 사실만으로도 자긍심을 갖습니다. 최고의 선수는 '팀'이라는 말이 있습니다. 개인보다 팀이 강해야 합니다. 서로의 생각이 다르고, 능력이 다르고, 하는 일이 달라도 '따로 또 같이' 결국 조직은 하나여야 합니다. 조직에서 그것보다 귀한 가치는 없습니다."

"……으흠."

"하나가 되지 못하면 모든 노력은 물거품이 되고 맙니다."

"실장님은 무엇보다 서비스에 큰 비중을 둔다고 하던데……."

다른 대표가 말했다.

"서비스업에 이런 불문율이 있습니다. '가격은 하루, 품질은 한 달, 서비스는 3년'. 그만큼 서비스는 몸에 담기도 힘들지만 실행하기가 어렵습니다. 서비스는 교육과 훈련, 고객에 대한 정성과 존중감이 없으면 절대 몸에 붙지 않습니다. 우리 주변에 수많은 요식업소가 있고 무수히 많은 서비스 업장이 있어도 마음에 드는 서비스를 제공하는 곳이 몇이나 됩니까? 자기들 편의대로 서비스를 제공하지 않습니까? 술이나 안주 등이 마음에 안 들어도 당장은 큰 문제가 되지 않지만 질 낮은 서비스는 다릅니다. 서비스의 질이 낮으면 고객은 바로 우리를 외면할 것이고 한번 돌아선 고객은 다시 찾지 않을 것입니다. 저급한 서비스로는 우월한 서비스 업체를 절대 이길 수 없습니다."

"서비스가 그런 것이군요. 실장님, 서비스 향상을 위해 특별히 하는 것이 있습니까?"

"서비스의 질을 높이기 위해 전문가를 초빙해서 강의와 실습을 병행하고 있습니다. 서비스교육은 다른 교육에 우선하며 일정한 시간을 정해 규칙적으로 하고 있습니다. 또 단계별 수준을 정해 전 직원이 최고 수준에 이를 때까지 계속하며 일정 기간이 지나면 업그레이드된 프로그램으로 다시 합니다. 질 좋은 서비스는 전문가를 통해 오랫동안 배우고 몸에 익혀야 합니다. 우리 업종은 서비스에서 시작해 서비스에서 끝난다고 해도 지나치지 않습니다. 머리로 아는 것은 소용이 없습니다. 몸이 알아야 합니다."

"몸이 알아야 한다니요?"

"어느 상황에서도 양질의 서비스를 제공하려면 거의 무의식적으로 몸이 반응해야 합니다. 몸의 습관화, 마음의 습관화를 넘어 영혼의 습관화가 되어야 합니다. 우리 업소 수준은 아직 영혼까지는 이르지 못했습니다. 대표부터 말단에 이르기까지 영혼의 습관화를 위해 노력해야 합니다. 결국, 승패는 서비스에서 판가름이 납니다."

"그럼 이번 사건에도 그 서비스 정신이 있었다는 겁니까?"

"그렇습니다. 엄청난 폭력에도 직원들이 맞대응하지 않았던 것도 지속적인 서비스교육과 훈련으로 몸이 기억하고 있었기 때문입니다. 진정한 서비스는 몸을 90도로 굽혀 인사를 하고, 말끝마다 '형님' 자를 붙이는 것이 아닙니다. 고객이 만족하고 예상하지 못한 환대로 감동하는 것이 진정한 서비스지요. 잘못된 말 한마디, 섭섭하고 불쾌한 말 한마디에 손님은 돌아서고 맙니다."

"근데 서비스가 왜 그렇게 안 되는 거지요?"

"제가 조금 전에 말씀드렸듯이, 서비스의 이면에는 진심과 정성, 그리고 사랑이 함께 해야 합니다. 영혼 없는 서비스는 누구에게도 감동을 주지 못합니다. 부모님이나 선생님에게 하듯 정성이 있어야 합니다. 지속적인 교육과 본인의 피나는 노력 없이는 불가능하기 때문에 서비스가 어렵습니다."

"적자에서 벗어날 수 있었던 또 다른 무기가 있습니까?"

"체계적인 업무를 위한 소통입니다. 저는 조직 운영에서 가장 중요한 것이 '소통'이라 생각합니다. 소통이 잘 되는 가정이나 조직, 회사가 잘 못 되는 것을 본 적이 없습니다. 반면에 잘못된 소통, 왜곡된 소통은 오해와 갈등의 불씨가 됩니다."

"그럼, 소통을 잘하려면 어떻게 해야 합니까?"

"약속이 필요합니다. 단어나 문장, 표식 등에 대한 공통된 인식과 해석이 있어야 합니다. 그래서 필요한 것이 매뉴얼입니다."

"어디 가면 살 수 있습니까?"

"매뉴얼은 기성품이 아닙니다. 자기 조직에 맞게 준비하는 지침서입니다. 부족한 것은 채우고, 낡은 것은 갈고, 잘못된 관행은 바꾸어 조직이 원활하게 일할 수 있게 하는 교본을 말합니다. 매뉴얼은 합리적인 근무수칙과 체계적인 행동 지침으로 시간을 절약하게 해주고, 서로의 말과 행동이 무엇을 뜻하는지 알게 해주며, 오해와 갈등, 잘못된 인식을 줄여줍니다."

"그럼, 매뉴얼은 구체적으로 어떤 것을 말하는 겁니까?"

"우리 업소에서 사용하고 있는 매뉴얼은 크게 3가지입니다. 운영 매뉴얼, 접객 매뉴얼, 그리고 시설 및 안전관리 매뉴얼입니다. 첫째, 운영 매뉴얼에는 매장관리, 직원관리, 매출관리, 물품관리, 원가관리 등이 있습니다. 둘째, 접객 매뉴얼에는 경청, 전화응대, 고객 불만 관리, 고객 접점관리 등이 있습니다. 고객 접점관리는 좀 전에 말씀드렸던 서비스 매뉴얼이라고 생각하면 됩니다. 그리고 세 번째는 시설 및 안전관리 매뉴얼입니다. 이 매뉴얼에는 매장 환경관리, 시설 안전관리, 위생관리 등이 있습니다. 각 매뉴얼은 다시 세부 사항으로 나누어집니다."

"그럼, 매뉴얼만 있으면 문제가 없겠네요."

"매뉴얼만 있다고 모든 것을 잘할 수 있는 것은 아닙니다. 좋은 약도 쓰기에 따라 결과가 다르듯 아무리 좋은 제도가 있어도 사용하는 사람들의 실천 의지에 따라 달라집니다. 잘 쓰겠다는 의지가 있고 합력으로 성공하겠다는 다짐이 있어야 합니다. 그것을 '조직문화'라고 합니다. 훌륭한 조직문화는 회사를 성공으로 견인하는 최고의 무기입니다. 한 회사의 훌륭한 조직문화는 다른 조직이 결코 따라올 수 없습니다. 공감하고 소통하는 조직문화야말로 성공하는 회사의 끝판왕이라고 말씀드릴 수 있습니다."

"조직문화는 또 뭡니까?"

"그 조직만의 고유한 사고방식과 행동 패턴, 가치관을 말합니다. 기업의 훌륭한 조직문화는 천하를 주어도 바뀌지 않습니다. 훌륭한 조직문화는 무엇을 해도 두려울 게 없고, 변화하는 데 주저함이 없습니다. 뤼순은 새로운 조직문화를 만들어가고 있습니다.

우리의 첫째 목표는 회장님께 약속드린 대로 흑자를 내는 것입니다. 반드시 해내야 할 숙제이고 약속입니다. 그보다 중요한 것이 있습니다. 성공사례입니다. 뒤순 하나가 아닌 우리 모두가 잘 될 수 있는 '성공틀'을 만드는 것이 무엇보다 중요합니다. 이제 우리는 주먹이 아닌, 건달 기업이 아닌, 일반기업 이상의 훌륭한 기업으로 우뚝 설 것입니다. 이제 한 발 내디뎠습니다."

회장이 의자에서 일어나 격려의 박수를 치자 다른 업소 대표들도 함께 박수를 쳤다.

"회장님, 아직 이릅니다. 갈 길이 멉니다. 언제인지는 몰라도 모두 함께 박수 치며 기뻐할 날이 꼭 올 것입니다."

"어쨌든 수고 많았네. 이제 시작이라고 하니 긴장도 되고 기대가 되는구먼. 성공사례를 만든다는 것이 어디 보통 일인가. 앞선 사람은 모진 비바람을 맞을 수밖에 없어. 흔들릴망정 꺾이지 말고 성공사례를 잘 만들어 우리 조직에 희망을 안겨주게. 그동안 수고 많았어. 보고는 이만하고, 진 실장, 기왕 온 김에 직원들과 저녁을 함께 하고 싶은데, 어떤가?"

"그렇게 해주시면 직원들에게 큰 힘이 될 것입니다."

"그럼, 그렇게 하지."

"준비하겠습니다."

"나는 진 실장과 잠시 나눌 얘기가 있으니 자네들은 나가서 쉬고들 있어."

같이 온 업소 대표들이 밖으로 나갔다.

"자네, 이번에 수고 많았어. 우리 건달들에게 하면 된다는 희망을 심어주었네."

"창쉬와 직원들이 함께 한 일입니다."

"어쨌든 고맙네. 이거 받아두게. 하나는 창쉬 위로금이고 다른 하나는 자네 거야."

"회장님, 저는 됐습니다."

"그냥 받아. 자네가 고생해서 주는 거니까 부담 갖지 말고 받아."

"회장님, 정말 저는 됐습니다."

"내가 주고 싶어서 그래. 어서 받아. 팔 떨어지겠어."

"네, 감사합니다."

일행은 식당으로 자리를 옮겼다. 마담, 접대부, 웨이터들이 회식에 참석했다.

"이번 일로 여러분을 힘들게 한 점, 회사 책임자로서 진심으로 사과드립니다. 앞으로 이런 일이 다시 일어나지 않도록 저와 진필 실장이 최선을 다하겠습니다. 무엇보다 어려운 상황 속에서도 폭력을 쓰지 않은 것에 대해 깊은 감사의 말을 전하고 싶습니다. 잘했고 장합니다. 그 대가가 여러분 모두에게 돌아갈 수 있도록 최선을 다하겠습니다. 감사합니다."

회장의 인사에 모두 박수로 응답했다.

진필은 가슴이 벅차올랐다. 다른 업소의 대표들은 이런 분위기는 처음인 듯 두리번거리며 눈을 어디에 둘지 몰랐다. 그들은 자기들 업소와 전혀 다른 분위기에 압도되었다. 분위기는 뜨겁게 달아올랐고 웃음이 끊이지 않았다. 회장과 대표들은 진필의 변화를 처음에는 회의적으로 생각했었다. 업소를 방문해 영업방식이나 종업원의 일하는 모습을 보고 회의는 희망으로 바뀌었다. 다른 대표들에게 도전할 수 있는 용기를 주기에 충분했다. 식사를 마치고 회장 일행은 뤼순을 떠났다.

뤼순의 폭력사건 수사는 증거 위주로 빠르게 진행되었다. 언론의 취재가 이어지고 인민들의 관심이 집중되었다. 공안의 상급 기관인 국무원은 사건을 일반부에서 공안부 반사교국으로 재배정했다. 수준 높은 수사관들이 사건을 맡으면서 수사는 급물살을 탔다. 재판을 시작한 지 40일 만에 1심 판결이 내려졌다. 폭력을 행사한 조직의 보스에게 사회주의 질서를 무너뜨린 중범죄인으로 사형이 선고되었다. 그리고 한 달 만에 최종재판중국은 2심제인 항소심에서도 사형이 내려졌다. 가담자들도 중형을 면치 못했다. 소요와 사회질서 문란을 극도로 꺼리는 사회주의의 신속하고 일벌백계식 처리였다. 또 기물 파괴, 치료비 보상 등 제반 비용을 폭력조직이 감당해야 했다. 주먹보다 법이 무섭다는 선례를 남기며 주먹세계에 큰 경종을 울렸다. 건달이 살기 위해서는 지금과는 전혀 다른 방법을 찾아야 했다. 진필의 예상이 적중했다.

창쉬의 퇴원 날이었다.

"고맙습니다, 형님. 그동안 저 때문에 고생 많으셨습니다."

"무슨 소리야 자네가 목숨을 걸고 사업장을 지켜주었는데, 내가 고맙지. 병원에서 나가면 당분간 집에서 쉬면서 몸을 추스르도록 해."

"아닙니다. 저는 사무실이 더 편합니다. 쉬어도 업소에 가서 쉬겠습니다."

"천천히 복귀해도 돼. 바쁠수록 돌아가라는 말이 있잖아. 자네 마음은 알겠는데 그렇게 하면 이 일 오래 하지 못해. 쉴 때는 쉬어야 해."

"알겠습니다. 그럼 회사로 가서 직원들 얼굴만 보고 집으로 가겠습니다."

"그렇게 해."

"형님, 형님이 아니었으면 저와 우리 식구들 모두 새로운 세상을 보지 못했을 겁니다."

"새로운 세상을 보지 못하다니?"

"우리 건달들, 매일 주먹만 쓸 줄 알았지 어디 사람답게 살아본 적 있습니까. 칼빵과 다구리에 하루도 편한 날이 없었습니다. 칼과 주먹 없이 살 수 있게 해주신 것 정말 감사합니다."

"몰매를 맞고 칼에 찔려 죽음의 문턱까지 갔는데 감사하다고 하니 내가 몸 둘 바를 모르겠네. 말이 쉽지 실제 상황에서 맞대응하지 않고 참는다는 게 어디 쉬운 일인가. 보통 사람으로서는 어림없는 일이지. 자네가 얼마나 대견한지 몰라."

"언젠가 한 번은 일어날 일이라 생각했는데 죽지 않고 끝났다고 생각하니 분노보다 안도감이 앞섭니다. 저도 제가 그렇게 참을 수 있다는 게 믿기지 않아요. 주먹이 나가려는데 형님 생각이 나더군요. 형님이 저를 살려주시고 새로운 세상을 보게 해주셨는데 무시할 수 없었습니다. 그것이 의리하고 생각했습니다."

"자네가 그렇게 생각했다니 고맙네. 이번에 큰 경험 했으니 어떤 어려움도 잘 헤쳐나갈 수 있을 거야."

"어쨌든 사는 게 참 힘듭니다. 꼭 이렇게 해야 살 수 있는가 하는 생각이 들어요."

"사는 게 왜 힘들다고 생각하나?"

"……글쎄요."

"새로운 방식으로 사는 게 힘들기도 하지만 결국 태어난 목적대로 살지 않아서 그래."

"태어난 목적대로 살지 않다니요?"

"누구나 엄마 배에서 나올 때는 자기만의 목적지가 있지. 그 목적대로 안 살고 감정과 분노가 이끄는 대로 살기 때문에 인생이 꼬이는 거야. 이 세상에 폭력을 위해 태어나는 사람은 없어. 아니, 한 사람도 없지. 폭력에 의지하는 삶은 화살이 과녁을 빗나가듯 목적에서 빗겨 간 삶이야. 목적을 빗나간 곳에는 자유는 없고 속박만 남지."

"어쨌든 세상을 새롭게 살 수 있게 해주셔서 감사합니다. 목적대로 살도록 노력하겠습니다."

"내가 자네에게 부탁이 하나 있어."

"뭔데요?"

"자네가 공부를 다시 했으면 해."

"공부를 다시 하다니요?"

"리더의 기질은 보석의 원석과 같아. 보석이 가치를 나타내려면 갈고 닦아야 하지. 훌륭한 리더가 되려면 그런 과정이 필요해. 대학에 진학해서 공부를 다시 했으면 좋겠어. 자네는 고등학교 2학년 중퇴이니 새로 시작하면 얼마든지 할 수 있을 거야. 배우고 익혀 훌륭한 리더로 거듭나는 거야."

"형님, 지금 제 나이가 서른셋입니다. 제가 대학을 간다고 하면 사람들이 비웃습니다. 저에게 대학은 사치입니다. 받아줄 곳도 없지만 머리도 따라주지 않아요."

"창쉬야, 공부는 머리로 하는 게 아니야, 엉덩이로 하는 거지."

"엉덩이로 하다니요?"

"책상에 앉아만 있으면 잘할 수 있는 게 공부야."

"앉아만 있어도 되면 공부 못할 사람이 어디 있어요, 세상에서 제일 힘든 게 공부라는데."

"아니야, 오래 앉아 있으면 되는 게 공부야. 진득하게 앉아서 노력하면 공부는 잘할 수 있어. 미련하게 오래 앉아 있는 사람이 공부를 잘하는 것이지 머리 좋은 사람이 공부를 잘하는 게 아니야. 그렇게 하기까지 시간이 필요한데 그 시간을 못 참는 거야. 학생 때는 내용이 이해가 잘 안 되고 목적의식이 약해 오래 앉아 있지 못했던 거야. 그래서 어른이 돼서 하는 공부가 진짜 공부야."

"진짜 공부요?"

"성인은 대부분 자기가 필요해서 공부하기 때문에 오래 앉아 있을 수 있어. 보고 또 보고 읽고 또 읽으며 이해할 때까지 책상에 앉아 있는 거지. 그렇게 노력해서 원하는 시험도 합격하고 꿈도 이루지. 개인별 차이는 있겠지만 결국 오래 앉아 있는 사람이 공부를 잘하게 돼. 창쉬야, 속는 셈 치고 한번 해 봐."

"정말 오래 앉아 있는다고 공부가 될까요?"

"그럼. 자네에겐 지금이 적기야. 자네는 할 수 있고 또 해내야 해. 배우고 익히는 것은 리더의 숙명이야. 깡다구로 보스 노릇 하는 시대는 지났어. 장님이 장님을 인도하지 못하듯 무식한 상사가 조직을 이끌 수 없네. 지식과 지혜가 자네를 바꾸는 것이지 주먹이 바꾸는 게 아니야.

경영은 사회과학이기 때문에 꾸준히 연구하고 분석해야 해. 이제는 데이터에 대한 철저한 분석과 가치를 만들기 위한 꾸준한 혁신 없이는 업소를 운영할 수 없어. 학업을 통해 환골탈태해야 해. 새롭게 다시 태어나는 거야, 솔개처럼."

"솔개처럼요?"

"하늘의 제왕 솔개는 40년을 살면 발톱이 닳아서 더는 먹이를 채지 못해. 부리도 구부러져서 아무것도 먹지 못하지. 솔개도 변곡점에 이른 거야. 바위에 못 쓰게 된 부리를 부딪쳐 원 부리를 부숴버리면 새 부리가 나오는데 그 부리로 못 쓰게 된 발톱을 뽑아내면 그곳에서 새로운 발톱이 나온다네. 그렇게 하면 30년은 더 살 수 있어. 솔개가 고통스러운 환골탈태의 과정을 겪고 30년을 더 살 듯, 자네도 학습을 통해 거듭나야 진정한 리더가 될 수 있어."

"그래도 대학은 저에게 무리예요."

"어쨌든 잘 생각해봐."

창쉬는 사업장을 나와 집으로 향했다.

창쉬는 집에서 일주일을 쉰 뒤에 현업에 복귀했다. 시작한 곳으로 살아서 돌아왔다. 직원들은 새로운 환경에 적응하기 시작했다. 일이 몸에 붙으며 영업은 활기를 띠었다. 진필은 서비스가 직원들의 몸에 배도록 교육과 훈련에 박차를 가했다. 창쉬는 진필의 권고대로 진학을 결정하고 검정고시를 준비했다. 공부가 너무 힘들어 포기하려 할 때마다 진필이 버팀목이 되어 주었다.

한 해가 저물었다. 업소의 연간실적은 흑자를 기록했다. 두 사람이 힘을 모아 창쉬의 생명을 담보로 했던 약속을 지켰다. 회장은 인공호흡으로 사람을 살린 것에 비유하며 칭찬을 잊지 않았다. 진필은 제대로 된 성공사례를 만들기 위해 뤼순에 더 있기로 했다.

춘절

해가 바뀌고 춘절음력설이 다가왔다. 춘절 휴가는 공식적으로 일주일이지만 고향이 먼 직원들에게는 충분한 시간을 주었다.

"형님은 명절 때 뭐 하실 거예요?"

"글쎄, 별 계획이 없는데."

"한국에 안 가세요?"

"아니. 자네가 복귀했을 때 잠깐 다녀왔잖아."

"그럼, 저의 집에 가실래요?"

"자네 집에?"

"누추하지만 중국의 시골 모습도 볼 수 있고 함께 가면 부모님과 할머니가 좋아하실 거예요. 형님이 권해서 대학에 가려고 한다니까 할머니가 형님을 보고 싶어 하세요."

"나야 좋지만, 폐가 되는 것은 아닌지 모르겠어."

"폐라니요, 전혀 그렇지 않습니다. 집이 누추해서 형님이 불편하실 게 마음에 걸리지, 다른 문제는 없습니다. 형님, 같이 가시지요?"

"……그렇게 하지. 그런데 자네 고향이 어디야? 여기 랴오닝성인가?"

"아닙니다. 제 고향은 동북 지역이 아니에요. 이곳에서 좀 멀어요."

"어딘데 멀다고 하는 거야? 중국에서 멀다고 하면 정말 먼데."

"이빈입니다."

"이빈이 어디야?"

"청두에 있는 이빈입니다."

"청두라면 쓰촨성의 성도 아닌가!"

"네, 맞습니다."

"여기서 가려면 장난이 아닐 텐데."

"다롄에서 쓰촨성의 청두成都까지는 비행기로 3시간이 걸립니다."

"완전 다른 나라네. 한국에서 다롄까지 1시간밖에 안 걸리는데, 청두까지 3시간이니 얼마나 먼 거야."

"옛날에는 집에 가는 데만 3~4일씩 걸렸어요. 가고 오는데 일주일 이상을 길에서 보냈습니다. 그때는 춘절 휴가도 한 달이나 됐어요. 준비하는 것까지 보름씩 걸리니 휴가가 한 달이라도 긴 것이 아니었어요."

"그럴 만도 했겠구먼."

"그렇게 멀고 힘이 들어도 1년에 한 번은 고향에 다녀와야 해요."

"꼭 그럴만한 이유가 있나?"

"그래야 가족들이 무시 받지 않아요. 명절 때 안 가면 문제아나 불효자로 낙인이 찍힙니다."

"누가 낙인을 찍는데?"

"동네 사람들이지 누구겠어요."

"무시 받으면 받는 거지, 뭐 문제가 될 게 있나?"

"그게 그렇게 간단하지 않아요. 꽌시가 여러 이해관계에 영향을 미칩니다."

"구체적으로 어떤 이해관계가 있다는 거야?"

"꽌시가 부정적인 면도 있지만, 또 없어서는 안 될 아주 중요한 삶의 수단이기도 합니다. 가령, 이빈이 고향인 제가 다롄에서 살면서 아이를 낳으면 호적을 할 때 제 본적지인 이빈까지 가야 했습니다. 그래야 아기의 출생 신고를 할 수 있었어요. 단순히 아이 호적 때문에 일주일이나 걸리는 곳을 가야 하는 것이 얼마나 비경제적입니까. 생업에도 지장이 많고요."

"그래서?"

"꽌시가 있으면 이곳 다롄에서도 호적을 할 수 있습니다."

"어떻게 그게 가능하지?"

"고향 친구나 아는 사람 중에 다롄의 호적 담당 공무원과 끈이 닿는 사람만 있으면 가능합니다. 그것이 꽌시입니다. 중국의 꽌시는 처음 누가 부탁했느냐는 중요하지 않습니다. 자신에게 직접 부탁한 당사자 한 사람만 중요합니다. 제가 건달이고 전과자라고 해도, 부탁을 받은 공무원은 저를 보지 않고 직접 부탁한 사람과의 꽌시만 고려하기 때문에 아이 호적이나 그보다 더한 일도 가능합니다."

"아, 이제 이해가 되네. 중요한 것은 자네와 실제 일을 처리하는 사람과의 관계가 아니라, 자네와 1차 접촉자와의 관계구먼."
"네, 그렇습니다. 그게 중국 꽌시의 특징입니다."
"꽌시에 그런 특수 연결고리가 있었구먼."
"그래서 어려워도 고향을 찾는 것이지요. 제일 큰 명절인 춘절에 고향을 찾는 사람이 가장 많습니다. 고향에 내려가면 동네 어르신들에게 얼굴을 비추어야 합니다. 춘절 같은 큰 명절에 고향에 못 올 정도면 믿을 수 없는 사람으로 낙인이 찍힙니다. 그러면 꽌시를 활용할 수 없어요."
"그런 문제가 있었구먼."
"그래서 자주는 아니어도 1년에 한 번은 고향에 가서 얼굴을 비춰야 합니다. 잘못 낙인이 찍히면 고향에 남아 있는 가족들이 힘들어요. 건달 생활을 하고부터는 건너뛴 적이 한두 번이 아닙니다. 돈도 그렇고, 결혼을 안 한 불효자였기 때문에 고향에 가기 싫었습니다. 제가 건달 생활하는 것을 누군가의 입을 통해 알고 있을 고향 사람들과 그로 인해 손가락질받을 부모님을 생각하면 고향에 가는 것이 죽기보다 싫었습니다. 가다가 중간에 돌아온 적이 한두 번이 아닙니다. 정말 고향길이 지옥길이었습니다. 제가 떳떳한 생활을 못 하니까 명절 때만 되면 심한 우울증에 시달립니다."
"그랬었구먼. 지금은 어떤가?"
"경제적으로야 전과 크게 달라진 것은 없지만, 지금은 목표가 있고 미래가 있으니 당당하게 갈 수 있습니다. 일할 수 있는 직장이 있고 싸움질이 아닌 정상적인 일로 월급을 받으니 떳떳합니다. 형님 덕분에 편안하게 고향을 찾게 되어 얼마나 좋은지 모릅니다.”

“자네 말을 들으니 나도 보람이 있네. 어쨌든 먼 곳이니 계획을 잘 세워서 가 보세.”

“고향길은 시간이 오래 걸려서 그렇지 크게 신경 쓰지 않아도 됩니다.”

“그런 뜻이 아니라 이번 기회에 시장조사를 하려고.”

“시장조사를 하다니요?”

“쓰촨성의 청두는 평소에 가기 부담스러운 곳이니까, 고향에 가면서 시장조사도 하고 그곳 시황도 살펴보는 것이 좋을 것 같아.”

“생각해 보니 그러네요.”

“일단, 자네 고향까지 가는 코스가 어떻게 되지?”

“다롄에서 청두, 청두에서 이빈시, 이빈시에서 이빈현, 이빈현에서 다시 우리 마을까지 가야 합니다.”

“그럼, 일정을 어떻게 잡는 게 좋을까?”

“다롄에서 청두까지 버스로는 2박 3일이 걸리지만 비행기로는 3시간이면 갑니다. 시간을 아끼고 차에서 시달리는 것을 감안하면 비용이 들어도 비행기로 가는 것이 좋을 듯합니다. 청두에서 이빈시까지는 고속버스로 4시간이 걸립니다. 또 이빈시에서 시내버스를 타고 이빈현까지 1시간 반을 간 다음에, 시외버스로 갈아타고 1시간을 더 갑니다. 우리 동네로 가는 차는 거기가 끝입니다. 다음은 비포장 길이에요. 황톳길을 1시간쯤 걸어야 합니다.”

“정말 가는 데만 3~4일이 걸린다는 게 맞는구먼. 나는 설마 했어. 그러면 청두까지는 비행기로 가고 거기서 버스를 타든 승용차를 빌리든 하자고. 그리고 이왕 가는 김에 청두에서 이틀 정도 머물면서 그쪽 동종업계 사정도 살펴보자고. 자네 생각은 어떤가?"

"좋습니다. 어차피 시장조사를 할 계획이면 잘 되었네요. 청두는 저에게도 낯설지 않으니까요."

"청두가 낯설지 않다니?"

"고등학교 때 가출해서 청두에 좀 있었습니다. 주먹질도 거기서 시작했고요. 청두에서 깡패 짓을 하다가 선배 형 따라 다롄으로 오게 됐어요."

"그렇게 된 것이구먼. 그럼, 춘절 휴가가 시작되기 열흘 전쯤에 출발하자고. 휴가가 시작되면 차편도 복잡하지만, 무엇보다 사람이 없어 정상적인 조사가 어려울 수 있으니."

"그게 좋겠네요. 그 일정에 맞춰 준비하겠습니다."

"어르신들에게 드릴 선물은 청두나 이빈에 가서 사도록 하지."

"형님은 선물 안 하셔도 됩니다. 제가 다 알아서 할 거예요."

"그것은 내가 알아서 할 일이고. 자네는 집에 갈 준비나 해."

"알았습니다."

두 사람은 다롄 저우수이쯔 공항으로 나갔다. 창쉬는 설레는 마음을 감추지 못했다. 비행기로 고향을 가는 것은 상상도 못 할 하나의 사건이었다. 중국이 G2라고 해도 12억 명이 넘는 중국인들이 비행기를 타보지 못했고, 한 달에 18만 원의 최저생활비로 사는 인민이 8억 명이 넘었다.

창쉬는 건달 짓을 하면서는 고향에 가지 않으려고 온갖 핑계를 둘러댔다. 명절은 애틋한 기다림이 아니라 오히려 고통이었다. 삶이 바뀌면서 고향은 엄마의 젖가슴처럼 그리움의 대상이 되었다.

창쉬의 발걸음이 가벼웠다. 친형 같은 진필과 함께여서 더욱 그랬다. 비행기 탑승 수속이 어려웠지만 진필의 도움으로 쉽게 마칠 수 있었다.

"자네 비행기 안으로 들어갈 때는 신발을 벗어야 해."

"당연히 그렇겠지요."

창시가 비행기 문 앞에서 신발을 벗으려 하자, 진필이 장난이라며 말렸다.

창쉬는 비행기에 오르자 주체할 수 없이 가슴이 뛰었다. 모든 게 신기했다. 스튜어디스와 눈이 마주칠 때면 가슴이 콩닥거려 숨쉬기조차 힘들었다. 건달일 때와 지금의 삶이 다르듯 조그만 공간 속의 세상은 바깥세상과 전혀 달랐다. 창쉬는 비행기의 조그만 창문에서 눈을 떼지 못했다. 비행기가 지면을 떠나 창공으로 날아오를 때는 오금이 저려 눈을 감고 팔로 가슴을 감쌌다. 이륙한 지 30분쯤 지나고 기내식이 나왔다. 창쉬는 하늘을 날며 식사를 한다는 게 마냥 신기했다.

"형님?"

"왜?"

"맛있습니다, 형님. 밥값이 얼마예요?"

창쉬는 진필의 귓전에 대고 조용히 물었다.

"자네 생각에는 얼마쯤 될 것 같나?"

"글쎄요. 보통 식당보다는 비쌀 것 같은데요."

"100위안18,500원이 넘어."

"그렇게 비쌉니까? 하늘 위지만 조그만 도시락 하나에 100위안은 너무 비싼데요. 지갑이 가방 안에 있으니 형님이 일단 내주세요. 내려서 드릴게요."

"돈 내는 것 아니야. 장난친 거야."

"정말이에요? 지금 거짓말하는 거지요? 공짜가 어디 있어요."

"기내에서의 모든 식음료는 공짜야. 양이 적으면 하나 더 달라고 해도 돼. 맥주나 와인, 양주도 마시고 싶으면 달라고 해."

"정말이에요?"

"비행기 티켓에 다 포함된 거야."

"그래서 비행기 표가 비싼 거구나."

"저기 스튜어디스들 있잖아?"

"예."

"저 아가씨들이 그런 서비스를 하기 위해 비행기에 있는 거야. 시험 삼아 몇 가지 주문해 봐. 그리고 그들이 서빙을 어떻게 하는지 잘 보도록 해. 우리 직원들이 하는 서빙과 어떤 차이가 있는지도 비교해보고. 우리가 하는 서비스 교육도 항공사에서 시작된 거야."

"항공사에서 시작되다니요?"

"1970년대 말 석유파동으로 세계 항공업계가 큰 시련을 겪은 적이 있어. 스웨덴의 스칸디나비아항공도 예외는 아니었지. 17년간 연속 흑자를 기록했던 스칸디나비아 항공SAS은 1979년과 1980년 2년간 연속 적자를 냈어. 이를 만회하기 위해 39세의 얀 칼슨이

사장으로 취임했지. 칼슨은 스칸디나비아 항공을 취임 1년 만에 연 800만 달러의 적자에서 7,100만 달러 흑자로 전환시켰어. 또 1983년에는 최우수 항공사로, 1986년에는 고객서비스 최우수 항공사로 선정되게 했지.

그는 1987년에 스칸디나비아 항공을 세계 최고의 항공사로 만든 비결을 『Moments of Truth』란 책으로 펴냈어. 그 이후 'MOT'란 말이 전 산업으로 급속히 퍼져나갔지. 스칸디나비아 항공은 대략 한 해에 천만 명의 고객이 각각 5명의 직원과 접촉했으며 1회 응대 시간은 평균 15초였다는 사실을 분석해냈어. 얀 칼슨은 15초 동안의 짧은 순간이 스칸디나비아 항공의 전체 이미지, 더 나아가 사업의 성공과 실패를 좌우한다고 것을 알아냈지. 그는 이런 결정적 순간에 사업이 좌우된다는 사실을 밝혀낸 거야."

"서비스의 개선으로 그런 놀라운 실적을 낼 수 있나요?"

"그럼. 서비스의 힘은 정말 대단해. 서비스는 눈에 보이지 않고 손으로 만질 수 없는 무형의 제품이야. 고객에게 결정적인 메시지를 전달하며 승패를 순간에 결정짓게 하지."

"그래서 형님이 우리 업소의 성공과 실패가 서비스에 달려있다고 그렇게 강조하는 거군요."

"그래."

"근데, MOT가 정확히 뭐예요?"

"MOT는 서비스 품질을 보여 줄 수 있는 극히 짧은 시간으로, 자사에 대한 고객의 인상을 좌우하는 결정적 순간이야. 즉 MOT는 고객을 얻느냐 잃느냐의 순간이며, 회사의 문을 닫느냐 마느냐를 결정짓는 아주 중요한 순간이야. MOT는 스페인의 투우 용어를 영어로 옮긴 것인데, 원래 이 말은 투우사가 소의 급소를 찌르는 순간을 말해. '피하려 해도 피할 수 없는 순간', '실패가 허용되지 않는 매우 중요한 순간'을 의미하지."

"MOT에는 어떤 것들이 있나요?"

"항공서비스의 MOT에는, 각종 정보를 얻기 위해 항공사에 전화했을 때, 예약할 때, 공항에 도착해 카운터에 갔을 때 등 그 밖에도 많은 결정적 순간들이 있어."

"듣고 보니, 항공서비스의 MOT는 공항이나 비행기에서만이 아니라, 심지어 공항에 오기 전부터 시작되는군요."

"그렇지. 이해가 빠르구먼. 자네, 우리 업소의 MOT에는 어떤 것들이 있는지 생각나는 대로 말해봐."

"손님의 주문을 받을 때나 주문한 술이나 안주를 갖다 줄 때도 MOT라고 할 수 있지 않을까요?"

"그래 맞아. 또 어떤 것들이 있을까?"

"……잘 모르겠는데요."

"자네가 말한 것 외에도 고객이 우리 업소의 광고나 홍보를 접할 때라든지, 간판이나 POPpoint-of-purchase 등과 마주칠 때, 주차장에 진입하거나 주차할 때, 좌석을 안내받을 때, 아가씨가 손님을 접대할 때 등 많아. MOT의 높은 서비스는 허리를 꺾고 고함을 지르며 '어서 오세요!'라고 하는 것보다 백 배, 천 배 강력한 힘을 발휘하지."

"교육받을 때는 알았다가도 곧 잊어버리네요."

"MOT에서의 대처 방법은 아주 중요하니 반복적인 교육과 훈련으로 꼭 자네 것으로 만들도록 해. 그래야, 어느 MOT에서도 당황하지 않고 손님을 편하고 즐겁게 해줄 수 있어."

"그런데 MOT가 왜 그렇게 중요한 거예요?"

"고객과의 접점에서 발생하는 MOT가 중요한 이유는 고객이 경험하는 서비스의 품질이나 만족도에는 소위 '곱셈의 법칙'이 적용되기 때문이야. 서비스는 친절, 매너, 예의, 교양, 존중, 친밀감 및 청결 등의 요소로 구성되는데, 해당 업체의 이미지는 그중에서 가장 나쁜 요소 하나로 결정돼. 99% 만족스러운 서비스를 제공했어도 1%의 불만이 있으면 고객은 발길을 돌리고 말아. 다시 말해, '이미지≠A+A+A, 이미지=A×A×A'야. 맛과 가격은 플러스로 계산할 수 있어도, 이미지 즉 서비스는 곱하기이기 때문에 어느 하나가 잘못되면 모든 것이 0이 되고 말아. 그래서 MOT를 '결정적 순간'이라고 하는 거야."

"그런 의미가 있었군요."

"흔히 무시 받는 안내원, 경비원, 주차관리원, 전화교환원, 상담접수원 등과 같은 일선 서비스 요원들, 특히 우리 업소의 서비스 요원들의 접객 태도가 회사의 운명을 좌우하지. 그런데도 저임금에 홀대받기 일쑤야."

"이제 조금 이해가 되네요. 매일 들어도 까먹으니 그게 문제예요. 이 머리로 공부할 수 있을지 모르겠네요."

"황금비율이란 말 들어봤나?"

"아니요."

"'황금비율'은 사람이 느끼기에 가장 아름답고 안정적인 비율이야. 그리스 파르테논 신전이나 파리의 개선문, 스핑크스 등 수많은 고대 건축물은 높이와 폭이 '1:1.618'의 황금비를 이루고 있지. 그런데 자연이나 조각상, 건축뿐 아니라 기업 서비스에도 이 비율이 적용된다고 해.

미국의 유명한 아웃도어 회사 엘엘빈의 창업주 레온 빈은 고객에게 물건을 팔면서 '제품이 1이라면 서비스는 1.618'이라고 주장했지. 그만큼 고객에게 서비스를 잘해주면 황금비율만큼 매출로 돌아온다는 거야."

"들을 때마다 새롭네요. 서비스에 그런 비밀이 숨어있는지 몰랐습니다. 우리 업소의 서비스에 대해 다시 한번 생각하게 되네요."

"몸에 익숙해지면 양질의 서비스가 힘든 것만은 아니야."

"저도 몸에 익히도록 열심히 노력하겠습니다."

"그래, 고향 가는 기분이 어떤가?"

"그전 같으면 열차와 버스에서 짐과 씨름하느라 정신이 없을 텐데 이렇게 비행기를 타고 가니 얼마나 편한지 모르겠어요. 형님, 정말 제가 고향 가는 것 맞지요? 다 형님 덕분이에요. 내가 무슨 복이 많아 형님 같은 분을 만나 이런 호사를 누리는지 모르겠어요."

"그게 무슨 말이야. 자네가 노력해서 여기까지 온 건데. 오늘의 창쉬는 다 자네가 만든 거야. 나는 몇 마디 말한 것뿐이야."

"무슨 말씀이세요. 형님은 내 눈과 귀를 열게 했고 꿈과 희망을 심어주셨어요. 형님 같은 은인이 어디 있어요. 물론 저를 아껴주신 회장님도 고맙지만 새로운 세상을 보게 해주신 형님이야말로 진정한 은인입니다."

"과찬이야. 나는 자네 인생에 윤활유 몇 방울 떨어뜨린 것밖에 없어. 그건 그렇고 자네 고향 얘기 좀 들려주게."

"제 고향 이빈은 민강岷江과 진사강金沙江이 합류하는 조그만 시골 마을입니다. 두 강이 합쳐져 중국에서 가장 긴 양쯔강이 되지요. 이빈은 쓰촨성에서 땅이 가장 기름져 '하늘의 곡창'으로 불립니다. 또 안개가 많고 기후가 온화해 차를 경작하기에 아주 이상적이지요. 영국 사람들이 즐겨 마시는 검은 홍차 대부분이 이곳에서 나옵니다. 제가 태어난 숙진마을은 이빈현 서쪽 민강에서 그리 멀리 않은 곳에 있습니다. 지금은 50여 가구가 안 되는 조그만 시골 마을이지만 전에는 꽤 큰 부촌이었습니다."

"그곳도 이농 현상이 심했나 보군. 부모님은 고향에서 농사만 지으셨나?"

"아닙니다. 아버지는 충칭의 주물공장에서 35년간 쇠 녹이는 일을 하셨어요. 납 중독으로 고생을 많이 하셨지요. 얼마 전에 폐암 진단을 받았는데 병원에서는 납 중독에 의한 것 같다고 했습니다."

"퇴직 전에는 아프지 않으셨나?"

"퇴직 전부터 기침이 잦았지만 담배를 오래 피우셔서 그것 때문이라고 생각했지요."

"그러면 지금이라도 보상을 받을 수 있지 않나?"

"글쎄요. 소송은 돈도 많이 들고 신경이 많이 쓰여서요."

"그렇긴 해."

"이빈의 남쪽은 윈난성, 구이저우성과 접하고 있어서 윈난의 약재 · 곡물 · 잎담배 · 모피 · 생사 등의 매매가 활발했습니다. 현재는 공업 도시로 발전하여 대규모 제지공장과 제철소 등이 있어 젊은이들이 그리로 몰립니다."

"이빈은 바이주로 유명한 곳 아닌가?"

"맞습니다. 이빈은 한 무제 때부터 술의 고장으로 유명했습니다. 중국 대표 바이주 우량예는 1100년대부터 쓰촨성 이빈에서 빚기 시작했어요. 중국의 3대 명주의 하나인 우량예는 국가 행사에는 빠지지 않는 훌륭한 술입니다. 스카치위스키의 영국, 코냑의 프랑스가 있다면 중국에는 명주를 생산하는 이빈이 있습니다. 2017년 이빈시의 바이주 매출액 1036억 위안18조 원 중, 802억 위안15조 원이 우량예의 매출이었으니 얼마나 대단합니까."

"정말 어마어마하군. 내가 알기로는 마오타이와 쌍벽을 이룬다는데 우량예와 마오타이의 차이가 무엇인가?"

"같은 지역에서 중국의 명주로 함께 성장한 마오타이주와 우량예는 그 뿌리가 같습니다. 다만 생산방식에서 차이가 있지요. 마오타이는 전통 방식을 고집하는 반면, 우량예는 끊임없이 변화하며 새로운 방식을 받아들입니다. 쓰촨성은 중국 전체 술 생산량의 20% 이상을 차지하는 명실상부한 술의 고장입니다. 쓰촨은 중국 8대 바이주 중에서 네 종류를 차지할 정도로 술과 떼려야 뗄 수 없는 곳이지요."

"쓰촨성이 술을 빚는 데 별다른 조건이라도 있나?"

"쓰촨성은 술에 대해 천혜의 조건을 갖추고 있습니다. 해발 1500m가 넘는 높은 산이 많고 그 속에 천연 동굴이 있어 술을 발효시키기에 더없이 좋은 환경을 갖추고 있습니다. 천연 술 저장고인 셈이지요. 게다가 술과 어울리는 향토 음식이 많습니다. 바이주가 쓰촨성의 맵고 자극적인 음식과 잘 어울리는 점도 큰 장점으로 작용했어요. 이빈은 옛날부터 술맛이 좋아 '이빈의 술은 목숨을 걸고라도 마셔야 한다.'라는 말이 있습니다. 또 '사람 중에 으뜸은 황제이고, 강 중에 으뜸은 이빈이고, 시에서 으뜸은 이백과 두보이며, 술 중에 으뜸은 우량예일세'라는 속담이 오래전부터 내려오고 있습니다."

"정말 이빈의 술이 좋긴 좋은가 보군."

"아픈 기억도 있습니다. 쓰촨성의 성도인 청두에서 2008년에 대지진이 발생했습니다. 사망자가 7만 명이 넘었고, 실종자만도 1만 8000명이 넘는 대재앙이었어요. 당시 진원지가 청두 북서쪽 원촨이어서 '원촨 지진'이라고도 부릅니다. 쓰촨 대지진 당시 몇몇 학교와 병원의 부실 공사로 인명 피해가 컸습니다. 지진 자체보다 인재라는 것에 인민들이 분노했지요."

"안타까운 일이네. 이곳 사람들의 기질은 어떤가?"

"느긋한 편입니다. 형님, 쓰촨의 나무꾼 얘기 들어보셨어요?"

"아니."

"여유만만으로 치면 중국에서 쓰촨의 나무꾼을 따라올 사람이 없습니다. 장강 5천 킬로 대장정에 나서면 언제 상하이에 도착할지 모릅니다. 큰 뗏목 한 귀퉁이에 통나무집을 지어 온 가족이 함께 생활하지요. 뗏목 위에 밭을 만들어 그 위에 채소를 심고 닭이 나 오리 등을 키우며 상하이로 떠납니다. 가다가 명승지가 나오면 유람도 하고 장터에 이르면 물물교환도 합니다. 상하이에 닿을 때 쯤이면 가축뿐 아니라 아이가 태어나 아장아장 걷습니다. 뗏목과 가축을 팔아 목돈을 만지면 온 가족이 귀향길에 오르지요. 이윽고 집에 도착하면 이미 3년이란 세월이 흘렀습니다. 잠시 휴식을 취한 나무꾼은 다시 산에 올라 상하이로 가져갈 나무를 자르지요."

"느긋하고 낭만적이네."

"다른 면도 있습니다. 쓰촨 사람들은 외지 사람을 대할 때 처음에는 권위적이고 고압적이에요. 그러다가 상대가 만만치 않으면 달래고 뻐치며 간교하게 접근합니다. 그리고도 안 되면 거래를 성사시키려 납작 엎드리지요. 딱 어떻다고 규정하기보다 그때그때 다른 모습을 보이는 게 쓰촨 사람들입니다."

"장사는 잘하겠는데."

"꼭 그렇지도 않습니다. 일관성이 없어서 다른 지역에 비해 이름난 장사꾼은 적은 편입니다. 대신 이름난 음식이 많습니다. 쓰촨의 청두는 분지 형태로 다른 도시에 비해 전쟁이 거의 없었습니다. 이로 인해 소비문화와 음식 문화가 타 도시보다 많이 발달했지요."

"목도 마른데 음료수 좀 마실까?"

"그렇게 하시지요."

진필은 스튜어디스를 불렀다.

"나는 커피, 자네는?"

"저는 맥주 한잔하고 싶습니다."

두 사람은 커피와 맥주를 마시며 이야기를 이어갔다.

"형님, 정말 궁금한 것이 있습니다."

"무엇이 그리 궁금한가?"

"도대체 대표는 무엇을 하는 사람입니까? 형님이 시켜서 대표를 하고는 있지만 무엇을 어떻게 해야 할지 모르겠어요. 쌈질만 하던 놈이 경영을 하려니 두렵고 답답합니다. 직원들 눈치도 많이 보게 되고요. 주먹질할 때는 이런 고민은 없었습니다. 그동안은 주먹 하나만 있으면 됐는데 안 쓰던 머리를 쓰려니 갑갑합니다."

"대표는 말 그대로 대표야. 자네는 대표가 무엇을 하는 사람이라고 생각해?"

"……글쎄요. 나쁜 놈들 막아주고, 직원들 도와주는 것이라 생각합니다. 한마디로 직원들의 바람막이가 제 역할이 아닌가 생각합니다."

"자네가 말한 그대로야. 그렇게 하려면 우선 책임감이 있어야 해."

"어떤 책임을 말하는 거예요?"

"성과에 대한 책임이지. 의리는 화풀이와 대갚음이 있지만, 경영자의 책임은 성과를 통해 직원들의 생계를 책임지는 거야. 그것이 자네가 말한 바람막이 역할이지. 한마디로 '성과에 책임을 지는 사람'이 대표야."

"형님, 성과는 어떻게 올리는 거예요?"

"성과는 고객 만족으로 올리지. 상대와의 경쟁이 아닌 자신만의 독특한 핵심역량으로 성과를 올리는 거야."

"경쟁하지 않고 어떻게 성과를 낼 수 있어요?"

"'넘버원'이 아닌 '온리원'이 되면 가능해. 넘버원은 누구를 이겨야 하는 경쟁이 전제가 되지만, 온리원은 자신만의 핵심역량으로 고객을 만족시키는 거야."

"좀 쉽게 설명해 주세요."

"넘버원은 경쟁을 전제로 한 업계 1위지만 꼭 고객을 만족시킨다고 말할 수 없어. 반면에 온리원은 누구도 따라올 수 없는 독특한 핵심역량으로 고객의 필요와 욕구를 채울 수 있지. 온리원은 경쟁의 대상도 아니고 경쟁자가 시비 걸 문제도 아니야."

"그럼 이제 경쟁은 하지 않습니까?"

"하지. 고객을 만족시키기 위해 우리끼리 경쟁하는 거야. 타 업체와의 경쟁은 귀중한 자원을 낭비하고 고객의 욕구를 외면할 수 있지만, 우리의 어제와 오늘과의 경쟁은 혁신으로 이어져 고객을 만족시키지."

"다른 업체와 경쟁하지 않으면 분석도 필요 없겠네요."

"그건 그렇지 않아. 산업 동향이나 동 업계의 변화는 계속 파악해야 해. '갈라파고스 신드롬'을 방지하기 위해서도 필요해."

"갈라파고스 신드롬은 또 뭐예요?"

"세계적인 상품이지만, 자국 시장만의 표준과 규격을 사용함으로써 국제적으로 고립되는 현상이야. 갈라파고스 제도는 남아메리카 대륙에서 약 1,000km나 떨어진 곳에 있는 섬들이야. 찰스 다윈은 대륙과 격리된 이 섬에서 '고유종'을 발견했는데, 이는 다른 대륙의 생물에 영향을 받지 않고 스스로 진화한 특이한 종이었어. 게이오 대학의 다케시 교수는 이 '고유종'을 내수시장만을 고려한 일본 제품들을 빗대어 갈라파고스 신드롬이라 불렀지. 그렇듯 자칫 고객과 동떨어진 '고유종'이 되는 것을 방지하고 변화의 흐름을 알기 위해서는 동 업계의 분석이 필요해.

어쨌든 상대와의 경쟁은 바람직하지 않아. 경쟁은 자칫 고객의 욕구를 외면하면서 경쟁자끼리의 끝없는 싸움을 유발하거든. 그리고 경쟁의 끝에는 승자와 패자만 남기 때문에 경쟁 상대는 친구가 될 수 없어. 경쟁에서 해방되면 누군가를 이길 필요도 없고 '질지도 모른다'는 두려움에서 벗어날 수 있지.

세계적인 커피전문점 스타벅스의 성공은 경쟁이 아닌 창의적 사고의 결과물이야. 당시 고객들은 건강에 좋은 차에 눈을 돌리며 커피 시장은 하락세를 면치 못했지. 1982년에 스타벅스로 옮긴 하워드 슐츠 CEO는 기존시장과 경쟁하지 않으면서 커피에 대한 새로운 개념으로 완전히 다른 시장을 만들어냈어. 시장에서 경쟁하다 보면 차별화가 어렵다는 것을 알았던 거야. 그는 '온리원'으로 고객의 욕구를 만족시키며 괄목할만한 성장을 이루어냈어, 우리 업계도 예외는 아니야."

"생각해 보니 그러네요. 형님이 경쟁사는 참고만 하고 고객에 집중하라는 것도 온리원이 되기 위한 것이었군요. 업무의 체계화, 과학화, 폭력사용 금지, 서비스 교육 등도 그 목적이고요."

"그래, 그것들을 정착시켜 온리원이 되는 것이 자네가 할 일이야."

"이제 제가 무엇을 하는 사람인지 알았습니다."
"어쨌든 고객에 집중해야 해."
"네. 그렇게 하겠습니다. 형님, 요즘 고민이 하나 생겼습니다."
"고민이 생기다니?"
"마담과 웨이터 사이가 안 좋아요. 손님들의 주문이 까다로워서 그런지 다툼이 잦습니다. 서로 상대 탓을 하며 담당을 바꿔 달래요. 그전 같으면 강제로 화해시키고 말 텐데, 형님에게 들은 것도 있고 해서 양쪽에 좋은 말로 계속 이해를 구하고 있습니다. 직원들의 갈등을 어떻게 풀어야 할지 모르겠어요. 골머리가 아픕니다."
"그런 일이 있었구먼. 자네는 갈등이 왜 생긴다고 생각하나?"
"개인 성향도 문제지만 서로 간의 소통이 잘 안 돼 그런 것 아닐까요?"
"맞아. 조직 갈등의 대부분은 소통 때문에 발생해. 조직에서 갈등이 잦고 소통이 잘 안 되는 원인은 부서나 개인 간에 업무 분장이 제대로 되어있지 않은 경우가 대부분이야. '내 일'과 '네 일'이 명확히 구분되어 있지 않으면 상대에게 책임을 떠넘기기 쉽거든. 국가 간에도 국경선이 분명하지 않으면 분쟁이 잦잖아. 그래서 업무 분장은 확실하게 해야 해. 또 업무 분장을 했어도 업무 구분이 불합리하게 되어있거나 유지 관리가 잘 안 될 때는 조정을 할 필요가 있어."
"업무에 대한 구분이 중요하군요."
"그렇지. 그리고 서로에 대해 잘 몰라 갈등이 생기기도 해. 다른 직원이 '무엇을 하고 있는지, 어떤 방식으로 일을 하는지, 어떤 기여를 위해 노력하는지, 어떤 결과를 기대하는지' 모르기 때문에 갈등이 생겨."

"매일 같은 곳에서 함께 일을 하는데 왜 모를까요?"

"상대에게 묻지 않았거나 상대방이 하는 말을 듣지 않았기 때문이지. 서로 넘겨짚으며 잘 알고 있다고 착각했던 거야. 아주 오래전에는 소통에 어려움이 없었어."

"오래전 언제요?"

"중세시대에는 소통에 신경을 쓸 필요가 없었지."

"그때는 소통하는 특별한 기술이 있었나요?"

"중세시대에는 모든 사람이 똑같은 장사를 했기 때문에 서로 무엇을 하는지 정확하게 알고 있었어. 이들 사이에는 설명이 필요 없었어. 그밖에는 혼자서 작업을 했기 때문에 자신이 무엇을 하는지 다른 사람에게 말할 필요도 없었지."

"그랬군요."

"어떤 직원이 자신의 동료에게 '저는 이런 일에 특기가 있습니다. 저는 이런 식으로 일을 합니다. 제가 중요하게 생각하는 것은 이런 것입니다.'라고 말하면 상대의 반응은 어떨까?"

"'알려주셔서 고맙습니다.'라고 말할 것 같은데요."

"그렇지. 그러면서 '왜 일찍 말해주지 않았습니까?'라고 말하겠지. 그래서 상대가 무엇을 하는지 알아야 하고, 또 내가 무슨 일을 하고 있는지 알려주어야 해."

"그러면 소통에 도움이 되겠네요."

"그렇지. 조직 내의 갈등을 현저히 줄일 수 있어."

"이제 갈등이 왜 생기는지 알았습니다."

"그리고 대표는 멀리도 봐야 하지만 디테일에 신경을 써야 해."

"디테일에 신경을 쓰다니요?"

"작은 일에 일일이 참견하라는 게 아니라 업무에 임할 때는 세밀하게 살피라는 뜻이야.

저장성에서 있었던 일이야. 냉동 게를 판매하는 회사가 공급한 제품을 미국의 수입업체가 통관을 거부했어. 게다가 손해배상까지 청구했지. 이 회사가 수출한 300톤의 냉동 게를 미국 현지 검역소에서 검사한 결과 소량의 항생물질이 발견되었다며 통관을 불허했던 거야. 검역에서 발견된 항생물질은 아주 극소량인데도."

"어떻게 그런 일이 생긴 거예요?"

"게를 가공하는 일부 직원들이 작은 상처에 항생물질이 함유된 소독약을 바르고 일을 하다가 게에 극소량이 묻은 거야. 미리 세밀한 부분까지 확인하고 작업을 시작했으면 사전에 막을 수 있었던 거지. 이 모든 일이 디테일 부족에서 생긴 일이야."

"야, 정말 장난이 아니네요."

"그래서 직원들의 말씨부터 표정 하나까지 디테일에 신경을 쓰는 거야. 디테일은 결코 소극적인 업무 자세가 아니야. 아주 책임감이 높고 공격적 업무 태도지. 업무에 대한 열의가 없으면 디테일은 어려워. 열정이 있어야 디테일에 마음이 가거든. 무슨 일을 하더라도 크게 보고 멀리 보되 실무에 임할 때는 디테일에 충실해야 해."

"그렇게 세심한 부분까지 신경을 써야 하는 거예요?"

"높은 성과는 대부분 디테일에서 나와. 제품이나 서비스의 작은 부분이 개선되어 고객에게 1%의 편리함을 주면 시장점유율에선 그것의 몇 배, 몇십 배의 차이를 가져올 수 있어. 고객은 디테일에서 1%의 우세를 근거로 제품을 선택하기 때문에 1%가 100%를 좌우한다고 볼 수 있지.

국제적 유명 브랜드 폴로에는 바느질할 때 1인치에 반드시 여덟 땀을 떠야 한다는 규정이 있어서 언제 어디서든 균일한 제품을 만들어내지. 대만의 딤섬 샤오룽바오가 일품인 딘타이펑 만두집은 하나의 무게가 180g에 8번 접는 세밀함과 고객에 대한 디테일한 서비스로 뉴욕타임즈가 선정한 세계 10대 레스토랑이 되었어. 자네, 중국 지도자 중에 '대충', '아마도', '그럴 수도 있다' 따위의 말을 가장 싫어했던 사람이 누군지 아나?"

"글쎄요. 모르겠는데요."

"저우언라이 전 총리야. 그는 작은 일에 최선을 다해야 큰일도 이룰 수 있다는 말을 자주 했어. 중국인은 물론 외국인에게까지 존경을 받을 수 있던 이유도 이런 세심한 때문이 아닌가 해."

"그랬군요."

"무슨 일이든 열매나 가지에서 머무르지 않고 뿌리까지 파고 들어가는 열정이 필요해."

"예, 명심하겠습니다. 형님, 춘절을 쇠면 실질적으로 한 해가 시작되는데 무엇부터 시작하는 것이 좋을까요?"

"겨울에 할 일이 많아. 겨울은 빛없이 이름 없이 타버리는 촛불과도 같아. 겨울은 봄과 여름, 가을을 살찌우기 위해 많은 것을 준비하는 계절이야. 겉은 조용해도 속은 그 어느 때보다 바쁘게 움직이지. 한 해의 목표와 장기적인 비전을 성취하기 위해 계획하고 준비하는 계절이 겨울이야. 겨울에 씨앗과 거름을 준비해야 1년 농사를 지을 수 있듯이 한 해 사업을 위한 준비를 이 겨울에 해야 해. 이번 시장조사도 회사의 미래를 준비하는 겨울인 셈이야."

"그럼 우리 업소는 무엇을 준비하면 될까요?"

"뺄 것은 빼고 채울 건 채워야지."

"뭘 빼고 뭘 채웁니까?"

"회사의 장기목표인 회사 비전과 단기목표인 영업 목표를 중심으로 불필요한 것은 제거하고 불합리한 것은 걷어내는 거야. 고객이 아닌 우리 편의에 의한 업무 방식, 잘못된 규정이나 절차 등은 빼고 원활한 소통과 조직원의 역량을 높일 수 있는 건 넣어야지. 그런 것들을 이 겨울에 하는 거야."

"빼는 것은 구체적으로 어떻게 하는 겁니까?"

"어제를 버리는 거야."

"어제를 버리다니요?"

"새로운 경영전략을 실행에 옮기기 전에 기존 조직과 인적자원의 불합리한 요소를 빼내는 거지. 더는 성과에 기여 못 하는 자원을 해방시키는 거야. 혁신 조직은 과거를 보호하기 위해 시간이나 자원을 낭비하지 않아."

"자원을 해방시키다니요?"

"'그만둘 일' 리스트를 만들어 빼는 거야. 성공한 기업들은 일을 시작하기 전에 그만둘 일 리스트에 집중하며 온갖 허접한 쓰레기들을 정리했어. '만일 지금 하고 있는 일을 중단하면 조직이 무너질까?'라고 질문해서 답변이 '아니다, 그렇지 않을 것이다.'라면 그 활동은 제거하는 거야. 제거하기 전에 먼저 할 일이 있어. 제거할 조직에서 유능한 사람을 뽑아내 혁신 조직에 수혈하는 거지. 그렇게 해야 회사도 살고 직원도 살아."

"그렇군요."

"개혁에 성공하더라도 새로운 변화를 시도할 때는 성공 신화는 잊어야 해. 기존 성공방식이 아닌 시장의 반응, 즉 고객의 욕구에 따라 계획하고 실행해야 해. 처음엔 이해관계자들 사이에 생각이 부딪쳐도 그곳에서 새로운 규칙과 절차가 나온다네."

"서로의 이해관계 때문에 반발도 심하고 실행이 쉽지 않겠는데요."

"병아리가 껍데기를 깨고 나올 때처럼 처음에는 고통스럽지. 사업은 좋은 게 좋다는 식으로 해서는 되지 않아. 특히 조화에 치중하면 변화는 물 건너가고 개혁은 남의 얘기가 되고 말아."

"'조화'는 조직이 바라는 게 아닌가요?"

"조화 자체가 나쁘거나 잘못됐다는 게 아니야. 조화를 명분 삼아 서로의 생각이 다른데도 이견을 말하지 않거나, 분별없는 협력에 안도하며 책임을 다했다고 외치는 것이 문제지. 잘못된 조화는 다수의 의견에 토를 달지 않는 것을 미덕이라 추켜세우고 소통을 핑계로 일사불란을 주장하며 창의적 사고의 싹을 자르지. 또 '우리는 하나다'라는 귀속 의식과 외부인을 배척하는 잘못된 동류의

식으로 조직을 돌이킬 수 없는 곳으로 내몰고 말아. 왜곡된 조화는 기업 조직의 변화와 혁신을 가로막는 암적인 존재야.

변화에 능한 기업들은 새로움에 대한 욕구와 내적 충동에 따라 움직여왔어. 지금 우리도 안정이 아니라 안정파괴자가 되어야 살아남을 수 있어. 우리에게 필요한 것은 다름에 대한 호기심과 그 생각을 존중하는 문화야. 우리가 안정과 편안함에 안주하는 동안, 우리의 성장은 먼 나라 이야기가 되고 원하는 미래는 꿈속에나 존재하는 환상이 되지. 우리가 아끼고 자랑스럽게 여겼던 서비스, 절차, 지식, 규칙, 관습, 구조, 조직 및 인간관계 등을 고치고 폐기하지 않으면서 우리가 원하는 곳으로 갈 수 없어. 그리고 폐기한 그곳에 무엇을 채울 것인가를 고민하지 않으면 우리가 원하는 미래는 영원히 오지 않아."

"야! 정말 어렵네요. 단순히 무엇을 배워서 되는 게 아니네요."

"크든 작든 조직을 운영한다는 것은 결코 쉬운 일이 아니야. 그렇게 못하는 사람이 잘하는 사람보다 많으니 기업수명이 짧을 수밖에. 장수기업들은 미래로 가는 것이 재미있어 과거를 돌아보지 않아. 그들에게 목표는 열정을 지피는 도화선이고 가치를 만들어내는 노리개일 뿐이지. 그렇게 10년이 되고, 100년을 지탱하며 가치를 만들어내는 기업이 장수기업이 되는 거야."

"가치를 만들어낸다는 것이 무슨 뜻이에요?"

"'가치'는 고객이 지불한 돈보다 효율이나 성능 면에서 더 좋은 것을 말해. 가치가 없으면 물건은 팔리지 않아. 기업은 가치를 만들기 위해 존재하는 집합체야. 기업은 한 마디로 가치 활동의 매개물이지. 가치를 만들기 위해서는 변화와 혁신에 인색하지 말아야 하는데 대개는 그렇지 못해."

"그건 왜 그렇지요?"

"두려움 때문이지. 과거 방법으로 가치를 만들어내지 못한다는 것을 알면서도 바꾸었다가 잘못될지 모른다는 두려움 말이야. 같은 방법으로 '어떻게 되겠지' 하고 요행을 바라며 바꾸지 않는 거야. 이 세상에서 가장 어리석은 사람이 누구인지 알아?"

"누군데요?"

"어제의 실패 방법으로 오늘을 살면서 '왜 나는 성공하지 못하지?'라며 한탄하는 사람이야. 어제처럼 오늘을 살면서 내일을 바꿀 순 없어. 결과를 바꾸려면 방법을 바꿔야 해. 다른 결과를 원하면 조직의 규칙, 규정, 절차를 바꿔야 해. 또 회사의 비전이나 전략, 심지어 경영이념까지도 바꾸는 용기가 필요하지."

"그래야 하는지 알면서도 안 하는 이유는 뭡니까?"

"변화에 대한 두려움도 있지만, 우리 눈이 지독한 근시라서 한 치 앞을 못 보는 거야. 급한 일에 빠져 정말 중요한 일을 하지 않는 거야. 많은 조직이 중요하지도 않은 급한 일을 처리하고는 마치 큰일을 한 것처럼 숨을 헐떡거리지. 급한 일을 처리하느라 정작 중요한 것을 하지 않았으면서도 급한 불은 껐다고 자위하는 거야. 그렇게 해서는 변화를 기약할 수 없어. 문제를 해결할 수 없다고. 중요한 일을 먼저 해야 해. 긴급한 일이 생길 수 있는 요소를 확실하게 줄여서 중요한 일이 밀려나지 않도록 해야 해."

"어느 것이 급한 일이고 어느 것이 중요한 일인데요?"

"매출은 급한 일이고 교육과 훈련은 중요한 일이지. 문제 해결은 급한 일이고 원인 제거는 중요한 일이야. 당장 갚아야 할 빚은 급한 일이고 저축은 중요한 일이지. 눈앞의 이익은 급한 일이고 갈등과 소통을 해소하는 것은 중요한 일이야. 자네 여기서 뭐 느끼는 점 없나?"

"글쎄요. 중요한 일은 당장 하지 않아도 될 것 같은데요."

"맞아. 급한 일은 당장 처리하지 않으면 문제가 생길 수 있지만 중요한 일은 대부분 시간을 다툴 정도로 화급하지 않아. 문제는 급한 일에 휩쓸려 중요한 일에 관심을 쏟지 못하는 거지. 하루를 마감하며 피곤한 것도 일이 힘들어서가 아니라 긴급한 일에 밀려 정작 중요한 일을 하지 않았기 때문이야. 우리에게 가장 위험한 것은 급한 일이 끼어들어 중요한 일을 못 하는 것이지. 중요한 일을 먼저 해야 해. 가장 중요한 것을 먼저 하면 두 번째 것은 저절로 따라와. 그렇지 않고 두 번째 중요한 것을 먼저 하면 첫 번째 것과 두 번째 것 모두를 잃어버리고 말아. 훌륭한 리더가 새로운 일을 하기 전에 낡은 것을 먼저 정리하는 것도 중요한 일을 하는데 방해받지 않기 위해서야."

"이제 조금 이해가 되네요."

"그리고 조직의 대표는 두 가지 질문을 해야 해."

"어떤 질문인데요?"

"나와 같이 일하는 사람들에게 어떤 정보를, 어떤 형태로, 언제 제공해야 할지를 먼저 물어야 해. 그리고 나는 어떤 정보가 필요하고, 누구에게서, 어떤 형태로, 그리고 언제 제공받을지를 묻는 거야."

"왜 내가 제공하는 것이 먼저예요?"

"먼저 제공하면 커뮤니케이션이 형성되거든. 상하 간에 소통이 제대로 되지 않으면 최고경영자에게 전달되는 정보는 없어. 그래서 먼저 해야 할 질문은 '내가 원하는 것은, 그리고 필요한 것은 무엇인가?'가 아니라, '다른 사람들이 나에게서 필요로 하는 것이 무엇인가?' 그리고 '그런 사람들은 누구인가?' 하는 것이야. 그런 다음에 '내가 필요로 하는 정보는 무엇인가? 누구에게서? 어떤 형태로? 언제?'로 초점을 맞추어야 해."

"형님, 대표는 어디에서 정보를 얻습니까?"

"최고경영자가 필요로 하는 정보는 조직 내에서 얻을 수 있는 것은 거의 없어. 대부분 외부에서 나오지. 그래서 책을 읽고 학습을 하고 수시로 동종업계를 돌아보며 고객을 직접 만나야 하는 거야."

"그렇군요. 그런데 형님, 저희 고향에 가시면서 시장조사 할 생각은 언제 하신 거예요?"

"교통편 의논할 때 시장조사도 했으면 좋겠다고 생각했어. 물론 그 전에 시장조사를 했으면 하는 곳이 몇 곳 있었어."

"그곳이 어딘데요?"

"상하이와 베이징은 기본이고, 소주와 항주, 그리고 청두와 선전을 가 보고 싶었어."

"그래서 청두에 관심이 있었던 거군요."

"이번 기회에 여행도 하고 시장조사도 하고 아주 잘 됐어."

"청두에 특별한 매력이 있나요?"

"조사 기관의 마케팅 전략기획서를 보면 청두는 새로운 1선 도시 중 가장 높은 순위에 올라있어. 미국의 비즈니스 잡지 포춘이 선정한 글로벌 500개 기업 중 248개 기업이 청두를 가장 공략해야 할 도시로 꼽을 정도야. 또 중국 경영자들이 일하고 싶은 도시 3위로 선정했으며, 70여 개의 국제선이 운항하며 외국영사관이 열 개가 넘는 등 마케팅의 전략 도시로서 손색이 없는 곳이야."

"그랬군요. 아주 잘 되었네요. 그런데 시장조사는 무엇을 하는 거예요?"

"시장조사는 해당 시장에서 수익을 낼 수 있는지를 가늠해 보는 거야. 다시 말해 사업타당성을 조사하는 거지. 자네 도천지장법이라고 들어봤나?"

"아니요."

"'도천지장법道天地將法'은 손자병법 '시계始計'에 나오는 5가지 항목으로 전쟁을 시작하기 전에 전략을 세우고 정세를 판단하는 거야. 새로운 시장에 진입하기 전에 사업타당성을 조사하는 것에 비유할 수 있어."

"5가지 항목이 뭔데요?"

"'도'는 기업의 미션과 비전 그리고 핵심가치라고 할 수 있어. 이 사업을 왜 하는지, 사업의 정체성과 이 사업이 주는 의미를 분명히 정하고 사업을 시작하는 거야. 그저 남이 해서 잘 되니까 나도 하는 것이 아니라 내가 정말 잘할 수 있고 의미가 있는 일인지를 분명히 알아보고 시작하는 거야.

‘천’은 사업에 관련된 법적, 사회적, 경제적, 기술적 트렌드를 분석하는 거야. 기업을 둘러싼 외부환경을 분석하는 거지. 가령 주 고객이 누구인지, 그들의 필요와 욕구는 무엇인지, 이미 지난 유행이나 기술은 아닌지 등을 분석하고 업소 운영에 관련된 것을 법적 · 사회적으로 검토하는 거야.”

“그래서 형님이 폭력은 안 된다고 누누이 강조하는 거군요.”

“그렇지. 내 생각만이 아니야. 법적 · 사회적 트렌드를 알아야 해.

그리고 ‘지’는 내부환경분석이야. 우리의 장단점과 역량을 분석하고 무엇을 선택하고 집중해야 하는지를 분석하는 거야.”

“그럼, ‘장’은 뭐예요?”

“‘장’은 장수의 능력, 즉 대표인 자네와 참모들의 능력을 말하는 거야. 백 명의 사자를 이끄는 사슴의 부대보다 백 마리 사슴을 이끄는 한 마리 사자의 부대가 더 강하다는 말처럼, 장수의 역량은 전쟁에서 거의 승패를 좌우하지. 그러니 자네가 얼마나 중요한 위치에 있는지 알아야 해.”

“갑자기 소름이 끼치네요.”

“당연히 그래야지. 그리고 마지막으로 ‘법’이야. 법은 법과 제도, 규제 등의 외적 요소와 그에 대응하는 회사 시스템을 말해.

도천지장법은, 조직의 제도법가 잘 정비되어 있어도 훌륭한 리더장가 있는 것만 못하고, 훌륭한 리더와 좋은 시스템이 있어도 강점을 활용할 수 없는 장소에서는 이기기 힘들며지, 아무리 좋은 장소를 차지하고 있어도 외부환경이 적절하지 못하면천 전쟁을 유리하게 이끌기 어려우며, 모든 것이 갖춰져 있어도 싸워서 이길 의지가 없고 이를 받쳐줄 명분도이 없으면 승리는 요원하다는 거야."

"아, 그렇군요. 점점 더 복잡해지는데요."

"하나씩 해나가면 그렇게 어렵지 않아. 그리고 앞으로는 조그만 손 노트와 펜을 꼭 가지고 다니도록 해."

"그것은 왜요?"

"누구의 말이라도 자네에게 도움이 된다 싶으면 열 일을 제쳐놓고 메모하는 거야. 메모는 지나가는 생각을 붙들어 내 것으로 만들어주는 아주 훌륭한 선생님이야. 필요한 부분은 메모하는 습관을 들이도록 해. 생각을 장악하지 못하면 제대로 할 수 있는 일이 없어. 눈과 귀로만 정보를 입수하지 말고 손으로 얻어야 해. 항상 적고 또 적어야 해. 문제를 적고, 이상한 것을 적고, 비상식적인 것을 적고, 깜짝 놀란 것을 적고, 치사한 것까지도 적는 거야. 그런 극성과 열정이 있어야 디테일한 부분을 놓치지 않아. 듣는 것은 15%밖에 머리에 남지 않는다고 해. 메모하고 실행해야 나머지 85%를 내 것으로 만들 수 있어.

문제를 다각도로 점검해서 헤아림을 깊게 하는 것이 메모야. 메모는 머리를 믿는 것보다 손을 믿는 것이 더 효과적이라는 것을 증명하지. 사업은 손으로 한다고 해도 과장된 말이 아니야.

한국의 연암 박지원은 1780년 건륭제의 70세 생일을 축하하는 사절단을 따라 북경을 방문하면서 말 등 위에서 쪼그려 메모했어. 그래서 나온 책이 열하일기지. 열하일기는 청나라가 세계적 대제국으로 발전한 실상을 직접 목격하고 이를 생생하게 기록한 책이야. 박지원이 사실적으로 묘사할 수 있었던 것도 다 메모 덕분이지."

이야기 중에 도착을 알리는 기내 방송이 나왔다. 승객들은 풀었던 안전벨트를 다시 졸라매고 눕혔던 의자를 곧추세웠다. 창쉬는 긴장이 되는 듯 주변을 두리번거렸다.

"형님, 비행기가 땅에 내릴 때 위험합니까?"

"왜?"

"화장실도 못 가게 하고 똑바로 앉아 안전벨트를 매라는 걸 보면 위험한 것이 분명합니다. 형님도 조심하세요."

"알았네."

진필은 창쉬가 무안하지 않게 고개를 끄덕이며 벨트를 조였다. 비행기는 청두 공항의 활주로 위를 둔탁하게 내려앉았다. 비행기가 멈추기도 전에 너나 할 것 없이 벨트를 풀며 기내 소지품을 챙기느라 분주했다. 내 것을 먼저 챙기려는 인간의 본성 때문인지 어디를 가나 내릴 때의 기내 상황은 비슷했다. 비행기 트랩을 내려오는 창쉬는 이 세상 누구보다 행복했다.

"한겨울인데도 그다지 춥지 않은데."

"청두는 한겨울에도 영하로 내려가는 일은 거의 없습니다."

"겨울에도 살기 좋겠는데."

"겨울 기온이 영상이라고 해도 높은 습도의 영향으로 뼛속까지 한기가 올라옵니다. 청두는 사계절 내내 구름과 안개가 자욱해 맑은 하늘을 보기 힘든데 오늘은 좀 다르네요. 해님이 형님을 맞이

하러 나왔나 봅니다."

"여름은 어떤가?"

"한여름에도 30도를 넘는 날이 거의 없지만 습기가 많아 무덥습니다. 숨 쉬는 것조차 힘이 들어요."

두 사람은 공항버스를 타고 시내로 향했다. 청두 상권과 일류 클럽들을 돌아보기 위해 숙소를 시내로 정했다. 청두는 예상보다 큰 도시였다. 상주인구가 1천6백만 명이 넘었다. 3성급 호텔에 여장을 풀었다. 짐을 놓고 식사를 하러 밖으로 나갔다.

"형님, 오늘 저녁은 뭐로 드실래요?"

"이곳 음식은 다 맵다는데 무엇을 먹지?"

"쓰촨에는 매운 음식만 있지 않아요. 얼마나 다양한데요."

"쓰촨요리 좀 설명해 봐."

"쓰촨요리는 청두를 중심으로 발전했어요. 그 역사가 길고 맛이 독특해 '백 가지 음식에 백 가지 맛'이라는 백채백미로 불립니다. 물론 중국 4대 요리의 하나로 중국을 대표하지요. 종류도 많지만 조리 방법도 다양합니다. 시간을 짧게 하는 소전소초부터 간단히 하는 요리까지 그 종류가 아주 많아요. 쓰촨요리는 내륙 요리의 진수로 중국 서부지역을 대표하며 운남, 귀주 지역의 요리까지 포함합니다. 예부터 사천 분지는 하늘이 내려준 곳간으로, 해산물을 제외한 야생 동물, 채소류, 민물고기를 주재료로 한 사계절 요리가 풍성합니다."

"아주 다양하구먼."

“국수 종류만 260가지가 넘고 가격도 아주 저렴한 편입니다.”

“야, 놀라운데. 맛의 고장이 맞네.”

“몇 년 전 맥도널드가 청두에 진출하려 했다가 포기한 일이 있습니다.”

“왜? 규제 때문인가?”

“자기들의 사업전략에 맞지 않는다고 했지만, 그것은 핑계였고 실은 이곳 음식과 겨루어 승산이 없다고 판단했던 거지요. 그리고 해외에 많은 지점을 가지고 있는 북경의 취엔쥐더 청두 분점도 얼마 전에 문을 닫았습니다. 베이징 사람들이 청두 사람들의 입맛과 청두의 오리요리를 과소평가했기 때문이었어요.

또 쓰촨은 차로도 유명합니다. 청나라 말 청두에는 5백 개가 넘는 골목과 거리가 있었으며 다관만도 4백여 개가 넘었다고 합니다.”

“정말 대단한 맛의 고향이구먼. 그래도 쓰촨 하면 매운맛 아닌가?”

“그렇지요. 얼얼하고麻, 맵고辣, 뜨겁고烫, 강한 맛이 쓰촨의 특징이지요. 두반장을 사용한 쓰촨요리는 특히 한국인의 입맛에 잘 맞을 겁니다. 마파두부, 딴딴미엔, 회과육, 깐풍기, 사천짜장 등이 주로 한국에 잘 알려진 음식이에요. 또 쓰촨은 바다와 멀리 떨어져 있어 기온 차이가 심하고 습하기 때문에 음식의 부패를 막기 위해 고추, 후추, 마늘, 생강 등을 많이 사용합니다. 특히 건조한 저장식품이 많습니다. 그리고 청두는 간식거리가 많기로도 유명합니다. 1위안으로 촨촨향 꼬치구이를 즐길 수 있고, 25위안으로 20가지가 넘는 간식 세트를 먹을 수 있습니다. 단돈 5전으로도 고기를 먹을 수 있는 곳이 바로 청두입니다."

"정말 음식 천국이구먼. 그러면 오늘 저녁은 무엇으로 할까?"

"마파두부, 후이궈러우, 훠궈, 마라샹궈 등이 있고, 면 종류로는 딴딴미엔과 자장미엔이 있습니다. 형님은 어떤 것을 드시고 싶으세요?"

"글쎄, 어느 것을 먹을지 모르겠네."

"그러면 훠궈는 내일 먹기로 하고 오늘은 형님도 익숙한 마파두부와 딴딴미엔 어떠세요?"

"딴딴미엔은 어떤 거야?"

"중국 10대 미엔의 하나로 매콤하면서 얼얼한 마라 맛이 나면서 참깨장을 넣어서 고소합니다. 드시면 좋아하실 거예요."

"그거 좋겠네."

음식점을 찾아 들어갔다. 식당 안은 손님으로 가득했다. 마파두부와 딴딴미엔을 주문했다.

"마파두부는 원래 이 고장 음식인가?"

"그렇습니다. 마파두부는 쓰촨성의 청두가 원조입니다. 혹시 마파두부의 유래를 아세요?"

"아니. 어떤 내용인데?"

"청나라 말에 진씨라는 여인이 있었습니다. 남편을 마차 사고로 잃은 후 생계가 막막해지자 시누이와 함께 두부 요리를 만들어 팔기 시작했어요. 두부에 고추와 후추, 쇠고기와 고추기름 등을 섞은 맵고 얼얼한 맛이 일품이었지요. 입소문이 나면서 근동은 물론 먼 곳에서도 손님이 끊이지 않았어요. 그 후, 진씨 부인인 '노파婆가 파는 매운麻 두부'라는 뜻의 '마파두부'라는 이름이 붙었다고 합니다. 또 다른 설은, 진씨 부인이 어린 시절 천연두를 앓아서 마마媽媽, 곰보 자국으로 인해 '곰보媽 할머니婆가 만든 두부 요리'로도 전해지고 있습니다."

"재밌는 일화구먼."

"실제로 마파두부가 널리 알려진 것은 중일전쟁 때입니다. 1937년 국민당 정부가 수도를 난징에서 충칭으로 옮기면서 수많은 피난민이 충칭으로 몰려들었어요. 그때 마파두부가 소개되면서 장제스의 식탁에 오를 정도로 인기 메뉴가 되었답니다. 또 문화대혁명 당시 매운맛을 좋아하는 마오쩌둥 덕분에 문화대혁명의 승리를 기원하는 '문승文勝두부'로 불리며 더욱 유명해졌어요. 마파두부가 세계적인 음식이 될 수 있었던 결정적 계기는, 국공내전에서 국민당이 공산당에게 패해 유명 요리사들이 해외로 탈출했기 때문입니다. 그로 인해 마파두부는 세계적인 음식이 되었지요."

"고향 음식이라 많이 알고 있구먼."

"이 정도는 기본입니다."

주문한 음식이 나왔다. 마파두부는 한국에서 먹던 것과 크게 다르지 않았지만 맛이 더 맵고 깊었다.

"술도 한잔해야지요?"

"당연히 해야지. 여기까지 왔는데."

"이빈이 자랑하는 술, 우량예 어떠세요?"

"우량예, 좋지."

서로의 잔에 술을 따랐다.

"형님이 우리 고향에 오셔서 정말 좋습니다. 건배사 한번 해주세요."

"그래, 건배하세. 안전한 고향 방문과 우리 사업을 위하여!"

술이 목에 넘어가자 불이 났다. 입과 귀로 뜨거움이 빠져나갔다. 저녁을 먹고 밖으로 나왔다.

"이제 어디로 가지?"

"춘시루로 가시지요."

"그곳은 어떤 곳이야?"

"서울로 치면 명동쯤 됩니다."

"자네가 명동을 어떻게 알아?"

"중국 사람들이 한국에 가면 제일 먼저 쇼핑하러 가는 곳이 명동 아닙니까. 그리고 진리錦里는 내일 가는 게 좋을 것 같아요. 진리는 청두에서 젊은이들이 가장 많이 모이는 장소로 각종 볼거리가 풍부한 곳입니다. 낮과 밤의 풍경이 확연히 달라서 낮에도 가볼 만합니다."

"그렇게 하지."

두 사람은 춘시루로 향했다. 고층 건물과 대형백화점이 즐비했다. 예상과 달리 청두는 대단했다. 7백여 년 전에 마르코 폴로가 쓰찬성의 청두를 보고 놀랐다는 것이 실감이 났다. 청두의 시가지는 베이징과 동일한 도시 계획에 의해 건설되었다. 그 규모와 화려함이 여느 특급 도시 못지않았다. 두 사람은 청두에서 가장 규모가 큰 나이트클럽을 찾아 들어갔다. 입구에 들어서자 여기저기에서 '어서 오세요!'라고 부르짖었다. 누가 누구에게 소리치는지 알 수 없었다. 현관을 들어서자 웨이터가 다가왔다.

"혹시 찾는 웨이터 있습니까?"

"없습니다."

"안으로 모실까요?"

"밖으로 해주면 좋겠는데요."

"형님, 왜 안에 들어가서 접대를 받아보는 게 좋지 않을까요?"

"오늘은 밖에서 전체 분위기를 보고 룸은 내일 보기로 하지."

"네, 그게 좋겠네요."

맥주와 안주를 시켰다. 양주가 아니어서 그런지 좀 전까지 뭐든지 줄 듯하던 친절이 사라졌다. 돈이 안 된다는 의미였다.

"형님, 맥주를 시키니 당장 표정이 변하네요. 저렇게 손님이 느낄 정도면 안 되는 것 아닙니까?"

"내가 이곳에 오자고 한 것도 그런 점들을 보라는 거야. 다른 테이블도 유심히 살펴봐."

양주를 먹는 옆자리는 웨이터가 여자를 붙여주고 쉴 새 없이 들락거리며 팁을 챙겼다.

"형님, 젊은 손님들이 많은데요."

"그래, 그것을 보라는 거야. 누가 왜 오는지를. 이번 기회에 우리도 손님층에 변화를 주는 것이 좋을 것 같아."

"손님층에 변화를 주다니요?"

"고객층을 젊게 해서 여러 사람이 즐기는 곳으로 바꿨으면 해."

"구체적으로 어떻게 바꾸시려고요."

"룸을 최대한 줄이고 여럿이 즐길 수 있는 장소를 넓히는 게 어떤가 해. 모든 불법행위와 사고가 룸에서 발생하잖아. 시장조사를 하고 나서 의논해 보자고. 앞으로 중국의 접대문화도 많이 바뀔 거야."

"접대문화가 바뀌다니요?"

"술 접대나 성 접대는 사회가 선진화되면서 줄어들거든. 한국만 해도 룸살롱 장사 안돼. 거의 없어졌어. 성 접대도 개인 주택이나 별도의 밀실을 이용하지 겉으로 드러나게 하지 않아."

"바꾸려면 어떻게 해야 하지요?"

"고객층을 4, 50대에서 2, 30대 중심으로 바꾸는 거야. 이제는 주 소비계층인 젊은 세대를 상대로 영업을 해야 해. 그렇지 않고 얼치기 식으로 장사를 해서는 부가 없어. 지금처럼 퇴폐적 접대가 주가 되어서는 이 사업 오래 못 해."

"그럼 어떻게 해야 하지요?"

"Z세대와 지우링허우90后를 잡는 거야. 그들을 주 타겟으로 하는 거지."

"Z세대와 지우링허우는 누구를 말하는 건가요?"

"중국의 Z세대는 1995년 이후 태어난 '주우허우95後'와 2000년 이후 태어난 '링링허우00後'를 말하는데, 인구수로는 1억 5천만 명이나 돼. 이들은 개혁개방 이후 출생한 '바링허우80後', '지우링허우

90後'처럼 1가구 1자녀의 소황제 그룹이지. 부모 세대와 달리 저축보다는 소비에 적극적이야. 그리고 본격적인 디지털 세대인 1990년대생을 지칭하는 지우링허우90后를 공략하는 거야. '게으른 소비자'로 통하는 지우링허우는 디지털 세대로서 똑똑하고 까다롭지만 그들에게 먹혔다 하면 대박이야. 그들은 80% 이상이 창업을 꿈꾸는 도전적 세대지."

"근데, 디지털 세대가 뭐예요?"

"1990년대 중반 이후 출생한 Z세대로, 태어났을 때부터 디지털 환경에서 자라서 기성세대와는 확연히 다른 미디어 소비행태를 보이는 세대야. 그들은 아날로그에 대한 경험이 거의 없어 이전 세대와는 다른 미디어 수용성을 보이며 미래보다 현재의 행복을 중시하지. 그들이 주 고객이 되게 하는 거야."

"저도 나이 많은 사람이 아가씨 괴롭히는 것 보기 싫어요. 새로운 환경에서 일할 것을 생각하니 음지에서 양지로 나온 기분입니다."

"아직은 구상 중이야. 그만큼 이번 조사가 중요하니까 보고 느낀 점을 빠뜨리지 않고 메모하도록 해. 현장에서의 느낌이 중요하니까."

"알았습니다, 형님. 힘이 납니다."

"일반기업들이 우리 같은 거친 사업에 뛰어들지 못할 때 주도권을 확실하게 잡아나가는 거야. 어디 가서 주먹 쓴다고 하면 창피만 당해. 중국이 세계 경제의 주역이 되었는데 언제까지 깡패들 날뛰는 걸 봐주겠어. 이젠 정상적인 방법으로 사업을 하든지 아니면 모두 흩어져 각자도생하는 방법밖에 없어. 우리가 한발 빠르게 움직이는 거야. 결국, 다른 건달들도 우리를 따라올 수밖에 없을 거야."

두 사람은 나이트클럽에서 영업상태, 고객층, 서비스의 질 등을 패드에 기록했다.

"야, 점점 더 어려워지는데."

"그렇지 않아. 시장조사는 정성으로 하면 돼."

"정성이라니요?"

"정성을 쏟아 제대로 하지 않으면 안 하느니만 못한 것이 시장조사야. 신뢰성이 부족한 데이터는 경영자의 판단을 잘못 유도할 수 있거든. 신뢰성을 확보하기 위해 시장조사원칙을 잘 지켜 성실하게 조사해야 해."

"형님, 이번 조사는 구체적으로 어떤 것을 조사하는 거예요?"

"도시 규모에서부터 1인당 소득, 경쟁업소 영업상태, 도시 정부의 정책 및 청사진, 주변 도시로의 확장 여부, 상권별 환경, 주요 방문객, 인구 유동량 등 분석할 것이 많아. 이번 한 번으로 다 할 수는 없고 몇 번 해야 해."

"이렇게 먼데 또 옵니까?"

"예비 시장조사를 해서 투자 타당성이 있다고 판단되면 몇 차례 방문해서 디테일하게 조사해야지. 대충해서는 판단할 수 없어. 이곳이 투자 가능성이 있다고 생각되면 그때부터 진검승부를 벌이는 거야. 상대 건달들과 다구리를 붙듯, 보이지 않는 적들과 한판 대결을 벌이는 거야."

"실력 없는 사람은 어디 사업하겠어요."

"이렇게 한다고 다 성공하는 것도 아니야. 어쨌든 성실하게 조사하면 그만큼 실패확률을 줄일 수 있어. 그리고 시장조사는 상대 비교와 절대 비교로 객관성과 합리성을 확보할 수 있어야 해. 그런 분석을 하려면 전문성이 필요하지."

"저는 그런 것 모르는데 어떻게 하지요."

"전문적인 부분은 분석전문가와 내가 함께 할 거야."

"아휴, 다행이네."

"지금 중국이 야심 차게 추진하는 일대일로 사업이 세계 곳곳에서 파열음을 내는 것도 사업타당성 분석에 문제가 있었던 것이 아닌가 해. 물론 실제 적용하는 과정에서 불합리성과 세계 패권국이 되겠다는 야심 때문에 문제가 된 것도 있지만."

"저희 인민들은 자세히 몰라요. 정부에서 하면 하는구나 하는 거지요."

"얘기는 그만하고 세세히 살펴보자고."

그렇게 몇 시간을 보내고 밤늦게야 숙소로 돌아왔다. 씻는 둥 마는 둥 하고 곯아떨어졌다. 눈을 뜨니 아침이었다.

"시간이 이렇게 되었나? 정신없이 잤네."

"저도 바로 곯아떨어졌어요. 어제 조사가 힘들었나 봐요."

"그것도 그렇지만 우리가 여행하느라 피곤했을 거야."

호텔을 나와 청두시청으로 향했다.

"형님, 청두시청은 왜 가는 거예요?"

"도시계획확인원을 보려고. 확인원을 보면 청두의 신도시 건설 계획이나 해당 입지의 도로 확장 계획 등을 알 수 있거든. 우리가 하려는 업장의 입지나 상권이 아무리 좋아도 그 속 내용을 알고 있어야 낭패를 보지 않아. 가령 업장을 인수했는데 건물이 잘려나가거나 도로가 생긴다면 영업에 큰 차질을 빚을 수 있거든. 업장을 낼 때는 반드시 도시계획확인원을 확인해야 해."

"아, 그런 것이 있었군요."

시청에서 도시계획확인원을 살펴보고 우허우츠로 향했다.

"우허우츠는 어떤 곳이야?"

"유비와 제갈량의 제사를 모신 사당으로 1500년의 역사를 지닌 곳이에요."

사당 내부에는 촉한의 역사적 인물들을 상징하는 토우가 있고, 탕뻬이唐碑에는 제갈량의 공덕을 칭송하는 글귀가 새겨져 있었다. 우허우츠를 둘러보고 진리錦里 거리로 향했다. 진리 거리는 촉나라 당시의 시장을 재현한 관광지로 우리나라의 전주 한옥마을과 비슷했다. 외국인 관광객이 눈에 잘 띄지 않았다. 창쉬는 쓰촨 지역이 동쪽 변두리에 있기 때문이라고 말했다.

광장 한 곳에 많은 사람이 모여 있었다. '변검' 공연이 시작되고 있었다. 변검은 쓰촨성의 전통극인 천극에서 볼 수 있는 가면술로 내국인은 물론 외국인에게도 꽤 인기가 있었다. 중국 전통 복장을 한 배우의 손이 가면으로 가자 순식간에 얼굴 모습이 바뀌었다. 흡사 서양의 마술처럼 짧은 시간에 작은 동작으로 가면이 휙휙 바뀌었다. 탄성이 절로 나왔다. 변검의 천극이 경극, 곤극과 함께 중국 3대 연희 중 하나로 불리는 이유가 있었다.

변검 공연을 보고 나오니 거리는 불야성으로 변했다. 간단하게 요기를 하고 KTV 네온사인이 반짝이는 대형 업소를 찾아 들어갔다. 문 앞에서 웨이터가 건달식 인사를 하며 두 사람을 룸으로 안내했다. 룸은 아주 고급스러웠다. 비싼 자재를 쓴 흔적이 서울 강남의 여느 룸살롱 못지않았다. 스카치블루 30년산을 주문하고 여자들도 불렀다. 그 정도의 술을 시키면 어느 룸살롱에서도 대접을 받을 수 있었다.

"형님, 우리 너무 비싼 거 시킨 것 아닙니까?"

30년산은 21년의 세 배, 17년산의 8배나 비쌌다.

"비싼 술을 주문했을 때의 접대 서비스를 보려는 거야. 여성 접대부와 웨이터의 수준을 보고 마담의 접객 태도를 살피려고 해. 또 안주의 코디와 질도 비교해보고."

그때 마담이 룸으로 급하게 들어왔다.

"루나라고 합니다. 인사드리겠습니다."

마담은 의외라는 듯 두 사람을 번갈아 보았다. 그 정도의 술을 시킬 정도면 특별한 접대 자리이거나 재벌 2세 정도의 귀공자일 것으로 생각했는데 너무 평범했던 것이다. 여자들이 들어오고 술과 안주가 들어왔다. 진필이 웨이터에게 팁을 건네자 웨이터는 90도로 허리를 굽히고 '감사합니다'를 크게 외쳤다. 스카치블루 30년산은 라인업 중 최고이며 위변조를 방지하기 위해 고급 원목 케이스에 DNA 라벨이 부착돼 있었다. 원목 케이스를 여니 금장 라벨이 인쇄된 크리스탈 고급 유리병이 나왔다.

두 사람은 머릿속으로 메모하느라 자신들이 손님이라는 사실도 잊었다. 궁금한 것은 웨이터와 여자들에게 물었다. 그 비싼 술이 어디로 들어가는지 마셔도 취하지 않았다. 그렇게 2시간을 보내고 밖으로 나왔다. 두 사람은 길을 걸으며 조금 전 룸살롱에서 얻은 정보를 나눴다.

"형님, 우리보다 좀 세련된 점은 있어도 너무 속이 보이지 않아요?"

"자네도 느꼈나?"

"손님보다 과도할 정도로 매상에 신경 쓴다는 걸 느꼈어요. 전에는 몰랐지만, 서비스 매뉴얼을 학습하고 보니 그런 태도가 보이네요."

"그런 점들을 잘 메모해두었다가 직원 교육할 때 활용하도록 해."

"속이 좀 출출한데, 꼬치구이 어떠세요?"

"좋지. 그러지 않아도 뭐라도 먹고 싶었는데."

"저기 환환향 꼬치구이가 있네요. 청두에서 유명한 간식입니다. 한 꼬치에 1위안이에요."

"값도 싸고 가성비도 좋은데."

"형님, 이 세상에 스카치블루 30년산 먹고 길거리에서 1위안짜리 꼬치 먹는 사람은 우리밖에 없을 겁니다."

"생각해보니 그러네."

호텔로 돌아가 조사한 것을 정리하고 잠자리에 들었다.

눈을 뜨니 아침이었다. 호텔 조식으로 배를 채우고 고속버스 터미널로 향했다. 춘절 휴가 전이어서 예매 없이 버스를 바로 탈 수 있었다. 두 사람은 이빈으로 향했다. 4시간 반이 걸려 이빈시버스터미널에 도착했다.

식당을 찾아 늦은 점심을 먹었다.

"이제 여기서 어떻게 가야 하지?"

"이곳 이빈시에서 다시 고속버스를 타고 이빈현까지 1시간 반을 가서, 그곳에서 시외버스로 갈아타고 1시간을 더 가야 합니다."

"걸어서 들어가야 한다고 하지 않았나?"

"네, 1시간 정도 걸어야 합니다."

"야! 멀다 멀다 해도 정말 멀다. 그럼, 시골에 가져갈 선물은 언제 살 거야?"

"식사하고 대형 마트에 가 보려고요."

"이곳에서부터 들고 가려면 힘들 텐데 이빈현에 가서 사는 건 어떤가?"

"그곳에는 최상품이 없어요."

식사를 마치고 마트로 발걸음을 옮겼다.

진필은 일단 창쉬가 사는 것을 지켜보기로 했다. 창쉬는 복숭아를 집었다 놨다 했다.

"복숭아는 들고 다니면 멍이 들기 쉽고 무겁지 않을까?"

"사촌 동생이 나오기로 했어요. 복숭아는 할머니가 좋아하시기도 하지만 할머니 생신이 춘절과 붙어 있어 꼭 사 가야 해요."

"할머니 생신이 복숭아와 무슨 상관이 있는데?"

"복숭아는 행운을 가져오는 길상물吉祥物이에요. 옛날부터 복숭아를 먹으면 장수한다고 했거든요. 지금도 노인들의 생일잔치에는 장수면 외에 복숭아가 필수적으로 등장합니다. '복숭아는 사람의 건강을 보호하고 살구는 사람에게 해가 되며 자두나무 아래에는 죽은 사람을 묻는다'라는 중국 속담이 있습니다. 또 복숭아는 장수한다는 수壽를 붙여서 특히 '수도壽桃'라고 불러요. 복숭아 계절이 아닐 때는 밀가루나 쌀가루로 만든 복숭아 모양의 '수도'를 준비합니다. 지금은 사시사철 복숭아를 구할 수 있어 다행이에요."

"그럼 나는 배를 살게."

"배는 안 됩니다."

"안 되다니?"

"'배梨'는 중국어로 '이梨'라고 하는데, 발음이 이별하다의 '이離'와 같아서 노인을 만나거나 특히 병문안을 가는 경우 절대 금기입니다. 부부나 연인 사이에도 배를 나눠 먹지 않아요. 과일을 사려면 귤과 여지가 낫습니다."

"귤과 여지에도 의미가 있나?"

"중국 남부에서는 귤과 여지리치를 함께 베개 옆에 두었다가 춘절 아침에 먹는 풍속이 있습니다. 두 과일을 합친 단어의 발음이 '吉利'와 유사해 새해에는 이 과일을 먹으면서 돈도 많이 벌고 좋은 일도 많이 생기기를 기원하지요. 또 사과도 빠지지 않는 과일입니다. 사과의 '핑구어'라는 발음이 '핑안平安'의 핑과 같기 때문이지요."

"야, 복잡하네. 그런 것을 다 챙겨야 하나?"

"선물하고도 욕먹을 수 있거든요."

창쉬는 생선 판매대로 갔다. 큰 생선 한 마리를 골랐다.

“생선은 왜 사는 거야, 그것도 길상물인가?”

“네. 춘절에는 반드시 생선을 먹습니다. 물고기의 ‘위魚’와 돈이 들어온다는 ‘여유’의 여餘가 발음이 같기 때문이지요. 그래서 붉은색의 연하장에는 황금 잉어가 한 마리씩 그려져 있어요.”

창쉬는 고기 판매대로 가서 돼지고기를 샀다. 진필은 소고기를 사 가야겠다고 생각했다.

“창쉬야, 소고기는 내가 살게.”

“안 됩니다. 소고기는 사지 마세요.”

“그건 또 왜 안 되는 건데?”

“지역에 따라 다르지만 우리 동네에서는 제사 공물로 쇠고기나 개고기를 사용하지 않아요.”

“그건 왜 그렇지?”

“소나 개는 밭을 갈고 집을 지키는, 사람에게 도움을 주는 동물이어서 평시에도 먹지 않습니다. 이를 제사 공물로 쓰는 것은 조상신에 대한 불경스러운 행위로 간주합니다.”

창쉬는 자리를 옮겨 빨간 봉투를 한 다발 샀다.

“빨간 봉투는 왜 그렇게 많이 사나?”

“설날에는 아이들에게 세뱃돈을 줍니다. ‘홍파오紅包’라는 빨간 봉투에 넣어 주는 게 풍습이지요.”

“한국도 세배하면 보통은 돈을 주지만, 학생이면 도서상품권이나 문화상품권을 주기도 하는데 중국은 꼭 돈을 주어야 하나?”

“중국에서는 세뱃돈을 ‘야수이치엔壓歲錢’이라고 부릅니다. 세뱃

돈이 귀신으로부터 아이들을 지켜주고 평안하게 한 해를 보낼 수 있게 해준다고 믿습니다. 이는 중국인 특유의 해음諧音 현상에서 온 것이지요. 어른이 아이에게 줄 때 세뱃돈의 세歲는 나이를 나타내지만, 젊은이가 어르신께 드릴 때의 세歲는 장수를 기원하는 의미가 있습니다."

"나에게도 홍파오 몇 개 주게. 그리고 해음, 금기가 뭐야?"

"중국인의 풍속이나 가치관을 이해하려면 기본적으로 금기와 벽사, 그리고 해음을 알아야 합니다. 금기는 인도 사람에게 소가죽으로 만든 지갑을 선물하거나 중국 사람에게 괘종시계鐘를 선물하는 것을 금하듯이, 일상생활에서 특정 사물이나 행위를 하지 않는 것을 말합니다. 중국 사람들은 일반적으로 금기보다 '기휘忌諱'라는 단어를 더 자주 사용합니다."

"인도 사람에게 소가죽 지갑은 안 된다는 것은 알고 있었지만, 괘종시계는 왜 안 되는 거야?"

"괘종시계나 탁상시계를 선물하는 것送鐘이 사람의 임종을 의미하는 송종送終과 발음이 같아서 그렇습니다."

"그런 뜻이 있었구먼."

"그리고 벽사辟邪를 아셔야 해요. 벽사는 금기, 제사, 축원 등의 행위로 재난으로부터 인간을 보호하고 귀신을 몰아내어 행복을 추구하는 독특한 생활양식입니다. 벽사는 중국인들의 일상생활과 밀접한 관련이 있어요. 벽사 문화는 곧 중국 문화의 일부분이라 할 수 있습니다. 길상물을 숭배하는 것도 벽사행위의 하나지요. 거울을 대문이나 창가에 걸어두어 귀신이 접근하는 것을 막았는데 이런 것이 다 벽사에 해당합니다. 좀 전에 말씀드린 아이들에게 주는 세뱃돈, 야수이치엔도 귀신으로부터 아이들을 보호하기 위해 주는 돈으로 벽사행위의 하나이지요."

"그럼, 해음은 뭔가?"

"해음은 발음이 같거나 유사해 어떤 이미지를 연상케 하는 것입니다. 가장 흔한 예로 '사死'의 발음과 같은 숫자 '四'의 사용을 회피하는 경향을 들 수 있습니다. 현대 중국인들이 가장 좋아하고 숭배하는 숫자는 '八'과 '六'입니다. '八'은 광동어 발음으로 '발재發財'의 '發fa'와 해음이 되면서, '돈 많이 벌다發財'라는 모든 중국 사람들이 추구하는 목표지요. 또 '六'은 봉록을 의미하는 '녹祿, lu'과 발음이 유사해 좋아합니다. 이런 글자들이 모두에게 환영을 받는 것은 아닙니다. 최근 '六'이 상하이에서는 그다지 환영받지 못한다고 해요."

"그건 왜지?"

"대학 입시 기간에 '6'으로 끝나는 자동차 번호를 단 택시들을 수험생들이 기피하기 때문이지요. '六'은 상하이 지역 발음으로 '떨어지다'의 '낙落'과 해음이 되어 시험에 임하는 수험생들에게는 아주 불길한 인상을 줍니다."

"그밖에 해음과 관련된 숫자는 어떤 것이 있는가?"

"결혼식 날짜에 많이 사용되는 숫자로 '九'가 있습니다. '九'는 발음이 '영구하다'라는 '久'와 같아 신혼부부들이 특히 이 숫자를 좋아합니다. 하지만 복건성에서는 '九'의 발음이 그 지역 발음으로 '개 구狗'와 비슷해 기피하는 숫자이지요. 또 어떤 지역에서는 '四'가 '만사가 뜻대로 된다'라는 뜻의 '事事如意' 중 '事'의 발음과 비슷하다고 해서 좋은 숫자로 받아들여지기도 합니다."

"들어보니 말을 골라서 해야겠구먼. 자네 집에 가면 어르신들에게 실수하지 않도록 미리 얘기해 주게."

"할머니 연세가 내년이면 84세입니다. 생신 때 '84세 생신을 축하합니다'라고 하면 안 됩니다. 이것 역시 해음 현상의 하나지요."

"그럼 어떻게 말해야 하나?"

"그냥 '생신 축하합니다'라고 하면 됩니다. 중국에는 45세, 73세, 84세, 100세라고 부르는 것을 꺼리는 지역이 많습니다. 우리 동네도 좋아하지 않아요. 가령, 45세의 경우 나이를 물으면, '작년에 44살이었습니다.'라는 식으로 대답해 나이 금기를 피해갑니다."

쇼핑을 마치고 이빈현으로 가는 버스에 올랐다. 한 시간 반을 가서 시외버스로 갈아탔다. 1시간을 더 가서 정류장 표식도 없는 산모퉁이에 내렸다. 저만치에 지게를 진 청년이 손을 흔들었다. 창쉬의 사촌이었다. 진필은 그와 수인사를 하고 짐을 지게로 옮겼다.

거친 시골 황톳길이었다. 검은 구두에 누런 황토가루가 뽀얗게 내려앉았다. 잎이 떨어진 나무들이 산등성이에 표정 없이 서 있었고, 회색 산모퉁이를 돌자 참새들이 작은 부리를 돌리며 재잘거렸다. 발에 물집이 잡혀 욱신거렸지만, 시골 풍광에 빠져 아픈 것도 잊을 수 있었다. 산등성이를 한 개 더 넘고서야 마을에 도착했다.

군데군데 허물어진 돌담과 속머리가 빠진 지붕이 여럿 보였다. 지붕을 타고 올라간 굴뚝에선 연기가 피어올랐다. 저녁 짓는 냄새가 구수했다. 저녁밥을 짓던 동네 아낙들과 공터에서 놀던 아이들이 낯선 이방인을 겸연쩍게 바라보았다. 아이들의 맑은 눈망울이 이방인에 고정됐다. 노랗고 붉은 해가 산등성이 밑으로 몸을 감추었다. 먼발치의 부모님을 보자 창쉬는 달려가 힘껏 안았다. 3년 만이었다. 한참을 그렇게 있다가 진필을 부모님에게 소개했다.

"안녕하세요, 진필입니다."

"오시느라 고생 많았어요."

아버지는 미소를 지으며 진필의 손을 잡았다. 어머니는 창쉬의 손을 잡고 집 안으로 들어갔다. 거실 한편에 할머니가 앉아 있었다. 창쉬는 달려가 할머니를 끌어안았다. 두 사람 사이에 한동안 말이 없었다. 할머니는 창쉬의 머리만 쓰다듬었다. 진필은 할머니와 부모님에게 큰절을 올렸다. 부모님은 사양했지만 어른에게 절을 하는 것이 한국의 예법이라고 말했다. 창쉬 부모는 귀한 손님에게 절을 받으니 어쩔 줄 몰라 했다. 창쉬는 부모님과의 전화 통화에서 진필이 자기 은인이라고 말했었다.

"고마워요."

할머니는 진필의 손을 잡으며 말했다.

"아닙니다, 할머니. 할머님이 훌륭한 손자를 두셔서 제가 신세를 많이 집니다. 창쉬 대표는 큰일을 할 사람입니다. 부모님과 할머님이 창쉬를 잘 키우셨습니다."

가족들과 인사를 나누는 동안 밥상이 차려졌다. 삶은 닭고기와 말린 훈제 돼지고기에 야채를 넣어 볶은 요리, 만두 그리고 흰 쌀밥이 상 위에 놓였다. 시골에서는 준비하기 어려운 귀한 음식들이었다. 어머니는 식사도 거른 채 창쉬의 먹는 모습만 바라보았다.

동네 아이들은 집에도 안 가고 문틈으로 두 사람을 번갈아 보았다. 창쉬는 아이들에게 사탕을 나누어 주면서 그만 집으로 돌아가게 했다. 식사를 마치고 선물을 펼쳤다. 부모님에게는 옷을 선물했고 할머니에게는 염주와 복숭아를 선물했다. 진필도 우량예와 귤, 여지를 선물했다.

"그냥 오시지 왜 이런 것을 사가지고 오셨어요."

"약소합니다."

"사장님, 감사합니다. 우리 창쉬 잘 보살펴주셔서."

"어머님, 저는 실장이고 창쉬가 사장입니다. 제가 보살피는 게 아니라 창쉬 사장 옆에서 돕는 겁니다. 훌륭한 아드님과 함께 있어 제가 많이 배웁니다."

"아휴, 그렇게 말씀하시니 정말 고맙습니다. 창쉬에게 실장님 얘기 많이 들었습니다. 우리 창쉬가 많이 부족합니다. 잘 보살펴주세요."

"학교는 중간에 그만두었지만, 머리도 좋고 심성이 착한 아이입니다. 우리 창쉬 잘 보살펴주세요."

할머니가 인자한 표정으로 말했다.

"어르신들은 염려 안 하셔도 됩니다."

이야기를 나누는 사이 뜨거운 녹차가 탁자에 놓였다.

"형님, 보이차예요. 드셔보세요. 어디에서도 이런 차 못 마십니다."

"이곳에서 직접 재배한 건가?"

"네. 이 마을의 주 수입원이에요."

깊은 맛을 느낄 수 있었다.

“손님 피곤하실 텐데, 그만 모시고 들어가서 쉬어라.”

어르신들은 밤새 이야기를 나누고 싶었지만 두 사람을 위해 서둘러 방으로 들어갔다. 마당에 나가 하늘을 올려다보았다. 크고 작은 별들이 하늘에서 쏟아졌다. 은하수가 별을 흩으며 검은 하늘에 우윳빛 수를 놓았다. 수천억 개의 별빛이 광속으로 수만 년을 달려온 것이라고 믿기지 않을 정도로 선명했다. 자연의 훈훈한 기운을 깊게 들이마셨다. 진필은 자기 고향 집을 찾은 것처럼 푸근했다.

“이런 곳에서 어린 시절을 보냈으니 어떻게 사람이 나쁠 수 있겠어. 창쉬야, 너는 건달 짓 못 한다. 건달이랍시고 나쁜 짓 한 것, 몸에 붙은 벌레라고 생각하고 다 털어버려라.”

“돌아갈 수 있을까요? 많은 사람을 때리고 찌르고 괴롭혔는데 이제 뉘우친다고 그 잘못이 지워질 수 있을까요? 정말 제가 착한 사람처럼 살아도 되는 건가요?”

“잘못을 뉘우치는 순간 죄는 사라지고 새롭게 다시 태어나는 거야. 사람이나 법은 기억할지 몰라도 거듭난 인생은 과거에 있지 않아. 새사람이 되는 거지. 인간은 죄를 지을 수밖에 없는, 원죄의 업보로 태어나기 때문에 누구도 죄로부터 자유로울 순 없어. 중요한 것은 뉘우치고 다시 그 잘못을 하지 않는 거야. 진정한 뉘우침이 위대한 것이지 어떤 죄를 지었느냐는 중요하지 않아. 이제 자유인으로 당당하게 살아가는 거야. 과거는 깨달음을 위한 도구이고 미래는 먼 상상 속에 있으니 오늘을 충실하게 살면 돼.”

“형님, 피곤하실 텐데 그만 들어가시지요.”

"공기가 좋아서 그런지 피곤하지 않아. 이런 공기를 어디서 맛보겠어."

"내일 밤도 있으니 그만 쉬시지요."

"알았네."

아침 일찍 눈을 떴다. 동네를 돌아보았다. 산 중턱에 걸린 아침 운무가 진필을 반갑게 맞았다. 공기는 맑고 새 기운이 땅 위에 충만했다.

"형님, 아침 일찍 어딜 다녀오세요?"

"동네 구경 좀 했어. 신선한 공기를 흠뻑 들이마셨더니 기분이 상쾌하고 좋아. 산이나 들이 파릇하진 않아도 봄을 준비한다고 생각하니 흥분이 돼."

"아침 드세요. 기다리고 계세요."

"아, 그래, 들어가지."

"잘 주무셨어요?"

"피곤할 텐데 더 주무시지 않고……."

어머니가 말했다.

"공기가 좋아서인지 눈이 일찍 떠졌습니다. 동네를 한 바퀴 돌았습니다. 경관이 아주 좋네요. 보는 것만으로도 피곤이 풀립니다."

"시장하시겠어요. 얼른 아침 드세요."

"어머님, 말씀 편하게 하세요. 아들 친구라 생각하시고 편하게 대해주세요."

"그래도 우리 집 손님인데. 어서 드세요, 음식 식겠어요."

정성껏 차려진 밥상에 눈물이 핑 돌았다. 한국에 있는 어머니가 생각났다.

"음식이 다 맛있어요. 저희 어머니가 차려주신 밥상 같아요."

평소에 잘 먹지 않던 아침을 배불리 먹었다.

"형님, 오늘 다른 계획 있으세요?"

"나야 자네 따라다니는 일이지. 참, 오후에 시내 좀 나갔다 왔으면 하는데. 급한 건 아니야."

"시내는 왜요?"

"아니, 별일 아니야. 자네 스케줄대로 움직여, 나 신경 쓰지 말고."

"형님, 천렵 어떠세요?"

"천렵이라면 들이나 강가에서 불피워 음식 해 먹는 것 아닌가?"

"네, 맞아요. 물고기 잡아서 매운탕을 끓여 먹을까 해서요."

"나는 좋지. 그런데 천렵을 어디로 가려고?"

"논으로 갑니다."

"논에 뭐가 있는데?"

"가 보시면 압니다."

"우리 둘이 가는 건가?"

"제 사촌하고 이곳에 사는 친구와 같이 가려고요. 괜찮으시지요?"

"나는 아무래도 좋아."

일행은 천렵 준비를 해서 집을 나섰다.

"웬 두레박이야?"

"따라오시면 압니다."

논 가장자리에 있는 샘으로 갔다.

"여긴 샘 아닌가? 여기서 무엇을 하려는 거야?"

"샘 안에 물고기가 있어요. 그것을 잡는 겁니다."

"샘은 가물 때 물 대려고 파놓은 것 아닌가?"

"맞습니다. 물을 저장했다가 논에 물이 부족할 때 뽑아 쓰는 일종의 작은 저수지인 셈이지요."

"근데, 샘을 어떻게 하려고?"

"두레박으로 샘에 있는 물을 퍼낸 후에 들어가서 물고기를 잡는 거예요."

"샘에 물고기가 있을까?"

"붕어, 미꾸라지, 가물치, 동자개빠가사리, 풍뎅이, 가재 등 물고기가 얼마나 많은데요. 정말 재미있어요. 오늘 옷 버릴 각오 단단히 해야 합니다."

"물을 저장하는 곳이라며 그 안의 물을 다 퍼내면 샘은 어떻게 되는 건가?"

"지금은 농번기가 아니라서 괜찮습니다. 그리고 바닥에서 물이 올라와 며칠 지나면 다시 가득 찹니다."

"야, 그거 재미있겠는데. 그러면 술도 있어야 하지 않을까?"

"당연하지요. 제가 다 준비했습니다."

네 사람이 2인 1조가 되어 두레박으로 샘의 물을 퍼냈다. 물 퍼내는 것이 생각보다 힘들었다. 박자 맞추기가 어렵고 물의 무게가 있어 제대로 펴 올리지 못했다. 헛두레질을 할 때가 한두 번이 아니었다. 박자를 잘 못 맞추는 진필과 한 조를 이룬 창쉬가 특히 힘이 들었다. 교대로 쉬지 않고 퍼내도 샘물은 줄지 않았다. 거의 두 시간을 퍼내고 나서야 황토 바닥이 드러났다.

창쉬와 친구, 두 사람이 허리까지 오는 장화를 신고 샘 안으로 들어갔다. 목장갑으로 진흙 밑을 헤집었다. 처음 몇 번은 허탕을 쳤으나 부삽으로 진흙을 연거푸 뒤집자 엄지손가락 굵기의 미꾸라지가 허연 배를 내밀며 꿈틀거렸다. 한쪽에선 고인 물을 퍼내고 다른 두 사람은 샘 안을 헤집고 다녔다. 붕어와 미꾸라지가 그득했다.

일행은 물고기잡이에 쏙 빠졌다. 창쉬는 샘 밖으로 나와 장화를 벗어 진필에게 주었다. 이번에는 진필이 샘 안으로 들어갔다. 물고기를 쫓아다니며 수없이 넘어지고 엎어졌다. 추운 줄도 모르고 물고기를 바쁘게 쫓아다녔다. 물고기는 생각만치 호락호락하지 않았다. 어쩌다 잡았다가도 놓치기 일쑤였다. 초등학생 때 친구들과 아랫도리를 내놓고 냇가에서 놀던 때로 다시 돌아갔다.

배에서 꼬르륵 소리가 났다. 모두 샘에서 나와 장작을 피워 옷을 말리고 매운탕을 끓였다. 매운 것을 좋아하는 고장이라 한국 사람 못지않게 매운탕을 잘 먹었다. 바이주가 몸에 들어가자 움츠렸던 몸이 금세 따뜻해졌다. 쌓였던 피로가 눈 녹듯이 녹아내렸다. 술이 몇 순배 돌자 그동안 묵혔던 이야기가 꼬리를 물었다. 얘기꽃을 피우자 시간은 과거로 쏜살같이 달려갔다. 행복했다. 오기를 잘했다고 생각했다. 서산마루 해가 모습을 감추려 했다. 일행은 서둘러 마을로 철수했다.

"참, 형님, 오후에 일 있다고 하지 않았어요?"

"급하지 않아. 내일 하면 돼. 오늘은 어르신들과 그동안 못 나눈 이야기를 나누도록 해. 가족들이 자네 얘기를 얼마나 듣고 싶겠어."

창쉬는 잡은 물고기로 아버지가 좋아하는 미꾸라지탕과 붕어조림을 직접 조리해드렸다. 저녁을 먹고 창쉬는 집에서 가족들과 얘기를 나누고 진필은 들판으로 나갔다. 쏟아지는 별을 가슴으로 받았다. 어디서도 경험할 수 없는 별들의 향연이었다. 어둠 속에서 누군가 진필에게 다가왔다. 창쉬의 사촌 동생이었다.

"여긴 웬일이에요?"

"실장님이 이곳 지리도 모르는데 혼자 나가셨다고 해서 나왔습니다. 혹시 제가 방해되지는 않았는지요?"

"아니에요. 동생분은 고향을 지키고 있네요."

"아닙니다. 저도 도시에 나가 7년 동안 농민공 생활을 했습니다. 돌아온 지 3년 됐어요. 아이를 부모님에게 맡기고 저와 아내는 도시에서 닥치는 대로 일을 했어요. 생활은 좀 나아졌지만, 아이와 부모님에게 할 일이 아닌 것 같아 돌아왔어요. 지금은 특수작물도 하고 가축도 기르니 먹고살 만합니다. 마음도 편하고 건강도 많이 좋아졌어요."

"좋아 보이네요."

"창쉬 형님은 요즘 어떠세요?"

"잘하고 있어요. 아주 열심히 합니다."

"창쉬 형, 어렸을 때 빼고는 저렇게 밝은 모습 처음이에요."

"그동안 어땠는데요?"

"형은 건달 생활을 하면서 정상적인 생활을 포기했어요. 그 많던 친구도 다 떠났지요. 형은 중학교까지는 1등을 도맡아 했어요. 집안의 자랑이었습니다. 가족들의 기대가 아주 컸어요."

"고등학교는 왜 그만둔 거예요?"

"지금은 이곳을 떠나 없지만, 동갑내기 삼촌이 있었습니다. 둘이 같이 붙어 다니니 누가 건드리지 못했어요. 시비가 붙으면 둘이 같이 싸우니 상대가 없었지요. 삼촌은 중학을 마치고 도시로 돈 벌러 나갔어요. 삼촌이 떠나자 사정이 달라졌지요. 그동안 눌려 지냈던 아이들이 창쉬 형을 가만두지 않았어요. 싸우지 않는 날이 거의 없었습니다. 그때부터 공부와는 담을 쌓았지요. 결국, 같은 반 학생을 크게 다치게 하고 학교를 자퇴했어요. 퇴학을 당한 거지요. 형은 머리도 좋고 무엇을 하면 끝장을 보는 성격이라 공부를 했어도 잘했을 거예요."

"가족들의 실망이 컸겠군요."

"누구보다 할머니의 실망이 컸어요. 할머니는 집안에서 한 사람이라도 대학을 나와야 한다고 늘 입버릇처럼 말씀하셨어요. 형에게 기대를 많이 하셨지요."

"그랬군요."

"어려서부터 공부에 관한 것은 할머니가 챙기셨어요. 할머니가 명문 집안에서 시집을 오셔서 학업에 관심이 많으셨어요. 배워야 사람 구실을 할 수 있다고 늘 말씀하셨지요. 그러니 형이 사고치고 자퇴했을 때 할머니의 실망이 얼마나 컸는지 몰라요. 그런 이유 때문에도 형이 고향에 오고 싶지 않았을 겁니다. 형이 새롭게 살아간다는 얘기 들었습니다. 부모님은 물론이고 할머니가 얼마나 좋아하셨는지 몰라요. 이제 죽어도 여한이 없다고 하셨어요. 실장님이 도와주셨다는 말을 듣고는 할머니는 실장님을 만나고 싶어 하셨어요. 평생 은인이라고 하셨지요. 창쉬 형은 해낼 겁니다. 저는 형이 성공할 거라 믿어요."

"그런 일이 있었군요. 사실 제가 한 일은 별로 없습니다. 창쉬 대표가 새로운 길을 찾은 겁니다. 전적으로 창쉬 대표의 결단이에요."

그때 진필을 부르는 소리가 들렸다.

"형님!"

"나 여기 있어."

"한참 찾았어요. 부모님이 걱정하세요. 이곳 길도 모르는데 안 오신다고. 동생과 같이 있을 거라고 말씀드렸는데도 모시고 오랍니다."

"내가 너무 오래 있었나 보군. 어서 들어갑시다."

"밤길에 어디를 그렇게 다녀오세요?"

어머니가 말했다.

"별구경을 했습니다. 별이 쏟아지는 들녘에 나갔습니다. 풍광도 좋고 정말 아름다운 곳입니다."

"좋다고 하시니 다행이네요. 차 드세요."

"네."

"귀한 분이 내 소원을 풀어주었으니 어떻게 고맙다고 해야 할지 모르겠어요."

할머니가 찻잔을 쓰다듬으며 말했다.

"과찬입니다. 그렇지 않습니다. 창쉬 대표가 스스로 결심한 거예요. 잘 해낼 겁니다."

"그렇게 말해주니 고마워요. 차 들어요. 그럼 얘기들 나눠요. 계구야, 오래 있지 말고 손님 쉬게 해드려라."

할머니가 들어가자 부모님도 자리에서 일어났다.

몸을 뒤뚱거리는 할머니가 왠지 불편해 보였다.

"할머니 몸이 어디 아프신가?"

"왜요?"

"걸을 때 불편하신 게 어디 아프신 것 같아서."

"전족 때문이에요."

"전족이라면 발을 작게 만드는 것 아닌가?"

"네, 맞습니다."

"전족은 오래전에 없어지지 않았나?"

"금지된 지 100년 됐습니다. 법으로는 1917년에 폐지됐지만, 지방이나 시골에서는 늦게까지 행해졌어요."

"그랬구먼. 할머니가 그 전족 때문에 저렇게 걸으시는 거구먼."

"예, 그래요. 지금도 사람들 앞에서 걷는 모습을 잘 안 보이려 하세요."

"지금도 저 정도면 후유증이 꽤 심한가 봐."

"그래도 예전엔 할머니의 가장 큰 재산이었어요."

"재산이라니?"

"'세 치 황금 나리꽃三寸金蓮'으로 불리던 전족纏足을 가지고 있다는 것은 온갖 고통을 감내했다는 증표입니다."

"자세히 말해보게."

"전족은 명대에 성행하여 '삼촌금련' 미인이라고 불렀어요. 보통 9cm 내의 발을 가진 여인을 미인으로 인정했습니다. 청나라 때 만주인에게서도 유행의 조짐이 보이자 금지령을 내렸지만 효력이 없었어요. 청나라 말기 서태후에 의해 금지령이 내려지면서 점차 사라지기 시작했지요. 당시 전족을 거부한 집안의 여아와 가장은 종법 질서를 어겼다는 이유로 종갓집 사람들에게 마구잡이로 몰매를 맞았습니다."

"그렇게 만들어진 풍습이구먼. 그런데 어떻게 그 작은 발을 만들 수 있었던 거야. 나는 이해가 되지 않아."

"할머니의 발은 세 살 때 천으로 단단히 묶였어요. 엄지발가락을 제외한 모든 발가락을 안으로 구부려서 발바닥 밑으로 밀어 넣은 채 6m 정도의 하얀 천으로 발을 감았지요. 그런 다음 구부러진 뼈를 부수기 위해서 그 꼭대기에 커다란 돌을 올려놓았답니다. 할머니가 아파서 비명을 지르며 발을 빼려고 하면 증조할머니는 할머니가 고함치지 못하게 입에 천을 물리며 참으라고 했어요. 고통을 못 이겨 혼절도 여러 차례 했답니다. 이런 과정은 몇 년 동안 계속되었어요."

"그랬다가 더 안 커지면 풀어주었나?"

"아닙니다. 발뼈가 다 부러진 후에도 밤낮없이 발을 두꺼운 천으로 단단히 묶고 있어야 했어요. 풀어놓는 순간 발이 원상으로 회복될 것을 염려해서였어요. 할머니가 발을 풀어달라고 애원을 하면 증조할머니는 "전족을 하지 않은 발이 네 일생을 망칠 거야"라며 풀어주지 않았대요. 당시 여자가 결혼할 때 신랑 집에서 맨 먼저 하는 일이 신부의 발 검사였어요. 전족을 하지 않은 커다란 발, 즉 정상적인 발은 신랑 집안에 수치를 안겨 주었습니다. 시어머니 될 사람이 신부의 긴 치맛자락을 들추고는 신부의 발이 10cm 이상이 되면 경멸의 눈짓을 하며 치맛자락을 털썩 내려놓고 자리를 떴다고 합니다. 어쩌다 어머니가 딸을 동정해서 발을 풀어주면 딸이 시댁의 냉대와 사회의 경멸을 받아야 했어요. 그러면 그 딸은 어머니를 평생 원망했지요."

"전족은 어떻게 시작된 거야?"

"황제의 첩이 처음 시작한 것으로 알려져 있습니다. 작은 발로 뒤뚱뒤뚱 걷는 모습이 관능적이어서 남자들은 그 작은 발을 만지작거리며 흥분했대요. 남자들은 천을 풀은 전족을 거의 볼 수 없었어요."

"그건 왜지?"

"전족은 대개 썩은 살로 덮여 있어 천을 벗겨내면 고약한 냄새가 났습니다. 여자들이 외출했다 돌아오면 맨 먼저 하는 것이 뜨거운 물에 발을 담그는 일이었어요. 그리고 죽은 피부를 잘라내야 했지요. 부러진 뼈뿐 아니라 발바닥의 둥그스름한 부분을 파고 들어가는 발톱도 큰 고통을 주었습니다. '작은 발 한 쌍을 가지려면 한 항아리의 눈물을 쏟아야 한다.'라는 말이 있듯이 전족이 주는 고통은 상상을 초월했습니다."

"정말 끔찍하구먼."

“발 모양만 이상해지는 것이 아니었어요. 등뼈가 기형적으로 튀어나오게 되어 서 있는 자세도 이상했어요.”

“전족이 등뼈와 무슨 상관이 있는 건가?”

“전족을 하면 발끝으로 종종거리며 걸어야 했지요. 종종걸음이 여자의 몸을 기형적으로 만든 겁니다. 여자의 이런 모습이 당시에는 인기 있는 여성의 몸매였대요.”

“상상만 해도 소름이 끼치네. 어린아이가 뭐를 안다고 그런 고통을 주나. 그런 악습을 천년이나 지속했으니, 중국 사람들 정말 독종이야. 한편으로 미련하기도 하고.”

“네, 저도 동감합니다.”

“참, 조금 전에 할머님이 자네를 ‘계구’라고 부르시던데 그게 무슨 말이야?”

“제 별명이에요. 아주 천박하고 이상한 이름, 심지어는 동물의 이름으로 부르는 별명이지요. 그래야 병을 앓지 않고 오래 산다고 하셨어요. 할머니가 시를 좋아하시는데 특히 동진시대의 도연명 시인을 좋아하세요. 계구는 도연명의 아명입니다.”

“별명에 그런 뜻이 있었구먼.”

“형님, 피곤할 텐데 그만 주무세요.”

“그렇게 하지.”

두 사람은 잠자리에 들었다. 바로 잠이 들지 않아 한참을 뒤척였다.

시골의 아침이 일찍 찾아왔다. 닭이 울고 동이 터 올랐다. 시내를 가기 위해 아침을 먹고 동구 밖으로 나갔다. 한 시간을 걸어서 버스를 타고 시내로 나갔다. 시내라야 우리나라 리里에 해당하는 향鄕급 도시였다.

“형님, 이빈향에는 어떤 일로 가시게요?”

“실은, 텔레비전을 한 대 사려고 해.”

“TV는 왜요?”

“시골집을 보니까 TV가 잘 안 나오고 흑백이더라고.”

“그래서 형님이 사주시려고요? 됐어요. 그것으로도 잘 보시고, 제가 다음에 사드리면 됩니다. 형님은 더 안 하셔도 돼요.”

“내가 할머니가 고마워서 사드리는 거야. 할머니의 관심과 정성이 없었다면 자네의 오늘이 있었겠는가? 자네가 지금 열심히 사는 것도 다 할머니 덕분이지. 또 할머니는 자네만의 할머니가 아니야. 내 할머니이기도 해.”

“형님도 할머님이 계세요?”

“아니야. 돌아가셨어. 내 할머니도 나를 이뻐하셨지. 내가 성인이 되기 전에 돌아가셔서 해드린 게 없어. 자네 할머니에게 무언가 해드려야 내 마음이 편할 것 같아. 그리고 노인은 내일을 알 수 없어. 하루라도 빨리 사드리는 게 좋아. 자네 부모님에게도 선물을 해드리고 싶었는데, TV는 부모님에게도 좋은 선물이 될 것 같아.”

“그런 생각을 하셨군요?”

“내가 유심히 집 안을 둘러봤는데 TV가 가장 유용할 것 같아. 내가 누릴 작은 행복을 빼앗지 말게, 부탁이야.”

“알겠습니다. 우리 동네는 안테나를 잘 설치해야 해요. 그렇지 않으면 화면이 잘 나오지 않아요."

"요즘 디지털 TV는 안테나만 달면 잘 볼 수 있어. 유선 케이블만 있으면 제작해도 되고. 어쨌든 TV 파는 곳에 가면 다 방법이 있을 거야."

"우리 향에 없으면 이빈현까지 나가야 할 거예요."

"오늘 그곳까지 갈 요량으로 나온 거야."

"형님, 고마워요."

"우리 사이에는 그런 말 하지 않기로 했잖아."

"알겠습니다."

향에 마땅한 TV가 없어 이빈으로 갔다. 이빈에 도착해 점심을 먹고 대리점에서 컬러 TV를 한 대 샀다. 마을 이름을 말하니 몇 가지 조치만 하면 시청하는 데 별 어려움이 없다고 했다. 창쉬는 사촌에게 전화를 걸었다. 시간에 맞춰 지게를 가지고 나오도록 했다. 오후 늦게야 집에 도착했다. 진필과 창쉬는 TV를 설치하고 화면을 조절했다. 몇 번 지직거리다가 이내 화면이 정상으로 나왔다. 동네 사람들이 소문을 듣고 달려 나왔다.

"엄마, 진필 형님이 사주신 거예요. 이제 편안하게 보세요."

"이렇게 신세를 져서 어떻게 하니."

"이 신세를 어떻게 갚나. 창쉬야, 네가 잘돼 이 신세 갚아야 한다."

할머니가 말했다.

"네, 할머니. 그렇게 할게요."

그렇게 행복한 밤이 지나갔다.

이틀이 지나고 춘절이 하루 앞으로 다가왔다. 밤이 되자 여기저기에서 폭죽 소리가 요란했다.

"야! 폭죽 소리가 장난이 아니네."

"춘절 전날 밤에는 늘 그렇습니다. 아마 오늘 밤은 못 주무실 거예요."

"아무리 그래도 이렇게 요란스럽게 터뜨리나."

"악귀를 쫓는 거예요."

"도시에서는 폭죽 소리가 나도 이 정도는 아니던데."

"시내에서의 폭죽놀이는 스모그와 화재로 그 사용이 제한되거나 금지된 곳이 많아요. 불법 폭죽에 대한 단속도 강화되고 있고요. 랴오닝성 선양시는 작년 춘절에만 수천 개의 불법 폭죽을 적발해 소각 처리했어요. 또 상하이는 '폭죽안전관리조례'를 만들어 외환선 이내는 폭죽과 불꽃놀이를 전면 금지하고 있어요. 수도 베이징도 스모그 적색경보를 발동하고 폭죽놀이를 금지합니다."

"그렇구먼."

"도시와 달리 지방이나 시골은 여전히 요란스럽게 폭죽을 터뜨립니다. 지나치게 많은 폭죽을 터뜨리는 것도 문제지만 불량폭죽이 더 큰 문제에요. 거기서 사고가 많이 나거든요. 얼마 전에 하남성 개봉시의 한 폭죽공장에서 7명이 사망하고 5명이 다치는 폭발사고가 발생했어요."

"업자들이 문제구먼. 그런데 중국은 어느 때 폭죽을 터뜨리는 거야?"

"명절은 물론 결혼, 진학, 개업, 생일 등 축하할 일이 있으면 언제든 폭죽을 터뜨립니다. 심지어 사람이 죽었을 때도 폭죽을 터뜨리는 곳이 있어요. 폭죽은 그 역사가 오래됐습니다. 명나라 때부터 폭죽놀이를 했다는 기록이 있어요."

"폭죽은 왜 터뜨리는 거야?"

"악귀를 쫓기 위해서지요. 폭죽에 얽힌 설화가 있어요. 한 해를 의미하는 '년年'은 원래 괴수의 이름이었대요. 머리가 길고 뿔이 큰, 흉악하고 무서운 괴물 '년'은 평소에는 잠을 자다가 섣달그믐날 깨어나 허기진 배를 채우려 인간 세상에 내려온대요. 어느 날 한 백발노인이 나타나 괴수 '년'이 붉은색, 촛불, 폭발음을 무서워하는 것을 알아내 물리치고 홀연히 사라졌대요. 이때부터 중국인들의 '년'을 보내기 위한 세 가지 풍습이 생겼어요. 매년 섣달그믐날에는 집집마다 대문에 붉은 대련문과 집 입구 양쪽에 거는 글귀을 붙이고, 폭죽을 터뜨리고 날이 밝을 때까지 불을 켜놓습니다. 또 화약과 종이가 없던 시절에는 대나무를 태워 그 갈라지는 소리로 악귀를 물리치고 복을 빌었어요."

"재미있는 설화구먼."

"춘절은 섣달그믐날 밤을 지새우는 수세에서 시작됩니다. 그믐날 밤이면 중국인들은 온 가족이 둘러앉아 만두를 빚으며 밤을 지새우지요. 또 집집마다 대문에 춘련이라는 글귀를 써 붙이고, 방 안 벽에는 잉어를 안고 있는 아기의 그림과 같은 연화를 붙이거나 걸어 놓습니다. 대문에 '복福'자를 거꾸로 붙여 놓는 풍습이 있는

데, 중국어로 '복이 들어 온다福到了'는 뜻이지요."

"춘절에는 주로 어떤 놀이를 하면서 지내나?"

"가족끼리 마작을 많이 합니다. 동네에서는 용춤과 사자춤 등의 중국의 고유 민속놀이를 즐기지요. 용춤은 춘절 이외에도 큰 축제 때면 자주 볼 수 있어요. 사자춤은 예술성보다는 오락성이 강조된 전통 놀이입니다. 그리고 춘절에는 대형 공원에서 열리는 '묘회庙会'도 빼놓을 수 없어요. 묘회는 불교와 도교를 합친 형태로 제사의 의미가 강했는데, 근대에 와서는 고향에 가지 못한 사람들이 모여 설날을 기념하며 향도 올리고 함께 즐기는 것입니다. 춘절 분위기는 음력 1월 15일 대보름까지 계속됩니다."

요란하게 폭죽이 터지며 새해가 밝았다. 새해 아침상을 물리고 창쉬와 진필은 할머니와 부모님에게 세배했다. 창쉬가 봉투를 드리고 나자 진필도 준비한 홍파오를 드렸다.

"뭐, 이런 것을 주세요. 안 주셔도 됩니다."

어르신들은 진필이 주는 홍파오를 받지 않으려 했다.

"제가 세뱃돈을 드리는 것은 오래 사시라고 드리는 것이니 받으셔야 합니다. 오래 사셔야 창쉬 사장이 잘 되는 것을 보실 게 아닙니까."

창쉬가 잘 된다는 말에 어르신들이 홍파오를 받았다. 그렇게 두 사람의 세배가 끝나기 무섭게 친척 아이들이 들이닥쳤다. 야수이치엔壓歲錢을 챙기러 온 것이다. 창쉬가 도시에서 왔기 때문에 아이들의 기대는 컸다.

창쉬는 아이들에게 세배를 받고 홍파오를 하나씩 주었다. 아이들은 세뱃돈을 받고 좋아 어쩔 줄 몰랐다. 아이들은 급한 마음에 돌아서서 홍파오 속을 들여다보았다. 모두 만족스러운 표정이었다. 아이들은 덕담을 듣는 둥 마는 둥 하고 밖으로 나갔다. 세배가 끝나고 두 사람은 밖으로 나가 친척 결혼식에 참석했다. 중국은 춘절에 결혼식이 많았다.

"형님, 한국도 명절에 결혼식을 많이 하나요?"

"한국은 '5월의 신부'라는 말이 있을 정도로 결혼식은 주로 날씨가 좋은 봄이나 가을에 해. 명절은 가급적 피해."

"우리 중국은 한국과 다릅니다. 중국은 결혼식을 춘절이나 국경절, 중추절 등 연휴가 낀 명절에 주로 합니다. 일가친척이 다 모이기 때문이지요. 이번에 형님도 와보셔서 아시겠지만 고향 한번 오는 것이 결코 쉽지 않습니다. 그러나 요즘은 꼭 명절을 고집하지 않습니다. 짝숫날 중에 양력과 음력으로 환산한 날이 모두 2, 6, 8, 10의 숫자가 들어가고, 요일 또한 짝수의 날인 화요일이나 토요일이면 최고의 길일로 여겨 그날에 하는 커플도 많습니다."

"결혼식 날짜도 유별나지만, 화려하고 거하게 결혼식을 치르는 것이 한국과 다른 것 같아. 요즘 한국 젊은이들 결혼식을 실속있게 하거든."

"중국은 과거 유교 질서를 중시해 혼례와 장례를 인륜지대사로 여깁니다. 이에 따라 급증하는 결혼 비용이 장난이 아니에요. 솔직히 저도 중국 사람이지만 남에게 보이려는 과시욕이 심합니다. 주택마련과 혼수 준비, 연회 비용, 게다가 처가에 지불하는 차이리지참금까지 더하면 어마어마합니다. 이 모든 것이 사회문제가 되고 있어요."

"신부가 팔려 가나 지참금을 지불하게."

"그동안 신부를 키워주신 은혜에 보답하는 것인데 요즘 들어 더욱 심합니다. 현금, 자동차, 집까지 다양해요. 저는 배운 것도 없지만 가진 게 없어서도 장가 못 갑니다."

두 사람은 창쉬 친척의 결혼식을 가까이서 볼 수 있었다. 화려하고 요란했다. 그렇게 명절 하루가 정신없이 지나갔다. 진필은 춘절 다음 날이 할머니 생신이라 하루를 더 머물다 다롄으로 먼저 올라왔다. 정리할 것도 있고 업소를 너무 오래 비워둘 수 없었다. 창쉬는 남아서 청두의 상권분석 등 시장조사를 더 하기로 했다. 음력 1월 15일 대보름이 지나서야 모든 것이 일상으로 돌아왔다. 고향에 갔던 직원들도 돌아오고 명절 후유증에서 벗어나 모두 제자리를 찾았다.

우두머리

창쉬의 사업장은 해가 바뀌면서 수익이 큰 폭으로 증가했다. 성공사례는 전 사업장으로 전파되었다. 각 사업장은 그 사례를 적용하기 위해 힘을 쏟았다. 그렇게 하지 않고서는 살아남을 수 없다는 것을 업소 대표들이 더 잘 알고 있었다. 하지만 몇몇 업소는 기존방식을 고집했다. 송충이는 솔잎을 먹어야 한다며 새로운 형태의 영업방식을 애써 거부했다. 왕링산 회장이 직접 지시해야 마지못해 따르는 척했다.

중국 남서부에 교두보를 마련한다는 전략에 따라 청두의 시장조사가 급물살을 탔다. 몇 차례의 시장조사 끝에 기존 업체를 인수했다. 좋은 입지에도 빚에 허덕이던 업소였다. 1년만 전력투구하면 이익을 낼 수 있다고 판단했다. 청두 사업장은 전 업소 중에서 두 번째로 큰 규모여서 성공 경험이 있는 창쉬가 맡았다. 창쉬가 운영하던 다롄 사업장은 조직의 행동대장인 양견이 이어받았다. 진필은 처음 창쉬를 지도한 것처럼 양견이 자리를 잡을 수 있도록 지도했다.

6개월이 지나 양견이 자리를 잡자 회장은 진필을 본사로 불렀다. 진필은 본사에서 총괄사업본부장으로 전 사업장을 관리했다. 회장의 왼팔 양승필 이사는 재무와 회계를 전담했다. 외형이 늘어나며 전문인력이 필요했다. 전산 부문에 많은 인력이 충원되었다. SNS 및 마케팅 전담부서가 생기면서 전문적인 마케팅 관리가 시작되었다. 창쉬는 새로 인수한 청두 사업장에 다렌의 성공사례를 잘 접목했다. 대학에도 들어갔다. 어린 학생들과 겨루어 야간이 아닌 주간에 당당히 합격했다. 업소 일이 야간이어서 주간에 학교를 다녀야 했다. 몸은 힘들어도 하루하루가 천국이었다.

왕링산 회장이 진필을 호출했다.

"접니다, 회장님."

"그리 앉게."

"네."

"자네가 우리 조직에 들어온 지 얼마나 되었지?"

"3년이 조금 넘습니다."

"벌써 그렇게 되었나. 세월 참 빠르군. 자네가 조직에 해를 끼쳤을 때는 정말 암담했지만 전화위복이 되었어. 인생 새옹지마라는 말이 실감 나는군. 그때 자네가 약속한 게 있었는데 ……."

"살려 주시면 3년 안에 회사의 기틀을 마련하고 5년 후에는 최고의 수익을 올리고 10년 후에는 세계 제일의 마피아가 되겠다고 했습니다."

"5년 걸리겠다는 것을 3년 만에 해냈구먼. 그렇지 않은가?"

"수익 면에서는 그렇지만 주먹들이 운영하는 업소와 비교하는 것은 좀 그렇습니다."

"무슨 문제가 있나?"

"건달업소들이 정상적인 경영 활동을 하는 게 아니지 않습니까. 그들과 비교하는 것은 별 의미가 없습니다. 일반기업에 앞서야 합니다. 그들과 겨루는 것이 진검승부입니다. 그리고 우리의 모든 사업장이 새로운 운영방식을 따르는 것도 아닙니다."

"새로운 운영방식을 따르지 않다니? 헤이룽장성의 아무르를 말하는구먼. 고참이라는 놈이 왜 그러는지 몰라. 내가 지난번에도 알아듣도록 얘기했는데 아직도 그런가? 내가 불러서 단단히 야단을 치겠네."

"그럴 필요 없습니다. 역효과만 납니다. 지금 잘못 강제하면 조직에 금이 갈 수 있습니다. 언젠가는 헤이룽장성도 새 경영방식을 따를 것입니다."

"알았네. 일반기업과 겨루는 게 진검승부라고 했는데, 자세히 설명 좀 해보게."

"건달업소는 가만히 있어도 고사하거나 헐값으로 팔릴 것입니다. 문제는 경쟁력 있는 일반기업들입니다. 그들의 경영방식은 건달들과 근본적으로 다릅니다. 주먹과 칼 대신 법과 제도를 이용하고 근육의 힘 대신 머리를 쓰며 매일매일 우리보다 치열한 전쟁을 치릅니다. 목표를 향한 격렬한 토의와 문제 해결을 위한 논쟁은 처절하기까지 하지요. 일반기업은 원하는 답을 얻을 때까지 멈추지 않습니다. 그들과의 전쟁에서 이기면 살아남고 그렇지 못하면 우리도 여느 건달업소처럼 사라지고 말 것입니다. 그것이 기업의 생리입니다.

회장님, 일반 창업기업이 10년을 넘길 확률이 얼마나 된다고 생각하십니까?"

"글쎄……."

"15%가 안 됩니다. 정말 치열하지요. 불법과 위법만 아니면 무슨 수를 쓰더라도 일반기업과의 전쟁에서 살아남아야 합니다. 우리가 계속해서 변화하고 개혁하지 않으면 지금까지의 모든 노력이 물거품이 되고 말 것입니다. 여기까지 오는 데 3년이 걸렸지만 가는 것은 순간입니다. 그게 사업이고 경영입니다. 무심코 강물을 따라 흘러가다가 '이건 아닌데' 하고 느낄 때는 이미 천 길 낭떠러지 앞입니다. 손을 쓸 수가 없어요. 되돌릴 수 없습니다. 잘 나갈 때 변화하고 개혁하지 못하면 존속할 수 없습니다. 변화 없이는 의리도 용기도 다 무용지물이 되고 맙니다. 중단없는 변화와 개혁만이 장강의 물길을 넘어 태평양까지 나아갈 수 있습니다. 그때야 비로소 세계 제일의 마피아가 되는 것이지요."

"소름이 돋고 흥분이 되는구먼. 사실 나는 자네가 3년, 5년 운운할 때 믿지 않았어."

"그런데 어떻게 저를 살려주셨습니까?"

"어차피 우리 방식으론 안 된다고 생각했으니까. 그리고 자네 한 사람 병신 만든다고 뭐가 달라지겠나. 건달들이 복수하고 나면 남는 게 없어. 적의 보스를 잡아서 팔을 자르고 아킬레스건을 끊는다고 해결되는 것을 본 적이 없어. 오히려 적만 많아졌지. 나는 자네 말이 믿어지지 않았지만 달리 방법이 없었네. 또 지금까지 그런 말을 한 사람이 없었으니 자네 말을 의지하고 싶었는지도 몰라. 결국 자네는 약속을 지켰고 기적을 만들어냈어. 우리 건달들도 노력하면 정상적인 방법으로 밥벌이할 수 있다는 것을 증명했어. 평생 싸움만 하던 건달들에게 대단한 변화야. 건달 세계에 노벨상이 있다면 당연히 자네가 받았을 거야. 자네는 미래가 없던 건달들에게 새로운 희망을 주었어. 무식한 창쉬와 양견이를 사업가로 변신시켰잖아. 내 주변에 경영을 아는 놈들이 있다고 생각하니 마음이 뿌듯해. 그냥 놔뒀으면 못된 일로 인생을 마감했을 놈들이지. 조직을 접수할 때보다, 전쟁에서 승리했을 때보다 더 기뻐. 사람 키우는 재미보다 더한 것이 없다는 것을 이번에 알았네. 내가 자네에게 무엇으로 이 신세를 갚아야 할지 모르겠어."

"다, 회장님이 하신 것입니다. 제가 한 것은 몇 마디 조언밖에 없습니다."

"그 조언이 여럿 살렸네. 혀만큼 힘이 있는 것이 어디 있나. 살고 죽는 것이 혀의 힘에 달려있다고 하지 않나. 하여튼 대단한 일을 했어. 그래서 하는 말인데……."

왕링산 회장은 한참 동안 말이 없었다.

"회장님, 무슨 말씀입니까?"

"……자네가 내 자리를 맡아주어야겠어."

"회장님 자리를 맡다니요?"

"자네가 회장이 되어 우리 무식한 건달들의 생계를 책임져주게. 앞으로 그들이 주먹질 안 하고도 먹고살 수 있게 해달라는 거야. 겉으론 강한 척해도 속은 여린 놈들이지. 나도 깡패 우두머리가 아니고 제대로 된 사업가가 되고 싶었어. 나름대로 노력했는데 잘 안 되더군."

"그렇지 않습니다. 회장님은 일반기업뿐 아니라 어느 조직의 리더로도 부족함이 없습니다. 아직은 회장님이 계셔야 합니다."

"아니야. 내 능력은 누구보다 내가 잘 알아. 아무나 장강을 넘어 드넓은 대양으로 나갈 수 있는 게 아니야. 인정할 건 인정해야지."

"회장님은 다르십니다. 하실 수 있습니다. 리더로서의 용기 있는 말 한마디가 우리 조직에 피와 살이 됩니다. 방금 하신 말씀은 못 들은 것으로 하겠습니다. 거두어 주십시오."

"솔직히 주먹만 쓴다면 몰라도 경영은 아니야. 눈으로 보지 못하고, 귀로 듣지 못하며, 입으로 말하지 못하는 경영자는 조직을 이끌 수 없어. 또 이끌어서도 안 되고. 시대가 변하고 세상이 바뀌었어. 자네가 말했지. 20세기 초까지 미국 암흑가를 장악했던 아일랜드 갱단이 이탈리아계 마피아에게 주도권을 빼앗겼다고. 이유를 뭐라고 했나? 아일랜드 갱은 변화할 줄 몰랐고, 마피아는 변화에 성공했다고 말하지 않았나. 나는 그 변화를 이끌지 못해. 방법도 모를 뿐 아니라 변화에 대한 소신이나 철학이 없어. 소신 없이 옳다고 주장하는 것은 나 자신을 속이고 남을 속이는 거야. 그래서 나는 안 되는 거야. 건달 업계도 동업자 모임이 있어. 힘 좀 쓴다는 보스들의 모임이지. 그들이 나에게 뭐라는지 아나?"

"뭐라는데요?"

"처음 1, 2년은 괜히 엉뚱한 짓 한다고 비아냥거렸는데 지금은 다르다는 거야."

"이유가 뭐라고 합니까?"

"우리와 더 이상 경쟁할 수 없다는 것을 알았대. 요즘 나를 만나면 비법을 가르쳐 달라고 아우성이야."

"그래서 어떻게 하셨어요?"

"우리가 하는 방법을 그대로 말했지. 감출 것도 없잖아. 서로 잘되면 악다구니를 쓰며 싸우지 않을 테니."

"잘하셨어요. 같이 잘하면 좋은 생태계를 만들 수 있습니다."

"해봤는데 잘 안 된다는 거야. 그들도 나와 같았던 거지."

"같다니요?"

"나도 자네가 하는 것을 따라 해봤는데 잘 안 되더군. 내가 자네와 다르다는 것을 깨닫는 데 그렇게 많은 시간이 걸리지 않았어. 동종업계 건달들처럼 나도 예외는 아니라는 것을 깨달았지. 그리고 내가 이 자리를 자네에게 내주는 데는 또 다른 이유가 있어."

"다른 이유라니요?"

"……나는 얼마 못 살아."

"얼마 못 사시다니요?"

"혈액암이래. 6개월, 길어야 1년을 못 넘긴다고 하더라고."

"그래도 견뎌 내셔야지요. 회장님은 이겨내실 수 있습니다."

"그게 내 마음대로 되면 얼마나 좋겠나. 상대 조직을 와해시키고 수많은 건달을 괴롭혔는데 이젠 내 차례인가 봐. 상대 건달들의 보복 대신 하늘이 부르니 어쩔 도리가 없잖아."

"회장님, 그럴수록 일을 하셔야 합니다. 일하는 것이 암을 물리치는 데 도움이 될 것입니다. 제가 옆에서 힘닿는 데까지 돕겠습니다. 회장님의 존재가 아직 필요합니다."

"그렇지 않아. 장님이 장님을 인도하지 못해. 나는 아니야."

"정 그러시면 저는 아닙니다. 저보다 창쉬 대표를 택해주십시오. 저와 같은 이방인보다 풍파를 함께 겪은 주먹 출신이 맡는 것이 바람직합니다. 창쉬는 인성도 좋고 머리도 있고 무엇보다 참고 기다릴 줄 압니다."

"나도 생각해봤는데 창쉬는 아직 부족한 게 많아. 더 배워야 해. 무엇보다 조직을 배반했던 일 때문에 사단이 일어날 수 있어. 청두 사업장을 창쉬에게 주었다고 시샘하는 고참들이 한둘이 아니야. 나도 여기 있을 때나 형님이고 회장이지 은퇴하면 힘 못 써. 은퇴하는 순간부터 이빨 빠진 호랑이가 되는 거지. 중국의 주석도 현역에서 은퇴한 후 중난하이국무원, 국가영도자의 거주지에 머물면 그 힘은 전과 비교할 수 없이 약해지지. 같은 이치야. 그런 이유에서도 은퇴 전에 정리를 잘해야 해. 자네가 경영자로서 실력이 있다는 것은 모두가 인정하잖아. 또 건달 출신이 아니기 때문에 시기나 질투가 그렇게 심하지 않을 거야. 자네는 이곳에서 잔뼈가 굵지 않은 이방인이기 때문에 이해관계의 완충 지대라 할 수 있어."

"완충 지대라니요?"

"내가 갖지 못하면 남도 주기 싫은 거 있잖아. 자네가 회장 자리에 앉는 것이 고참들로선 상대적 박탈감이 덜할 거야. 앞으로 자네가 인재들을 키우고 조직을 반석 위에 올려놓으면 모두 자네를 보스로 받아들이는 데 인색하지 않을 거야. 그리고…… 내게 비밀이 하나 있네."

"비밀이라니요?"

"내게 딸이 하나 있어. 내가 행동대장으로 있을 때 업소에서 일하던 마담과의 사이에서 낳은 아이지. 지금은 대학을 졸업하고 일반 회사에 다니고 있어. 자네가 그 아이의 뒤를 좀 봐줬으면 해."

"사모님은요?"

"애 엄마는 죽었어. 라이벌 조직이 우리 업소를 급습했을 때 칼에 찔려 죽었지. 그때 적지 않은 식구들이 죽고 다쳤어. 나는 어떻게든 막아보려고 몸을 내던지며 싸웠지만 쉽지 않았어. 건달들의 전쟁은 먼저 치는 쪽에 거의 승산이 있지. 치밀하게 준비해서 치고 들어오면 평소에 강한 조직도 당하기 일쑤야. 그렇게 내가 피하지 못하고 당하고 있을 때 나를 살리려고 뛰어들었다가 상대가 휘두른 칼에 찔린 거야. 내가 당할 칼빵을 아내가 대신 당한 거지. 순식간의 일이라 어떻게 손을 쓸 수 없었어. 나중에 아내의 복수는 했지만 그때 아내에게 진 빚을 갚을 길이 없어."

"그런 일이 있었군요."

"그 아이에게 사업을 물려주는 것을 생각하지 않았던 것은 아니야. 하지만 그 아이만큼은 이곳에 발을 들여놓게 하고 싶지 않아. 내 자식을 나처럼 험한 세상에서 살게 하고 싶지 않네. 그리고 회장의 자식이라고 다 경영을 잘할 수 있는 게 아니잖아. 조직을 먹여 살리는 게 어디 보통 사람이 할 수 있는 일인가. 경영은 가시밭길이야. 엄마 없이 자란 불쌍한 애를 사지로 내몰고 싶지 않아. 절대 이곳에 들여선 안 되네. 불쌍한 놈이니 뒤나 잘 보살펴주게. 자네만 믿겠네."

"무슨 말씀인지 잘 알겠습니다."

"솔직히 이 사업체가 어디 내 것인가? 나는 오너도 아니고 내 것도 아니야, 우리 모두의 것이지. 건달들의 피와 목숨을 주고 바꾼 것이야. 또 어떻게 생각하면 우리 것도 아니야."

"우리 것도 아니라니요?"

"우리가 땀 흘려 번 것이 아니잖아. 정상적인 방법이 아닌, 때리고 찌르고 불법으로 빼앗은 거지. 그러니 누구의 것인 것처럼 해서도 안 되는 거지. 진필이?"

"네, 회장님."

"마지막으로 자네에게 부탁 한 번 더 함세."

"말씀하시지요, 회장님."

"우리 건달들 절대 버리지 말게. 여기서 나가면 발붙일 곳이 없어. 그들에겐 이곳이 막다른 길이야. 그러니 어떻게든 먹고 살 수 있게 해주게. 아무리 의리가 있고 목숨을 나누어도 먹고 살지 못하면 의미가 없어. 여기서 버림받으면 끝이야."

"무슨 말씀인지 잘 알겠습니다."

"그리고 앞으로 나를 찾지 말게. 내가 이 자리를 떠나는 순간 조직과 관련된 모든 일도 함께 떠나는 것이네. 이제 회사와 나 사이에는 건널 수 없는 강이 놓여 있어 누구도 오갈 수 없네. 앞으로의 모든 결정과 선택은 자네와 직원들의 몫이야. 나는 조직의 상왕도 아니고 명예 회장도 아니야. 한 사람의 자연인일 뿐이지. 나에 대한 모든 잔상은 지워버리게. 외롭긴 하겠지만, 자네 위에는 아무도 없다는 것을 잊지 말게."

"꼭 그렇게 하셔야 하는 이유라도 있습니까?"

"조직의 생명은 질서인데 머리가 둘이면 그 조직이 어떻게 되겠나. 하늘에 태양이 하나이듯 보스는 한 명으로 충분해. 중지를 모을 일이 있으면 참모들과 상의해서 하면 돼. 내가 있으면 도움보다 해가 더 많아. 아무튼 그런 줄 알아."

"아직 회장님의 도움이 필요합니다."

"나는 이미 강을 건넜네. 자네와 나 사이에는 건널 수 없는 강이 놓여 있다는 것을 명심하게. 그만 나가보게. 병원에 갈 시간이야."

"……알겠습니다."

진필은 사무실을 나와 걸었다. 삭풍의 언덕 위에 홀로 선 소나무처럼 외로움이 엄습했다. 건달 조직의 우두머리가 되는 것은 큰 부담이었다. 왕링산 회장은 진필에게 큰 버팀목이었다. 건달이지만 배울 것이 많은 리더였다.

왕 회장은 진필을 만나고 3일 후에 긴급 간부 회의를 소집했다. 업소의 대표들이 한자리에 모였다. 진필은 물론, 창쉬와 양견, 재무담당 양승필 이사도 참석했다. 왕링산 회장이 들어오자 모두 자리에서 일어섰다.

"그만 앉아. 오늘 자네들에게 긴히 할 얘기가 있어 불렀다."

모두 긴장하며 회장에게 집중했다.

"이 시간 이후 이 자리의 주인은 내가 아니다."

여기저기에서 술렁거렸다.

"형님, 아니 회장님. 자리의 주인이 아니라니 그게 무슨 말씀입니까?"

행동대장이었던 양견 대표가 물었다.

"나는 오늘부로 은퇴하고 모든 사업은 여기에 있는 진필 총괄본부장이 맡는다."

크고 작은 소리가 연이어 나왔다.

"진필 본부장은 조직을 크게 잘 키웠고 우리가 어떻게 살아야 하는지를 일깨워 주었다. 그는 3년 전에 자신이 했던 약속을 지켰다. 5년 안에 회사의 기틀을 마련하고 업계 최고의 수익을 올리겠다던 약속을 2년이나 앞당겼다. 진 본부장이 처음부터 이곳에 몸담진 않았지만, 우리가 보지 못하는 부분을 보고 우리가 생각하지 못하는 부분을 생각하며 조직을 이만큼 키웠다. 지금 세상은 빠르게 변하고 있다. 주먹으로 생계를 잇는 시대는 지났다. 의리도 좋고 희생도 좋지만 우선 먹고 살아야 한다. 살아남아야 한다. 조직의 수장은 주먹이 아닌 머리를 쓰는 사람이어야 한다. 그래서 결단을 내렸다. 나와 우리 모두를 위해 이 자리를 진필 본부장에게 맡기기로.

과거처럼 죽거나 다치고 나서야 자리를 내주는 것이 아니라 조직의 발전을 위해 유능한 경영자로 세대를 교체하는 것이다. 내 목숨보다 귀하고 친형제보다 가까운 너희들이다. 내 충정을 이해하길 바란다. 그리고 이 시간 이후에는 나를 찾지 마라. 의논하러 오지도 말고 도움을 청하지도 마라. 하려면 진필 회장에게 하라. 진필 회장을 잘 도와서 식구들의 생계에 문제가 생기지 않도록 하라. 내가 떠난다는 것은 우리 조직이 한 단계 발전한다는 의미로 받아들이기 바란다. 떠나는 아쉬움보다 새 시대를 맞이하는 기쁨으로 나를 보내 주기 바란다. 이번이 좋은 선례가 될 것이다. 그리고 이임식은 별도로 갖지 않고 이 자리로 대신했으면 한다."

회장의 말이 끝나자 양승필 이사가 말을 이었다.

"이임식이 끝난 후 간단한 연회가 준비되어 있습니다. 자리를 옮겨 떠나시는 회장님의 앞길을 응원해주시기 바랍니다."

"회장님, 이건 아닙니다."

누군가 자리에서 일어나며 말했다. 헤이룽장성의 아무르였다.

"우리 조직에서 목숨을 한 번도 걸어본 적 없는 이방인에게 사업체를 통째로 맡길 순 없습니다."

"사업장을 맡길 수 없다니?"

"진필 본부장이 열심히 한 것은 인정합니다. 그것은 진 본부장이 조직에 끼친 막대한 손해를 만회하기 위해 당연히 해야 할 일이었습니다. 그렇다고 진 본부장이 우리처럼 몸을 던져 조직을 보호한 적이 있습니까, 아니면 목숨을 걸고 위험한 일에 앞장선 적이 있습니까? 우리는 목숨을 걸고 여기까지 왔습니다. 세 치 혀로 몇 마디 말한 사람에게 조직을 넘길 순 없습니다. 아무리 형님 말씀이지만 저는 동의할 수 없습니다. 절대로 받아들일 수 없습니다."

아무르가 불쾌한 표정을 지으며 말했다.

"그럼, 자네는 누가 회장이면 좋겠나?"

"……."

아무르는 아무 말을 하지 못했다.

"자네가 회장을 하고 싶어서 그런가?"

"제가 하고 싶어서 드리는 말씀이 아닙니다. 이치가 그렇다는 것이지요.”

“그러면 이렇게 하지. 아무르 자네가 1년 안에 자네 업소의 수익을 지금보다 두 배 이상 올리든가, 아니면 우리 업소 중에 최고의 이익을 내 보게. 그렇게 하면 이 자리의 주인은 자네가 맞네. 할 수 있겠는가?”

“……형님, 제가 하자는 게 아니지 않습니까.”

“그럼 양견이가 할 거야? 양견이 자네가 하겠나?”

“아닙니다.”

“아니면 창쉬가 하겠나?”

“저는 못 합니다, 회장님.”

“그러면 양승필 이사가 회사를 맡겠는가?”

“저는 아닙니다.”

“그럼 누가 할 거야? 좋아. 내가 아무르에게 말한 조건으로 업소를 운영할 수 있는 사람 있으면 누구든 좋으니 나와 봐.”

누구 하나 나서는 사람이 없었다.

“자기 업소를 최고로 해놓고 당당하게 회장이 되어보란 말이 틀렸나?”

“……회장님 말씀 맞습니다. 다만 아무르 형님은 고참으로서 부하 직원들의 서운함을 말한 것입니다.”

양견이 말했다.

“그렇다면 그것은 또 다른 문제지. 자네들 말처럼 이방인이 위로 오는데 좋아할 사람이 어디 있겠나. 하지만 그렇게 하지 않고 더 좋은 방법이 없는데 어떻게 하자는 건가. 사업, 감정으로 하는 것 아니지 않은가. 주먹 짓이야 센 놈이 이기지만 사업은 아니잖아!"

"아무튼 진필 본부장은 아닙니다."

아무르가 말했다.

"실적을 내서 해보래도 못하고 다른 사람을 추천하래도 못하면서 진필 본부장은 아니라고 하면 어떻게 하자는 거야! 내 말을 따르지 않겠으면 대안이 있어야 할 것 아니야! 내가 자네 심정을 모르는 바는 아니야. 하지만 솔직히 진필 말고 대안이 없잖아. 진 본부장이 목숨을 걸고 우리를 보호한 적이 있느냐고 자네가 말했는데, 그 역시 주먹이 아닌 머리와 가슴으로 온갖 노력을 다했어. 증명했잖아.

내가 정리로 생각하면 아무렴 진필이 아무르 자네만 하겠는가? 자네와 내가 죽을 고비를 수도 없이 넘었는데 자네와 진필을 비교할 수 있겠냐 말이야. 자네와 나, 친형제나 다름없는데 내 마음을 그렇게 몰라 주나? 이젠 방법을 달리하지 않으면 살아남을 수가 없어. 아무르, 이번만큼은 내 뜻을 따라주게. 내가 이렇게 부탁함세. 자네가 나 다음 고참 아닌가. 자네가 따라주지 않으면 누가 나를 따라주겠나."

회장의 간곡한 말에도 아랑곳없이 아무르는 자리를 박차고 나갔다.

숨을 고른 후 회장이 말했다.

"개의치들 말게. 아무르는 결국 진필 회장을 도와줄 걸세. 자, 자리를 옮기지."

모두 자리에서 일어나 연회장으로 갔다.

잔을 들고 왕링산 회장이 건배사를 했다.

"모든 직원과 회사 그리고 진필 회장을 위하여!"

대부분의 건달들은 새롭게 바뀐 경영방식으로 조직이 성장하고 발전하는 모습에 보람을 느꼈다. 진필에게 고마움을 표했다. 떠나는 회장에게도 감사하다고 했다. 조직의 생태계를 바꾸어 새 삶을 찾게 해준 것에 대한 감사였다.

"형님, 아무르 형님은 신경 쓰지 마십쇼. 성질이 급해서 그렇지 뒤끝은 없는 사람입니다. 옥에도 티가 있듯이 액땜했다고 생각하세요. 언제 두 분이 만나서 술 한잔하세요. 어떡합니까, 형님이 끌어안으셔야지요."

창쉬가 진필에게 말했다.

"본부장님, 아무르 형님은 제가 잘 아니 제가 한번 만나보겠습니다. 너무 신경 쓰지 마십시오. 어쨌든 축하드립니다. 우리 많이 키워주십시오."

양견 대표가 말했다. 그리고 다른 대표들도 진필에게 기대감을 표했다. 그렇게 연회를 마치고 각자의 사업장으로 돌아갔다.

다음 날 회장의 방은 말끔히 치워져 있었다. 그의 흔적은 어디에도 찾을 수 없었다. 전화해도 번호가 틀렸다는 말만 되풀이했다. 진필은 회장실을 '비전하우스'로 바꾸었다. 최고경영자의 방은 권위의 상징이 아니라 꿈과 비전을 나누는 곳이어야 했다. 자신의 호칭도 회장이 아니라 '간편회의' 의장으로 정했다. 1인 중심의 권위주의 체제가 아닌 중지를 모아 의사결정 하는 것을 원칙으로 했다. 다양성에 초점을 맞추고 소유가 아닌 역할에 중점을 두었다.

회장 자리는 공석으로 남았다.

자리 이동과 승진이 이어졌다. 실적에 대한 논공행상이 이루어졌다. 양견이 동북 3성을 비롯한 화북지역총괄본부장 이사로, 창쉬가 청두를 포함한 화남지역총괄본부장 이사로 승진했다. 회장의 왼팔이었던 양승필 이사는 진필이 맡았던 총괄기획본부장 상무로 승진해 자리를 옮겼다.

'간편회의'는 GF CHINA에서 양둥 팀장과 함께 만들었던 '드림미팅'의 형식을 참고로 했다.

'간편회의'는 진필 의장을 포함해서 남녀사원 2명, 대리 2명, 과장 2명, 팀장 2명, 이사 2명 등 총 11명으로 구성했다. 전문 지식이 필요할 때는 관련 직원이나 외부 전문가를 미팅에 참석할 수 있게 했다. 간편회의는 직원 모두가 참여하는 '열린회의'가 되어야 한다고 취지에서 참관인제도를 활용했다. 참관을 원하는 직원은 지위 고하를 막론하고 신청할 수 있으며 신청순에 따라 다섯 명까지 가능했다. 미팅은 동영상으로 생중계되며 누구나 실명으로 댓글을 달 수 있게 했다.

회의를 시작하고 몇 달은 시행착오를 심하게 겪었다. 건달들은 회의다운 회의를 한 적이 거의 없었다. 보스의 일방적 지시나 명령에 토를 달 수 없었고, 소통보다는 목소리 크고 주먹 센 놈이 주장하면 그것으로 그만이었다. 회의문화가 자리를 잡아가고 사내 갈등이 현저히 줄어들며 매출도 큰 폭으로 증가했다.

공감

진필이 회사를 맡은 지 두 달이 지났다. 조직은 평온을 유지했고 매출은 목표를 향해 줄달음쳤다.

양승필 상무를 비전하우스로 불렀다.

"의장님, 접니다."

"이리 앉게."

"무슨 일 있습니까?"

"아니야, 양 상무와 이야기를 나누려고 불렀어. 그래, 요즘 업소들 상황은 어떤가?"

"대부분 선전하고 있습니다."

"분기 실적은?"

"몇 곳을 제외하고 모두 제 몫을 하고 있습니다. 문제는 아무르 대표의 헤이룽장성입니다. 실적도 안 좋고 문제가 많습니다."

"얼마나 빠지는데?"

"목표는 고사하고 3분기 연속 적자를 면치 못하고 있습니다. 전 업소 중에 최하위입니다."

"또 다른 문제는 뭔가?"

"그곳 직원들의 분위기가 안 좋습니다. 겉으로 말은 안 해도 직원들의 불만이 많습니다. 성과급은 고사하고 급여도 제때 지급하지 못해 본사에서 지원하고 있습니다. 더 큰 문제는 일 잘하는 직원들이 빠져나가는 겁니다."

"아무르 대표가 자존심 때문에 조직을 망치고 있구먼. 그 문제는 나에게 맡겨두게."

"네, 알겠습니다."

"그건 그렇고, 자네는 요즘 어떤가?"

"회사가 활기를 띠니 일할 맛 납니다."

"다행이구먼. 회사 일보다 자네와 편안하게 얘기를 나누고 싶어 보자고 했네."

"아, 네."

"처음 이곳에 끌려왔을 때가 엊그제 같아. 너무 생생해서 잊을 수가 없어."

"그렇습니까?"

"내 평생 자네를 잊을 수 없어."

"저를 잊을 수 없다니요?"

"내가 자네에게 빚이 있어."

"제게 빚이 있다니요?"

"내가 건달들에게 붙들려와 팔다리가 잘릴 위험에 처했을 때 자네가 나를 구해주었지. 오늘에서야 그 말을 하는구먼."

"저는 기억이 없습니다. 제가 어떻게 의장님을 구했습니까?"

"건달들이 내 팔을 자르고 아킬레스건을 끊으려 할 때, 내가 회장님에게 마지막으로 할 말이 있다고 호소했지."

"그건 생각납니다."

"그때 다른 건달들은 내 말을 들어볼 필요 없다며 빨리 처단하자고 했지. 유독 자네만 내 말을 들어보자고 했어. 그때 자네가 아니었으면 나는 이 자리에 없었을 거야. 아마 불구의 몸으로 비렁뱅이가 되었든지 병신이 된 채로 어딘가에서 소리 없이 죽었을 거야. 자네가 내 목숨을 구했어. 내 생명의 은인이야."

"저는 그런 말 한 기억이 없습니다. 제가 그런 말을 했다면, 의장님이 무슨 말을 할지 궁금했을 겁니다. 손발이야 언제든 자를 수 있으니까요."

"양 상무는 잊어도 나는 못 잊어. 또 잊어서도 안 되고. 물론 그것 때문에 자네가 승진하고 기획본부장이 된 것은 아니야. 지금 그 자리는 자네가 만든 것이지."

"제가 만들다니요?"

"양 상무는 회장님 곁에서 내가 하고자 하는 변화를 잘 이끌었어. 창쉬가 현장에서 변화를 도모할 때 안에서는 자네가 그 역할을 했지. 정말 조직을 위해 큰일을 했어. 내가 자네와 많은 얘기는 나누진 않았지만 정책의 동반자로, 변화와 개혁의 동업자로 고맙다는 말을 하고 싶었네."

"그것이 옳았으니까요. 의장님이 없었다면 이곳 건달들 매일 싸우고 빵에 가면서 사람 구실 한번 못 해보고 인생 종 쳤을 겁니다."

"양승필 상무는 세무 전문가로 알고 있는데 어떻게 이곳과 연이 닿았나?"

"세무사로 이곳 일을 봐주다가 눌러앉게 됐습니다. 왕링산 회장님이 행동대장에서 보스가 되면서부터 이곳 식구가 되었어요. 당시 조직에 세무와 회계를 담당할 사람이 없었어요. 조직이 커지면서 숫자를 볼 수 있는 사람이 필요했지요. 그만둔다 하면서도 여기까지 왔습니다. 지금 생각해 보면 있기를 잘했습니다."

"있기를 잘했다니?"

"깡패집단이 변한다는 것은 상상도 못 했습니다. 일반기업도 어려운 일이잖아요. 회장님과의 정리로 떠나지 못했는데 의장님을 만나 새로운 세상을 보니 기다린 보람이 있습니다. 요즘은 의장님에게 많이 배웁니다. 저는 숫자만 알지 경영은 잘 모르거든요."

"보람 있다니 다행이네. 나는 이곳 건달들에게 많은 도움을 받았어. 이제 그것을 돌려주어야 해. 목숨을 살려주고 일할 수 있게 해준 이곳 사람들에게 어떻게든 도움을 주고 싶어. 그래서 하는 말인데, 새로운 제도를 만들었으면 해."

"무엇을 하시려고요?"

"종업원 지주제."

"우리사주를 말하는 겁니까?"

"그래. 모두가 이 회사의 주인이라는 것을 알려주고 싶어. 말로만이 아니라 손에 쥐여줬으면 해. 그리고 그들의 재산 형성에도 도움을 주고 싶고."

"그런 생각을 하셨군요."

"원래 주인에게 돌려주는 거야. 나나 자네가 실질적인 주인은 아니잖은가. 그러니 종업원 지주제를 면밀하게 검토해서 어떻게 시행하는 것이 좋을지 검토해보게."

"알겠습니다."

"요즘 회사 자금 사정은 어떤가?"

"서너 곳은 더 인수할 여력이 있습니다."

"그렇구먼. 지금 우리 사업장이 전부 몇 곳이지?"

"동북 3성에 23곳, 전국으로 50곳이 넘습니다."

양 상무가 자료를 들척이며 말했다.

"다른 건달업소들은 어떤가?"

"적자에 허덕이는 곳이 많습니다. 우리를 벤치마킹하겠다고 찾아오는 업체들이 적지 않아요. 팔겠다는 업체들도 하나둘이 아니에요. 의장님 말씀대로 주먹은 한계에 이른 것 같습니다. 우리처럼 체계적으로 운영해도 쉽지 않은데, 보스와 몇몇 참모들이 주먹구구식으로 해서 되는 일이 아니잖아요."

"답답해서 찾아오는 것이니 잘 설명해 주게. 원하는 자료가 있으면 주고. 그리고 다른 업소 사람들 만날 때 우리 자랑은 하지 말게."

"자랑하지 말라니요. 우리가 잘하는 것은 자랑해야지요."

"자랑하면 부러움을 넘어 자칫 노여움을 살 수 있어서 그래. 오히려 적이 될 수 있거든. 어떻게 보면 다른 업소 건달들도 모두 한식구나 다름없잖아. 그리고 건달들의 생태계가 건실해야 조직간 다툼이 줄어들어."

"알겠습니다. 상대 기분 상하지 않도록 주의하겠습니다."

"그들의 가장 큰 문제가 무엇이라고 생각하나?"

"회사에 경영을 아는 리더가 없는 것이 가장 큰 문제인 것 같습니다. 일이 생길 때마다 이성적 판단보다 감정과 주먹이 앞서니 정상적인 경영이 안 되는 거지요. 의장님이 오시기 전의 저희와 비슷합니다."

"어쨌든 동종업계 사람들 따뜻하게 맞아주도록 해. 그리고 업체 합병이나 인수는 당분간 보류하고."

"특별한 이유라도 있습니까?"

"실탄을 쓸 곳이 있어서 그래."

"다른 곳에 투자하시려고요?"

"그게 아니고, 지금 하는 일이 안 맞거나 다른 일을 했으면 하는 건달들에게 새로운 기회를 주었으면 해."

"새로운 기회를 주다니요?"

"새로 들어오는 사람들에 치여 설 곳을 잃은 건달들에게 새로운 일터를 마련해주려고. 지금 하는 일이 아니다 싶은 사람들이 조직에 그대로 남아 있으면 당사자도 문제지만 다른 사람들이 일을 못해. 그렇게 되면 직원들 사이에 골만 깊어지고 조직에 분란이 끊이질 않아. 결국, 건달들은 상처를 입고 다시 주먹세계로 돌아가고 말 거야. 그렇게 만들 수는 없지 않은가. 닭이 새벽을 알리고 고양이가 쥐를 잡듯 그들에게 맞는 일을 찾아주고 싶어서 그래. 회장님이 나에게 마지막으로 부탁한 것이 건달들의 장래였어. 자네는 회사가 건달들을 위해 해줄 수 있는 최고의 선물이 무어라고 생각하나?"

"회사가 롱런 하는 것 아니겠습니까. 안정된 상태에서 직장 생활을 하는 것 아닐까요?"

"그 말도 틀린 것은 아니지만, 그들이 자신들의 능력을 볼 수 있게 도와주는 것이라 생각하네. 자신의 능력을 발휘할 수 있게 변신의 기회를 주는 거지. 어떻게든 그들에게 돌파구를 마련해 주고 싶어. 그들도 자신들이 원하는 기회를 가질 권리가 있어. 지금 이 회사도 그들의 땀과 피로 만들어진 것 아닌가."

"그런데 의장님, 원한다고 다 해줄 수는 없지 않습니까."

"원한다고 무조건 다 해주자는 게 아니야. 기여도를 봐야지. 일정 자격을 갖춘 건달들에게 기회를 주는 거야."

"구체적으로 어떤 일을 만들어주시려고요?"

"칼을 쓰고 싶어 하는 사람은 마음 놓고 칼을 쓰게 하는 거야."

"폭력은 안 된다고 하지 않았습니까?"

"횟집을 열어주는 거야. 꼭 횟집만이 아니야. 어떤 일을 하겠다고 사업계획서를 만들어 오면 타당성을 검토해 지원하는 거지. 돈뿐 아니라 창업의 전 과정을 도와주는 거야."

"기여도는 어떻게 평가하나요?"

"어떤 기여를 했는지 고과표를 만들어 위원회에서 객관적으로 평가할 거야. 일정 수준의 기여가 있다고 판단되면 지원하는 거지. 그리고 캄브리아 아카데미의 창업 과정을 수료해야 해."

"캄브리아 아카데미라니요?"

"자네 '캄브리아기 대폭발'이라고 들어봤나?"

"글쎄요. 잘 모르겠는데요."

"약 5억 년 전 고생대 캄브리아기 초기에 다양한 동물화석들이 갑작스럽게 출현한 사건을 캄브리아기 대폭발이라고 하지. 대폭발 이전의 생물들은 대부분 단순한 미생물 형태였는데, 대폭발을 거치면서 지금과 유사한 특징을 갖게 되었어. 캄브리아기 생물 중 가장 대표적인 화석이 삼엽충이야."

"의장님, 그것과 캄브리아 아카데미와 무슨 관계가 있는데요?"

"우리도 다양한 의견과 새로운 지식을 폭발시키자는 의미에서 아카데미의 이름을 그렇게 정해본 거야. 앞으로 창업을 원하는 직원들은 캄브리아 아카데미에서 창업 과정을 의무적으로 이수해야 해. 창업이 아니더라도 모든 임직원은 지위 고하를 막론하고 맞춤형 교육을 일 년에 최소 4주 이상은 받도록 할 거야. 앞으로 자네가 할 일이 크게 두 가지야. 종업원 지주제와 캄브리아 아카데미야."

"갑자기 머리가 복잡해지는데요."

"복잡할 것 없어. TFTTask Force Team를 조직하고 해당 분야의 전문가를 한시적으로 채용해서 같이하면 돼. 자네가 주무 부서 책임자로 직접 해봐야 앞으로 운영하는 데 도움이 되지."

"알겠습니다. 조사해서 보고하겠습니다."

"그렇게 해."

진필은 전략적 판단이 요구되는 것 이외의 모든 결제는 양승필 상무에게 맡기고 3개월간 전국 사업장을 순회했다. 다른 건달들이 운영하는 업소와 일반기업들이 운영하는 사업장도 두루 살폈다. 순회 방문을 통해 사업장 대표 및 직원들과 심도 있는 이야기를 나누며 소통의 기회를 가졌다. 몰랐던 직원들의 애로사항도 알 수 있었고 업무 능력이 뛰어난 건달들도 만날 수 있었다.

건달 업체와 일반 업체의 가장 큰 차이점은 고객에 대한 인식에 있었다. 일반기업들은 사고의 시발점이 고객인 반면, 건달업소는 자기들 편의대로 업장을 운영했다. 고객 앞에서만 90도로 고개를 숙일 뿐, 정작 고객에 대해서는 별 관심이 없었다. 건달업소들은 고객이 누구인지 알지 못했고 알려고도 하지 않았다. 그들은 자신들의 운명이 다해 가도 그 위기를 알지 못했으며 누구 하나 문제를 해결하기 위해 나서는 사람이 없었다. 리더나 구성원 모두 '어떻게 되겠지' 하는 막연한 기대감으로 하루하루 살아가고 있었다.

진필의 사업장 대부분이 선전을 펼쳤다. 헤이룽장성만이 최하위로 적자를 면치 못했다. 문제는 아무르 대표였다. 적자를 내면서도 본사 지시나 개선책을 따르지 않았다. 진필이 마음을 열고 다가가도 아무르는 냉랭했다. 이야기를 나누려 해도 이런저런 핑계로 자리를 피했다. 아무르 대표와는 대화 한번 제대로 나누지 못했다.

"의장님 접니다."

"어서 들어와. 어쩐 일이야?"

"종업원 지주제와 캄브리아 아카데미의 조사 내용을 말씀드리려고요."

"알았네."

"우선 초안입니다. 검토해주십시오."

양승필 상무는 두 가지 주제의 조사 내용을 진필에게 상세히 보고했다. 진필은 일부를 수정한 후 간편회의에 상정하도록 했다.

확대간부회의 날이었다. 양견 화북지역본부장과 창쉬 화남지역본부장 및 동북지역 업소 대표들이 참석했다. 진필은 먼저 각 업소를 돌아보며 느낀 점을 상세히 전했다. 이어 양승필 상무가 종업원 지주제와 캄브리아 아카데미의 실행방안을 설명했다.

"지금부터 간편회의에서 의결한 종업원 지주제와 캄브리아 아카데미에 대해 말씀드리겠습니다. 이미 공지한 대로 검토 과정에서 직원들의 다양한 의견을 수렴했습니다. 수렴 과정에서 저와 같이 이야기를 나눈 직원들도 있고 일부 대표와 직원들은 서면이나 메일로 의견을 주고받았습니다. 먼저 종업원 지주제에 대해 말씀드리겠습니다.

종업원 지주제는 회사의 주식을 종업원이 가짐으로써 애사심을 북돋우고 근로자의 재산 형성에 도움을 주는 데 그 목적이 있습니다."

"그 외 다른 목적은 없나요?"

양견 화북지역본부장이 말했다.

"좀 전에 말씀드린 두 가지 목적 외에도 근로자의 이직을 줄이고 경영에 참여할 수 있는 기회를 가질 수 있습니다. 또 간부와 평직원 간의 갈등을 줄이는 역할도 기대할 수 있습니다."

"질문 있습니다."

창쉬 화남지역본부장이 손을 들었다.

"말씀하세요."

"종업원 지주제는 직원들이 사주가 되는 것으로 알고 있습니다. 문제는 돈이라고 생각합니다. 그 주식을 사려면 돈이 있어야 할 텐데 그 문제는 어떻게 할 겁니까? 그리고 얼마나 살 수 있나요?"

"창쉬 본부장이 좋은 질문을 했습니다. 몇 가지 방안을 생각하고 있습니다. 첫 번째는, 직원이 자기 돈으로 주식을 매입하고 회사에서 여러 편의를 제공하는 방법입니다. 편의를 제공하는 방법은 시가보다 낮은 가격으로 자사주를 제공하거나, 매입 자금의 일부를 빌려주거나, 주식취득에 따르는 매매수수료를 회사가 부담하는 방법입니다. 이 방법은 실시가 용이하고 운영비용이 적게 들어 가장 일반적으로 운용하는 방법입니다. 하지만 종업원의 자금력이 문제가 될 수 있습니다.

두 번째 방법으로 저축장려형이 있습니다. 종업원의 급여에서 일정액을 공제하거나 저축을 통해 투자하는 것인데, 이 방법은 회사와 종업원의 공동투자 형태가 되는 장점이 있는 반면 장려금이나 무상주 지급 등의 회사 부담이 크다는 단점이 있습니다."

"무상주가 뭡니까?"

업소 대표가 물었다.

"회사가 번 돈 즉, 자본잉여금이나 이익잉여금을 자본으로 전입할 때 신주를 발행하여 주주들에게 무상으로 교부하는 것을 말합니다. 교부할 때는 주주가 가진 주식의 수에 따라서 교부합니다.

종업원 지주제의 세 번째 방법은 이익분배형입니다. 이것은 회사에서 이익 일부를 종업원에게 분배하고 이를 종업원 명의로 적립하였다가 자사 주식 또는 기타 유가증권에 투자하도록 하는 방법입니다. 이 방법은 종업원의 자금부담이 없어 주인의식 고취 등의 본래 목적에 충실할 수 있습니다. 단, 기업이 수익을 계속해서 낼 수 있느냐의 안정성 문제가 관건입니다. 현재로서는 이익분배형에 비중을 두고 있습니다."

"질문 있습니다."

업소 대표가 손을 들었다.

"말씀하세요."

"매입할 수 있는 주식 수는 직급에 상관없이 똑같나요, 아니면 차이가 있나요? 주가가 떨어질 때는 회사에서 보전을 해주나요? 또 주식은 언제든지 사고팔 수 있나요?"

"좀 전에 창쉬 본부장도 질문했던 내용인데, 아직 확정하지 않았지만 직급과 기여도 및 근무연한 등에 따라 차등을 두려고 합니다. 또 주가가 하락할 때는 일부 보전을 위해 사내 유휴자금을 확보할 계획입니다. 그리고 주식매매는 유통 및 악용 방지를 위해 최소한 1년간 중국증권금융주식회사에 예탁할 예정입니다. 좀 더 상세한 내용을 알기 원하는 직원들은 홈페이지를 참고하면 이해하는 데 도움이 될 것입니다. 그 밖에 궁금한 것이 있으면 기획본부로 전화 주시기 바랍니다. 그럼, 종업원 지주제는 이것으로 마치고 캄브리아 아카데미에 대해 말씀드리겠습니다."

양승필 상무는 캄브리아 아카데미의 취지와 자격, 연수 기간, 종류 및 내용 등을 설명했다. 지금 하는 일이 자신과 맞지 않거나 새로운 사업을 원하는 직원에 대한 회사의 배려라고 설명했다. 두 시간 이상을 문답식으로 토론을 하고 회의를 마쳤다.

종업원 지주제와 캄브리아 아카데미의 내용이 알려지면서 직원들의 일하는 태도가 달라졌다. 내 것이라는 의식이 힘을 발휘했다. 종업원 지주제가 시행되고 직원들의 처우가 개선되면서 회사의 매출이 큰 폭으로 증가했다. 창업지원이 현실화되면서 자기 사업을 하겠다는 건달들이 적지 않았다. 회사의 발전이 건달들에게 도움이 된다는 의식이 자리를 잡으며 회사는 하루가 다르게 변해갔다.

조직의 몸집이 커지면서 거기에 맞는 옷이 필요했다. 회사의 변화와 성장을 선도하며 창업자를 도와줄 수 있는 기획전문가가 필요했다. GF CHINA의 양둥 같은 인재를 찾아야 했다. 북방이 아닌 남방으로 방향을 돌렸다. 권위적 카리스마가 아닌 남방의 유연한 사고가 필요했다. 중국 개혁개방의 본거지인 선전, 주하이, 산터우, 샤먼 등 4개 경제특구에서 나고 자란 재원이면 좋겠다고 생각했다. 다른 곳보다 선전에 마음이 갔다. 세계의 IoT Internet of Things, 사물인터넷 하드웨어 분야의 중심지로 자리 잡은 선전深圳에서 찾기로 했다.

조용한 어촌에 불과했던 선전에는 800여 개의 글로벌 기업의 제조공장이 있고, 중소기업과 제조 스타트업을 위한 공장형 기업이 다수 있었다. 남산 소프트웨어 산업단지에는 80곳이 넘는 민간 액셀러레이터 창업기획자가 자리를 잡고 있었다. 직접 선전으로 내려갔다. 전략과 기획에 유능한 액셀러레이터를 수소문했다.

유수 업체에서 5년째 액셀러레이터로 활동하는 인재를 찾아 3차례 면담을 했다. 말 그대로 삼고초려 끝에 인재를 영입했다. 전문 스타트업 액셀러레이터 장하린이었다. 팀장이지만 대우는 파격적이었다. 사내 최고 급여에 거처할 아파트와 생활비를 지원하는 조건이었다. 장하린은 대기업에 있다가 도전적인 일을 하기 위해 중국 최고의 하드웨어 액셀러레이터 기업인 잉단硬蛋으로 옮겨 창업기업을 지도하고 있었다. 다수의 창업기업을 성공시킨 재원이었다. 그녀는 창업자가 제품 컨셉만 가져오면 디자인, 부품사 연결, 제조, 마케팅, 유통 등의 원스톱 서비스를 해주는 전문 액셀러레이터였다.

장하린은 선전대학深圳大學 출신이었다. 선전대학교는 중국 광둥성 선전에 있는 국립 종합대학으로, 덩샤오핑이 '선전속도'라는 말을 처음 사용한 1983년에 선전 경제특구에 주요 인프라 확장의 일환으로 설립되었다. 덩샤오핑이 이 대학을 좋아했으며 전 주석 장쩌민이 대학교 현판을 직접 썼다. 선전대학은 세계적 ICT정보통신기술 기업 텐센트의 회장 마화텅이 졸업한 대학으로도 유명했다. 장하린의 아버지는 금융 분야의 전문가로 대기업 부사장이었으며, 어머니는 중국 제과·제빵 협회 이사장으로 후학을 가르치며 대형 업소를 몇 군데 운영하고 있었다.

회사의 안살림과 업장 관리는 총괄본부장인 양승필 상무가 담당하고, 전략, 기획 및 마케팅은 장하린 기획팀장이 맡았다. 장하린 팀장이 입사한 지 6개월이 지났다. 진필이 양 상무와 장 팀장을 불렀다.
"접니다, 의장님. 양 팀장도 같이 왔습니다."
양승필 상무가 인사를 했다.
"그리들 앉게."
진필은 장 팀장을 영입할 때 3차례나 만나 회사 상황을 설명했고, 입사해서 오리엔테이션을 직접 했기 때문에 공식적 결재 외에 별도의 만남은 6개월 만에 처음이었다. 6개월의 시간은 장하린 팀장이 한 식구가 되기 위한 적응의 시간이었고 회사 상황을 파악하고 나름대로 계획을 세울 수 있는 준비의 시간이었다.
"양 상무, 요즘 회사 분위기는 어떤가?"
"사내 분위기는 좋은 편입니다. 우선 건달 직원들의 일하는 자세가 많이 달라졌습니다. 공채 직원들보다 더 열심히 합니다. 그리고 영업방식의 변화로 매출이 증가하고 있습니다."
"영업방식의 변화라니?"
"장 팀장이 제안한 고객추적관리시스템입니다. 우리 사업장을 방문한 고객의 수준을 3단계로 분류해 그 고객들을 추적하여 관리하는 시스템입니다. 안 오면 오게 하고, 왔으면 만족도를 높여서 고객 스스로 주변에 계속 전파하게 하는 고객 확대 방법이지요. 신규고객보다 기존고객에 치중하는 마케팅 전략입니다."
양 상무가 말했다.
"그런 것이 있었구먼. 장 팀장이 우리 회사에 입사한 지 얼마나 되었지?"
"6개월 조금 넘습니다."

"회사 파악은 어느 정도 됐겠구먼. 그래, 있어 보니 어떤가?"

"내부 사정을 어느 정도 알고 입사했지만 얼마 동안은 조직문화에 적응이 안 돼 힘들었습니다. 시간이 지나면서 해볼 만하다는 생각이 들었습니다."

"어떤 점이 힘이 들고 어떤 점이 해볼 만하던가?"

"지나친 친절이나 인사방식에 제가 건달이 된 느낌이었습니다. 저보다 나이도 많은 분들이 허리를 90도로 숙이며 큰 목소리로 인사를 하니 아주 민망스러웠어요. 이성적인 접근보다 명령하고 복종하는 체계를 바꾸는 것이 시급하다는 생각이 들었습니다. 그리고 직원들의 서비스에 대한 인식과 실행하는 모습을 보고 해 볼 만하다고 생각했습니다. 의장님도 잘 아시겠지만 서비스가 교육만 한다고 되는 것이 아니지 않습니까. 마음으로 새기고 몸에 익히려면 시간도 오래 걸리고 마인드가 없으면 잘 안 되잖아요. 그런 서비스를 자연스럽게 제공하는 것을 보고, 하면 되겠다는 생각이 들었습니다. 사실, 의장님이 마련하신 밥상에 저는 숟가락만 올려놓은 셈이지요."

"내가 한 것이 아니라 모두가 같이 한 것이네. 기획팀원들의 반응은 어떤가?"

"처음에는 분위기 파악이 안 돼 그만두겠다는 직원들이 꽤 있었습니다. 시간이 지나면서 건달들이 순수하다는 것을 알고는 한 명을 제외하고 모두 함께하고 있습니다."

"장 팀장이 수고가 많았군. 오늘은 회사의 미래에 대해 허심탄회하게 대화를 나눴으면 하네. 장 팀장, 우리 회사가 어떤 방향으로 나갔으면 좋겠나?"

"제가 이곳에서 아직 답을 찾지 못한 것이 있습니다."

"무언가?"

"전에는 공격적으로 사세를 확장했다고 들었습니다. 직원들에게 사업장을 내주면서부터 회사에 대한 투자가 없었던 것으로 알고 있습니다. 현재의 관리력과 시스템, 그리고 자금력이면 인수합병M&A 등으로 몸집을 불리거나 신규사업 등으로 다각화 전략을 펼칠 수 있을 텐데, 그렇게 하지 않는 이유가 궁금합니다."

"우리 회사의 성장도 중요하지만, 직원들의 꿈을 펼칠 수 있게 창업을 도와주는 것이 그 못지않게 중요하다고 생각하네. 회사 발전의 동인이 되었던 직원들에게 받은 것을 돌려주는 거지. 내가 선전까지 내려가서 최고의 액셀러레이터인 자네를 만난 것도 회사의 전략 기획과 함께 건달들의 창업을 돕기 위한 것이었네."

"직원들이 꿈을 펼칠 수 있게 도와주는 것도 중요하지만 회사의 성장과 발전이 무엇보다 중요하다고 생각합니다. 모기업이 지속 성장을 해야 직원들의 창업도 도울 수 있습니다. 지금 나이트클럽이나 KTV 등의 유흥산업이 쇠퇴하고 새로운 놀이 문화가 그 자리를 대신하고 있습니다."

"유흥산업의 수요가 줄 수는 있어도 없어지지는 않는다고 생각하네. 인간과 놀이는 떼어낼 수 없지 않은가."

"놀이문화가 급변하진 않겠지만 나름의 성장전략으로 회사를 키워야 합니다."

"장 팀장이 말하는 성장전략은 무엇을 말하는 것인가?"

"일반적으로 기업이 취할 수 있는 성장전략은 4가지로 요약할 수 있습니다. 우선 '시장침투전략'입니다. 지금 우리가 가지고 있는 사업장을 그대로 유지하면서 마케팅에 힘을 쏟아 매출을 늘리는 방법입니다.

두 번째는 '신제품개발전략'입니다. 서비스를 개선하거나 영업 형태의 변화를 통해 매출을 늘리는 방법이지요. 이 전략은 고객 창출과 기업 이미지 개선에 도움이 되기도 하지만, 변화에 대한 고객들의 부정적 반응으로 시장을 잃을 수도 있습니다.

세 번째는 '신시장개척전략'입니다. 우리의 영업방식으로 새로운 시장에 진출하는 방법입니다. 해외에서 프랜차이즈 사업을 하거나 해외시장에 직접 진출하여 고객 수요를 늘리는 방법이지요. 이는 시장 다변화 전략이기도 합니다.

마지막 네 번째가 다각화 전략입니다. 새로운 업종으로 사업 영역을 넓히는 방법입니다. 이 전략은 기업의 성장전략 중에서 가장 적극적인 방법으로 기업의 성장과 리스크를 동시에 분산시키는 효과가 있지만 문제가 발생하면 모기업에 심각한 타격을 줄 수 있습니다."

"그럼 자네는 구체적으로 어떤 전략을 펼쳤으면 하는 건가?"

"내부적으로는 서비스를 개선하고 영업 형태의 변화를 통해 매출을 늘리는 신제품개발전략을 활용하고, 밖으로는 동종 업체의 인수합병과 다른 업종이라도 우리의 마케팅 전략이나 경영이념이 비슷하면 인수했으면 합니다."

"나도 서비스를 개선하고 영업 형태의 변화를 주는 전략엔 찬성이네. 하지만 인수합병 등의 다각화 전략은 보류했으면 해. 계열사를 늘리고 사세를 확장하는 것도 중요하지만, 직원들의 창업을 지원하고 또 그들이 클 수 있게 보살피는 것이 무엇보다 중요하다고 생각하네. 부모의 능력을 계속 키우면서 자식을 보살피는 것보다 부모의 능력이 어지간하면 남은 힘을 자식에게 쏟는 것이지."

"모기업을 불리지 않고 스타트업을 지속해서 키울 수 있을까요? 또 그런 기업을 인재들이 선호할까요?"

"이곳에서 스타트업을 꿈꿀 수 있고 해보고 싶은 일을 할 수 있는데도 인재들이 이곳에 오는 것을 꺼릴까?"

"……."

"물론 회사도 성장하고 스타트업도 클 수 있다면 더 말할 수 없이 좋겠지. 하지만 나 혼자 잘 먹고 살겠다고 내가 낳은 자식들에 신경 쓰지 못한다면 바람직한 부모라고 할 수 있을까? 그렇게 도와주다가 우리 회사가 없어져도 스타트업들은 생명을 유지하며 저마다의 길을 갈 것 아닌가, 내 말이 지나친가? 그렇다고 우리 기업이 쪼그라드는 것을 가만히 두고 보겠다는 것은 아니야. 우리 사업장을 더 늘리지 않고도, 인수합병을 더 하지 않고도, 다른 업종에 투자하지 않고도, 얼마든지 강소기업으로 거듭날 수 있다고 생각하네."

"문제는 시장 자체의 성장이 느려지는 상태에서 매년 비슷한 수준의 매출이 반복되면 자기자본수익률이 낮아져 회사의 활력과 경쟁력을 잃을 수 있습니다. 회사의 성장이 멈추면 조직은 관료화되고 불필요한 절차가 늘어나게 됩니다. 새로움을 추구하는 능력

있는 직원들은 조직을 이탈하고 안정을 추구하는 게으른 직원들이 그 자리를 메울 것입니다. 사영기업이 국유기업이 되는 것이지요. 국유기업이야 인민의 세금으로 운영되고 그 독점성을 인정받기 때문에 급격한 시장 변화에도 견딜 수 있지만, 관료화된 사영기업은 그렇게 할 수 없습니다.

세계 최고의 기술회사였던 IBM은 인터넷 등장 이후 제조회사에서 컨설팅회사로 변신했고, 카메라 필름의 최강자이던 코닥은 디지털카메라 등장 이후 흔적도 없이 사라졌습니다. 또 백 년 넘게 과점 체제를 유지해온 글로벌 자동차 기업들은 전기동력과 자율주행을 앞세운 테슬라의 공격에 정신을 못 차리고 있습니다."

"그렇다고 식품업체가 매출이 많다고 스마트폰 시장에 진출할 수는 없는 일이고, 유흥업소가 시장이 크다고 게임 시장에 뛰어들 수 없는 것 아닌가? 우리가 잘하는 곳에 집중해야지."

"성장성에서 밀린다는 것은 단순히 매출이나 이익에 국한되는 것이 아닙니다. 장기적이고 근본적인 문제가 발생했음을 의미합니다. 바로 인재 전쟁에서 밀리는 것이지요. 아무리 자원이 많고 튼튼한 회사라고 해도 이를 운영하는 것은 결국 소수의 핵심 인재입니다. 핵심 인재를 확보하지 못한 기업은 결국 뒤처질 수밖에 없습니다."

"젊은 인재들이 스타트업을 선호하는 현상은 오히려 우리 회사에 부가 있는 것이 아닌가? 자네 같은 액셀러레이터가 그들의 창업의 꿈을 실현시킬 수 있고 우리도 맥도널드나 코카콜라처럼 단일 아이템으로 세계적인 기업이 될 수는 없는가?"

"물론 단일 아이템 사업은 장점이 있습니다. 사업 부문이 하나여서 경영자에서 직원들까지 하나의 사업에 집중할 수 있습니다. 오랜 기간 축적된 전문성이 커질 수 있습니다. 반면에 단점도 적지 않습니다. 무엇보다 성장에 제약이 있습니다. 단일사업에서 지배적 위치를 점하고 나면 더 이상 성장 기회를 잡기 어렵습니다. 물론 해외시장 진출이라는 대안이 있지만, 경영자의 강력한 의지가 필요하고 국내에서 통했던 모델이 해외에서도 통한다는 보장이 없습니다. 또 외국의 거대 글로벌 기업과 경쟁해야 하기 때문에 강력한 경쟁우위의 요인이 없으면 해외에서의 성공은 장담하기 어렵습니다. 의식주와 관련한 업종처럼 수요가 일정한 부분에서는 단일사업기업이 오래 장수할 수도 있지만, 유흥산업처럼 패러다임이 자주 바뀌는 업종에서는 하나의 품목에 의존하는 것은 위험할 수 있습니다. 그리고 제가 아무리 유능한 액셀러레이터라 해도 창업자들을 성공시킨다는 보장은 없습니다."

"이런 방법은 어떨까요?"

오랫동안 듣고만 있던 양승필 상무가 입을 열었다.

"말해보게."

"의장님의 뜻과 장 팀장의 생각이 다를 뿐이지 누가 틀리거나 잘못된 것은 아니라고 생각합니다. 굳이 구분하면 의장님은 경영이념과 사명에 충실하려는 것이고, 장하린 팀장은 전략적 차원에서 접근한 것 같습니다. 의장님 말씀처럼 사업을 확장하고 사세를 넓히기보다는 독보적 위치를 유지하면서도 창업자들이 꿈을 실현할 수 있도록 기회를 제공하는 것은 우리 사명에 부합한다고 생각합니다. 이것은 다른 회사가 하지 못하는 우리만의 보람이며 독특함이 아닌가 생각합니다. 또 모기업이 튼실해야 그 여력으로 다른 일을 할 수 있다는 장 팀장의 말도 전략적 차원에서 충분한 의미가 있다고 봅니다. 뿌리가 깊고 줄기가 튼튼해야 많은 열매를 맺듯 우리 회사가 지속적으로 성장하고 발전해야 스타트업을 도울 수 있다는 내용도 귀담아들을 필요가 있습니다.

제 생각은 단일사업의 기조를 유지하면서 전략적으로 회사를 운영하는 것입니다. 모기업의 성장을 위한 투자 규모와 범위를 정하고 스타트업의 지원액에 대해 쿼터를 설정하는 것입니다. 다시 말해, 회사의 성장을 위해 일정한 범위 안에서 투자를 하고, 정해진 쿼터 안에서 지속적으로 스타트업을 지원하는 거지요. 그리고 그 가이드 라인은 간편회의에서 결정하는 것이 어떻겠습니까?"

"장 팀장은 양 상무의 말을 어떻게 생각하나?"

"양 상무님이 제시한 방법도 하나의 대안이 될 수 있습니다. 나쁘지 않다고 생각합니다."

"나도 양 상무 생각에 일리가 있다고 생각하네. 그럼 양 상무와 장 팀장이 연구해서 진행해보게. 두 가지 숙제를 다시 정리하면 회사의 지속적인 성장과 스타트업의 성공률을 높이는 것이네. 엄연히 말하면 스타트업은 우리 계열사도 아니고 별개의 사업체지만 그들이 성공해야 우리 회사의 존재 가치를 찾을 수 있다는 것을 명심하고."

"잘 알겠습니다."

"의장님과 상무님의 뜻을 참고로 성장전략의 구체적인 방안과 스타트업의 지원책을 마련해보겠습니다. 그리고 한 가지 더 드릴 말씀이 있습니다."

"무언가?"

"성장전략의 실행에 앞서 해야 할 중요한 일이 있습니다. '공감' 작업입니다."

"공감 작업이라니?"

"성장전략에 꼭 필요한 것이 공감입니다. 많은 기업이 지속 성장에 실패하는 것은 회사 정책에 대한 공감 부족 때문입니다. 공감 없는 기획과 전략은 속없는 만두요 팥 없는 찐빵입니다. 공감을 할 수 있어야 조직이 힘을 모으고 열정을 쏟을 수 있으니까요."

"그럼 우리가 무엇을 해야 공감을 얻을 수 있나?"

"업무에 앞서 자신들이 그 일을 왜 하는지 무엇을 위해 하는지 중요한 것이 무엇인지 공감하면, 다시 말해 구성원들이 조직의 미션, 비전, 가치에 뜻을 같이하면 뿌리 깊은 나무가 열매를 풍성히 맺듯 조직의 성장과 발전은 자연스럽게 이루어질 것입니다. 그렇지 않으면 막대한 자금과 수많은 인재를 가지고도 성공을 장담할 수 없습니다. 이제 우리 회사도 나이가 열다섯 살이 되었으니 힘을 한군데로 모을 수 있는 그 무엇이 있어야 합니다. 물론 사업을 하면서 원칙과 철학을 갖고 열심히 달려왔지만, 이번 기회에 잘 정리해서 직원들의 공감을 얻는 것이 중요하다고 생각합니다."

"공감이 구체적으로 조직에 어떤 도움을 줄 수 있지?"

"미션, 비전, 가치에 대한 공감은 도전을 유도하고 자율적인 조직을 만들며 구성원 간 협업을 가능케 합니다. 마치 오케스트라가 같은 악보를 보는 것처럼 조직이 갖고 있는 역량을 한곳으로 모을 수 있습니다."

"미션, 비전 및 가치의 내용을 자세히 설명해 보게."

"미션 즉, 사명은 회사가 존재하는 이유이자 궁극적 목적을 말합니다. '왜 우리가 존재하는가?'의 'why'에 대한 것이지요. 조직의 깊고 근본적인 존재 이유를 의미합니다. 국가 간의 전쟁도 '할 수밖에 없는, 해야만 하는' 명분이 있어야 국민의 공감을 얻을 수 있듯이, 구성원들의 마음을 하나로 묶을 수 있는 미션이야 말로 회사 발전의 강력한 수단이라고 말할 수 있습니다.

미션이 사업을 하는 근본적인 이유라면, 비전은 기업이 나아가야 할 미래라고 말할 수 있습니다. 비전은 '기업이 꿈꾸는 미래상' 즉 '청사진'을 의미합니다. 무엇을 할 것인가의 'what'에 대한 것이지요. 비전은 기업이 성취하고자 하는 지향점이고 조직의 나아갈 방향을 알려주는 나침반이기 때문에, 비전을 떠올리면 아무런 설명이 없어도 바로 이해할 수 있어야 하고 생생해서 만질 수 있으며 운동력이 있어 조직 전체에 활력을 줄 수 있어야 합니다.

그리고 핵심가치입니다. 핵심가치는 구성원들이 업무에 임할 때 가장 중요하게 생각하는 의식, 행동 양식이나 규범 등을 말합니다. 핵심가치는 미션과 비전을 실현하는 핵심 수단으로 조직의 의사결정이나 전략 수립에 지침이 되는 가장 중요한 가치를 말합니다. 즉 기업문화를 이끄는 직원들의 행동 규범이라고 말할 수 있습니다. 핵심가치는 'how'에 대한 것입니다. 조직을 이끄는 궁극의 수단이며 방법이지요. 조직의 핵심가치는 마치 숨 쉬는 것과 같이 자연스럽고 향료도 방부제도 들어있지 않아 순수하며 의례 그렇게 해야 하는 '100% 믿음'을 의미합니다.

핵심가치는 외부 환경과 무관하게 조직 내부 요소로 존재해야 하며 합리적일 필요도 없고 대외적으로 정당화할 필요도 없습니다. 핵심가치는 일관성 있게 유지되어야 하며 제도 속에 스며들어 구성원들이 공감해야 합니다. 적은 양의 누룩이 덩어리 전체를 부풀게 하듯이 누룩의 역할을 하는 것이 핵심가치입니다.

이처럼 조직의 미션, 비전 및 핵심가치는 간단하고 직접적이고 이해하기 쉬어야 합니다. 도저히 주목하지 않을 수 없는 스토리로 모두의 감성을 사로잡을 수 있어야 하지요. 한마디로 '공감'할 수 있어야 합니다. 이들은 창업 시점에 만들기도 하지만 일정 기간 사업을 한 후에 만드는 것도 의미가 있습니다."

"그건 왜 그렇지?"

"사업을 시작할 때 만들면 단합할 수 있는 구심점을 형성하거나 합심해서 하나가 되는 지표를 만들 수 있는 반면에, 대표자의 의욕만 반영되어 구성원들의 공감을 얻지 못할 수 있고 초기 사업 방향과 향후 회사의 추진 전략이 서로 맞지 않을 수 있습니다. 이에 반해, 사업을 시작하고 일정 기간이 지난 후에 만들면 직원들의 공감을 얻을 수 있어 실천적인 목표를 성취하는 데 도움이 될 수 있습니다. 우리 회사는 지금이 적기라고 생각합니다. 직원들이 공감할 수 있는 기업이념과 도전적인 투자가 어우러지면 회사의 성장과 발전은 자연스럽게 이루어질 것입니다."

"회사의 미션, 비전, 핵심가치를 분명히 하고 성장전략을 그 위에 얹자는 얘기구먼."

"네, 그렇습니다. 그래야 조직의 단결된 힘을 발휘할 수 있습니다."

"의장님, 우리가 거친 바다를 항해하면서도 나침반이 없었네요. 그저 앞만 보고 달리기에 급급했습니다. 장하린 팀장 말대로 이번 기회에 직원들이 공감할 수 있는 나침반을 만드는 게 좋겠습니다."

양 상무가 말했다.

"맞아. 나침반은 한 치 앞도 내다볼 수 없는 망망대해에서 가야 할 길을 비춰주는 등대와도 같지. 미션이나 비전, 핵심가치를 만드는 것은 그 집단의 백년대계를 세우는 아주 중요한 일이야. 그럼, 방법은 어떻게 하는 것이 좋겠나?"

"두 가지 방법이 있습니다. '탑다운'과 '바텀업' 방식입니다. 방법을 정해주시면 기획팀에서 구체적인 실행안을 만들겠습니다."

"두 방법의 장단점을 말해보게."

"탑다운Top-down은 조직의 상부에서 큰 방향을 제시해주고 아래 구성원들의 의견을 수렴하는 방식이고, 바텀업Bottom-up은 구성원 전체의 의견을 토대로 밑에서부터 위로 수렴해 가는 방식입니다. 두 방법은 조직문화와도 관계가 있습니다. 탑다운은 계층이 나누어져 있는 수직적 조직문화에서 주로 사용하며, 바텀업은 계층이 나누어져 있지 않은 수평적 조직문화에서 주로 사용합니다."

"좀 더 구체적으로 설명해 보게."

"탑다운 방식은 '하향식' 의사결정으로 CEO나 임원 혹은 기획부서에서 초안을 마련해 구성원들에게 전달한 후 의견을 수렴하는 방법입니다. 가장 큰 것부터 계획하고 뼈대를 만들어서 진행하는 방법이지요. 애플이나 구글 등 주로 대기업에서 이 방법을 많이 쓰고 있습니다."

"탑다운은 어떤 장단점이 있나?"

"탑다운 방식의 장점은 명확성을 높여주고 책임소재가 분명하며 실행 속도가 빠릅니다. 반면 리더의 성향에 따라 결과가 달라질 수 있고 창의력 발휘에 제한적이며 구성원들이 소외감을 가질 수 있다는 단점이 있습니다.

이러한 문제점에도 애플은 의사결정에 탑다운 방식을 성공적으로 활용했습니다. 스티브 잡스는 비전을 정해 분야별 핵심 실무자들과 자신의 생각을 공유했으며 CEO인 팀 쿡이나 디자인 총괄 조나단 아이브 등은 잡스의 비전에 공감하며 자신이 맡은 분야에서 주도적으로 미션을 찾아 실행했습니다. 애플은 탑다운의 장점과 바텀업의 장점을 결합해서 의사결정을 했습니다.

다음은 바텀업Bottom-up 방식입니다. 바텀업은 '상향식' 의사결정으로 구성원 전체의 의견을 토대로 밑에서부터 위로 의견을 수렴하며 답을 구하는 방법입니다. 주로 설문조사와 워크숍 등을 통해 결과를 도출하지요. 이 방식은 모든 직급의 팀원이 협력하여 전체 목표를 달성하는 데 필요한 단계를 결정합니다. 상향식은 하향식과 비교해 유연한 민주적 의사결정 방식으로 틀을 깨는 혁신을 중시하는 업계에서 흔히 사용합니다.

바텀업 방식은 구성원의 갈등을 줄이고 실행력을 높이며 팀워크를 살릴 수 있는 장점이 있는 반면에, 최종 의사결정이 쉽지 않고 시간이 오래 걸리며 CEO 등 관리자들의 깊은 고뇌를 인식하지 못할 수 있습니다."

"그렇구먼. 양 상무 생각은 어떤가?"

"글쎄요. 이번 프로젝트의 핵심은 공감 아닙니까. 그런 의미에서 절차가 다소 복잡해도 직원들의 의견을 수렴하는 바텀업 방식이 어떤가 합니다."

"나도 같은 생각이야. 장 팀장이 말한 것처럼 직원들의 공감을 얻으려면, 누구 하나 소외되지 않는 것이 중요하다고 봐. 방관자가 아니라 참여자가 되면 '공감' 가능성은 더 커지리라 믿네. 시간과 비용이 들더라도 바텀업 방식으로 하되 단점은 보완해서 진행하는 것으로 하지."

"참석 범위는 어떻게 할까요?"

장하린 팀장이 물었다.

"처음이니까 전 직원이 참여하는 것으로 하지."

"그럼 문을 닫아야 할 텐데요."

양 상무가 말했다.

"1박 2일 문을 닫고 모두가 참여하는 거야. 동북 3성은 필수 직원 외는 모두 참석하는 것을 원칙으로 하고, 그 외의 업소는 대표자를 뽑아 참석하는 거야. 직접 참석하지 못 하는 직원들은 화상으로 참여하고, 어떤가?"

"그렇게 하면 매출 손실이 클 텐데요. 그리고 다소 혼란스럽지 않을까요?"

"그럴 수 있지. 하지만 중요한 것은 모두가 함께한다는 거야. 매출 손실은 우리가 얻을 것에 비하면 아주 작은 거야. 더 좋은 것을 위해 좋은 것을 포기할 때도 있어야지."

"그럼 상향식 방법으로 하되 문제 되는 부분은 보완해서 진행하겠습니다."

"장하린 팀장, 오늘 수고 많았어."

'공감 프로젝트' 안이 만들어졌다. 직원들이 프로젝트에 관심을 갖도록 전국을 세 지역으로 나누어 설명회를 가졌다. 프로젝트의 취지와 목적 그리고 미션, 비전, 핵심가치의 의미를 설명했다. 동북 3성은 진필 의장이 맡고, 중부지역은 양승필 상무가, 남부지역은 장하린 팀장이 맡아 진행했다. 보름 이상 업소를 돌며 소통의 시간을 가졌다. 설명회를 마치고 2박 3일간 워크숍을 진행했다. 장소는 다롄에서 약 50km로 떨어진, 대련 동북단에 있는 금석탄으로 정했다. 금석탄은 진필이 레미콘 회사에 있을 때 함께 일했던 리창수의 고향이기도 했다. 진필은 하루 먼저 도착해 리창수와 오랜만에 회포를 풀었다.

금석탄에 오지 못한 직원들은 화상으로 참여했다. 워크숍에 다른 회사에서 쉽게 볼 수 없는 특별한 부분이 있었다. 회사 직원이 아닌 관계회사 직원들의 참여였다. 자재 납품회사, 시설 개보수 회사, 가수와 악단의 음악 용역회사 등, 관계사의 대표나 직원들이 옵서버로 참석했다. 그들도 비공식적으로 의견을 내놓을 수 있었다. 갑과 을이 아닌, 동반자로서의 믿음을 갖기 위함이었다. 또 관계사에 대한 책임감의 표식이기도 했다. 열기가 후끈했다. 직원들은 진지하게 자신들의 생각을 말했다. 의장에서 말단 직원까지 10년이 아닌 100년 농사를 짓는 심정으로 프로젝트에 임했다.

첫 번째 토론 주제는 미션이었다. 미션은 회사가 존재하는 이유였다. 손님들이 업소에서 가장 원하는 것을 충족할 수 있는 것이 미션이어야 했다. 손님의 욕구는 다양했다. 즐거움, 재미, 행복, 안락함, 편안함, 안전, 자유, 평등, 젊음, 신선함 등이었다. 그중에 가장 많은 단어가 '재미와 행복'이었다. 손님이 누려야 할 재미와 행복을 채워주는 게 직원들의 책임과 의무라는 것을 알게 되었다. 재미와 행복을 느끼는 것은 손님의 주관이지만 그것을 느낄 수 있도록 도와주는 것이 직원들이 해야 할 사명이었다. 미션은 "손님이 재미와 행복을 찾도록 도와주는 것"으로 정했다. 직원들이 평소처럼 그냥 일을 하는 것과 자신들이 하는 일이 손님에게 재미와 행복을 주는지 생각하고 하는 것과는 전혀 달랐다. 철저히 고객 위주의 서비스가 제공될 수 있게 했다.

미션을 정한 후에 비전 찾기에 들어갔다. 미션을 정할 때는 다소 긴장된 분위기였으나 비전을 정할 때는 여유가 있고 자신감이 넘쳤다. 구경꾼은 없었다. 모두가 주인이었다. 자기 집 기둥을 세우고 서까래를 올리듯 모두가 적극적이었다. 비전은 모두가 한 곳을 바라볼 수 있는 회사의 미래상이어야 했다. 10년, 50년, 100년 후의 회사는 어떤 모습이었으면 좋겠냐고 물었다. 직원뿐 아니라 관계회사 참석자들에게도 같은 질문을 했다. 대다수 직원이 차별 없는 최고의 기업을 원했다.

어떤 차별들이 있는지 물었다. 남녀, 족속민족, 학력, 건달 출신과 일반 직원, 판매자와 구매자 간의 여러 차별을 말했다. 약한 자를 업신여기고 자기 것을 감추려 하는 중국인의 꽌시와 폐쇄성이 그 밑에 깔려있었다. 이를 극복하기 위해서는 여러 개의 담을 허물어야 했다. 중국은 다양한 민족이 함께 살면서도 누구를 못 믿어서인지 유독 높은 담이 많다. 남의 일에 참견 안 하는 게 미덕이라고 하지만, 그것은 정보나 비밀을 특정 사람들만 알기 위함이지 개인의 프라이버시를 존중함은 아니었다. 직원들은, 국가, 족속민족, 출신지지역, 인종피부색, 종교, 사상, 학력, 성별, 건달과 비 건달 그리고 개개인의 유전적 차이 등 10개의 담을 헐어야 한다고 말했다. 담을 허무는 것은 기업의 의무이고 책임이며 궁극의 생존 수단이다. 모두는 그렇게 차별 없는 회사를 원하면서, 오랫동안 지속할 수 있는 건강하고 다른 회사와 확실하게 구별되는 차별적 회사를 원했다. 결국 비전은 "차별 없는 차별적 기업"으로 정했다. 영어로는 "Go beyond the borders, Go a unique companyUNICOM"로 비전을 정했다. 'UNICOM'은 경쟁적 우위가 아닌 독특하고 유일무이한 차별적 기업을 의미했다. UNICOM은 회사의 또 다른 닉네임이 되었다.

그렇게 워크숍 첫날을 성공적으로 마쳤다. 회의를 진행한 장하린 팀장의 역할이 주효했다. 그는 퍼실리테이터회의 진행이 원활하게 돕는 사람로서 조직의 역량을 극대와 하면서 공감 프로젝트가 원만하게 이루어질 수 있도록 힘을 쏟았다. 다양한 의견으로 집단지성이 불꽃을 튀길 수 있게 했으며 팀 간 불협화음이나 갈등 없이 프로젝트에 집중할 수 있게 워크숍을 진행했다.

저녁 시간에는 오락과 장기자랑으로 긴장을 풀며 화합을 다졌다. 숙소 배정은 같은 팀원들을 배제하고 다른 팀, 다른 사업장 직원들이 함께할 수 있게 했다. 모르던 직원들이 서로를 알 수 있게 하기 위함이었다. 방마다 늦게까지 기획팀에서 나눠준 다과로 이야기꽃을 피웠다. 마작이나 포커 등 사행성 행위는 철저히 금지했다. 워크숍의 또 다른 수확은 건달들과 일반 직원들 간의 소통이었다. 서로 간의 간격을 좁히는 귀중한 시간이었다. 진필과 양승필 상무는 각 방을 돌며 직원들과 이야기를 나누며 다과를 함께했다. 그렇게 워크숍 첫날을 마무리했다.

날이 밝았다. 아침 식사를 마치고 산에 올랐다. 한 사람 열외 없이 모두 산 정상을 향했다. 정상에서 미션과 비전을 외치며 단결을 과시했다. 산 아래로 우렁찬 함성이 울려 퍼졌다. 뜻이 한곳으로 모이는 순간이었다. 산행을 마치고 오전에는 휴식을 취했다. 점심을 먹고 다시 프로젝트를 시작했다.

전날의 미션과 비전에 이어 핵심가치에 대해 열띤 논쟁을 벌였다. 핵심가치가 제 역할을 하려면 조직 속에 녹아 들어가 구성원들의 뼛속 깊이 박혀야 했다. 그렇게 핵심가치는 구성원들의 최우선 행동 규범이 되어야 했다. 그렇지 않으면 업무 수행에 혼란이 발생하고 구성원간 갈등을 초래할 수 있다. 많은 회사가 어렵게 만든 미션과 비전이 박제 신세를 면치 못하는 것도 핵심가치가 구성원들의 DNA가 되지 못했기 때문이었다.

핵심가치는 경영이념을 실천하는 'how'에 대한 것이다. 미션과 비전을 이루기 위한 실천적 방안에 대한 열띤 토론이 벌어졌다. 최종적으로 3가지로 정리했다. 공정과 공평, 공개였다. 직원들은 그 세 가지를 가장 가치 있는, 마음에 새겨야 하는 1순위 행동 규범으로 뽑았다.

'공정'과 '공평'은 서로 겹치는 부분도 있고 다른 의미도 있었다. 공정은 공평보다 넓은 의미로 공평을 내포하는 단어였다. 공평은 물리적인 측면에서 고르게 분배한다는 의미가 강하고, 공정은 옳고 그름의 윤리적 개념이 강했다. 이 두 단어가 채택된 이유는 앞서 말한 차별의 문제도 있었지만 승진이나 급료 책정, 성과급 지급 등에 있어 친소관계를 배제하고 누구에게나 같은 기회를 주며 평가 기준은 객관적이고 공정해야 한다는 의미였다. 스타트업의 기회를 줄 때도 같은 기준이 적용되어야 한다고 말했다. 공정과 공평은 내부에만 국한되지 않았다. 고객에게도 적용되어야 한다고 말했다. 매상의 많고 적음에 따라 고객을 차별해선 안 된다는 의미였다.

그리고 핵심가치의 다른 하나는 '공개'였다. 구성원들은 아주 예외적이거나 회사 경영에 중대한 문제가 되지 않는 한 회사 상황을 알기 원했다. 납품업자 등 관련 업체들 역시 입찰 등 구매과정을 여과 없이 알았으면 했다. '공개'는 회사로서는 취하기 쉽지 않은 정책이었다. 하지만 구성원들의 공감을 살 수 있고, 미션과 비전이 공염불이 되지 않으려면 피해서는 안 되는 중요한 가치였다. 결국 '공개'는 부담이 아니라 회사에 대한 신뢰의 수단이며 경영이념의 중심이 되었다.

그렇게 '공감 프로젝트' 3종 세트가 만들어졌다. 분위기가 무르익으며 회사 '구호'를 만들자는 의견들이 나왔다. 이번 기회에 회사의 구호를 정해 전략적으로 활용하는 방안이 논의되었다. 경영이념과 함께 회사의 '슬로건'을 정하기로 했다. 조직의 주의나 주장을 간결하게 나타내는 구호가 만발했다. 열띤 토론을 거쳐 최종적으로 'YOLO'로 정했다. 욜로 외에도 '헬로'나 '굿럭', '해피' 등의 단어가 있었지만 욜로가 압도적이었다.

'욜로YOLO'는 'You Only Live Once'를 줄인 약자로, '한 번뿐인 인생'이란 의미였다. '카르페 디엠Carpe Diem'이 삶의 태도라면, 욜로는 소비적 라이프스타일의 구체적 실천을 의미했다. 자기 지향적이고 현재 지향적인 욜로 소비 스타일은 충동적인 의미가 아니라 후회 없이 즐기고 사랑하고 배우는 삶의 철학이며, 본인의 이상향을 향한 실천 중시의 트렌드를 의미했다.

욜로가 실천적 구호가 될 수 있도록 몇 가지 실행방안이 마련되었다. 손님이 업소를 들어올 때 종업원이 손을 들어 '욜로'라고 말하거나, 손님이 원하면 하이파이브를 하면서 '욜로'라고 외치는 방법이다. 업소 곳곳에 원문을 써 붙이고 사진으로 스토리텔링을 하기로 했다. 외부인의 것은 배제했다. 직원들이 산에 오르거나 운동하는 모습, 혹은 운동 경기에 참가하는 사진 등을 부착해 스토리텔링을 이어나가는 방법이었다. 언제든 직원들이 사진을 기획팀에 제출하면 신선하고 도전적인 것을 선정해 포상하고 그 사진을 걸기로 했다. 직원들의 참여도를 높일 수 있고 업무에 활력을 불어넣을 수 있는 실천적 방법이었다.

구호를 정하자 직원들 사이에서 이번 기회에 상호도 바꾸자는 의견이 나왔다. 그동안은 천편일률적으로 'OO KTV'라는 상호를 사용했다. 이미지 변신과 다중의 젊은이들이 부담 없이 받아들일 수 있는 상호로 바꿨으면 했다. 여러 대안 중에 'YOLO CLUB'이 제일 많았다. 욜로가 클럽을 대신하는 보통명사화 하는 전략적 차원의 접근이었다. 그렇게 미션, 비전, 핵심가치를 정하고 슬로건과 새로운 상호까지 만들었다. 모두가 큰 뜻을 이룬 듯 뿌듯했다. 워크숍을 마칠 때는 눈시울을 적시는 직원들이 적지 않았다. 특히 건달들이 그랬다.

아름다운 이별

미션과 비전을 마련하고 핵심가치를 실행하면서 업소들의 매출이 큰 폭으로 증가했다. 매출증가율보다 이익률이 더 높았다. 회사는 내실 있는 회사로 변모해갔다.

양승필 상무가 비전하우스로 노크도 없이 급하게 뛰어 들어왔다.
"의장님! 큰일 났습니다."
"무슨 난리라도 났나?"
"아무르 대표가 부하들을 데리고 이리 쳐들어오고 있습니다. 빨리 피하셔야 합니다."
"너무 호들갑 떨지 말게. 별일 없을 테니."
"알고 계셨군요."
"좀 전에 창쉬에게 전화 받았어."
"일단 피하시지요."
"아니야. 여기 있을 거야. 자네는 직원들 모두 퇴근시키고 종업원 지주제 관련 자료나 준비하고 있어, 필요하면 부를게."
"아닙니다. 의장님이 피하지 않으시면 저도 여기 있겠습니다."
"괜찮아. 자네 마음 알아. 내가 시키는 대로 해. 어서!"

진필은 와인 한 병과 잔 두 개를 준비했다. 창밖 하늘에 진한 검버섯이 일더니 금방 빗방울이 떨어졌다. 퇴근 시간을 얼마 지나지 않아 아무르는 10여 명의 건달을 데리고 진필의 비전하우스를 덮쳤다. 그들의 손에는 회칼과 각목이 들려있었다. 적과 전쟁할 때 바로 그 모습이었다.

"어서 오세요. 기다리고 있었습니다."

"……혼자요?"

"저 하나면 되지, 다른 사람까지 있을 필요가 없지 않습니까."

진필의 혼자라는 말에 아무르는 놀라는 기색이 역력했다. 진필의 침착함에 아무르는 주춤했다.

"자네들 모두 나가 있어!"

상황을 파악한 아무르는 같이 온 건달들을 모두 밖으로 내보냈다.

"제가 가야 하는데 이렇게 오셨네요. 그동안 어떻게 지내셨습니까?"

"……."

아무르는 진필보다 5살이 위였다. 회장 다음의 고참이어서 평소에도 깍듯하게 그를 대했다. 그는 조직에서 의리의 화신으로 통했다. 부하들을 위해서라면 물불을 안 가렸다. 그를 따르는 건달들이 적지 않았다.

"당신이 조직에 들어온 이후 우리 건달들은 설 자리를 잃었소."

"그래서 저를 제거하러 오신 겁니까?"

"그렇소. 당신의 그 세 치 혀로 회장은 속였을지 몰라도 나는 아니오. 이대로 있다가는 건달들 모두 쫓겨날 판이오. 미션, 비전 말은 좋지만 그게 우리처럼 배운 것 없고 주먹만 쓰던 놈들에게 될 법한 소리요? 결국, 배운 놈들이 자리를 다 차지하고 우리는 빈털터리로 쫓겨날 것이 뻔하오. 지금 당신을 없애지 않으면 우리 건달들은 삶의 터전을 잃고 말 것이오. 건달들의 피와 땀으로 일군 이곳을 당신에게 그냥 넘겨줄 순 없소."

"피와 땀으로 일군 것 맞습니다. 그것을 부인할 사람은 아무도 없습니다. 제가 아무르 대표에게 묻겠습니다. 지금 우리 건달들에게 중요한 것이 무엇이라고 생각하십니까?"

"……."

"명령에 복종하다가 의미 없는 싸움에 휘말려 다치고 죽는 것입니까? 사람을 죽이고도 보스를 대신해 감옥에 가는 것입니까? 슬픔에 잠겨 있는 그들의 부모나 자녀에게 평생 사과하며 그들을 돌보는 것입니까? 그렇게 하는 것이 소위 건달들이 말하는 의리입니까?"

"모든 일에 희생이 따르듯 건달 생활이라는 게 다 그런 것이요. 때리고 찌르고 하는 것이 일상이고 그게 주먹들의 운명이오."

"그렇게 안 하고 살길이 있는데 어떻게 그게 운명입니까? 그것은 아무르 대표의 일방적인 아집 아닌가요? 칼에 찔려 죽거나 남을 찌르고 감옥에 가는 건달이 아무르 대표의 자식이라도 운명이라고 말할 수 있습니까? 자식이 중형을 받아 세상과 단절되어도 건달은 그런 것이라며 체념할 수 있습니까? 아무르 대표가 감옥에 있는 동안 부모님이 매일 눈물로 지새워도 일상이라며 치부할 수 있습니까?"

"……."

"소금은 썩는 것을 방지하는 것보다 맛을 내는 것이 먼저이듯, 의리도 목숨을 걸고 같이 싸우기보다 부하가 먹고살 수 있게 해주는 것이 먼저 아닌가요?"

"물론 의장 말이 다 틀린 것은 아니요. 하지만 집단지성인가 뭔가 하는 것으로 위아래도 없이 마구 떠들어대고, 보스가 카리스마도 없이 아랫사람에게 휘둘려서 어떻게 하겠다는 거요? 건달들은 명령에 죽고 사는 것인데 그렇게 해서 보스의 권위가 서겠소?"

"구성원의 다양한 의견을 경영에 반영하는 것이 어떻게 휘둘리는 겁니까? 그리고 명령과 복종만으로 성공적인 조직을 만들 수 있습니까?"

"과거 마오쩌둥 주석이 강력한 카리스마로 공산주의 원칙을 고수했기에 오늘의 사회주의 중국이 있는 것 아니오. 마오의 카리스마와 강력한 리더십을 거울삼아 시진핑 주석도 중국을 강력한 패권국으로 만들지 않았소. 그들은 권위주의적 카리스마로 인민의 잡다하고 낭비적인 행태를 바로잡으며 국민당 정부를 물리쳤고 중국을 세계 패권국으로 만들었소. 당신은 경영체계를 확립한다는 명목으로 건달의 원칙과 소신을 팽개쳤으며, 피와 땀으로 이룩한 우리의 터전을 아무 연고도 없는 사람들에게 넘겨주고 있소."

"아무르 대표님, 중국의 권위주의가 인민을 어떻게 했습니까? 마오는 대약진운동으로 수천만의 무고한 인민을 굶어 죽게 했으며 문화혁명으로 중국을 죽의 장막에 갇히게 했습니다. 시진핑 주석은 패권국 운운하며 전랑외교로 힘이 약한 나라를 윽박지르고 있습니다."

"그래도 마오 주석은 부패한 군부와 무능한 국민당 정부로부터 인민을 해방시켰고, 시 주석은 강력한 카리스마로 가난했던 중국을 G2로 만들었소. 나는 그런 점에서 당신이 말하는 변화보다 우리 본연의 주먹을 믿소."

"어떻게 그게 마오와 시 주석이 한 것입니까? 국공내전의 승리에는 마오 외에 수많은 공산당원과 농민, 인민의 희생이 있었고, 지난 40년의 고도성장은 덩샤오핑의 개혁개방정책과 농민공의 피땀 어린 노력, 그리고 국제사회가 중국의 WTO세계무역기구 가입을 허락한 덕분인데 어떻게 그게 그들만의 공입니까? 4천만 명 이상을 죽음으로 내몰고 세계 모든 나라가 중국에 등을 돌리게 한 마오나, 인민의 입과 귀를 막으며 다시 권위주의 시대로 돌아가는 시 주석이 어떻게 영웅이고 위대한 지도자라고 할 수 있습니까?

중국은 지난 3천 년 동안 그 유례를 찾아볼 수 없는 예의범절과 인간의 목숨을 귀하게 여기는 유교 국가였습니다. 옛날 말씀에 누가 마오처럼 남 위에 군림하기를 즐겨 하고 정치적 고비마다 인민의 목숨을 가볍게 여기라고 했습니까? 시 주석처럼 패권국을 명분삼아 힘이 약한 나라를 업신여기며 언론과 인민의 입에 재갈을 물리라고 했습니까?"

"우리 중국은 어리석은 인민들을 가르치고 꾸짖는 것이지 함부로 대하는 것이 아니오."

"대약진운동으로 수많은 인민이 죽었고 문화대혁명으로 10대들이 제 부모와 스승을 개 패듯 했는데, 그것이 인민을 함부로 대한 것이 아니면 무엇입니까?"

"그는 영웅이오. 마오 주석을 함부로 말하지 마오."

"어디 그뿐입니까? 먼 옛날 당나라 때 자기 선조들이 남중국해에서 고기잡이했다는 이유만으로 다른 나라 앞바다를 자기네 영해라고 주장하는데, 그런 억지가 어디 있습니까? 약소국을 무시하지 않으면 도저히 있을 수 없는 일이지요."

"……."

"21세기의 홍위병으로 지적되는 분청분노청년 세대는 쓴소리하는 중국계 지식인들을 개떼처럼 달려들어 사정없이 물어뜯습니다. 갈기갈기 찢어 놓지요. 문화혁명 때의 홍위병과 다를 바 없습니다.

아무르 대표는 '우마오당'이라고 들어본 적 있습니까?"

"……."

"우마오당은 중국공산당이 유급으로 운영하는 '댓글부대'입니다. 외국인들 가운데 친중 세력을 옹호하는 것이 그들의 주 임무지요. 중국을 안 좋게 말하는 글에는 융단폭격식으로 댓글을 답니다. 아주 전면을 도배하지요. 왜 우마오당인지 아십니까? 기본으로 댓글 한 개에 중국 돈으로 5마오90원를 주기 때문에 그렇게 붙여진 것입니다. 댓글을 달면 다는 대로 돈이 올라가니 미친 듯이 달지요. 그들은 일시적인 알바가 아니라 정교한 조직으로 지속해서 교육을 받습니다. 한 연구에 따르면 약 100만 명이 댓글을 올리고 있고 그들이 올리는 글이 매년 5억 건에 달한다고 합니다. 기만하고 선동하는 공산당의 공작정치의 일환이지요."

"그런 일들이야 외부 불손 세력으로부터 국가를 지키려는 정책이 아니겠소."

"문제는 그런 행위가 다른 나라로부터 많은 지탄을 받고 있으니 하는 말입니다. 그리고 공산당 지도자들이 동료가 어려울 때 의리를 지킨 적이 있는가 하면 그렇지도 않습니다. 문화대혁명 당시 류사오치, 팽더화이, 덩샤오핑 등의 혁명 동지들이 가혹하게 숙청을 당할 때 마오가 무서워 누구 하나 그들을 옹호하지 않았습니다. 지금 솔직히 중국에 참된 의리가 있습니까? 의리라고 하는 '도'는 중국에서 실종된 지 오랩니다. 공산당의 기만, 선전, 선동의 기본 투쟁노선으로 3천 년의 도는 없어졌고, 전체주의적 권위주의의 독재 권력만 남지 않았습니까?"

"왜 도가 없어졌다는 거요. 다른 나라를 도와주고 같이 잘 살려고 하는 것이 참된 도가 아니면 무엇이오?"

"일대일로 정책을 말씀하시는 것 같은데, 속내를 들여다보면 자국의 이익을 위한 것이지 그게 어디 어려운 나라를 도와주는 것입니까. 부풀린 공사비와 높은 이자를 감당하지 못한 나라들이 항만이나 주요 국가 시설을 빼앗기고 있고, 심지어 일부 국가는 그 빚 때문에 나라가 파산지경에 이르렀는데, 그런 정책이 어떻게 다른 나라를 도와주는 참된 '도'입니까?"

"……으흠."

"솔직히 말해 중국은 입으로는 변화를 외치면서 실제는 그렇지 않습니다. 문제가 있으면 근본 원인을 밝혀내 해결하지 않고 사회주의의 우월성에 함몰되어 덮고 가립니다. 소설가 루쉰은, 중국은 지난 100년 동안 하나도 변하지 않았다고 말했습니다. 루쉰은

1921년에 쓴 그의 소설 『아Q정전』을 통해 중국인의 실상을 고발했어요.

누군가에게 늘씬 두들겨 맞아 도저히 잠들 수 없었던 주인공은 자신의 뺨을 세게 때리고 나서야 만족하고 잠자리에 듭니다. 잘못된 자존심 덕분이지요. 맞은 것을 복수하고 싶은데 달려들면 더 맞을 것 같아 자신의 뺨을 때리고는 재빨리 때린 나와 맞은 나를 분리합니다. 때린 나만 기억하고 맞은 나는 잊는 것이지요. 이 사내는 잠자리에 들면서 '난 한 번도 패배하지 않았어!'라고 말합니다. 정말 놀라운 정신세계입니다.

루쉰은 열강 앞에서 무기력하게 당하고도 쓸데없는 자존심을 내세우는 중국을 빗대어 말했습니다. 당시의 상황을 직시하지 않고 고통에서 벗어나려고만 하는 중국 사람들의 얄팍한 사고방식을 꼬집었던 거지요. 루쉰이 원했던 것은 중국 국민성의 변화였습니다. 발전은 고사하고 뒤로 후퇴하게 만드는 쓸데없는 자존심을 버리고 현실을 바로 볼 수 있는 변화 말입니다.

그런데 지금의 중국 지도자와 인민은 루쉰의 뜻은 저버리고 계속 '아Q'로 살고 있지 않습니까?

그런 중국의 자존심이 중화 민족주의, 화의주의 아닙니까? 그 자존심 때문에 많은 사실을 왜곡하고 있습니다. 그것이 '만물 중국기원설'입니다. 뛰어난 것은, 잘하는 것은 모두 중국에서 시작되었다고 주장합니다. 김치, 한복, 베트남의 아오자이, 태권도, 유도 다 중국에서 시작됐다고 말합니다. 한국, 일본 문화가 인기를 끌면 다 중국 것이라고 주장합니다. 축구도 볼링도 영어도 중국에서 기원했다고 말하지요. 맞은 나를 기억하지 않고 때린 나만 기억하는 '아Q'처럼 모두가 내 것이고 남의 것은 기억하지 않습니다. 일부러 하지 않는 것이지요. 그것이 지금 중국인의 지도자와 인민의 속내일지 모릅니다."

"……으흠."

"뺨을 맞은 주인공 아Q처럼 아무르 대표는 왜 자신의 뺨을 때리려 하십니까? 왜 변하려 하지 않습니까? 그것이 부하에 대한 진정한 의리입니까? 정상적인 경영체제로 건실한 기업을 만들어 건달들의 살길을 찾아주자는데 그걸 왜 나쁘게만 생각합니까? 지금 필요한 것은 아무르 대표의 협조와 참여입니다. 아무르 대표의 역할에 따라 많은 부하들이 살길을 찾을 수 있습니다. 그들의 진정한 리더가 되어 주십시오. 지금의 문제를 해결하는 열쇠는 저와 아무르 대표를 구분 짓는 것이 아니라 서로 협조하는 것입니다. 지금, 저와 아무르 대표와의 전략적 공조가 필요합니다.

뜨거운 사막과도 같은 무한 경쟁에서 살아남으려면, 이글거리는 사자의 눈도 아니고 끝없이 달릴 수 있는 들개의 지구력도 아니며 사바나를 시속 100킬로로 달릴 수 있는 치타의 다리도 아닙니다. 오로지 뜨거운 모래바람을 맞으며 길을 잃지 않고 사막을 건널 수 있는 낙타의 눈과 다리뿐입니다. 우리가 성공하려면 아무르 대표의 부하 직원들을 향한 애정과 헌신, 그리고 제가 추진하는 변화와 혁신이 만나야 합니다. 누구 한 사람의 노력과 의지만으로는 어렵습니다. 저와 함께 이 어려움을 헤치고 나갑시다. 개혁하려면 어제를 버려야 합니다. 어제와 같은 오늘을 살고 오늘과 똑같이 내일을 살면서 더 좋은 미래를 기대할 순 없습니다. 오늘은 어제의 연장이 아니고 내일은 오늘과 또 다른 미래입니다. 우리 함께 어제를 뒤로하고 새로운 오늘을 시작해봅시다."

"……흠."

"차제에 제가 아무르 대표에게 특별히 부탁할 것이 있습니다."

"내게 뭘 부탁한단 말이오?"

"아무르 대표를 회장으로 추대하고 싶습니다. 그동안 비워두고 기다리고 있었습니다."

"회장으로 추대하다니 그게 무슨 말이오? 내게 무슨 일을 꾸미고 있는 것이오?"

"일을 꾸미는 것이 아니라 아무르 대표가 회장이 되어서 후배들에게 새길을 열어주라는 것입니다."

"안 되오. 할 수 없소. 자격도 없는 사람을 가지고 장난치지 마시오. 못 들은 것으로 하겠소."

"장난이 아닙니다. 저는 진심으로 말하는 겁니다."

"아는 것도 없지만 그럴 자격도 능력도 없소."

"이제부터 하면 됩니다. 잠깐 실례하겠습니다."

진필은 휴대폰을 집었다.

"준비한 것 가지고 비전하우스로 올라와요."

진필은 양승필 상무에게 서류를 가져오게 했다.

"의장님, 서류입니다."

"읽어보시지요."

"이게 뭐요?"

"읽어보시고 얘기하지요."

"그럴 필요 없소. 읽어도 무슨 말인지 모를 테니."

아무르 대표는 서류를 한쪽으로 밀쳤다.

"양 상무가 내용을 설명하게."

"이번에 실시하는 종업원 지주제, 다시 말해 우리 사주에 대한 내용입니다. 주식 배정은 회사에 대한 기여도, 연한, 실적 등을 종합적으로 평가해서 전 주식의 50% 내에서 나누었습니다. 배정된 주식 수에 대해 말씀드리겠습니다. 아무르 대표가 가장 많은 주식을 배정받았습니다. 그다음이 각 사업장 대표들입니다. 그리고 주식 중에 대부분은 건달들에게 우선권이 돌아가도록 했습니다. 물론 사업장 대표라고 해서 다 같지는 않습니다. 심사 규정에 따라 차등을 두었습니다."

"……의장의 주식은 어떻게 된 거요?"

"의장님은 대표 다음 순으로 받겠다고 하십니다."

"의장이 건달들을 배려한 것은 고맙소만 나는 그런 주식을 받을 만한 자격도 없고 내가 회장이 된다는 것은 더더욱 받아들일 수 없소."

"매사에 기한이 있고 천하만사가 때가 있습니다. 이제 아무르 대표가 전면에 나서서 건달들을 추슬러야 합니다. 양 상무 그것도 말씀드리게."

"아, 네. 종업원 지주제 외에 건달들에게 또 다른 지원제도를 마련했습니다. 창업제도입니다."

"나도 들어보긴 했소만, 창업과 건달들이 무슨 상관이 있소?"

"지금 하는 일이 자신과 맞지 않거나 새로운 사업을 하고자 하는 건달들에게 창업을 지원하는 것입니다. 근무연한, 기여도 등에 따라 지원 규모도 달라집니다. 한 마디로 건달들의 새로운 삶을 지원하는 제도지요. 가령, 횟집을 차리거나 다른 장사를 하고자 하면 캄브리아 아카데미에서 창업 과정을 수료한 후에 전문가의 도움을 받을 수 있게 했습니다."

"진짜 건달들이 생계를 이어갈 수 있게 해주는 거요?"

"그렇습니다. 창업자금 일체와 향후 1년간의 월세 및 운영자금 일부를 지원합니다."

양승필 상무가 말했다.

"뭐가 있다는 말은 들었지만 그런 것인 줄은 몰랐소."

"우리 회사는 이제 한 발짝 내디뎠을 뿐입니다. 잠시라도 한눈 팔면 모든 노력이 물거품이 되고 맙니다. 아무르 대표가 진정으로 부하들을 생각한다면 적극적으로 동참하셔야 합니다. 그것이 진정한 의리라고 생각합니다. 아니면 더 좋은 방법이 있으면 말씀해 주십시오."

"뜻은 알겠는데, 그래도 회장은 내가 앉을 자리가 아니요."

"왜 못합니까? 그동안 하신 일이 얼만데. 참나무는 여름 동안 입고 있던 옷을 모두 벗은 후에도 벌거벗은 힘을 지니고 있다고 합니다. 아무르 대표는 깡패라는 오명을 벗고 얼마든지 벌거벗은 힘을 보여줄 수 있습니다. 평소 아무르 대표가 말한 것처럼 비로소 후배들의 인생을 책임질 수 있습니다."

"……"

"죽음보다, 세금보다, 피할 수 없는 것이 변화입니다. 저와 함께 변화를 이끌어 봅시다. 개혁해 봅시다. 그것만이 대선배로서 후배들에 대한 책임과 의무를 다하는 길이라 생각합니다. 불필요한 것은 걷어내고, 안 맞는 것은 바꾸고, 없는 것은 보태고, 부족한 것은 채워나가 봅시다. 아무르 대표와 제가 힘을 합하면 할 수 있습니다. 합해야 우리 조직이 100이 될 수 있습니다. 혼자는 어렵습니다. 둘이면 가능합니다. 저에게 없는 것은 아무르 대표가 채워주고 아무르 대표에게 부족한 것은 제가 보태겠습니다."

"무슨 염치로 내가 회장을 맡습니까? 의장을 제거하러 온 놈이."

"지금 그렇게 감정에 휩싸일 때가 아닙니다. 해내느냐 못하느냐만 남아 있습니다."

"아무리 생각해도 난 아닙니다. 정말 회사에 해줄 것이 없습니다."

"아닙니다. 같이 하면 할 수 있습니다. 우리가 새롭게 맞이하는 오늘은 어제의 연장이 아니라 새로운 날입니다. 무릇, 묵은 시간에 갇혀 새로운 삶을 등지면 안 됩니다. 흐르는 강물이 어제의 물이 아니듯 오늘의 아무르 대표는 어제의 아무르 대표가 아닙니다."

"……그래도 회장은 자신 없소."

"만약에 아무르 대표가 앞으로 1년밖에 살 수 없다면 무엇을 하시겠습니까?"

"……."

"그래도 남은 1년을 칼빵과 다구리로 일생을 마치시겠습니까?"

"……그건 아니오."

"그럼, 어떤 사람으로 기억되기를 원하십니까?"

"……."

"사람이 무능해지는 것은 정말 '무능해졌기' 때문이 아니라 해야 할 일을 놔두고 다른 부적절한 일을 했기 때문입니다. 해야 할 일이 있고 할 수 있는데 왜 자꾸 안 된다고만 하십니까? 정말 생명이 1년밖에 남지 않았다면 자신에게 솔직해야 하는 것 아닙니까?"

"……회장은 무슨 일을 하는 거요?"

"'해서 기쁘고, 안 할 수 없고, 다른 기업보다 잘할 수 있는' 그 일을 찾아서 경영하는 사람입니다. 결재나 부담되는 일은 뒤에 하고, 당분간은 직원들 격려하는 데만 신경 쓰면 됩니다. 우리 두 사람이 힘을 합해 노력하면 방관하던 건달들도 개미로 변할 것입니다."

"개미로 변하다니요?"

"개미는 두령도 없고 감독자도 없고 통치자가 없어도 먹을 것을 여름 동안 예비하며 추수 때에 양식을 모읍니다. 누가 시켜서가 아니라 스스로가 맡은 일에 열의를 보일 것입니다. 일하는 맛을 느끼면 하지 말라고 해도 열심히 할 것입니다."

"정 그렇다면 부탁이 있소."

"무엇입니까?"

"진필 의장이 나와 공동 회장이 되는 거요."

"그건 안 됩니다."

"왜 안 된다는 거요?"

"질서를 위해 안 됩니다. 우주의 질서를 위해 태양이 하나이듯 모든 조직의 머리는 하나여야 합니다. 아무르 대표도 잘 알듯이 조직의 생명은 질서 아닙니까. 머리가 둘이면 질서가 서지 않습니다. 아무르 대표님의 뜻은 마음으로만 받겠습니다. 그럼, 한배를 탄 의미에서 제 잔 한잔 받으시지요."

진필이 준비한 와인을 아무르의 잔에 따랐다.

두 잔이 공중에서 마주쳤다. 두 사람 사이에 더 이상의 말은 없었다. 아무르는 잔을 비우자 바로 방을 나갔다.

아무르가 나가자 양승필 상무가 진필에게 다가왔다.

"의장님, 왜 가장 큰 것을 양보하셨습니까? 아무르 대표를 그 자리에 앉히기 위해 여기까지 달려온 겁니까? 꼭 이렇게까지 해야 합니까? 진정 다른 방법은 없었습니까?"

"그렇게 해야 회사가 살 수 있어. 전쟁이 일어나면 너도 죽고 나도 죽어. 지난 모든 노력이 물거품이 되고 말아. 모든 게 끝나는 거지. 누군가는 양보하고 희생해야 온전히 결실을 맺을 수 있어. 들에 나가면 온갖 식물들이 있는데 그들의 열매가 그냥 열리는 게 아니야. 거름을 하고 비료를 주어야 하지만 정작 열매를 잘 열리게 하려면 곁순을 따주어야 해."

"곁순을 따주다니요?"

"열매를 맺는 식물들은 어느 정도 성장하면 가지와 가지 사이에서 곁순이 나온다네. 그 곁순도 멀쩡한 하나의 가지지만 그 곁순을 따 주어야 원가지가 튼실해져 열매를 잘 맺을 수 있어. 그렇듯 정말 중요한 것을 위해 덜 중요한 것을 희생해야 해."

"그럼 의장님이 회장이 되는 것은 곁순이고, 곁순을 따주듯이 의장님이 그 자리를 아무르 대표에게 양보하는 희생이 있어야 회사가 튼실하게 성장할 수 있다는 뜻입니까?"

"잘 이해했구먼. 누군가는 양보하고 희생해야 해. 조직 경영이 어려운 것은 일을 못 해서가 아니라 방해자와 방관자들 때문에 어려운 거야. 양 상무는 둘 중에서 누가 더 회사를 힘들게 한다고 생각하나?"

"방관자보다 방해자가 아닐까요?"

"그렇지 않아. 방해자보다 방관자가 문제가 될 때가 많아. 아무르 대표는 방해는 해도 방관자는 아니었어. 그는 회사의 장래보다 부하에게 관심이 많았던 거지."

"그래도 회장 자리까지 양보할 일은 아니지 않습니까."

"회장 자격이 충분히 있는 사람이야. 우리가 배워야 할 인재지."

"솔직히 아무르 대표가 일을 잘하는 인재는 아니지 않습니까?"

"아무르 대표가 무엇을 잘해서가 아니라 아주 값진 것을 희생할 수 있어서 그래."

"값진 것이라니요?"

"목숨 말이야. 나는 직원들을 위해 목숨까지 내놓지 못하지만, 그는 충분히 그럴 수 있는 사람이야. 일을 잘하는 것도 인재지만 목숨을 내놓을 수 있는 사람이 진짜 인재지. 그래서 인재는 쓰는 것이 아니라 모셔다 배워야 하는 거야. 자네도 한 잔 받게. 오늘 수고 많았어.”

진필은 양 상무에게 와인 잔을 건넸다. 창밖에 어둠이 깊게 내렸다. 하얗고 빨간 네온사인이 쉴새 없이 들락거렸다. 수많은 벌 나비가 분내를 맡고 모여들었다.

헤이룽장성의 아무르 대표가 회장으로 취임했다. 직원들은 자격도 없는 사람이 총수가 되었다며 불만을 터트렸고, 일부 건달들은 아무르가 변절했다며 실망감을 감추지 못했다. 아무르 회장은 모든 결재를 진필에게 맡기고 캄브리아 아카데미 6개월 경영자 과정에 등록했다. 시간이 날 때마다 업장을 돌며 직원들의 의견을 듣고 그들을 격려했다. 그렇게 고된 교육과정을 잘 마쳤다.

진필이 아무르 회장을 찾았다.

“어서 들어오세요.”

아무르 회장은 진필의 손을 붙잡고 자기 자리로 안내했다.

“아닙니다. 그 자리는 제가 앉을 자리가 아닙니다.”

극구 사양하고 반대편 자리에 가서 앉았다.

“오늘 어쩐 일로 제 방에 다 오셨습니까?”

아무르가 회장이 된 뒤에는 진필에게 깍듯했다. 그것이 서로를 지켜주는 최소한의 예의라고 생각했다.

“오늘 시간 어떠세요?”

“무슨 일 있습니까?”

“같이 가 볼 곳이 있어서요.”

"저는 괜찮습니다. 그런데 어디를 가려고요?"
"가 보시면 압니다. 그리고 가면서 할 얘기도 있고 해서."
"무슨 일 있나요?"
"제가 회장님에게 긴히 드릴 말씀이 있습니다."
"알겠습니다."

이른 저녁을 함께하고 아무르 회장과 함께 차에 올랐다. 창밖에 어둠이 내려앉았다. 차는 시내를 벗어나 한참을 달렸다. 진필이 입을 열었다.
"경영자 과정을 공부해보니 어떻습니까?"
"워낙 머리가 나빠서 통 뭐가 뭔지 모르겠어요. 그래도 양승필 상무와 장하린 팀장이 설명을 잘 해줘서 도움이 많이 됐습니다. 공부는 어릴 때나 지금이나 참 어렵더군요."
"어느 부분이 가장 어렵던가요?"
"모든 게 어려웠지만 시험 준비할 때가 가장 힘들었어요. 회장만 아니면 어떻게 요령을 부려보겠는데, 이러지도 저러지도 못하고 참 힘들었습니다. 그 덕분에 수업은 빠짐없이 다 들었습니다."
"그래도 우수한 성적으로 수료하셨더군요. 정말 열심히 잘하셨습니다. 공부는 하던 사람도 힘듭니다. 그건 그렇고 앞으로는 결재뿐 아니라 회사의 모든 일을 직접 챙기셔야 합니다."
"직접 챙기다니요?"
"떠날 때가 됐습니다. 이제 모든 것을 원주인에게 돌려드리고 온 곳으로 돌아가는 거지요."

"지금 무슨 말씀을 하시는 겁니까?"

"앞으로 회사의 중요한 모든 의사결정은 회장님이 직접 하셔야 한다는 뜻입니다."

"안 됩니다. 의장님이 그만둔다는 것은 말도 안 됩니다. 저는 능력도 안 될뿐더러 아는 것이 없어 회사를 경영할 수 없습니다. 저는 못들은 걸로 하겠습니다."

"꼭 대학을 나오고 머리가 좋아야 경영을 하는 것은 아닙니다. 때로 지식이 필요하지만 그보다 귀한 것이 직원에 대한 사랑입니다. 지식은 학습으로 채울 수 있지만 사랑이나 의리, 희생은 배워서 되지 않습니다. 회장으로서 부족한 전문 지식은 양승필 상무와 장하린 팀장이 채워드릴 겁니다. 그리고 아카데미 경영자 과정을 마쳤으면 지식적으로도 회사를 경영하는 데 부족하지 않습니다."

"의장님 없이 저 혼자는 안 됩니다. 주먹이나 칼을 쓰는 것이라면 몰라도 경영은 아닙니다. 의장님도 회사가 잘못되는 것을 원치 않잖아요. 혹시 저를 조기 은퇴시키려고 그러시는 겁니까? 그렇다면 이 자리에서 물러나겠습니다. 저도 이 자리가 아주 불편합니다."

"그런 것은 절대 아닙니다. 회사의 미션, 비전, 핵심가치가 뿌리를 내리고 있고 성장전략도 잘 진행되고 있습니다. 문제는 질서입니다."

"질서라니요?"

"지난번에도 말씀드렸지만, 조직의 생명은 질서입니다. 회사의 최고 의사결정권자인 회장님이 계셔도 제가 이곳에 남아 있으면 직원들은 두 사람의 눈치를 볼 수밖에 없습니다. 머리가 둘이면 의사결정에 충돌이 생기고 구성원 간의 갈등이 끊이지 않습니다. 회장님도 그것을 원치 않으실 것 아닙니까. 왕링산 회장님이 회사를 떠나시면서 일체 연락을 끊은 것도 같은 의미였습니다."

"그렇다면 지금처럼 모든 실무는 진필 의장님이 하시고 저는 직원들 돌아보는 일만 하면 되잖아요."

"아닙니다. 아무르 회장님이 결재하고 지시하다가 의장을 새로 임명하면 몰라도, 지금의 체제를 계속 유지하면 회사에 파벌이 생기고 혼란이 가중됩니다. 그리고 언제까지 회장님과 제가 생각이 같을 수는 없습니다. 저와 달라야 하고 또 달라야 회사가 발전할 수 있습니다."

"달라야 회사가 발전하다니요?"

"생각이 같으면 두 사람이 한 사람 몫밖에 하지 못합니다. 다른 곳을 볼 수 있어야 시너지 효과를 낼 수 있습니다. 기업 회장이 부회장이나 사장을 자기 뜻을 잘 따르는 사람을 뽑는 경우가 있는데 그러면 회사 발전에 도움이 안 됩니다. 회장과 다른 면을 볼 수 있고 그것을 정책에 반영할 수 있어야 기업이 성장합니다. 그래서 독재나 권위주의가 문제가 되는 겁니다. 사람은 일반적으로 양면을 보는 게 어렵습니다. 대부분 동전의 한 면만을 봅니다. 리더에겐 양면이 필요합니다. 그래서 나머지 한 면을 볼 수 있는, 내 생각과 다르고 내 철학과 다른 사람이 필요하지요."

"그럼 저와 의장님이 함께 하면 양면을 다 볼 수 있잖아요."

"저에게는 정통성의 문제가 있습니다. 물론 전문경영인이라고 생각할 수 있지만 저는 아닙니다. 저와 회장님과는 특수 관계에 있습니다. 양승필 상무나 장하린 팀장 같은 우수한 인재들이 앞으로 이 회사의 전문경영인이 되면 질서의 문제는 자연스럽게 해결될 것입니다. 또 그것이 바람직하고요. 어쨌든 저는 아닙니다. 그리고 제가 계속해서 지시를 내리고 보고를 받을 것이었으면 왜 그 자리를 아무르 회장님에게 양보했겠습니까. 이제 회장님이 회사를 맡는 게 순리입니다."

"제가 맡는 게 순리라니요?"

"주인에게 돌려드리는 겁니다. 건달이 주인인 회사를 건달에게 돌려드리는 거지요. 저는 객입니다. 일할 때는 주인처럼 했다고 감히 말씀드릴 수 있지만, 엄연히 저는 손님입니다. 할 일을 다 했으면 떠나는 게 순리지요. 여기서 더 욕심을 부리면 안 됩니다. 이 내용은 전에 계셨던 왕링산 회장님에게도 드린 말씀입니다."

"형님에게 말씀을 드리다니요?"

"목표가 달성되면 이곳을 떠나게 해달라고 왕 회장님에게 말씀드린 적이 있습니다."

"누가 뭐라고 하는 것도 아닌데 떠나게 해 달라니요?"

"제가 조직에 엄청난 손해를 끼치고 그 빚을 갚아야 한다는 생각을 한시도 잊은 적이 없습니다. 이제는 그 빚을 털어버리고 싶어요. 누가 뭐라고 하진 않지만 제 마음의 짐을 내려놓고 다시 시작하고 싶습니다."

"정 그러시면 고문으로 남아주세요."

"그것은 더욱 안 됩니다. 남으면 제 뜻과는 상관없이 상왕이 될 수 있습니다. 회장님의 소신과 판단을 헷갈리게 할 뿐입니다."

"그래도 의장님 없는 회사는 상상할 수 없습니다. 아무리 생각해도 저 혼자는 아닙니다."

"아무르 회장님이 제 방에 들어올 때 가졌던 마음이라면 무엇이든 할 수 있습니다."

"방에 들어올 때 마음이라니요?"

"저를 제거하러 오셨을 때의 마음 말입니다. 회장님은 후배들이라고 하면 목숨까지 내놓지 않습니까. 직원들을 향한 그런 의리와 사랑이 변치 않는다면 이 회사의 발전은 지속될 것입니다. 의심할 여지가 없습니다. 단지 그때와 달라진 것은 건달들만의 회장이 아니라 온 직원의 회장이 되어야 한다는 거지요."

"……으흠."

"이런 내용을 왕링산 회장님에게도 말씀드렸습니다."

"왕링산 회장님이라니요? 형님 말씀하시는 겁니까?"

"지금 왕링산 회장님을 만나러 가는 길입니다."

"왕링산 형님과 연락이 닿습니까? 아무리 수소문을 해도 찾을 수 없었는데 의장님이 어떻게 ……."

"왕 회장님의 따님 때문에 연락이 닿았습니다. 아무렴 제가 왕 회장님에게 아무르 회장님만 하겠습니까."

"회장님 딸이라니요?"

진필은 왕 회장의 딸 이야기를 해주면서 당부의 말을 잊지 않았다.

"그런 사정이 있었군요."

"왕 회장님 얼마 못 사십니다."

"못 사시다니요?"

"암 말기입니다. 요양원의 호스피스 병동에 있습니다. 오래 사셔야 1년이라고 했는데 1년 하고 반년을 더 사셨습니다. 며칠 전에 왕 회장님을 뵙고 제 거취에 대해 말씀드렸습니다. 처음에는 반대하셨지만 제 뜻을 이해하시고 허락하셨습니다. 아마 이번이 회장님을 보는 마지막일 것입니다."

두 사람은 산속에 있는 조그만 호스피스 병동으로 들어갔다. 아무르는 왕 회장을 보자 큰절을 올렸다. 왕 회장의 얼굴에 죽음이 길게 드리워져 있었다. 이승과의 이별이 멀지 않아 보였다.

왕 회장이 아무르에게 손짓했다. 두 사람은 부둥켜안았다. 아무르는 흐느꼈다.

"형님, 용서해 주십시오. 제가 무식해서 형님의 깊은 뜻을 모르고 힘들게 했습니다. 제가 잘못했습니다."

"아니야."

왕 회장은 들릴까 말까 하는 목소리로 말했다.

"형님, 빨리 일어나셔야지요. 저는 형님이 이런 줄도 몰랐습니다. 형님 빨리 일어나셔서 회사 잘 되는 것 보셔야지요."

"잘 부탁하네."

왕 회장은 작은 목소리로 말했다.

왕링산 회장의 얼굴이 진필을 향했다. 진필은 왕 회장의 입술에 귀를 대었다.

"칼빵이 아니고 편하게 죽게 해줘서 고마워……."

그리고 아무 말이 없었다. 모니터의 맥박이 곡선에서 직선으로 변하자 진필은 급히 간호사를 불렀다. 간호사는 모니터를 보자 병실을 뛰쳐나가며 담당 의사를 불렀다. 의사는 심폐소생술을 하지 않은 채 조용히 가족을 불렀다. 가족은 딸 하나가 전부였다. 딸은 들어오면서 아빠를 쉼 없이 불렀다. 목놓아 부르는 모습이 처절했다. 마지막 남은 껍데기가 떨어져 나가는 순간이었다. 다시 아비를 못 본다는 사실은 가슴을 미어지게 했다.

진필은 딸과는 구면이었다. 진필이 딸의 뒤를 봐주고 있어 몇 번 만난 적이 있었다. 아무르는 한 발 뒤에서 소리 내어 엉엉 울었다. 생전에 왕 회장은 가족장을 원했지만, 건달들의 간곡한 요청으로 장례는 회사장으로 치렀다. 상주는 아무르 회장이 맡았고 추모사는 진필이 했다. 그렇게 왕 회장의 장사를 치르고 일주일이 지났다.

진필은 긴급 대표자 회의를 소집했다. 회의에 올 수 있는 업소 대표만 오고 먼 곳은 화상으로 참석했다. 화북지역본부장 양견과 화남지역본부장 창쉬는 직접 참석했다.

"오늘 여러분에게 드릴 말씀이 있습니다. 사람이 올 때가 있으면 갈 때가 있습니다. 만나면 헤어짐이 정한 이치입니다. 오늘이 그날입니다."

주변에서 웅성거리기 시작했다.

"그동안 저에 대한 여러분의 사랑이 없었다면 저의 오늘은 없었을 겁니다. 제가 오래전에 이곳 건달들에게 일천만 위안18억 원의 빚을 졌습니다. 제 손발이 다 잘린다 해도 할 말이 없을 정도로 조직에 큰 손해를 끼쳤지요. 그런 나를 여러분들이 받아주었습니다. 그리고 일을 맡겨주셨습니다. 그 고마움은 말로 다 할 수 없습니다. 조직의 체계도 잘 마련되었고 성장전략도 성공을 거두고 있어 제가 할 일은 여기까지라고 생각합니다. 그동안 정말 감사했습니다. 달려갈 길을 다 마치고 이제 이곳을 떠나려 합니다. 몸은 떠나도 마음은 여러분과 항상 함께할 것입니다."

"그건 안 됩니다. 의장님은 앞으로도 저희와 할 일이 많습니다. 의장님이 우리를 떠난다는 것은 받아들일 수 없습니다. 우리와 끝까지 함께하셔야 합니다."

화북지역본부장 양견이 자리에서 일어나며 말했다.

"여러분에게 더 드릴 말씀이 있습니다. 의장님은 떠나시면서 소유 주식 전부를 스타트업과 캄브리아 아카데미를 위해 내놓으셨습니다."

양승필 상무가 주위를 진정시키며 말했다.

"의장님이 떠나시는 건 받아들일 수 없습니다. 우리 회사는 이제 막 변화와 개혁의 문을 통과하고 있습니다. 지금이야말로 의장님이 필요할 때입니다. 우리를 고아처럼 남겨두고 떠나실 순 없습니다. 끝까지는 아니더라도 업계 1위, 즉 일반기업과의 경쟁에서 우위를 차지하는 날까지는 계셔야 합니다. 남중국해를 지나 태평양까지 나가겠다고 말씀하셨듯이 우리는 지금 장강의 끝을 나와 바다로 들어가는 입구에 있을 뿐입니다. 이제 시작입니다. 우리와 함께하셔야 합니다. 또 그렇게 하겠다고 약속하셨습니다. 어쨌든 이렇게 떠날 순 없습니다. 그리고 소유 주식까지 회사가 받는다는 것은 말이 되지 않습니다. 우리가 무슨 양아치입니까?”

화남지역본부장 창쉬가 말했다.

“여러분 의견 감사합니다. 제가 떠나도 될 만큼 여러분은 크게 성장했습니다. 제가 없어도 회사는 발전할 수 있습니다. 그리고 제가 가지고 있는 주식은 제 것이 아닙니다. 원래 주인에게 돌려드리는 겁니다. 나는 내 생명을 살려주고 일할 수 있게 배려해 준 여러분을 한시도 잊은 적이 없습니다. 앞으로도 그럴 것입니다. 항상 응원하겠습니다. 제 앞길을 축복해주시기 바랍니다.”

그렇게 진필은 다렌을 떠났다. 먼 곳으로 떠났다. 먼 곳이어야 했다. 끊어야 할 때와 연결할 때를 알고, 있을 때와 떠날 때를 알아야 했다. 남아 있는 사람이 떠난 사람과 만나고 연락하는 것이 조직에 독이 되는 경우를 많이 봐왔다. 아무르 한 사람을 중심으로 뜻을 모을 수 있기 바랐다. 아기의 탯줄을 잘라주어야 엄마와 아기 모두가 살듯, 떠났으면 조직에 남아 있는 사람들과의 연결고리인 탯줄을 잘라야 했다. 그 순간은 안타깝고 힘들어도 그래야 모두가 살 수 있는 것을 누구보다 진필이 잘 알고 있었다.

그래서 시스템이 중요했다. 체계가 잘 잡혀있는 조직은 전임 리더가 다시 원로나 고문이 되어 현 리더의 발목을 잡는 일은 극도로 피했다. 훌륭한 국가통수권자들은 새로운 지도자가 소신껏 국정 운영을 펼칠 수 있게 국정에서 완전히 물러났다. 그 논리는 일반 기업조직은 물론 종교조직까지 예외는 없었다. 도전적인 조직은 모든 문제를 조직 자체에서 해결하는 능력을 갖는다. 진필로서는 머리가 둘이 되어 조직력이 분산되고 의사결정에 난항을 겪는 일은 무슨 일이 있어도 피해야 했다.

1년쯤 지나 진필은 초밥집을 오픈했다. 중국 사람들은 여전히 화식을 좋아하지만, 생선회 같은 생식을 원하는 사람들이 늘고 있었다. 지난번 외식 프랜차이즈 가맹점의 실패 경험을 살려 준비에 만전을 기했다. 한국과 일본의 전문 초밥집을 오가며 현지에서 3개월씩 연수를 받았다.

그리고 조그맣게 다시 시작했다. 7평짜리 가게였다. 50이 넘어 새로 시작한 도전이었다. 가슴이 울렁거렸다. GF CHINA의 장진성 대표이사와 양둥 상무, 욜로 클럽의 양승필 상무와 장하린 팀장 그리고 절친인 양시온 박사가 업소를 찾았다. 그렇게 다섯 사람이 만났지만 전혀 낯설지 않았다. 전생에 한 가족인 듯싶었다. 과거는 저 멀리 두고 오늘을 이야기하며 내일을 약속했다. 해가 지고 밖이 어두워지자 손님이 하나둘 가게 안으로 들어왔다.

"어서 오세요!!"

하얗고 긴 모자를 쓴 진필이 크게 소리쳤다. 그러자 함께 있던 다섯 명도 '어서 오세요!'라며 손님을 맞았다. 그들은 더 이상 손님이 아니었다. 한 가족이었다.

●●● 글을 마치면서

변화와 개혁만큼, 국가나 기업조직에 깊이 들어와 있는 단어도 없을 것이다. 그러면서도 국정 수행이나 기업경영에서 가장 안 되는 부분이 그 부분일 것이다.

왜일까?

변화와 개혁의 당사자를, 리더 본인이 아닌 다른 누군가로 착각하기 때문이다. 그런 착각 때문에 나라의 지도자나 기업 리더 대부분이 자신이 아닌 남에게 변혁을 지시하고 명령하며 강요한다.

예나 지금이나, 리더 본인과 기득권층의 희생 없는 변화와 개혁은 용두사미로 끝나고 말았다. 특히 혁신을 요구하는 제4차 산업혁명 시대에는 리더의 희생이 필수적이다. 진정한 변화와 개혁은 자기 것을 포기하는 데 있다. 기득권을 포기하고 권력의 달콤함에서 벗어나야 진정한 변혁이 가능하다.

그리고 변화와 개혁은 '무엇을, 어떻게' 하느냐보다 '누가' 실행하고 '누가' 대상이냐가 핵심이다. 그렇게 '누가'가 변혁의 성패를 가른다.

진필은 어떻게 조직을 변화시키고 기업을 개혁하는지 명확하게 보여주었다. 변혁을 실천에 옮겼으며 스스로 그 대상이 되었다.

그는 두 번의 변혁을 통해 촛불처럼 자신을 태워 회사를 지켰고 조직의 갈등을 해소했다. 그렇게 기득권을 포기하고 영광된 자리를 마다하며 변화와 개혁을 완수한 진필이 이 시대의 진정한 진상이다.

그리고 조직의 변혁에 기꺼이 동참한 장진성, 양승필, 장하린, 양둥과 자기 것을 포기하며 소외된 사람들을 돌아본 양시온 역시 오늘의 진상이라 말하지 않을 수 없다.

8년 전부터 글 쓸 자료를 준비했다. 본격적인 글 작업은 3년 반 전에 시작했다. 시대적 사명과 애국적 사고에서 벗어나긴 어려웠지만, 강박 속에서 글을 쓰지는 않았다. 내가 쓰고 싶은 글이었고 내가 하고 싶은 말이었기에 글 작업 내내 자유로울 수 있었다. 또 내 자식을 보듯 원고를 보고 또 보며 끝없이 상상할 수 있어 좋았다. 수십 번 고쳐 쓰고 다시 쓰는 과정은 인고의 시간이 아니라 나라는 존재를 확인하는 흥분되고 행복한 시간이었다.

글 쓰는 내내 함께하신 주님께 감사드리고 묵묵히 격려해준 아내에게 감사한다. 그리고 도서출판 문학공감 김재홍 대표와 임직원 여러분에게도 심심한 감사를 전한다.

참고문헌

- 김난도, 『트렌드 코리아 2017』, 미래의 창, 2016.
- 김태만, 김창경, 박노종, 안승웅, 『쉽게 이해하는 중국문화』, 다락원, 2018.
- 법정, 『일기일회一期一會』, 문화의 숲, 2010.
- 허욱, 『핵심가치』 이콘, 2013.

- 기시 미이치로, 고가 후미타게, 『미움받을 용기』 전경아 옮김, 인플루엔셜, 2015.
- 왕중추, 『디테일의 힘』, 허유영 옮김, 올림출판사, 2010.
- 장융, 『대륙의 딸』, 황의방, 이상근, 오성환 옮김, 까치글방, 2011.
- 제임스 아서 레이, 『인생에서 버릴 것과 움켜질 것들』, 엘도라도, 2011.
- 한한, 『나의 이상한 나라, 중국』 최재용 옮김, 문학동네, 2014.

- 파스텔블링크, "마오타이 술 브랜드, 코카콜라 제치고 세계1위 음료주 등극", 디자인경영/생활속 경험디자인, 2021.1.17. 수정, https://pastelblink.tistory.com/153.
- [네이버 지식백과] 돈황[敦煌](종교학대사전, 1998. 8. 20.)
- [네이버 지식백과] 실크로드-동서양을 이어준 기원전 고속도로(대단한 지구여행, 2011, 윤경철)
- [네이버 지식백과] 춘절[春節](두산백과 두피디아, 두산백과)
- [네이버 지식백과] 핀얼다이(시사상식사전, pmg 지식엔진연구소)

- [중앙일보] "중국 왕조 도읍은 왜 변두리였나", 2017.12.05. 입력, https://www.joongang.co.kr/article/22175278#home.
- [한국경제] "中거상의 비결도 결국은 人테크", 2008.05.30. 입력, https://www.hankyung.com/life/article/2008052942111.
- [헤럴드경제] "인간의 숨소리를 거부하는 '둔황'", 2013.09.05. 입력, http://news.heraldcorp.com/view.php?ud=20130905000535.
- 패스파인더넷, "Post Covid-19 시대 Coporate Venturing 전략 코칭", 2020. 07., https://bit.ly/패스파인더넷_offering

- Asana(워크플로 관리 소프트웨어)

진상眞商 下

초판 1쇄 2023년 09월 01일

지은이 조현구
발행인 김재홍
교정/교열 김혜린
마케팅 이연실
디자인 현유주

발행처 도서출판지식공감
등록번호 제2019-000164호
주소 서울특별시 영등포구 경인로82길 3-4 센터플러스 1117호{문래동1가}
전화 02-3141-2700
팩스 02-322-3089
홈페이지 www.bookdaum.com
이메일 jisikwon@naver.com

가격 17,000원
ISBN 979-11-5622-815-8 04810
979-11-5622-813-4 04810(세트)

문학공감은 도서출판 지식공감의 인문교양 단행본 브랜드입니다.

© **조현구** 2023, Printed in South Korea.
- 이 책은 저작권법에 따라 보호받는 저작물이므로 무단전재와 무단복제를 금지하며, 이 책 내용의 전부 또는 일부를 이용하려면 반드시 저작권자와 도서출판지식공감의 서면 동의를 받아야 합니다.
- 파본이나 잘못된 책은 구입처에서 교환해 드립니다.